कश्मीरी
की चुनी हुई कहानियाँ

भारतीय शिखर कथा कोश

कश्मीरी
की चुनी हुई कहानियाँ

चयन एवं सम्पादन

कमलेश्वर

राजपाल

₹ 325

ISBN : 9789350640715

प्रथम संस्करण : 2012, तृतीय आवृत्ति : 2017

KASHMIRI KI CHUNI HUI KAHANIYAN

(Collection of selected Kashmiri stories)

Edited by Kamleshwar

मुद्रक : दीपिका एन्टरप्राइज़ेज, दिल्ली

राजपाल एण्ड सन्ज़

1590, मदरसा रोड, कश्मीरी गेट-दिल्ली-110006

फोन: 011-23869812, 23865483, फैक्स: 011-23867791

website : www.rajpalpublishing.com

e-mail : sales@rajpalpublishing.com

www.facebook.com/rajpalandsons

क्रम

भूमिका

कश्मीरी कहानी की शुरुआत अन्य भारतीय भाषाओं की अपेक्षा बहुत देर से हुई है। इसके समुचित जन्म का समय हम लगभग 1950 के आसपास मान सकते हैं। यह वक्त समूचे भारतीय साहित्य में वामपंथी प्रतिबद्धताओं का रहा है और इसी समय प्रगतिवादी आन्दोलन अपनी संपूर्ण रचनात्मक संवेदनाओं के साथ साहित्य की नयी दिशाएँ उद्घाटित कर रहा था। कश्मीरी कहानी की भूमिका इसी पृष्ठभूमि में तैयार हुई। कश्मीरी भाषा की पहली कहानी दीनानाथ कौल 'नादिम' की 'जवाबी कार्ड' थी या सोमनाथ जुत्शी की 'जब हुआ उजाला', यह आज भी बहस का विषय है। साथ ही इन कहानियों की आलोचना भी इस नज़र से की जाती है कि यह सीधे-सीधे प्रचारात्मक कहानियाँ हैं—जो कथ्य और शिल्प दोनों दृष्टियों से कच्ची हैं। आज की प्रखर आलोचना के मानदण्डों के लिहाज से यह बात ठीक हो सकती है, पर किसी संभावनापूर्ण साहित्यिक शुरुआत की यह उचित आलोचना नहीं हो सकती बल्कि मुझे लगता है कि किसी भी विधा के शुरुआती दौर की जिन रचनाओं को हम प्रचारात्मक कहकर खारिज कर देते हैं, वह वास्तव में उस साहित्य की सार्थक प्रवृत्तियों की दिशा तय करने का काम करती हैं और यही रचनाएँ आगे चलकर हमें गहरे साहित्यिक सरोकारों से जोड़ती हैं। कश्मीरी साहित्य की पहली दो कहानियों (हम प्रवृत्ति के लिहाज से दोनों कहानियों को पहली कहानी मान लेते हैं) ने इस साहित्य के लिए प्रगतिशील प्रवृत्ति के निर्धारण का काम किया। अगर इन दोनों कहानियों की स्वतन्त्र आलोचना की जाए तो सम्भवतः दोनों ही कहानियाँ कथ्य के स्तर पर प्रचारात्मक और शिल्प के स्तर पर कमजोर दिखेंगी, पर इन कहानियों को अख़्तर मुहीउद्दीन की कहानी 'दाँता किलकिल' और हरिकृष्ण कौल की कहानी 'अगले दिन' या फिर सूफी गुलाम मुहम्मद की कहानी 'कोयला चोर' के बैकग्राउण्ड में रखकर देखा जाए तो फिर अहसास होगा कि बाद की ये श्रेष्ठ कहानियाँ इन्हीं कहानियों का सार्थक और खूबसूरत विकास हैं। और यही इन प्रथम कहानियों का हासिल है। जब इन दोनों कहानियों के कथ्य को गहराई से देखेंगे तो यह विश्लेषण और स्पष्ट हो जायेगा। श्री सोमनाथ जुत्शी की कहानी 'जब उजाला हुआ' का कथ्य यह है कि एक लड़ाई

मोर्चे पर लड़ी जाती है और एक सामान्य जीवन के भीतर रहकर ताउम्र चलती रहती है। एक आज़ादी कुर्सियों पर पाई जाती है और एक गुलामी दिन-रात भुगती जाती है। रसूल इसी आज़ादी की लड़ाई का अदना-सा पर मजबूत सिपाही है। अपने दोनों पैर संघर्ष की रेत में मजबूती से गड़ाये वह जीवन जीने की लड़ाई लड़ रहा है। लाला (जो महाजनी पूँजीवादी व्यवस्था का प्रतीक है) स्वतन्त्रता-दिवस की तैयारी कर रहा है। हालाँकि गुलाम वह तब भी नहीं था, जब अंग्रेज़ यहाँ थे, तब भी उसने खूब पैसा बनाया और अब भी रसूल जैसे लोगों का खून चूसकर वह पैसे ही बना रहा है। रसूल की ज़िन्दगी की फटेहाली का सीधा-साफ मार्मिक वर्णन इसमें मौजूद है, जबकि रसूल की पत्नी के सपने का लेखक ने प्रतीकात्मक प्रयोग किया है। कहानी का अन्त आदर्शवादी है, पर इससे कथ्य पर कोई नकारात्मक असर नहीं पड़ता। रसूल ने राह बनाई आज़ादी की और इस कहानी ने सम्भवतः कश्मीरी भाषा में कहानी की विधा की राह बना दी।

श्री दीनानाथ कौल 'नादिम' की कहानी 'जवाबी कार्ड' का कथ्य ऐसा है कि जिस पर लिखी जाने वाली कोई कहानी हर भारतीय भाषा के कथा-साहित्य की धरोहर बन सकती है। फौज में भरती बेटा और उसके गम में पागल माँ की कहानी हमें हर भाषा में पढ़ने को मिलती है। साहित्य बार-बार आँखों में आँसू भरकर कहता रहा कि—ये फौजें, लड़ाइयाँ, लामबन्दी बेकार है, वाहियात है, और राजनीति बार-बार फौजें लामबन्द करती रही। आज जो कश्मीर की हालत है, उस स्थिति में यह कहानी अभी भी प्रासंगिक है। जब तक युद्ध होते रहेंगे, तब तक 'जवाबी कार्ड' जैसी कहानी का कथ्य संगत बना ही रहेगा! तो कश्मीरी की इन दोनों प्रारम्भिक कहानियों की चर्चा से इतना तो स्पष्ट हो जाता है कि इन प्रवृत्तियों को आधार बनाकर कश्मीरी कहानी ने अपनी आँखें खोलीं थीं।

जिन प्रवृत्तियों को आधार बनाकर कश्मीरी साहित्य अपनी राहें बना रहा था उसकी स्वाभाविक परिणति थी—अख्तर मुहीउद्दीन की कहानी 'दाँता किलकिल'। कश्मीरी कथा-साहित्य जिन प्रगतिशील परम्पराओं, प्रवृत्तियों को आधार बनाकर आगे बढ़ रहा था, उस रास्ते पर 'दाँताकिलकिल' को मील का पत्थर माना जाना चाहिए। गौर करने की बात यह भी है कि कैसे हर भाषा की कहानी एक खास बिन्दु पर आकर बिल्कुल एक तरह का रूप अख्तियार कर लेती है। एक-सा दुःख, एक-सी पीड़ा। अपमान की वही निरंतरता, जहाँ भारतीय अनुभव एकात्म हो जाता है। बात तमिलों की हो या कश्मीरियों की—व्यक्ति कहीं का भी हो, किसान हो या दलित—वह सुखी नहीं है। ब्रीस्तू (चमार) और उसकी पत्नी अश्मी के बीच लड़ाई होती है। देखने में ऊपरी तौर पर लगता है कि लड़ाई पैसों के पीछे हो रही है, पर लड़ाई का मूल कारण पैसा नहीं, गरीबी है! और लड़ाई भी कोई मामूली नहीं, बल्कि ऐसी कि ब्रीस्तू अश्मी का सिर फोड़ डालता है। इसी बीच सारा मुहल्ला इकट्ठा हो जाता है। ब्रीस्तू

जिस तरह अपनी 25 रुपए पगार का हिसाब देता है वह दयनीयता और लाचारी की हद है। इससे भी बड़ी बात है इस कहानी का क्लाइमैक्स कि इस बीच चूल्हे पर से गोश्त की हँडिया ही कोई चुरा ले जाता है। पति-पत्नी, जिनमें इस घटना ने एका करा दिया है, जिन्हें कभी-कभार ही गोश्त नसीब होता था, हांडी की चोरी की वजह से इस मासूम-से तर्क पर पहुँचते हैं कि घर में लड़ाई-झगड़ा करने से अपना ही नुकसान होता है। पर क्या वजह इतनी ही है? कौन है जो एक-एक रुपये के लिए सिर फोड़ता है, और कौन है जो गोश्त की हँडिया चुराता है? जाहिर है वह ज़िन्दा-गोश्त का खरीदार है! कैसे बिना भावुक हुए तथ्यों से मार्मिकता पैदा की जाती है यह इस रचना की ज़बरदस्त खूबी है। अख़्तर मुहीउद्दीन ने जो सबसे खास काम किया वह यह कि कश्मीरी साहित्य (कथा) को प्रगतिवाद के प्रस्थान-बिन्दु से आगे बढ़ाया और साथ ही अपने सार्थक लेखन से उन्होंने कृश्नचन्दर आदि कई लेखकों को जवाब दिया, जो कश्मीरी औरत और कश्मीरी नजारों पर रोमांटिक और यथार्थहीन अफसाने लिख रहे थे। अख़्तर मुहीउद्दीन को उनके पहले ही कहानी-संग्रह 'सात शिखर' के लिए साहित्य अकादमी का पुरस्कार मिला था।

डॉ. शशिशेखर तोषखानी के एक आलेख का मैं यहाँ उद्धरण देना ज़रूरी समझता हूँ—''अपने दूसरे कहानी-संग्रह 'इन्द्रधनुष' और बाद की कहानियों में अख्तर मुहीउद्दीन शिल्प के साथ प्रयोग करते नज़र आते हैं, और इनके पात्र कैरिकेचर न रहकर अधिक ठोस मानवीय आयाम ग्रहण करते हैं। अपनी कथा-यात्रा के इस दूसरे पड़ाव में उन्होंने 'कुद जूँ', 'लस्सू बल्दि महमदू' और 'हतक' जैसी कहानियों में तत्कालीन सामाजिक, आर्थिक, राजनीतिक परिप्रेक्ष्य में कुछ स्मरणीय चरित्रों को उभारा। 'एक अजब जीव है आदमी' में कश्मीर के अप्रितम प्राकृतिक सौन्दर्य की पृष्ठभूमि में एक चित्रकार मेम और कश्मीरी माँझी के वायवी प्रेम को रोमानी दर्शन की शक्ल दी गई है।

आठवें-नवें दशक तक आते-आते अख़्तर अधिकाधिक रहस्योन्मुख दिखाई देते हैं और उनकी कहानी प्रतीकात्मक अथवा बोधकथा-सी। 'चूज़ा', 'तू ही तू है', 'कभी धूप कभी छाया', 'प्रारब्ध' उनकी ऐसी ही कहानियाँ हैं जिन में मानवेतर के माध्यम से मानवीय नियति की ओर संकेत है या फिर प्रकृति और मानव के अंतः-सम्बन्धों के स्तरों को टटोला गया है।''

सूफी गुलाम मुहम्मद की कहानी 'कोयला चोर' इस शृंखला की अगली कड़ी मानी जा सकती है। जिस प्रगतिकामी प्रवृत्ति को साहित्य में सबसे ज़्यादा जगह मिली, वह हमेशा परिवर्तनकामी रही है। हालाँकि सत्ता-व्यवस्था ने एक साजिश के तहत यह प्रचारित किया कि एक यह कमजोर वर्ग है, यह उठकर खड़ा नहीं हो सकता। उसने इसके लिए प्रयास भी बहुत किए, जबकि सत्ता-व्यवस्था को यह बखूबी मालूम है कि कमजोर समझा जाने वाला यह वर्ग वास्तव में कमजोर नहीं है, पर वह वर्ग सचमुच अपनी ताकत से परिचित नहीं है।

'कोयला चोर' कहानी मेहनतकश जनता की इसी बेखबरी और अज्ञानता की

कहानी है। मूल-कथा को कहने के लिए लेखक ने एक लोक-कथा का बहुत ही अच्छा प्रतीकात्मक प्रयोग किया है। ऐसी कहानियाँ अपने ब्यौरों से सच्चे बयान और ठोस यथार्थ का निर्माण करती हैं, दुःख का अहसास पैदा करती हैं और इसीलिए इनकी भाषा भी सीधी-सच्ची होती है। यह कहानी इस षड्यन्त्र का भी पर्दाफाश करती है कि जुल्म के खिलाफ एका खत्म करने के लिए कुछ लोगों को सुविधाएँ देकर तोड़ना भी सत्ता का अपना एक पुराना अन्दाज है। प्रगतिवादी धारा और यह रचना गुलाम मुहम्मद की अविस्मरणीय और उल्लेखनीय कहानी है।

कुछ चरित्र, कुछ पात्र ऐसे होते हैं—मासूम, मूर्ख पर संवेदनशील! दोस्तोयेवस्की के 'ईडियट' की तरह। दीपक कौल की कहानी 'सफर-हमसफर' का पात्र व्योदऽलाल भी ऐसा ही एक पात्र है जो सबके दुःख को अपना दुःख समझता है। वह उम्रभर दुनिया के लिहाज से समझदार नहीं हो पाता, शायद इसलिए असमय बूढ़ा हो चला व्योदऽलाल एकाकी मौत मरता है। जो औरत उसका दर्द समझती है, उसे भी दुनियावी चलन के अनुसार अनैतिक ही समझा जाता है। इस कहानी में कथ्य की मार्मिकता शिल्प की सपाट बयानी में अन्तर्निहित है।

प्रगतिशील परम्पराओं ने परिवर्तन की इच्छा से बहुत सारी रूढ़ियों को तोड़ा और बहुत सारे नए प्रतिमान बनाए, लेकिन ये सारे प्रतिमान आगे चलकर खुद रूढ़ियों में बदल गए और दुर्भाग्यवश परिवर्तन जिस तरह होना चाहिए, वह नहीं हुआ।

अमीन कामिल की कहानी 'गरीब की जोरू' भी इसी जानी-समझी बात को दोहराती है कि एक वर्ग के पेट पर लात रखकर ही दूसरा बड़ा वर्ग तैयार हुआ है। सदियाँ बीत गईं पर इस निर्मम व्यवस्था के टूटने की कोई सूरत नज़र नहीं आती। वह कभी धर्म के नाम पर, कभी परिवर्तन के नाम पर चलती जाती है। मूर्ख सिर्फ गरीब तबका ही बनता है और उसकी मूल समस्या जहाँ की तहाँ बनी रहती है। चाहे गाँव का गरीब किसान मौलवी से परामर्श लेने जाए या फिर शहर का मजदूर किसी क्रान्तिचेता मजदूर नेता के पास जाए, दोनों को ही अपनी गाँठ से पैसे देने पड़ते हैं। मतलब यह कि हर जगह एक-सी ही स्थिति को दर्शाती इस कहानी में लेखक मानो अदृश्य रूप से सब-कुछ देखता-समझता है। एक खास बात और कि इस कहानी का स्वर व्यंग्यात्मक है, जो कहानी के प्रभाव को और तीखा बनाता है और यह व्यंग्य-दृष्टि कामिल की कहानियों की खासियत भी रही है।

कहानीकार बहुत-सी सच्चाइयों पर नज़र रखकर और बहुत-सी सम्भावनाओं पर विचार करता हुआ अपनी कहानी शुरू करता है, पर यह ज़रूरी नहीं कि वह कथ्य को एक गहरा आयाम दे सके। कभी-कभी ऐसी कहानियाँ अनकहे तरीके से कुछ और कह जाती हैं जो अपने में महत्त्वपूर्ण होता है। उमेश कौल की कहानी 'जो बारी खाता है' एक ऐसी ही कहानी है। लेखक ने कहानी के नायक के रूप में एक ऐसे व्यक्ति को चुना है जो यह तय ही नहीं कर पाता कि उसे जीवन में

करना क्या है और अन्त में सिर्फ भाग्य को दोष देकर रह जाता है। कथा-लेखन का यह एक अलग ही शिल्प है। यही प्रयोग उमेश कौल की इस कहानी में मौजूद है।

पचास और साठ के दशक के प्रमुख कथाकारों में उमेश कौल, अली मुहम्मद लोन, सोफी गुलाम मुहम्मद और अवतार कृष्ण रहबर के नाम उल्लेखनीय हैं। इन लेखकों ने प्रगतिवादी प्रस्थान-बिन्दु से आगे चलकर कहानी के विभिन्न पहलुओं पर काम किया। राजनीतिक प्रतिबद्धता के स्थान पर इन्होंने कहानी को समय और व्यक्तिगत सुख-दुख से जोड़कर देखने की कोशिश की। इसके साथ ही रूप और शिल्प-विधान पर इनका ज़्यादा जोर रहा है। कश्मीरी कहानी में इसी समय पश्चिमी कथाकारों 'ओ हेनरी' और 'मोपासाँ' आदि के शिल्प-कौशल का असर भी साफ-साफ दिखाई पड़ता है, साथ ही कहानी में प्रयोगवादी रुझान भी शुरू होता है। अली मुहम्मद लोन उर्दू से कश्मीरी में आए और उनकी कहानी 'सींकिया फर्जी' काफी चर्चित रही। इस संग्रह में शामिल उनकी कहानी 'शून्य' एक प्रतीकात्मक कहानी है। लेखक ने इसमें जीवन में कुछ न होने के अहसास को रूपायित किया है—सार्थकता-रहित ऐसा जीवन, जब व्यक्ति को सब-कुछ वैक्यूम-सा लगने लगता है। लेखक ने नया कथ्य उठाया है और इसमें लेखक ने इस वैक्यूम से उपजनेवाली पीड़ा और त्रासदी को बखूबी बयान किया है।

अवतार कृष्ण रहबर की कहानी 'जड़ें' उस व्यक्ति की कहानी है जो कश्मीर से आकर कलकत्ते में रह रहा है। कहानी विस्थापित व्यक्ति की पीड़ा पर ही केन्द्रित नहीं है, इसमें अनुभव के अन्य अंश भी बिखरे हुए हैं। विस्थापन की पीड़ा के साथ ही यह कहानी व्यक्ति की सघन पीड़ा का कोलाज भी बन जाती है।

1960-70 के दशक की खासियत यह रही कि इस दशक के कथाकार वही पुराने रहे। कुछ कथाकार जैसे उमेश कौल और सोफी गुलाम मुहम्मद इस दशक के मध्य तक आते-आते चुक गए जबकि अख़्तर मुहीउद्दीन, अली मुहम्मद लोन और अवतार कृष्ण रहबर ने लिखना जारी रखा। खास बात यह है कि इस दशक में कश्मीरी कहानी में कथ्य और शिल्प के जो नए प्रयोग हुए, उनमें जितना योगदान कश्मीर की अपनी मिट्टी का रहा, उतना ही असर उसने दूसरी भाषाओं जैसे उर्दू, हिन्दी, अंग्रेज़ी, रूसी और फ्रांसीसी से भी ग्रहण किया।

70 के दशक में जो और कथाकार उभरकर आए, उन कथाकारों में प्रमुख हैं—बंसी निर्दोष। निर्दोष की खासियत यह है कि वह मध्यवर्गीय परिवेश की विविधताओं को गहराई से चित्रित करने की कोशिश करते हैं; लेकिन उनके कथानक की खासियत या कहें शिल्प का ट्रीटमेंट कुछ इस प्रकार का रहता है कि वह अपने पात्रों को एक अजीब स्थिति में डालकर अद्‌भुत प्रभाव पैदा करने में कामयाब होते हैं। इस संग्रह की कहानी 'मेरे मरने के बाद' में भी लेखक ने कुछ इसी तरह की

फंतासी बुनी है। नायक मरकर अपने ही मरने को देख रहा है। यह देखना साधारण देखना नहीं है बल्कि इस तरह लेखक रिश्तों के बीच में झूठ और स्वार्थ को अभिव्यक्त करने का बेधक और त्रासद प्रयोग करता है।

1960-70 के दशक के उत्तरार्द्ध में ही कश्मीरी कहानी में बदलाव के संकेत मिलने लगते हैं। कहानीकारों की नयी पीढ़ी पुरानी हदों को छोड़कर सम्भावनाओं की नयी ज़मीन तलाशने लगती है। पत्रिकाएँ हमेशा से नयी साहित्यिक प्रवृत्तियाँ को सम्प्रेषित करने और स्वीकृति दिलाने की माध्यम रही हैं। इसी क्रम में कश्मीरी साहित्यिक पत्रिका 'शीराज़ा' (1967) के कहानी-विशेषांक के प्रकाशन से ही कश्मीरी कहानी में स्पष्ट बदलाव का आभास होने लगता है। इस पत्रिका में प्रकाशित कहानियाँ स्पष्ट रूप से यह संकेत दे रही थीं कि कश्मीरी कहानीकार की दृष्टि और संवेदना में मौलिक बदलाव आ चुका है। कहानी के कथ्य, विषय, विषय के साथ ट्रीटमेंट, शिल्प, भाषा—इन सभी को लेकर नए कथाकारों का नजरिया बदल चुका है। इस बदलाव की सबसे बड़ी खसियत यह थी कि व्यक्ति-चरित्र की विलक्षणता या स्थितियों की अद्भुत अभिव्यक्ति की बँधी-बँधाई परिपाटी को इन नए लेखकों ने खत्म कर दिया। नये लेखक अब व्यक्ति को परिस्थितियों की जटिलताओं के बीच रखकर उसकी समस्याओं और सोच को संवेदनात्मक तरीके से देखने की ओर अग्रसर हुए। 'शीराज़ा' के एक अन्य कहानी-विशेषांक में रतनलाल शान्त ने अपने एक महत्त्वपूर्ण लेख 'कश्मीरी कहानी का आज और कल' में लिखा भी है—'...अन्ततः कोई न कोई चरित्र स्वभाव या आचरण की दृष्टि से तनिक भिन्न, तनिक अजीब या विलक्षण हुआ करता था।' इसी तनिक भिन्न, अजीब और विलक्षण पात्र के इर्द-गिर्द कहानी घूमती रहती थी और चरम नाटकीयता पर पहुँचकर अप्रत्याशित रूप से खत्म हो जाती थी। कहानी के ट्रीटमेंट में शब्द-संयम की कमी और चमत्कारिक प्रभाव को नकारते हुए नए लेखकों ने पात्रों का विश्लेषण मानवीय संवेदना के आधार पर करना शुरू किया। कहानी को सच्चा और प्रामाणिक बनाने के लिए लेखकों ने अपने जीवन की यथार्थ अनुभूतियों का भी प्रयोग शुरू किया। साथ ही कहानी की यथार्थ अभिव्यक्ति के लिए भाषा और शिल्प के स्तर पर भावुकता और रूमानियत को भी खत्म किया जो कि कथ्य के बदलाव की स्वाभाविक परिणति थी। व्यक्ति के भीतर की असंगति, व्यक्ति और समाज का सामंजस्य, विपरीत परिस्थितियों के खिलाफ व्यक्ति के संघर्ष की अभिव्यक्ति के लिए जिस कथ्य और शिल्प की आवश्यकता थी, उसका सफल और सार्थक प्रयोग इस दौर की कहानियों में मिलता है। इस नयी दृष्टि का उन्मेष जिन कथाकारों में मिलता है और जो इस नए दौर के हस्ताक्षर बने, उन प्रमुख कथाकारों में से प्रमुख हैं—हृदय कौल भारती, हरिकृष्ण कौल, रतनलाल शान्त और फारूख मसूदी आदि।

कश्मीरी साहित्य के इतिहास में इन लेखकों का महत्त्व तो है ही; इसके साथ

ही ये लेखक इसलिए भी महत्त्वपूर्ण हैं कि इन लेखकों के साथ कश्मीरी साहित्य में जो बदलाव आया वो सम-सामयिक तौर पर ही नया साबित नहीं हुआ बल्कि 'शीराज़ा' में छपी हरिकृष्ण कौल, रतनलाल शान्त और फारूख मसूदी ने कश्मीरी कथा-साहित्य पर एक स्थायी छाप छोड़ी।

हृदय कौल 'भारती' ऐसे लेखक हैं जिन्हें नए कथ्य के लिए नए शिल्प की जरूरत शिद्दत से महसूस हुई। उन्होंने शिल्प को लेकर कई प्रयोग किए। भारतीय कहानियाँ व्यक्ति के भीतरी अकेलेपन, भय और संत्रास को उकेरने वाली कथाएँ हैं और जाहिर है कि इस मानसिक जद्दोदहद के लिए पुराना शिल्प 'भारती' के लिए बेकार था। इस संग्रह में जो कहानी हमने शामिल की है, उसका कथ्य भी न के बराबर है, पर 'भारती' का शिल्प लगातार एक तनाव बुनता है। बस-स्टैंड पर बस की प्रतीक्षा में खड़ा एक अकेला आदमी, उसके अकेलेपन को और प्रगाढ़ करता, उसके संत्रास को और बढ़ाता—गले की काली लकीर के निशान वाला कबूतर है, जो सामने की बारह-मंजिला इमारत पर लगातार खुट-खुट करता रहता है। उसकी गर्दन की काली लकीर ऐसी है, जैसे जन्म से ही उसके गले में फन्दा पड़ा हो। ऐसा ही एक अदृश्य फन्दा केन्द्रीय पात्र के गले में पड़े होने का अहसास यह कहानी देने लगती है—व्यक्ति के अकेलेपन का अहसास! व्यक्ति के उस अकेलेपन को तोड़ने के लिए लेखक जुलूस का ब्यौरा देता है—जुलूस की निरन्तर पास आती आवाज़ें और 'मैं' का लगातार बस का इन्तज़ार! जुलूस से बचने की इच्छा कहानी में एक अलग तरह का तनाव पैदा करती है। बैंक के लॉकर, उसमें कैद रौशनी, कबूतर का चोंच मारना और उसी शीशे से कटकर मर जाना और कहानी के अन्त तक बस का न आना और 'मैं' का उसकी प्रतीक्षा में खड़े रहना—अकेलेपन से उपजा भय और भय से उपजी हताशा को बखूबी व्यक्त करता है। यह लेखक की बेहतरीन कहानियों में से एक है। कहानीकार जो कहना चाहता है, बखूबी कह गया है।

नए दौर के लेखकों ने अपनी रचना को यथार्थ की गहरी समझ से सँवारा। इसी सन्दर्भ में हरिकृष्ण कौल का नाम प्रमुख तौर पर लिया जा सकता है। 1966 में कौल हिन्दी से कश्मीरी में आए और अपनी खास यथार्थपरक दृष्टि से कश्मीरी साहित्य में उन्होंने महत्त्वपूर्ण जगह बनाई। अपने परिवेश की विसंगातियों को पकड़ना, और फिर उनका यथार्थपरक चित्रण करना और जन-सामान्य के आंतरिक संताप और बाहरी संत्रास को बखूबी रूपायित करना उनकी रचनात्मक विशिष्टता रही है। भाषा के स्तर पर भी हरिकृष्ण कौल की अपनी विशेषता है। इस संग्रह की उनकी कहानी 'अगले दिन' भी ऐसी ही एक कहानी है जो हमारी शिक्षा-व्यवस्था की खामियों को उजागर करती है। यह एक सशक्त रचना है। सामाजिक स्तर पर भेद के साथ शिक्षा में भी स्तर-भेद होता है इस—विसंगति को यह कहानी बखूबी पकड़ती है। कहानी व्यंग्यात्मक भाषा में बुनी गई है—ऐसा व्यंग्य, जो व्यवस्था की त्रासदी को

पकड़ता है। कहानी का शीर्षक इस लिहाज से काफी सार्थक है कि 'आज का दिन हो या अगला दिन, क्या फर्क पड़ता है, यहाँ तक कि बरसों बीत जाने पर भी सुला और मखना की हालत में कोई फर्क न आना है न आयेगा।' कहानी जिन ब्यौरों से बुनी गई है—वह शिल्प इस कथा के मूल भाव को और सम्प्रेषणीय और सशक्त बनाता है। भाषा भी उसी वर्ग की है जिस वर्ग से सुला और मखना आए हैं। हर लिहाज से यह कहानी कश्मीरी साहित्य की एक उत्कृष्ट रचना है।

डॉ. तोषखानी के शब्दों में 'हरिकृष्ण कौल' उन कुछेक कहानीकारों में हैं जिन्होंने कश्मीरी कहानी की वर्तमान दिशा को निर्धारित किया है। अपनी बहुचर्चित कहानी 'धूप' को लेकर जब वे 1966 में हिन्दी से कश्मीरी में आए तो कश्मीरी कहानी के ठहरे हुए जल में एक हलहच मच गई। उन्होंने विकसित परिवेश-बोध और शिल्प के प्रति असाधारण सजगता का परिचय देते हुए अपने समय और समाज के सच के जिन आयामों का साक्षात्कार कराया उन पर कश्मीरी में पहले किसी की नज़र नहीं गई थी। उनकी कहानियों का यथार्थ कश्मीरी परिवेश से जुड़ा उनके अपने अनुभव-क्षेत्र का जाना-पहचाना यथार्थ है, जिसकी प्रामाणिकता असंदिग्ध है।'

हरिकृष्ण कौल की तरह हिन्दी से कश्मीरी में आए कथाकार रतनलाल शान्त संश्लिष्ट जीवन-अनुभूतियों को गहरे प्रतीकात्मक और सांकेतिक अर्थों में प्रस्तुत करनेवाले काहानीकार हैं। और इससे भी बड़ी बात कि इन जीवन-अनुभूतियों को व्यक्त करते समय लेखक की दृष्टि की आर्द्रता बनी रहती है, जैसे कि उनकी कहानी 'बर्फ' में समस्या तो राजनीतिक है, लेकिन इसका पूरा ट्रीटमेन्ट मानवीय संवेदना पर प्रश्न उठाता चलता है। आज जो कश्मीर में अल्पसंख्यक हैं, उनके सरोकार कश्मीर से उतने ही ज़्यादा जुड़े हुए हैं, जितने बहुसंख्यकों के, लेकिन अल्पसंख्यक आज जिस तरह और जिस त्रासदी के कारण हाशिए पर चले गए हैं उससे कश्मीर के प्रति उनका लगाव ज़रा भी कम नहीं हुआ है, बल्कि वो जिस मौत के खौफ में अपमानित जीवन बिता रहे हैं वह भी उनके वतन-प्रेम को कम नहीं कर सका है। उग्रवादी लड़के बस में कथा-नायक को धमकाते हैं और कश्मीर को लेकर उसके सरोकारों पर व्यंग्य करते हैं, जबकि बर्फ न गिरने को लेकर नायक की पाँच साल की बेटी भी परेशान हैं और नायक की स्थिति यह है कि वह कश्मीर से अलग होकर चार महीने भी जम्मू में रह नहीं पाता। कहानी कुछ न कहते हुए भी अपनी सांकेतिकता में शुरू से अन्त तक सब-कुछ कह जाती है। रतनलाल शान्त इसी गहरी अर्थवत्ता और सांकेतिकता के कथाकार है।

साहित्य को टुकड़ों और काल-खण्ड में बाँटकर देखना सुविधाजनक होता है, पर कभी-कभी यह चलन बेहतर कृति को हाशिए पर भी डाल देता है। एक अच्छी कहानी सिर्फ कहानी होती है—वाद और विवाद से परे, जैसे चमनलाल हक्खू की इस संकलन

में शामिल कहानी 'आदम यूँ ही बदनाम नहीं'! इस कहानी को पढ़कर अनायास ही नेपाली कहानी 'धनमती का सिनेमा स्वप्न' याद आ जाती है। हर भाषा में धनमती है जो फिल्मी दुनिया का स्वप्न देखती है और बर्बाद होती है। इस कहानी की 'सुतली' भी सिनेमा में एक रोल पाने को बेकरार है। ठीक है कि इस बार वह अपना गाँव छोड़कर नहीं गई, पर यह कितनी बार होगा, कितनी बार वह बच पायेगी? तय है कि एक दिन बह जायेगी, किसी के विश्वास पर अपना गाँव छोड़कर। और पहले वह आदमी उसकी आँखों से सपने बेचेगा और फिर उसे। औरतों की एक जानी-पहचानी पीड़ा का गहरा अहसास कराती है यह कहानी।

बशीर अख़्तर की कहानी 'जहाँ जल भी काला है' व्यवस्था पर व्यंग्य है। बात वही पुरानी है कि भेड़िए ने मेमने से कहा कि अगर तूने मुझे गाली नहीं दी तो तेरे बाप ने दी होगी—और मेमने को खा गया। इस व्यवस्था की पुलिस का भी यही हाल है। उसे तो किसी तरह पैसे ऐंठने हैं। रसूल डार की घोड़ी भी पुलिसवालों ने चुराई और तफ्तीश के नाम पर पैसे भी उसी से ऐंठे। छोटे-छोटे ब्यौरों से इस कहानी के कथ्य की चित्रात्मकता बहुत बढ़ गई है। भाषा के स्तर पर कहानी अच्छी व्यंग्यात्मक अभिव्यक्ति से गुँथी हुई है।

हो सकता है इस सियासत में कसाई का चेहरा बदल गया हो, पर उसका अस्तित्व आज हमारे जीवन में ज़्यादा मुखर हो गया है। कश्मीर की आज की स्थिति को भेड़ और कसाई के माध्यम से मोतीलाल साकी ने अपनी कहानी 'भेड़-व्यापारी और कसाई' में अभिव्यक्त किया है कश्मीर के साथ राजनीति का जो सलूक है वह साफ जाहिर करता है कि सियासत के लिए सब धान बाइस पसेरी होता है और राजनीति किसी की सगी नहीं होती। व्यवस्था की धाँधली को उजागर करती कई कहानियाँ इस संग्रह में पाठकों को मिलेंगी। बशीर अहमद बशीर की कहानी 'बिना शीर्षक' और जवाहर लाल सरूर की कहानी 'जून बावरी'—दोनों ही यह दर्शाती हैं कि इस व्यवस्था में व्यक्ति की अन्तिम परिणति होती है—पागल होकर मर जाना।

निसार नसीम की कहानी 'मरीचिका' जीवन की क्षणभंगुरता की तरफ इशारा करती है, जबकि एम.निसा की कहानी 'प्रकाश' आदर्शवादी ताने-बाने की एक कल्पित रचनात्मक कथा है।

गौरी शंकर रैणा की कहानी 'हाइवे' उस विकास करते हुए व्यक्ति की कहानी है जो अपने बढ़ते, विकसित होते हुए संसार में उन व्यक्तियों के लिए भी समय और स्थान नहीं निकाल पाता जो उसके विकास में सहभागी रहे हैं। इसमें 'हाइवे' विकास का प्रतीक है। मजरूह रशीद की कहानी 'पुल' भी एक प्रतीकात्मक कहानी है जिसमें छतनार पेड़ 'सुरक्षा' का प्रतीक है जिसे व्यक्ति छोड़ नहीं पाता, लेकिन अगर हिम्मत करके छोड़ दे तो नयी सम्भावनाएँ तलाश सकता है।

ओंकार कौल की कहानी 'स्पर्श' अगर भूले-बिसरे प्रेम को याद करती है तो

अब्दुलगनी बेग अतहर की कहानी 'शत्रु' भारत-पाक सीमा पर खो गए रिश्तों की मार्मिक कहानी है। गुलशन मजीद की कहानी 'पथगामपुर की ज़मीन' एक ऐसे बेगार करनेवाले गुलाम की कहानी है जो अच्छे दिनों के सपने देखते-देखते सब-कुछ खो देता है पर सपने देखना नहीं छोड़ता।

कहानियाँ और भी हैं, अपनी-अपनी सोच और समझ को लिये हुए। इस संकलन में सबका अपना-अपना महत्त्वपूर्ण स्थान है। कुछ ज़्यादा प्रभावशाली, कुछ कम, पर इसका निर्णय समय पर छोड़ देना बेहतर है। इस संकलन की खास बात यही है कि एक समय में, एक स्थान पर हम इन कहानियों को हिन्दी में पढ़ सकेंगे। कुछ कहानियों का उल्लेख नहीं हो सका है, पर मेरी समझ में प्रवृत्तियों पर बातचीत के बाद उसकी ज़्यादा ज़रूरत भी नहीं रह जाती।

आज के समय में जब हम कश्मीरी-साहित्य की संक्षिप्त भूमिका लिखने का प्रयास कर रहे हैं और कश्मीरी-कहानी की प्रवृत्तियों पर बातचीत कर रहे हैं तो कश्मीरी समाज, जो साहित्य में झलक रहा है, उसकी प्रवृत्तियों पर भी बातचीत कर लेनी चाहिए। वर्षों से कश्मीर सुलग रहा है और अभी भी कारगिल-विजय की वर्षगाँठ मनाकर हम खुश हो रहे हैं। राजनेता कश्मीर की आज की स्थिति पर कश्मीर को ही दोष देते हैं, भाषा और धर्म को आधार बनाकर साझा संस्कृति का बँटवारा कर रहे हैं। लेकिन कश्मीर के साहित्य को पढ़ने से यह नहीं लगता कि ऐसा कोई बँटवारा वहाँ कभी रहा होगा। यहाँ तक कि कश्मीरी कहानीकारों में से कुछ उर्दू से कश्मीरी में आए जबकि उर्दू की अपनी एक साहित्यिक पृष्ठभूमि थी और कश्मीरी भाषा अपने साहित्यिक रूप के लिए संघर्षरत थी। यह महज भाषा का सवाल नहीं है। दरअसल भाषा का सवाल इस तरह कश्मीरी समाज में रहा ही नहीं है, जिसको आज अलगाव का एक बड़ा कारण माना जा रहा है। कश्मीरी समाज एक संयुक्त इकाई है। उसको सतही कारणों और धारणाओं से अलगाना आसान नहीं है। अवतार कृष्ण रहबर की कहानी 'जड़ें' का एक पात्र अपने भाई को खत लिखता है—'...आप बेशक अपना हिस्सा बेचें। जिसे चाहें, उसे बेचें। आप मेरी चिन्ता क्यों करते हैं? यदि खरीदार मुसलमान है तो मुझे क्या फर्क पड़ेगा? जिस मुहल्ले में मैं रहता हूँ, वहाँ कौन लोग रहते हैं? मेरा सारा दिन किन लोगों के बीच गुजरता है? मेरा दूधवाला कौन है? सब्जी किसके यहाँ से लाता हूँ? गोश्त-मछली किन लोगों से खरीदता हूँ? मेरा मल-मूत्र और मेरे घर का कचरा-कूड़ा कौन उठाता है? और जो फूल मैं अपने देवता पर चढ़ाता हूँ, उन्हें कौन उपजाता है? जिस दाई ने मुझे माँ के पेट से पैदा किया, वह भी मुसलमान ही थी। और जब मर जाऊँगा तो! मेरी चिता रचनेवाला दाहकर्ता भी मुसलमान ही होगा—तो यह है एक आम कश्मीरी की सोच। मुसलमान से डरना उसे स्वार्थी राजनीति ने सिखाया है। यह शताब्दियों के संस्कार का सच नहीं है, जैसा कि सियासत आज प्रचारित करती है। धार्मिक सहिष्णुता, धर्म-निरपेक्षता जैसे सवाल तब उठते हैं, जब

एक जगह पर सोची-समझी साजिश के तहत धर्मान्धता फैलाई जाए, जबकि ऐसा कुछ भी कश्मीरी साहित्य नहीं बतलाता कि धार्मिक कट्टरता जैसी कोई चीज़ वहाँ कभी रही भी होगी। अगर ऐसा होता तो आज़ादी के समय जब कश्मीर पर पाकिस्तानी-कबीलाई हमले हुए तो वहाँ के लोग उसका मुँहतोड़ जवाब देकर यह साबित नहीं करते कि धर्म के नाम पर दो देशों का बँटवारा उन्हें मंजूर नहीं है! और इस आधार पर वो अब आगे बँटना नहीं चाहेंगे। वहाँ के बाशिन्दों ने सिर्फ इस हमले का मुँहतोड़ जवाब ही नहीं दिया बल्कि सांस्कृतिक फ्रंट बनाकर सुदूर गाँवों में धार्मिक कट्टरता और इस हमले के खिलाफ नाटक खेले, गीत और कविताएँ रचकर उन्हें जन-जन तक पहुँचाया।

इस पृष्ठभूमि में कश्मीरी के प्रत्येक लेखक को सहज ही यह लगा होगा कि कश्मीरी उनकी अपनी भाषा है जिसमें साहित्य रचकर वह एक नयी पहचान कायम कर सकता है। इसीलिए उर्दू के साथ कुछ लेखक हिन्दी में लिखना छोड़कर कश्मीरी में आ गए। वे कश्मीरी भाषा के प्रति समर्पित हुए। सिर्फ इतना ही नहीं, पात्रों को लेकर भी कश्मीरी साहित्य इस मामले में समृद्ध है कि हिन्दू और मुस्लिम पात्रों का उनके यहाँ कोई बँटवारा नहीं है। हिन्दू लेखकों ने मुस्लिम पात्र रचे और मुसलमान लेखकों ने हिन्दू पात्र। कश्मीरी कथा-साहित्य की पहली कहानी का गतिशील और सार्थक पात्र रसूल मुसलमान है और विपरीत या कहें खलपात्र हिन्दू! कहानी-लेखक हिन्दू है। धार्मिक सद्भाव का इससे अच्छा उदाहरण और क्या हो सकता है?

यही 'कश्मीरियत' की गहरी पहचान भी है। कश्मीरी साहित्य को लेकर यह सोचना ही नहीं पड़ता कि यहाँ धर्म के आधार पर कोई विभाजन है। कश्मीर में सूफी संतों और ऋषियों की यही परम्परा रही है–इसे ही कश्मीरियत की पहचान माना गया है।

ज़ाहिर है कि पिछले पन्द्रह-बीस बरसों में कश्मीर में चल रहे धार्मिक उन्माद और आतंकवाद ने कश्मीर के मानसिक नक्शे को बहुत बदल दिया है। कश्मीरी पण्डितों के विस्थापन से साहित्य में एक बड़ा शून्य पैदा हुआ है। फिर भी, अभी भी कश्मीरी लेखक भयावह अनुभवों के बावजूद अपने रचना-स्रोतों की तलाश में लगा हुआ है। जरूरत इस बात की है कि कश्मीरी लेखकों को हिन्दी और उर्दू की मुख्य रचनाधारा में शामिल किया जाए!

मैं भाई हरिकृष्ण कौल का बहुत आभारी हूँ–उनके सहयोग के बिना यह संकलन सम्भव ही नहीं था। साथ ही इस संकलन में सक्रिय सहयोग के लिए अन्य अनुवादक बन्धुओं को धन्यवाद-सहित–

–कमलेश्वर

30.12.2001

दाँताकिलकिल

अख़्तर मुहीउद्दीन

ब्रीस्तू चमार ने आव देखा न ताव, झट खड़े होकर जूता हाथ में लिया और अश्मी के सिर पर दो-चार जड़ दिये। इतना ही नहीं, चुटिया पकड़कर उसे सारे कमरे में घसीट भी लिया। यह तो खुदा की मेहर हुई कि चूल्हे की लपटों से अश्मी के कपड़ों को आग नहीं लगी, अन्यथा वह सिर से पैर तक आग से झुलस गई होती। चूल्हे पर पायों* से भरी हँडिया पक चुकी थी और खूब-खूब उबल रही थी।

अश्मी की सहसा चीख निकल गई, "अरे, कहीं कोई है...मुझे बचाओ! यह मुझे जान से ही मारे डाल रहा है। इसका सर्वनाश हो जाय!"

"सर्वनाश हो उन सबका, जो तेरे हैं और जहाँ हैं।" ब्रीस्तू चमार दायें-बायें थूकते हुए बोला, "तूने मुझे मुरदा समझा है क्या? तूने...!"

"उन्हें क्यों कोस रहा है?" अश्मी पहले से भी ऊँचे स्वर में चीखने लगी, "वे क्या तेरा चूल्हा फोड़ने आते हैं?"

चूल्हे का नाम सुनते ही ब्रीस्तू को पायों-भरी हँडिया याद आ गई और उसका मन डाँवाडोल हो गया। सोचने लगा—'देखो तो, कितने दिनों बाद आज शोरबा पीने-खाने को मिला था, सो वह भी इस डायन ने राहत से पचने न दिया।' तब वह झुँझलाकर अश्मी पर और भी बरसा—"तू देखना, सवेरा होते ही जो तुम्हें तलाक न दिया तो अपने बाप का न हूँगा।"

"जा-जा, मेरी जूती के सदके!" अश्मी भवें तरेरकर और हाथ हिला-हिलाकर बोली, "मैं लोगों की धायागरी करके अपना पेट पालूँगी। मैं कोई लूली-लँगड़ी थोड़ी हूँ!"

यह कोलाहल सुनकर मुहल्ले का मुहल्ला वहाँ उमड़ आया। इनमें सलाम डूम, गुल बदमाश, नूरकमाल और अन्य मुहल्लों के बच्चे-बूढ़े सभी शामिल थे। खोरशी

* भेड़-बकरी की टाँगें। लोग इनको उबालकर शोरबा बनाते हैं। मांस की अपेक्षा सस्ते दामों पर मिलती हैं, इसलिए निम्न वर्ग में इनका प्रयोग अधिक किया जाता है।

छाती पीटती हुई आयी और कहने लगी, "अरे ब्रीस्तू! तुझे क्या हो गया? देखो तो, बेचारी की चुटिया से खून की धार कैसे फूट रही है। अबे, तुझे तनिक भी दया नहीं आई?"

अश्मी का साहस बढ़ गया और वह बोली, "इसका तो दिमाग ही सातवें आसमान पर चढ़ गया है। भला पच्चीस रुपल्ले भी कोई कमाई है क्या? समझता है फँस गई है यह बेबस नार! मगर भोर होने दे, अपने भाइयों से दिमाग इसका ठिकाने न लगवाया तो कहना! सात भाइयों की बहन हूँ सात भाइयों की...!"

"हूँह्...फर्रर...।" ब्रीस्तू के मन में अश्मी की यह घुड़की न समायी और वह मुँह बना-बनाकर और उँगलियाँ नचा-नचाकर उसे चिढ़ाने लगा।

"अरे भई, आखिर बात क्या है?" नूरकमाल बड़ी अक्लमन्दी से पूछताछ करने लगा, "भला हमें भी कुछ बताओगे या लड़ते ही जाओगे? अरी अश्मी, तू ही तनिक चुप रह।"

"मैं...मैं चुप रहूँ? मैं तो इसको दुनिया-जहान में ज़लील करके छोड़ूँगी।"

"अरी, किसको...?" ब्रीस्तू चमार फिर उबल उठा। और उसे पीटने के लिए फटा जूता हाथ में उठाने लगा।

इस पर नूरकमाल और गुल बदमाश ने बीच-बचाव करके उसका क्रोध ठण्डा किया।

ब्रीस्तू हाँफ रहा था। उसका चेहरा केसर की तरह पीला पड़ गया। रोम-रोम से पसीना फूट पड़ा। उसके हाथ काँपने लगे। क्रोधातिरेक से वह भीतर-ही-भीतर कुढ़ रहा था। दीया अगर ऊपरी आले पर न होता तो वह भी सम्भवतः पैरों के नीचे रौंदा गया होता। हुक्के की नय (नली) नदारद, चिलम टूटकर चकनाचूर हो गई थी।

छोटे-छोटे बच्चों ने तूफानी शोर मचा रखा था। कोई किसी की बात तक नहीं सुन पाता था। सुनने में अगर कोई शब्द आते भी तो वे थे ब्रीस्तू के मुख से गालियाँ और अश्मी के मुख से अपशब्दों की बौछार!

आखिर ब्रीस्तू नूरकमाल से सम्बोधित हुआ, "भई, तुम ही मेरे मुँह पर थूक दो और कह दो कि अबे नामुसलमान, तू जो कहता है झूठ बकता है!"

"अरे भई, कुछ कहोगे भी या नहीं?" गुल बदमाश ने मूँछों को ताव देते हुए कहा। वह सम्भवतः खड़े-खड़े ही आले पर के दीये की चिकनाहट उँगलियों पर मलता और मूँछों को ताव देता रहा। हाँ, शायद वह यही कुछ कर रहा था, नहीं तो वह दीये के पास ही खड़ा क्यों रहता। जैसे और सब लोग बैठे थे, वह भी बैठा होता।

"अरे, क्या कहूं!" ब्रीस्तू हसरत-भरी हँसी के साथ कहने लगा, "थोड़ी देर पहले जब हमने पगार ले ली, मैंने तुमसे नहीं कहा कि सुलतान कसाई से मैंने पाये माँगे हैं? अभी...अभी भई...!"

"हाँ भई हाँ, याद है!" गुल बदमाश ने गवाही दी।

"अच्छा तो तेरी जान की खैर हो, रुपये मिले पच्चीस। वहाँ पर जमादार साहब था, उसको दो रुपये दे दिये। सोचा था, कमेटी के पिछवाड़े से निकल जाऊँ और पुलिस लाइन के अहाते से होते-होते तहसील के पीछे से घर पहुँच जाऊँ। वहाँ पर गफार बानी के दस रुपये चुकाने थे सौदा-सुलफ के! महीना-भर उधार जो लेते रहे...!"

"अरे यार, यही तो मुझ पर बीती।" नूरकमाल बोला, "मैंने सोचा था, इस महीने में भी उसे कुछ न दूँ और पिछवाड़े से ही भाग जाऊँ। बाद में देख लेते। महीना-भर फिर क्या करते?"

"हाँ...तो यह कही ना बात! खुदा की तुम पर मेहर हो।"

"लेकिन यार, वह सूअर तो कमेटी के अहाते में ही मौजूद था। ज्यों ही मैंने पगार ली, उसने पीछे से हाँक लगाई—"कमाल, अरे ओ नूरकमाल! ला मेरा हिसाब चुकता कर दे।"

"खुदा तुम्हारा भला करे!" ब्रीस्तू चमार की एक-एक बात सत्य सिद्ध हो रही थी और वह खुश हो रहा था।

"तुम्हीं कहो, क्या मैं अपनी आँखें फोड़ता जो उससे मुकर जाता? मैंने कहा, ले लो जी!"

"हाँ तो अल्लाह मेहर करे तुम पर!" ब्रीस्तू ने उसकी बात काटते हुए कहा, "खुदा रसूल की कसम, ऐसे ही मुझे भी उसने धर लिया। मैंने रुपये दस निकाले और उसकी हथेली पर थमा दिये। भई, सच पूछो तो महीना-भर उसी से माँगते रहना है। उस बेचारे ने भी कौन-सी चोरी की!"

सबने हामी भरी; पर अश्मी का दिल बुरी तरह जल रहा था। उसकी चलती तो वह उस समय ब्रीस्तू का कलेजा बाहर निकाल लेती और उसको तल-भुन लेती। उसका सिर दुख रहा था। फिरन (चोगा-सा कश्मीरी पहरावा) की आस्तीन सिरहाने रखकर वह लेटी रही। वह बिलख-बिलखकर रो रही थी। उसकी आँखों से सावन की झड़ी-सी लग गई थी।

"हाँ, तो यह हुए दस।" ब्रीस्तू फिर ऊँचे-ऊँचे बोलने लगा, "सात रुपये नूर गल्लादार के पिछले महीने के देने थे।"

"अरे मुझी से क्या कहता है?" रसूल बोला—"पर भई, वह आदमी नेक है। मैंने कहा, 'हाजी साहब, इस महीने मुझे पैसों की दरकार है।' उसने, दो-चार गालियाँ सुनाईं और कह दिया,—अच्छा जा, अगले महीने ज़रूर चुकाना।"

"पर यार, मेरे तो पीछे ही पड़ गया! न जाने क्या बात हुई। वैसे तो आदमी है भला! और फिर उसने चोरी भी क्या की! सात रुपये लिये हुए भी तो दो महीने बीत गए।"

अचानक आले पर से दीया गिर पड़ा और कमरे में अन्धकार छा गया। कुछ लोग उठ खड़े हुए और कुछ नीचे बैठ गए। सब लोग अश्मी से पूछने लगे, "अरे, दियासलाई की डिबिया कहाँ है?"

वह बोली न चाली, बस रोती रही। आखिर खोरशी उठी और उसने काँगड़ी (सिगड़ी) पर दो-चार कोयले फूँककर दीया जला दिया।

''अरे गुल बदमाश कहाँ गया?'' अनायास नबिर शेख के बेटे रसूल के मुख से ये शब्द निकल गए; परन्तु इस पर किसी का ध्यान नहीं गया।

ब्रीस्तू फिर अपनी बात कहने लगा, ''ये हो गए सत्रह! ना-ना उन्नीस, दो जमादार के, दस गफार बनी के और सात किसके...?''

''नूर गल्लादार के!'' रसूल ने याद दिलाई।

''सदके जाऊँ खुदा के।'' ब्रीस्तू बोला, ''तो हो गए ना उन्नीस? अच्छा तो ये उन्नीस (रुपये) ऊपर से ही चुक गए। अब बताओ, मैंने अगर खाया तो क्या? बस, इसकी लड़की के लिए मैं एक जोड़ा फिरन नहीं ला सका।''

''जब हमारी बारी आई तभी तुझे टोटा पड़ गया?'' लेटे-ही-लेटे अश्मी बोल उठी, ''तुझे तो जुआ खेलने को पैसा चाहिए। जा, साबिर टुण्डा आया होगा...!''

''अरे भई बताओ, लोगों का नाम लेने से इसे क्या वास्ता?'' ब्रीस्तू क्रुद्ध होकर कहने लगा, ''इससे कह दो, जबान को लगाम लगाए। मैं सवेरे ही इसका फैसला कर लूँगा।''

''अरे, बाकी छह रुपये कहाँ गए?'' नूरकमाल पूछ बैठा।

इतने में बाहर से सुलतान डूम हुक्का गुड़गुड़ाते हुए आया।

''खुदा तुम्हारी उम्र बढ़ाए!'' नूरकमाल के मुख से स्वतः यह आशीर्वचन निकला।

सुल्तान डूम ने हुक्का ब्रीस्तू के सामने रखा और कहने लगा, ''अरे, ले तम्बाकू पी ले। आज मैं यह (तम्बाकू) अमीराकदल से लाया हूँ, उसी जबार तमाकूवाले से यार! बाखुदा, उसके तम्बाकू का कहीं जोड़ नहीं!''

ब्रीस्तू ने हुक्का थामकर एक कश लगा लिया और बोलता गया, ''रह गए पाँच। तीन इसी ने थोड़ी देर पहले खोरशी को दे दिये। उससे उधार लिये थे।''

''हाँ-हाँ!'' खोरशी वहीं पास बैठी थी। उसने हामी भरी, ''सच है। मैं कैसे 'ना' करूँ, आखिर मरना है। थोड़ी देर पहले ही मुझे तीन रुपये दे आई।''

''समझा भई!'' ब्रीस्तू खोरशी के हामी भरने से प्रसन्न हुआ और कहने लगा, ''बाकी बचे थे दो रुपये। उनमें से एक रुपये के पाये लाया था।'' यह कहते ही उसने चूल्हे की ओर देखा और उसके मुँह से हठात् चीख निकल गई, ''अरे, हँडिया कहाँ गई?''

अश्मी चीख सुनकर झट उठ खड़ी हुई। लगी चूल्हे के आगे-पीछे ढूँढ़ने। आले देखे, देहरी देखी। घर का कोना-कोना छान मारा, जैसे कोई सुई खो गई थी। सब मुहल्लेवाले लज्जित हुए। कई तो इसलिए हक्के-बक्के-से रह गए कि कहीं उन पर ही सन्देह न किया जाए।

ब्रीस्तू चमार इसी सोच में डूब गया कि कौन अदृष्ट व्यक्ति चूल्हे पर से हँडिया उठाकर ले गया? वह सब तकरार भूल गया और अश्मी से पूछने लगा, "अरी! चूल्हे पर ही तो थी ना?"

अश्मी ढूँढ़-खोजकर थक-हार गई थी, "देखी नहीं? वहीं तो थी! अरे वह कौन खड़े-खड़े ही झड़ गया, जो शोरबे की भरी हँडिया ले भागा? हाय, उसका सत्यानाश हो जाय!"

नूरकमाल भी सोच में पड़ गया कि यह चोरी किसने की? भला ऐसी कुचेष्टा कौन करेगा? तभी वह चीख पड़ा, "अरे, कहीं यह गुल बदमाश की कारिस्तानी तो नहीं?"

नबिर शेख का रसूल बोला, "मेरा तो तभी माथा ठनका था।"

उनका इतना ही कहना था कि सब गुल बदमाश के घर दौड़े और बाहर हो-हल्ला मचाने लगे। गुल बदमाश की माँ खिड़की से झाँकते हुए कसम पर कसम खाने लगी कि हँडिया गुल ने नहीं चुराई। परन्तु अश्मी भला कैसे विश्वास करती! उसने भरे चौक में अपशब्दों का तूमार बाँध दिया, "अरी जो तू हमारी पायों-भरी हँडिया खाये तो समझना, अपने अकेले पुत्र को ही खाया!"

गुल बदमाश भीतर चुप साधे बैठा रहा और ब्रीस्तू चमार बाहर से चीखते, अनाप-सनाप गालियाँ देते फेन उगलने लगा। उसको रह-रहकर शोरबे की तरी और मज्जा का स्वाद याद आ रहा था। अन्त में जब वह थक-हार गया तो उसने अश्मी की बाँह थाम ली और उसे अपने घर की ओर ले जाने लगा—"चल चलें! खाने दें इन्हीं को। हम पर तो उसकी फिर मेहर होगी; पर इनका ही दीन-ईमान नहीं रहा।"

देर बाद जब सब लोग अपने-अपने घरों में सोए पड़े थे, ब्रीस्तू चमार अश्मी के सिर पर गरम-गरम हल्दी का सेक दे रहा था और कह रहा था, "अरी! मैं कोई झूठ कह रहा था? घर में दाँताकिलकिल नहीं होनी चाहिए। इससे दुर्गत हो जाती है।"

अश्मी बोली, "अरे, यह गुल बदमाश कैसे शोरबे की हँडिया चट कर गया! मेरा बस चले तो बलि के बकरे के स्थान पर मैं इसी को तुम पर कुरबान करती!"

अनुवाद : **शम्भुनाथ भट्ट 'हलीम'**

•

गुड़िया

अमर मालमोही

बड़ी बी को कई दिन तक भूखा देखकर एक पड़ोसन को उस पर दया आई और उसने उसे मुट्ठी-भर अनाज दान में दिया। बड़ी बी ने अनाज साफ किया और उसे हँडिया में पकाने लगी। साथ ही साग के दो-चार पत्ते और चुटकीभर नमक भी हँडिया में डाला। थोड़ी ही देर में खिचड़ी पककर तैयार हो गई जिसकी महक से बड़ी बी की भूख और तेज़ हो गई। लेकिन ज्योंही उसने खाने की नीयत से बरतन में हाथ डाला, बाहर से किसी जोगी ने आवाज़ दी—''अलख निरंजन!''

बड़ी बी खिचड़ी का बरतन हाथ में लेकर बाहर आई। उसके सामने एक सम्मोहक और तेजस्वी जोगी खड़ा था। वह भी शायद भूखा था और इसलिए सारी खिचड़ी तुरन्त चट कर गया। फिर भरपेट पानी पीकर उसने बड़ी बी की ओर दृष्टि डाली। बड़ी बी ने उसके चरण थाम लिये। जोगी ने मुस्कराकर झोली में हाथ डाला और उसमें से एक छोटी-सी सुन्दर गुड़िया निकाली। गुड़िया बड़ी बी के हाथ में देकर वह खुद जाने कहाँ चला गया।

गुड़िया हाथ में लेते ही बड़ी बी का मन मस्त हो गया और वह सारी भूख-प्यास भूल गई। परन्तु अचानक यह क्या हुआ? गुड़िया तत्काल बढ़ने लगी और देखते-ही-देखते एक प्यारी-सी सुन्दर लड़की में बदल गई। तनिक हैरान, तनिक परेशान, तनिक भयभीत और तनिक प्रसन्न होकर बड़ी बी आँखें गड़ाकर जीवित गुड़िया को निहारने लगी। तभी मुर्गे ने बाँग दी और गुड़िया के मुख से भी आवाज़ निकली—''बड़ी बी!''

बड़ी बी ने कुछ नहीं कहा। बस उसे पूर्ववत् निहारती रही।

''बड़ी बी, मैं तुम्हारी बेटी हूँ।'' गुड़िया ने हँसते-हँसते कहा और उसके मुख से फूल बरसने लगे—भाँति-भाँति के रंग-बिरंगे महकते फूल। बड़ी बी की सारी झोंपड़ी सुगन्ध से सरोबार हो गई।

''बड़ी बी!'' गुड़िया बोली—''तुम्हारी सारी गरीबी अभी दूर हो जाएगी। उठो और ये फूल बेचने के लिए हाट में ले जाओ।''

बात बड़ी बी की समझ में नहीं आई। फिर भी उसने फूल समेटकर टोकरी

में भरे और हाट की ओर चल पड़ी। ऐसे निराले और इस तरह महकते फूल देखकर लोग हैरान हो गए। बड़ी बी के सारे फूल देखते-ही-देखते अच्छे दामों में बिक गए। सभी बड़ी बी के फूलों की बड़ाई करने लगे और धीरे-धीरे उनकी चर्चा चारों ओर होने लगी। वह इसलिए कि ये फूल केवल सुन्दर और सजीले ही नहीं थे, बल्कि गरमी के मौसम में लू की लपटों में भी ये ताज़ा रहते थे। महक भी जैसी की तैसी रहती थी। अब बड़ी बी झोंपड़ी छोड़कर नई कमाई से बनवाए एक छोटे मकान में रहने लगी। गुड़िया ने उसे इस नई कमाई के बारे में किसी से कुछ कहने से पहले ही मना किया था, इसलिए वह इस बारे में चुप रहती थी।

फूलों की माँग बढ़ने से बड़ी बी ने एक तो फूलों के भाव बढ़ा दिए और दूसरे वह गुड़िया को ज़्यादा से ज़्यादा हँसाने की कोशिश करने लगी ताकि उसके मुख से ज़्यादा से ज़्यादा फूल बरसें और ज़्यादा से ज़्यादा धन पाकर वह अपनी सारी इच्छाएँ पूरी करे। उसके मन की बात ताड़कर एक दिन गुड़िया ने उससे कहा—"बड़ी बी! अगर तुम ज़्यादा लालच करोगी तो मैं कभी नहीं हँसूँगी।"

बड़ी बी बोली—"हँसना अपने बस में नहीं होता, बेटी! मैं तरह-तरह की एक से बढ़कर एक गुदगुदाने वाली कहानियाँ सुनाकर तुझे हँसाती रहूँगी और तेरे मुँह से ढेर सारे फूल झरते रहेंगे।"

"यह अच्छी बात नहीं है।" गुड़िया ने कहा।

"क्यों नहीं? मैं राजमहल से भी बड़ा महल बनाऊँगी और काफी धन इकट्ठा करके देवलोक के किसी राजकुमार के साथ तेरा विवाह रचाऊँगी।"

गुड़िया हँसने लगी। इतना हँसने लगी कि उसकी आँखें तर हो गईं और उनमें आँसू की बूँदें तैरने लगीं। बड़ी बी हैरान हो गई। तभी आँसू की एक बूँद आँख से टपककर नीचे ज़मीन पर गिर पड़ी और मोती के एक दाने में बदल गई। बड़ी बी ने ज्यों ही मोती उठाया, गुड़िया ने उससे कहा—"बड़ी बी! अब तुम्हारे पास बहुत धन है। यह अनमोल मोती है। इसे बेचने से तुम्हें सोने की सात लाख मोहरें मिलेंगी जिनसे तुम अपने सपनों का राजमहल आसानी से बनवा सकोगी।"

"अच्छा तो रोने पर तेरी आँखों से आँसुओं के बदले मोती टपकते हैं?"

गुड़िया ने बड़ी बी की इस बात का कोई जवाब नहीं दिया। वह हँसती रही और फूल झरते रहे।

देखते-देखते बड़ी बी नगर की सबसे बड़ी धनवन्ती बन गई और गली-गली उसके बारे में चर्चा होने लगी। वह भी अब गुड़िया को हँसाने के बजाय उसे रुलाने की कोशिश करने लगी। मगर गुड़िया केवल हँसती रही।

इधर राजा को उसके गुप्तचरों ने सूचित किया कि बड़ी बी को जाने कहाँ से अचानक बहुत सारा धन प्राप्त हुआ है। राजा ने बड़ी बी को दरबार में बुलवाकर उससे इस बारे में पूछताछ की। बड़ी बी ने कोई सन्तोषजनक जवाब नहीं दिया।

राजा के हुक्म से उसे बन्दी बनाया गया और चेतावनी दी गई कि यदि वह सारी बातें सच-सच नहीं बताएगी तो उसे फाँसी दी जाएगी और उसकी सारी जायदाद ज़ब्त की जाएगी।

बड़ी बी को जब लगा कि मौत उसके सामने खड़ी है तो उसने राजा को बता ही दिया कि उसकी एक लड़की है जो हँसती है तो मुख से फूल झरते हैं और रोती है तो आँखों से मोती टपकते हैं। उन्हीं ढेर सारे फूलों और चन्द-एक मोतियों को बेचकर उसने अपनी सारी सम्पत्ति हासिल की है।

बड़ी बी की बात सुनकर राजा खुश हुआ। उसने कोतवाल को भेजकर गुड़िया को भी दरबार में बुलवाया। ज्योंही गुड़िया दरबार में हाज़िर हुई, राजा ने उसे रोने का हुक्म दिया। लेकिन गुड़िया रोई नहीं, उलटे राजा की मूर्खता पर हँसने लगी। वह इतना हँसी कि सारा दरबार फूलों से भर गया। मगर राजा को फूलों में कोई दिलचस्पी नहीं थी। उसने फूलों को पैरों से रौंद डाला और गुड़िया के कोमल गालों पर दो-चार थप्पड़ जड़ दिए। वह रोने लगी। उसकी आँखों से आँसू ही आँसू टपकने लगे, मोती नहीं। सभी स्तब्ध रह गए। क्रुद्ध राजा ने बड़ी बी को झूठ बोलने के लिए फाँसी पर लटकाए जाने का हुक्म दिया।

कोतवाल राजा के आदेश का पालन करने जा ही रहा था कि दूर से 'अलख निरंजन' का नाद सुनाई दिया। अचानक एक जोगी प्रकट हुआ और उसने गुड़िया को गोद में उठा लिया। राजा सिपाहियों को डाँटने लगा—"इस कुरूप जोगी को किसने भीतर आने दिया? राजदरबार में इसका क्या काम है?"

राजा की बात सुनकर जोगी हँसने लगा। राजा ने पूछा—"मूर्ख जोगी, हँसते क्यों हो? लगता है तुम्हें राजदरबार के कायदे-कानून मालूम नहीं।"

"अरे ओ अंहकारी, न ही तेरा यह दरबार कोई राजदरबार है और न ही तू कोई राजा है। तू निरा मूर्ख है और इसीलिए तुझे मोती फूलों से अधिक प्यारे हैं।" इतना कहकर जोगी चलने लगा।

"महाराज!" बड़ी बी ने जोगी से विनती की—"कृपा करके राजा को बताइए कि मेरा कहना झूठ नहीं था कि रोने पर इस गुड़िया की आँखों से मोती टपकते हैं...।"

"अपने को राजा कहनेवाले प्राणी," जोगी ने राजा से कहा—"बुढ़िया की मृत्यु का पाप अपने सिर क्यों लेते हो? उसने वही कहा था जो उसे सच मालूम पड़ा। मगर सचाई यह है कि गुड़िया के आँसू की वही बूँद मोती बन जाती है जो हँसने पर उसकी आँखों में तैरने लगती है।"

इतना कहकर जोगी गुड़िया-समेत जाने कहाँ गायब हो गया। बड़ी बी राजदरबार में दूर-दूर तक बिखरे फूलों को बटोरने लगी।

अनुवाद : **हरिकृष्ण कौल**

•

गरीब की जोरू

अमीन कामिल

ज्यों ही मुफ्ती साहब ने देखा कि वह किसान उनके ही आँगन में घुस रहा है, वह जल्दी से खिड़की छोड़कर, भीतर कालीन पर बैठ गए। पगड़ी की नोक को सीधा किया और दायाँ हाथ दाढ़ी पर फेरा। उनके होंठों पर मुस्कुराहट-सी खिल उठी, जिसका अर्थ केवल वही जानते थे।

असल में उस समय मुफ्ती साहब खिड़की की दरार से रहमान कुली के लकड़ी के मकान की ओर देख रहे थे। वहाँ 'दालान' पर कोई स्त्री उनकी ओर पीठ किये हुए बैठी थी और मुफ्ती साहब इस सोच में थे कि वह रहमान कुली की पत्नी है या भाभी?

मुफ्ती साहब तकिये के सहारे बैठ गए। किसान भीतर आया और बड़े आदर के साथ उनको सलाम किया। मुफ्ती साहब ने उसे ऊपर से नीचे तक देखा और अपने मुफ्ती के ओहदे को दृष्टि में रखते हुए, बड़ी गम्भीर मुद्रा में उसके सलाम का जवाब दिया। किसान के सिर पर मैली टोपी थी जिसके किनारे के धागे लटक रहे थे। एक लोई लपेटी हुई थी। उसमें दो-चार स्थानों पर चूहों ने छेद कर दिये थे। आयु के लिहाज़ से वह एक युवक लगता था, मगर उसका चेहरा पीला पड़ा हुआ था।

अपनी हैसियत को ध्यान में रखते हुए वह दरवाज़े के पास ही दरी पर बैठा। उसने पहले मुफ्ती साहब को देखा, बाद में उनके सामने रखे हुए नक्काशी किये अखरोट की लकड़ी के बने डेस्क को देखा। डेस्क पर एक कलमदान के साथ कुछ कागज़ रखे थे। पास ही चमड़े की जिल्द से मढ़ी हुई एक मोटी-सी पुस्तक भी रखी थी। इस सारे दृश्य को मैं मानो स्वयं देख रहा था। मगर मैं स्वयं वहाँ कहाँ था? अनुमान लगा लें जैसे मैं उसी कमरे में एक शेल्फ पर हाथ-पैर समेटे बैठा था।

किसान सोच रहा था कि मुफ्ती साहब स्वयं ही पूछ लेंगे कि क्यों आये हो और क्या चाहिए? मगर मुफ्ती साहब तो माथे पर गहरी रेखाओं के बल डाले और आँखें मूँदें तकिये पर आराम से गम्भीर मुद्रा में बैठे थे। उन्हें जगाने का उसे प्रयत्न करना पड़ा।

"हज़रत!" किसान ने डरते हुए मुँह खोला, "मैं शरई मशवरा लेने आया हूँ।"

"हूँ...!" मुफ्ती साहब ने आँखें मींचे ही सिर से हामी भरी।

किसान ने समझा कि ये ऐसे ही शरण में आए व्यक्तियों की बातें सुनते होंगे। वह इससे पहले कभी भी इनके पास नहीं आया था। उसने समस्या बताई–"हज़रत, आज से चार वर्ष पहले मैंने विवाह किया था। मेरी पत्नी मेरे साथ बहुत अच्छी तरह से रहती थी। लहू-पसीना एक करके मैं उसको पालता था। सोचता था कि वह उम्रभर मेरा साथ देगी। जनाब, पत्नी के बिना आदमी की ज़िन्दगी ही क्या है!" यह कहते हुए लोई के भीतर ही वह अपने हाथ से अपनी पीठ खुजलाने लगा।

मुफ्ती साहब जैसे गहरी नींद से जाग उठे, और आँखें चमकाते हुए पूछा, "तुमने अपनी पत्नी का क्या नाम बताया?"

"नाम मैंने नहीं बताया। वैसे उसका नाम खतिज है।"

"ख-तिज...," मुफ्ती जैसे इस नाम के हिज्जे निकालने लगे–"क्या उसने कोई बच्चा जना है?"

बच्चे के बारे में सुनते ही उस किसान के चेहरे का पीलापन और बढ़ गया। उसकी ठुड्डी लटक-सी गई। एक ठण्डी साँस खींचकर कहा, "हज़रत, अगर मेरे कोई बच्चा हुआ होता, तो मैं राजा के समान होता।"

"हूँ...किस आशय से मेरे पास आए हो?" मुफ्ती साहब ने बात को संक्षिप्त करने का प्रयत्न करते हुए पूछा। ऐसा लगता था कि या तो वह किसान की लम्बी कहानी सुनने के लिए तैयार नहीं थे, या वह किसानों के झगड़ों और समस्याओं को इतना अधिक समझते थे कि एकाध वाक्य सुनते ही सारी कहानी समझ जाते हों।

"हज़रत, मैं क्या अर्ज़ करूँ?" किसान कहानी को संक्षिप्त करने लगा–"जनाब, कहने का मतलब यह है कि बीस-एक दिन पहले मेरी पत्नी को एक रेशिखान नामक बदमाश फुसलाकर ले गया।"

"क्यों फुसलाकर ले गया? तुमने कुछ नहीं पूछा?" मुफ्ती साहब ने तकिये के सहारे आराम से बैठते हुए पूछा।

"जी हाँ, पूछा। मगर वह किसी मुफ्ती साहब की रिवायत बता रहा है, जिसके मुताबिक अपनी पत्नी से मेरा निकाह टूट गया है।"

मुफ्ती साहब ने ज्यों ही अपने अतिरिक्त किसी और मुफ्ती की बात सुनी तो उनका ख़ून खौल उठा। उन्होंने तकिये का सहारा छोड़ दिया। उनकी आँखें गुस्से से चमक उठी और चेहरा लाल मिर्च जैसा हो गया। वह बोले, "तुम्हें अपने अधिकार के लिए लड़ना चाहिए। सुनते हो? पत्नी तुम्हारी है। उस पर तुम्हारे अतिरिक्त किसी और का अधिकार नहीं है। असल में जब तक शरअ की सीमा तय नहीं होती, वह बदमाश और उसके संरक्षक-मुफ्ती ऐसे ही गरीबों की पत्नियों को हड़पने की ताक में रहेंगे।" मुफ्ती साहब यह सब एक ही साँस में बोल गए।

मुफ्ती साहब की यह बात सुनकर किसान की जान में जान आई। वह इतना प्रसन्न हुआ जैसे मुफ्ती साहब के तकिये के सहारे बैठने से उसको अपनी पत्नी पुनः प्राप्त हो गई हो। उसने जाने की तैयारी की तो मुफ्ती साहब ने कहा, "अरे मुश्टण्डे! मशवरा देने का खर्चा ही दे देते! मैं माँगता तो नहीं, क्योंकि तुम गरीब हो; मगर एक कानून की किताब खरीदनी है, तुम्हीं लोगों को शरअ के कानून बताने के काम आती है।"

किसान ने लोई के अन्दर ही अपनी कमीज़ की जेब में हाथ डाला और पाँच रुपये का नोट मुफ्ती साहब के सामने रखते हुए बोला, "गरीब की ओर से केवल इतना ही स्वीकार करें।" कहकर वह चल दिया।

"अब्दुल...अरे अब्दुल!"

"जनाब, क्यों बुलाया?" नौकर दौड़ते-दौड़ते उनके पास पहुँचा।

"मैंने कहा, यह पाँच रुपये का नोट ले लो। ज़रा देख आओ, वह रहमान कुली की बीवी है या उसकी भाभी?"

मुझे लगा जैसे आला गिर रहा है तो मैं डरकर उठ बैठा। मेरे कान बज उठे थे। जब मुझे पूरी तरह होश आया तो मुझे याद आया कि मैं 'नामदार' होटल में बुखारी के पास गर्मी सेंकने के लिए घुस आया था और मुझे कुर्सी पर ही झपकी-सी आ गई थी। मैंने आँखें खोलीं तो वहाँ पर दो व्यक्तियों को देखा। एक कोई मज़दूर जैसा था जो चिथड़े लपेटे हुए था। दूसरा एक हट्टा-कट्टा जवान सोफे पर आराम से बैठा था। उस जवान का चेहरा आग की तरह लाल था और मज़दूर को सम्बोधित करके कह रहा था, "तुम लोगों को अपने अधिकार के लिए लड़ना चाहिए। सुनते हो? कारखाना तुम्हारा है। उस पर तुम्हारे अतिरिक्त किसी और का अधिकार नहीं है। असल में जब तक समाजवादी व्यवस्था स्थापित नहीं होगी, ये पूँजीपति और उनके नेता इसी भाँति मज़दूरों का खून चूसते रहेंगे।"

मज़दूर उनकी बातों से प्रसन्न हुआ और ज्यों ही वह जाने लगा, हट्टा-कट्टा जवान बोल उठा, "तुम्हारे पास दो-एक रुपये होंगे न? सोचा, कुछ खा लूँ। सुबह मैं बिना खाये-पिये घर से निकला हूँ। तुम लोगों की समस्याएँ सुनीं और इन्हीं में डूबा रहा, खाने-पीने का होश न रहा।"

मज़दूर ने जेब में हाथ डाला और दो रुपये का नोट उसकी ओर बढ़ाया। इसके जाने के बाद उसने अपने बालों पर हाथ फेरा और होटल के एक बैरे को आवाज़ दी, "बैरा...ए बैरे! आधा पैग सोलन व्हिस्की।"

और मैं सोचने लगा कि गरीब की जोरू का क्या होगा?

अनुवाद : **डॉ. ओंकार कौल**

•

शत्रु

अब्दुल ग़नी बेग अतहर

भारतीय सीमा के सुरक्षा-गार्डों की निगाहों से बचकर मैं आगे निकला। यही दिन के बारह बजे होंगे। बंकरों से मैंने किसी को निकलते न देखा। शायद वे गहरी नींद में थे अथवा वे इसलिए निश्चिन्त बैठे थे कि दिन-दहाड़े कौन माई का लाल सीमा को पार करने का साहस कर सकता है? मैं गाड़ी की तरह तेज़ दौड़ रहा था। पसीने से नहा रहा था और अपने भाई का चेहरा मेरी आँखों के सामने घूम रहा था। सूचना देनेवाले ने कहा था कि उसकी हालत गम्भीर है। नीलम की एक छोटी-सी बस्ती में भयंकर सन्नाटा छाया हुआ था। मैं दरिया के इस ओर रहता था और मेरे माथे पर 'भारतीय' लिखा हुआ था। वह दरिया के उस पार रहता था और उसके माथे पर 'पाकिस्तान' की मुहर थी। संदेशवाहक ने कहा था कि वह बेहोशी में सिर्फ मेरा ही नाम ले रहा था। सन्देश मिलने के बाद मैं कैसे चुप बैठ सकता था! हमारा खून एक था। दौड़ते हुए आखिकार मैं अठमुकाम के पुल तक पहुँचा। इस पुल के उस ओर उसका घर था। केवल पाँच मिनट के भीतर ही मैं वहाँ पहुँच सकता था। चोर की भाँति मैंने इधर-उधर देख लिया। मुट्ठी बन्द करके मैंने पुल के ऊपर से दौड़ लगा ली। कुछ ही दूर दौड़ पाया था कि एक तेज़ आवाज सुनाई दी, "रुक जा!" टाँगों की जान चली गई। नज़र उठाई तो उस ओर के दो सिपाही राइफल लिये हुए मेरे सामने खड़े थे। एक बोला, "भारतीय है।" दूसरा बोला, "गिरफ्तार कर लो!"

"नहीं-नहीं जनाब, मैं न भारतीय हूँ और न पाकिस्तानी, मैं कश्मीरी हूँ। उस टूटे-फूटे घर में रहता हूँ। वह देखो, उस घर में मेरा भाई रहता है। वह बहुत बीमार है। वहाँ खुदा के सिवाय उसका और कोई नहीं है। जनाब, यदि आप केवल आधे घण्टे के लिए आज़ाद कर देते, तो मैं उसकी खैरियत पूछ आता। उसके लिए दवाई ले आता। उसे पानी पिलाता—बस।"

एक सिपाही ने बन्दूक का बट मेरी गर्दन पर मारा। जैसे भूचाल-सा आ गया। मेरे होश उड़ गए। फिर वे मुझे बंकर में ले गये। वहाँ और कई सिपाही थे। उन्होंने

भी मेरे माथे की मुहर पढ़ ली और घोषणा की, "भारतीय सेना का जासूस है।" फिर मेरी खूब पिटाई हुई। मुझसे कहा गया, "तुम साफ-साफ बयान दे दो कि तुम भारतीय जासूस हो और पाकिस्तान के शत्रु।"

मैं क्या कहता? यही न कि मैं अपने भाई का दुश्मन हूँ, जिसकी बीमारी की सूचना ने मुझे विचलित कर दिया। फिर मुझे आर्मी हेड-क्वार्टर भेजा गया। वह मेरे भाई के निवास-स्थान के बिलकुल निकट था। वहाँ मैंने अफसरों से बार-बार प्रार्थना की कि मुझे हथकड़ी पहनाए हुए ही मेरे भाई के घर तक ले चलो। वहाँ मेरा भाई बहुत बीमार है। केवल उसकी खैरियत ही पूछ लेता। मगर वह कहाँ मानते! नाखून उधेड़कर मेरे घावों पर नमक छिड़का गया। फिर मैं बेहोश हो गया। मुझे लगा जैसे मेरा भाई चारपाई पर पास ही पड़ा अन्तिम साँस ले रहा था। वह बार-बार पानी माँग रहा था और मैं बेड़ियों में जकड़ा एकदम निःसहाय। चारों ओर पानी का कोई नामोनिशान नहीं था। हथकड़ी की एक तीखी नोक से मेरी बाई बाँह में खरोंच आ गई। खून बहने लगा तो दाईं हथेली को प्याला बनाकर उसमें उसे एकत्र किया। फिर मैं भाई की प्यास बुझाने चला गया। बेड़ियों ने मेरा लहू-भरा हाथ उसके प्यासे मुँह तक न पहुँचने दिया। वह चिल्लाया 'पानी'। फिर उसे हिचकी आई...मौत की हिचकी। मैं ज़ोर से चिल्लाया, 'सर्वनाश हो मानव की इस सोच का, जिसने खुदा की इस सल्तनत को टुकड़ों में बाँट दिया।' और भाई से कहा कि 'तुम अपने भाई के शत्रु हो।'

मैं गहरी नींद से जागा। वे सारे मूँछों वाले सिपाही आँसू बहा रहे थे। उन्होंने कहा, "खिड़की से देख!"

बाहर मेरे भाई का जनाज़ा जा रहा था।

"मुझे चन्द लमूहों के लिए आज़ाद कर दो। मैं उसका चेहरा देखना चाहता हूँ और उसके जनाज़े में शामिल होना चाहता हूँ।"

उन्होंने कहा, "हमें पता है कि यह लाश तुम्हारे भाई की है, मगर हम तुम्हें जनाज़े में शामिल होने की इजाज़त नहीं दे सकते। हम बेबस हैं।"

मैंने विनती की, "अफसरों से आज्ञा ले लीजिये।"

उन्होंने कहा, "वे भी बेबस हैं।" मैंने गुजारिश की, "अफसरों के बड़े अफसरों से पूछ लो।" उत्तर मिला, "वो भी बेबस हैं!" मैंने पूछा, "फिर कौन आज्ञा दे सकता है?" उत्तर मिला, "वह सब हमें नहीं पता।"

अनुवाद : **ओंकार कौल**

•

विसंगतियों का त्रिभुज

अर्जुन देव मजबूर

राष्ट्रीय राजमार्ग पर बने पत्थरों के घेरे पर बैठते ही उसकी आँखों के सामने बना त्रिभुज चमकने लगा। तीर-से मोटे, चून से खिंचे, तीन संकेत-चिह्न जिनके साथ ऊधमपुर, जम्मू और श्रीनगर के नाम जुड़े थे। वह इस स्थान पर प्रायः बैठने आया करता था। सूर्य की तेज़ किरणें उसकी पीठ में काँटें चुभो रही थीं। इसी स्थान पर वह छह वर्ष पूर्व उतरा था।

घर से निकलते समय जब उसने अपने नए तिमज़िला मकान को जी भरकर देखा तो वह अन्दर ही अन्दर रो उठा, विह्वल हो उठा। जिस भूमि से वह पीढ़ियों से सम्बद्ध था, उससे छूटकर वह एक ऐसे पक्षी-सा हो गया था जिसका घोंसला अकारण छूट गया हो। ट्रक में बैठा तो उसके अपने जीवन के सारे चित्र एक लम्बे मनःपटल पर पसरने लगे। ज़िन्दगी की एक इमारत एक ही झटके में ढह गई थी। आँखों में अनछुए प्रकृति के दृश्य आ-आ कर पीछे छूट रहे थे और मन में अचानक हालात बिगड़ने का कोलाहल पूछ रहा था कि अब क्या करोगे?

उसने पढ़ा था इतिहासों में कि शताब्दियों पूर्व उसके पूर्वज इस वसुन्धरा से निकलने पर बाध्य हुए थे, किन्तु उसे विश्वास नहीं आ रहा था कि ऐसा हुआ होगा। किन्तु आज वह स्वयं इस बेइन्साफी का अनुभव कर रहा था। उसे समझ में नहीं आ रहा था कि ऐसा क्योंकर हुआ। हाँ, इतना स्पष्ट था कि कश्मीर में असहिष्णुता की एक आँधी-सी चला दी गई थी और यह कहीं बाहर से आई थी; अपनी धरती की तो रीत ही कुछ और है।

जब पैरों-तले से अपनी ज़मीन खिसक जाए तो उस सुखद भूमि का मूल्य पहचानते सारा भूतकाल कचोटता हुआ यादों के दरीचे पर उपस्थित हो जाता है। उसे अपने पिता का वह कच्ची दीवारों वाला मकान याद आया जिसे मकान कहना उचित न होगा। बड़े होकर उसने सोचा कि कहीं वह परिवार-सहित इस कच्चे मकान-तले दब न जाए, इसलिए किसी न किसी तरह एक पुख्ता मकान बनवा लिया जाए। उसने अपना और अपने परिवार का पेट काटा, कर्ज़ लिया, कुछ ज़मीन भी बेच दी और तब जाकर उसे एक पुख्ता मकान मिला, जिसमें उसने सुख-दुःख, सब-कुछ

देखा। उसे अपना मित्र मुहीउद्दीन याद आया जो मकान की बुनियाद के चारों कोनों के लिए तराशे हुए सुन्दर पत्थर लाया था। तीनों मंज़िलों में दरवाज़ों और खिड़कियों की लकड़ी हासिल करने के लिए उसे कितने पापड़ बेलने पड़े थे! जब से लकड़-चोरों ने वनों की सफाई की थी, तब से साधारण व्यक्ति को लकड़ी प्राप्त करने के लिए दिक्कत आने लगी थी। यह सब याद करके वह कुढ़ के रह जाता। मकान के आँगन में एक ओर, सरू के तीन पेड़ स्वागत करते हुए आकाश की ओर देख रहे थे और आँखों में ठंडक भर रहे थे।

चारों तरफ बैंत के पेड़, पास में बहती बल खाती बड़ी ही प्यारी-प्यारी नदियाँ, जिनकी कल-छल उसे दिनभर थकते रहने पर रात को मजे में सुला देती। दो वराण्डे, ऊपर-नीचे, दूर-दूर के पर्वत-शृंगों पर जमी शताब्दियों की बर्फ की रोशनी और मनमोहकता को बैठनेवालों की आँखों में खींच लाते। वासन्ती वायु सालभर अपने लाखों फूलों की खुशबू लिये आस-पास डेरा डाले महसूस होती।

त्रिभुज के तीनों ओर बसें, कारें, ट्रक और अन्य वाहन आ-जा रहे थे। कश्मीरी सेबों से भरा एक बड़ा ट्रक आकर उसके सामने कुछ देर के लिए रुक गया। सेबों की सोंधी-सोंधी खुशबू से उसके नथुनों में मिठास-सी भर गई और उसे अपना फलों का छोटा-सा बगीचा वापस आने की गुहार देता हुआ प्रतीत हुआ। फूल खिलाने के मौसम में क्या बहार रहती इस बगीचे में! और चारों ओर फैले बागों में सफेद, गुलाबी और कश्मीरी-चाय जैसे रंग के आड़ू के फूल जो देखनेवालों को निमन्त्रण देते हुए लग रहे होते। वह बच्चों-समेत यहाँ आता, पेड़ों पर कीटनाशक छिड़कता। जब उसकी बीवी टोकरी में भात, 'सतसोस का सालन' (सात सब्जियों का सालन) और 'छोंक दूध' (मक्खन-समेत लस्सी) लाकर रख देती तो किस मज़े से फूलों की पत्तियों की गद्दी के बीच खाने बैठते सब लोग! कैसे वह इस दृश्य में घंटों खो-सा जाता! इस स्मृति से उसकी बेचैनी बढ़ने लगी। घर के सभी सदस्यों का परिश्रम ही तो था इन फूलों और पेड़ों में और थी धरती की करामात (चमत्कार)।

अब, आज जहाँ वह दिन काट रहा था, वहाँ कुछ पेड़ थे कैम्प से दूर। इनमें न चिनार का विशालकाय वृक्ष था और न सेब जैसा कल्प-वृक्ष। दूर-दूर तक फैली पथरीली ज़मीन और रहने, खाने-पीने, बच्चों के पढ़ने और रोटी पकाने का केवल एक कमरा जिसमें ज़िन्दगी के सारे कामकाज चलाने पड़ते थे। झुलसती धूप, तेज आँधी और लम्बी बरसात। बूढ़े परेशान कि मरते समय भी अपनी धरती की दो गज़ ज़मीन मयस्सर होने की उम्मीद नहीं। स्त्रियाँ खोई-खोई-सी, और युवक भविष्य की चिन्ताओं में लिप्त। छोटे बच्चों को जब उनके माता-पिता अपने स्वर्ग (कश्मीर) की कथाएँ सुनाते तो उन्हें लगता कि ये सब किसी दूर देश की लोककथाएँ हैं।

तभी उसकी दृष्टि पास में लगे एक मेले की ओर गई। आँखों में कुछ रंग उभरे। किन्तु यह मेला कुश्ती के मुकाबलों का था। इसी के साथ अपने गाँव में नव वर्ष से एक दिन पूर्व लगने वाला मेला उसकी स्मृति में कौंधने लगा। पास वाले

कस्बे से गुलगुल, लूचियाँ, हलुआ-पराँठे बनानेवाले हलवाई, बच्चों के खिलौने, स्त्रियों की कंघियाँ और पराँदें बेचनेवाले, फेरीवाले अपनी-अपनी अस्थायी दुकानें सजाने लगे। वरनाग के बहुत बड़े चश्मे के गहरे नीले जल में यात्री नहाकर पूजन-अर्चन करने कतारों में आगे बढ़ने लगे। गाँव में चारों ओर चहल-पहल और रौनक की एक लहर-सी दौड़ गई। ऊँचे टीले पर पतंगें उड़ने लगीं और साफ-सुथरे कपड़े पहने मेहमानों की खातिरदारियाँ होने लगीं। नद्रू की मखनी, मूँग की दाल और आलू का चूर्मा, उसके मुँह में पानी आने लगा। गरीबी में भी कितनी भव्यता, कितना अपनापन!

एक बस के लम्बे हॉर्न से एक सुनहला मेला उसकी आँखों से एक क्षण में ओझल हो गया। आकाश में गर्मी का गुबार अभी मौजूद था। सूर्य देवता की किरणों में अभी तक तपिश बसी हुई थी। हवा का एक भी झोंका नहीं चल रहा था। छह वर्षों में उसने क्या-क्या नहीं देखा और सहा! कौन जानता था कि वह समस्याओं की दलदल में इस तरह फँसता जाएगा! आपबीती के मोटे-मोटे वाकयात की गिनती तो आप ही हो जाती थी—उसका अपना ऑपरेशन, कई रिश्तेदारों की बीमारियाँ ओर कितने ही व्यक्तियों की असमय मृत्यु...। वह तड़प उठा। उसकी दृष्टि जम्मू के चिह्न की ओर अनायास मुड़ गई। मन्दिरों का विशाल नगर, ट्रैफिक का ज़बर्दस्त रश और सबसे बढ़कर तेज़ गर्मी ज़ो उसके लिए असह्य थी। जम्मू वह युवा होते ही आता रहा है।

उसे वह दिन याद आया अब वह पहली बार लाहौर जाने के लिए जम्मू आया था। छोटा-सा शहर और यहीं उसने प्लेटफॉर्म पर रात बिताकर प्रातः सियालकोट के रास्ते लाहौर का सफर किया था। कितना मज़ेदार सफर, कितनी सहजता, यात्रियों की आपस की गुफ्तगूँ और कोई चोरी-चकारी नहीं, भीड़-भाड़ नहीं, रिजर्वेशन के टंटे नहीं—सब कुछ आराम से...किन्तु अब वे सारी बातें स्वप्न होकर रह गई थीं।

जम्मू उसे जाना पड़ता, किसी न किसी काम से। उसकी बड़ी बहन की मृत्यु इसी नगर में हुई थी। अहराबल जलप्रपात की हवा खानेवाली, वन्य-प्रदेश में रहनेवाली, अत्यन्त सरल स्वभाववाली बहन ने अपनी उम्रभर में मरने से पूर्व, उसके सामने अपनी अन्तिम इच्छा प्रकट की थी—कश्मीर में अपने घर में आखिरी साँस लेने की, किन्तु यह मामूली-सी इच्छा हालात पलटने से एक भारी पहाड़ के बोझ-सी बन गई थी उसके लिए, और वह इस इच्छा को पूरा न करने का दर्द मन के एक कोने में सदा के लिए सँभालते हुए रह गया था। कश्मीर से आनेवाले आज भी भारत के किसी भाग में आ-जा सकते थे। उनके कैम्प में जब भी कोई कश्मीरी किसी काम से आता तो उसकी बड़ी आवभगत होती। आपस में मिल-बैठकर हालात का जायज़ा लिया जाता, किन्तु फिर भी 200 किलोमीटर का फासला वह तै कर पाने की हालत में न था।

किसी कण्डक्टर की तेज़ आवाज़ रोके (रोकिए) से वह फिर चेता। उसकी दृष्टि पुनः श्रीनगर वाले संकेत-चिह्न पर पड़ी। उसे लगा कि यह चिह्न मानो हिलने लगा और उसे साथ लेकर उड़ने लगा—टेढ़े-मेढ़े खुले राजमार्ग पर उड़ता हुआ, पतनीटॉप

की ऊँचाई लाँघता, बादलों के बीच से चन्द्रभागा नदी को पार करता, बनिहाल पर्वत पर बने सर्पाकार मार्ग से होता हुआ जवाहर-टनल के बीच से एक माया-संसार में पहुँचता हुआ, जिसे जाने कौन-सा शाप लगा हुआ है! उसने देखा कि प्रकृति के कार्यकलाप और रंग-बिखराव में कोई अन्तर नहीं। आकाश कुछ ऐसे रंगों ने घेर रखा था जिन्हें संसार का कोई कैमिस्ट, कोई वैज्ञानिक, कोई चित्रकार नाम नहीं दे सकता। ये रंग प्रचलित रंगों से एकदम भिन्न थे। बस इन्हें देखते रहने की तमन्ना हर देखनेवाले में जग रही थी। थोड़ी देर में उसका गाँव उसके सामने था। घुँघरू बाँधे उसकी उत्तुंग-गिरि नाम की नदी उसे देखकर उछल पड़ी। गोधूलि के समय मिमियाते सद्यजात बछड़े एक आवाज़ में अपनी माँओं का स्वागत करने लगे। ग्रामीण बालाएँ 'हन्द'-सब्ज़ी की टोकरियाँ उठाए मटक-मटककर टीलों से उतरने लगीं। चूल्हों का धुआँ सुर्मई बादलों की तरह सफेदे के वृक्षों के ऊपर से उड़ने लगा।

वह गाँव के अड्डे पर उतरा और धक् से रह गया। अड्डे से दिखाई देने वाले उसके मकान के स्थान पर राख और कोयलों का एक बड़ा ढेर रो रहा था। एक तीर उसके अन्दर तक चुभ गया। उसे देखकर लोग आने लगे और वह विपदा की अनेक दास्तानें सुनकर अपने सारे दुःख भूल गया। सब उसे गले मिले, हाल पूछा और रुआँसे मुख से ताकने लगे।

एक गाड़ी के शोर से उसने अपने को एक पत्थर पर बैठा पाया, उसी त्रिभुज के पास। अभी उमस मौजूद थी। आकाश में सन्ध्या-रूपी देवी ने नीचे की ओर धरती के बेटों के दुःखों पर पर्दा डालने के लिए धीरे-धीरे अपने विशाल परों को फैलाना शुरू कर दिया था। उसे प्यास लगी। आसपास कहीं जल न था। कहाँ उसकी धरती जहाँ जिधर देखो जल के झरने और स्रोत हँस रहे हैं, मिठास घोल रहे हैं। चश्माशाही और कुकरनाग का संसारभर में सुप्रसिद्ध पानी उससे बहुत दूर रह गया था। ठण्डे पेय का भाव सात रुपये हो गया था। उसकी जेब में केवल पन्द्रह रुपये थे। तेरह रुपये की दवाई और बस का किराया। श्रीनगर और जम्मू के साथ जुड़े संकेतों की दुनिया से वह उभर आया। अब केवल तीसरा संकेत बचा था उसके लिए जो इस समय जीवन की वास्तविकता थी।

वाहनों की गति तेज़ होने लगी। शहर की बत्तियाँ जगमगाने लगीं। बाज़ार में शाम की खरीदारी शुरू हुई। लोग मनपसन्द कपड़े, बूट, फल और सब्ज़ियाँ खरीदने लगे। आलू की टिकियाँ बेचनेवालों के सामने भीड़ लग गई। मिठाईवाले ने तेज़ी से ग्राहकों को निपटाना आरम्भ किया। वह उठा और सारे बाज़ार पर एक विहंगम दृष्टि डाली। उसे याद आया कि अगले दिन प्रातः उसे अपनी पत्नी को आँख के ऑपरेशन के लिए सरकारी अस्पताल में दाखिल कराना है। उसने ऊधमपुर से कैम्प की ओर आखिरी बस जाने के समय को याद किया। पन्द्रह-बीस मिनट ही बाकी बचे थे। दवाई लेकर वह बस में बैठ गया।

•

शून्य

अली मुहम्मद लोन

वैक्यूम! अनन्त! और प्रतिदिन बढ़ता वैक्यूम! यह वैक्यूम पृथ्वी से दूर अन्तरिक्ष में नहीं है, अपितु यह मेरे दिल व मस्तिष्क में पैदा हुआ है। वह वैक्यूम जो कभी भी भरा नहीं जा सकता।

दिन और रात का चक्र...एक बेमानी वस्तु—भोर हुई...रोशनी हुई...शाम हुई और रात आई।

दिन भी बीता। रात भी समाप्त हुई। मुझे क्या? मैं किसी भी बात पर सोच ही नहीं सकता।

मैं अन्तर्मुखी या इंट्रोवर्ट नहीं हूँ। मगर यारों-दोस्तों को शिकायत है कि मैं ऐसा हूँ, क्योंकि मुझे उनकी तरह बातें करना नहीं आता।

'इंट्रोवर्ट!

इस सम्बोधन पर मुझे हँसी आती है। हँसी नहीं, बस समझ लीजिए यही होंठ मुसमुसाने तक की। मगर फिर भी चुपचाप बैठता हूँ। जब बात ही करना न आए, चुप रहने के अलावा चारा ही क्या है!

रिश्तेदारों में यह मशहूर है कि मैं सौ बातों के उत्तर में एक बात करता हूँ।

"यह बुद्धिमानी है।" बड़े बुजुर्ग कहते हैं।

"यह अभिमान है।" छोटे कहते हैं।

"बुद्धि जब पराकाष्ठा पर पहुँचे, बातें अपने-आप कम हो जाती हैं।" कम पढ़े-लिखे दोस्त कहते हैं।

और मैं इन सभी बातों का उत्तर होंठ मुसमुसाकर देता हूँ। इसलिए नहीं कि मैं इन बातों पर व्यंग्य करना चाहता हूँ, बल्कि इसलिए कि मुझे अपनी चुप्पी का कोई भी कारण ज्ञात नहीं है। अब रहा यह वैक्यूम। इसका मैं कर ही क्या सकता हूँ? यह दिन-प्रतिदिन फैलता ही जाता है...बढ़ता ही जाता है...इतना अधिक कि कभी मुझे यह सारी सृष्टि इसमें एक एटम-जैसी प्रतीत होने लगती है। उससे भी कम। कौन जाने, इसका क्या किया जा सकता है!

आज वर्षा हो रही है। सारा माहौल ठण्डा है। लोग बुश्शर्ट उतारकर सूट पहने हुए हैं। मगर मेरा वैक्यूम किसी भी प्रभाव को स्वीकार नहीं कर रहा है। सर्दी-गर्मी चाहे भीतर की हो या बाहर की, इस पर कोई प्रभाव नहीं डालती।

आप ही बताइए, अस्तित्व का क्या उद्देश्य है? शायद आपके पास अपने अस्तित्व का कोई अर्थ या उद्देश्य होगा। मगर मेरे अस्तित्व का क्या उद्देश्य है? मैं क्यों हूँ? और क्यों नहीं हूँ?

हज़ारों पुस्तकें, सैकड़ों फल्सफे पढ़ने के बाद भी मुझे इस प्रश्न का उत्तर नहीं मिला। मैंने संसार के सारे धर्म एवं सारे दृष्टिकोण छान मारे, मगर मेरा प्रश्न फिर भी उत्तर की प्रतीक्षा में रहा। मैं किसी भी परिणाम पर नहीं पहुँचा।

इसीलिए मुझे अपना अस्तित्व बिना उद्देश्य के और निर्जीव दिखता है। ऑटोमेटन या रोबो का भी एक उद्देश्य होता है। वह भी एक उद्देश्य के लिए बनाया जाता है, और वह उस उद्देश्य को पूरा भी करता है। मैं क्या हूँ? क्यों हूँ? रोबो या मनुष्य? यह मैं कभी भी नहीं समझा।

लोगों के गले में ज़ंजीरें पड़ती हैं—कारोबार की ज़ंजीरें, परिवार की ज़ंजीरें, समाज की ज़ंजीरें, और इन्हीं ज़ंजीरों में कैद होकर वे गधों की भाँति कान और मन बन्द करके ज़िन्दगी के रास्ते पर आगे रेंगते रहते हैं और आखिर में किसी मंजिल पर पहुँच जाते हैं। मगर मुझे क्या हुआ? मैं भी इन्हीं ज़ंजीरों का कैदी हूँ, फिर भी मैं अपने-आपको कैसे इनसे मुक्त पाता हूँ? अलग और अकेला इन ज़ंजीरों के बिना भी कोई जीवित रहता है क्या?

प्रातः दफ्तर जाना, शाम को वापस आना, खाना लेना, रेडियो सुनना, अखबार पढ़ना, नोन-तेल और साग-सब्ज़ी का हिसाब करना, इन्शोरेंस, जी.पी.फण्ड, इन्कम टैक्स, मकान का किराया, मरना, जीना, विवाह, मातम...सभी झमेलों में पड़कर भी मैं अपने-आपको स्वतन्त्र पाता हूँ—अकेला, बिना किसी रुकावट के। मैं परेशान हो जाता हूँ। भगवान के अस्तित्व पर विश्वास न होने पर भी कभी-कभी मेरे मुँह से खुले दिल चीखें निकलती हैं—'ओह माय गॉड!'

हाल ही में मैं एक हादसे का शिकार हुआ। मैं रात को साइकिल से गिर पड़ा। उस समय भी मेरे मुँह से चीख निकली—'ओह माय गॉड!'

मगर ज्यों ही लगा लोगों ने मुझे उठाया, मेरे दिल में कोई भी जज्बा मौजूद न था—न भय का, न चिन्ता का और न एडवेंचर का। अस्पताल में जब मैं स्क्रीनिंग प्लांट के सामने आया तो डॉक्टर ने मेरी ज़ख्मी बाँह को सीधा किया। मेरी चीखें निकलीं, शारीरिक पीड़ा के कारण, और सिर से पैर तक पसीने छूटे। पता नहीं डॉक्टर को क्या दिखाई दिया। उसका हाथ काँपा और थोड़ा परेशान होकर उसने कहा, 'शायद फ्रैक्चर है।' डॉक्टर की परेशानी पर मुझे हँसी आई। वह हैरान हुआ। जब मुझे एक्सरे की मेज़ पर चढ़ाया, मेरी बाँह को फिर सीधा किया गया। फिर से मेरी चीखें निकलीं?

डॉक्टर ने डरते-डरते कहा, 'मुझे लग रहा है कि फ्रेक्चर है।' बस, मुझे ज़ोर से हँसी आई। डॉक्टर को गुस्सा आया और वह बोला—'जनाबे आली! आपको यह मज़ाक लगता है? इन हड्डियों के जुड़ने में कम से कम तीन महीने लग जाएँगे।'

मैं यह सुनकर पता नहीं क्यों निराश-सा हुआ—'केवल तीन महीने? छी-छी...!'

डॉक्टर ने मेरे सिर पर हाथ फेरकर पूछा, "कहीं आपको हेड-इंजरी तो नहीं है?'

मैं अब चुप रहा। उस बुद्धू को क्या कहता कि सिर में तब चोट आती जब इसमें सोचने की शक्ति होती। खाली सिर में क्यों चोट आएगी भला?

एक्सरे-फिल्म देखकर मैं कुछ अधिक ही निराश हुआ। बाँह की हड्डियाँ बिल्कुल ठीक थीं। डॉक्टर प्रसन्न था और उसने अंग्रेज़ी में कहा, 'यू आर वेरी लक्की! थैंक योर स्टार्ज़!'

'ओफ्फोह!'

एक अवसर जीवन में आया था, दैनिक जीवन-चक्र से अलग। मगर मेरी किस्मत से यह अवसर ही चूक गया। बाँह को प्लस्तर में कैद रखना, अस्पताल के साफ-सुथरे सफेद-सफेद और गर्म-गर्म बिस्तरे पर लेटना एक ऐसा आनन्ददायक तजुर्बा था जो मेरी किस्मत में न था। और यह बुद्धू डॉक्टर कहता है, 'रियली यू आर वेरी लकी। आय कान्ग्रेचुलेट यू!'

हुँह! ईडियट!!

अन्य लोगों को किसी चीज़ की कमी होती है, किसी भौतिक वस्तु की कमी। वे वस्तुएँ प्राप्त करने में उनका सारा जीवन बीत जाता है। मगर मुझे किसी भी भौतिक वस्तु की कमी नहीं। इस किस्म की कोई भी कमी नहीं है। मेरी कमी जो है वह है भीतर की। मेरे दिल में कोई भी जज़्बा नहीं है। किसी भी किस्म का—भय का, खुशी का, गम का, मुहब्बत का, नफरत का।

बुद्धिजीवियों का कहना है कि मनुष्य साग-चावल (दाल-रोटी) खाकर ही जीवित रहते हैं। साग-चावल, पानी और हवा मनुष्य के शरीर को जीवित रखते हैं। मगर मनुष्य के शरीर में और भी कुछ होता है जिसे अलग-अलग किस्म का आहार मिलना चाहिए। आज से कुछ समय पूर्व मैं इसे सच मानता था। इसीलिए मैं पुस्तकें पढ़ता था, कहानियाँ लिखता था, नाटक खेलता था, गाने सुनता था, फिल्में देखता था, क्लबों में जाता था, महफिलों में भाग लेता था, लोगों के साथ उठता-बैठता था, हँसता-खेलता था। मगर यह मेरा भूतकाल था। मेरा वर्तमान अब दूसरे ही तौर-तरीकों पर चल रहा है। मुझे यह सब फिजूल लगता है...बेहूदा और बकवास! पुस्तकें पढ़-पढ़ के मेरा मस्तिष्क खाली हुआ है। कहानियाँ लिख-लिखकर मेरे अपने जीवन की कहानी उलझन बन गई। नाटक केवल नकल है जिसमें अक्ल का क्या काम! गाने-बजाने में वैराग्य पैदा होता है। फिल्में उद्देश्य-रहित हैं। क्लबों में जाना, महफिलों में

उठना-बैठना, दोस्तों-यारों के साथ हँसना-खेलना एक तकल्लुफ लगता है। पता नहीं क्यों?

पता नहीं मैं क्या चाहता हूँ! मैं कुछ भी नहीं चाहता। कुछ भी तो नहीं! फिर भी दिल और दिमाग का यह वैक्यूम मुझे खाने को दौड़ता है। और मैं चाहता हूँ कि यह किसी तरह भर जाए। पता नहीं इसे भरने के लिए क्या होना चाहिए? किसी की मुहब्बत? किसी की सहानुभूति? अब अगर ये सारी वस्तुएँ उपलब्ध होने पर भी यह वैक्यूम, यह शून्य, भर नहीं पाता, तो फिर इसका क्या किया जाए?

ओफ्फोह!

मैं तंग भी नहीं आता।

काश! तंग ही आ जाता। यह भी एक जज्बा था, मेरे खालीपन को किसी न किसी तरीके से भर लेता। ओह माय गॉड!

दिमाग के खाली होने का, या दिल के खाली होने का, कोई इलाज है क्या?

वर्षा हो रही होगी। माहौल भी ठण्डा हुआ होगा। अच्छी लगनेवाली (मीठी-मीठी) ठण्ड भी शुरू होगी। इस ठण्ड में सफेद रज़ाई में सोना एक लक्शरी (ऐयाशी) है, मगर उनके लिए जो रात व्यतीत कर दिन की प्रतीक्षा करते होंगे। जिसकी किस्मत में यह प्रतीक्षा करना ही न लिखा हो, वह क्या करेगा? कहाँ जाएगा?

ओह! मेरा यह वैक्यूम, यह शून्य, क्या किसी तरह भरा जा सकता है?

अनुवादक : **डॉ. ओंकार कौल**

•

जड़ें

अवतारकृष्ण 'रहबर'

उसके मन-प्राण विकल, विचलित थे।

जिस अनुपात से कलकत्ते में गर्मी की प्रचंडता तेज़ से तेज़तर होती जा रही थी, उसी अनुपात से उसकी विकलता भी बढ़ती जा रही थी और अहसास गहरा होता जा रहा था कि वह समय दूर नहीं जब उसका दम घुट जाएगा, आखिरी साँस भी उखड़ जाएगी और उसे अपनी इस अभागी काया को छोड़ना पड़ेगा।

इस महानगर में लोगों की भीड़-भाड़, एक अव्यवस्थित, अनुशासनहीन जनधारा उसे काट खाने को आती थी। एक अजीब भाग-दौड़, भागती-दौड़ती छायाएँ। हर आदमी दूसरे आदमी से आगे जाने को बेताब। किसी को किसी का इन्तज़ार नहीं। यह सारा कोलाहल उसके कानों के पर्दों को फाड़ता था। सारे वातावरण में उसे अजीब तरह का परायापन अनुभव होता था। महानगर की विचित्रता, विविधता, रंगारंगी या सांस्कृतिक गतिविधियाँ उसे तनिक भी अपनी ओर नहीं खींचती थीं। मन करता था कि उमड़कर अपने घर, अपने कश्मीर वापस चला जाए। मगर यह बात भी सम्भव नहीं थी। उसका सारा अस्तित्व जैसे कहीं खो गया था। पिछले पचास वर्षों तक कश्मीर में सतत गतिशील उसकी ज़िन्दगी कैसे यहाँ आकर जड़ हो गई थी! इतने सारे वर्ष कश्मीर में भी एक ही रंग में या एक ही ढंग पर नहीं बीते थे। पहले डोगराशाही थी। फिर आज़ादशाही आई थी। वितस्ता के किनारों के बीच तब से अब तक बहुत सारा पानी बहा था। समय-समय पर कुछ बातें उसे अप्रिय भी लगी थीं। परसों की ही बात है जब वह अपना वोट डालने बूथ पर पहुँचा था तो एक आदमी ने उससे कहा था—'पंडित जी, आपने तकलीफ क्यों की? आपका काम हमने खुद निपटा दिया। क्या करें, बुज़ुर्गी का ख्याल तो रखना ही पड़ता है!'

श्रीकण्ठ को बहुत बुरा लगा था। मगर कोई प्रतिवाद करना उसने उचित नहीं समझा। अनायास ही उसका हाथ अपनी पगड़ी की ओर गया। पगड़ी को सिर पर ठीक तरह से सँभालकर वह धुएँ से डरे चूहे की तरह बेशर्मी से घर लौट आया था।

फिर भी श्रीकण्ठ को विश्वास और सन्तोष था कि उसकी अपनी एक ज़िन्दगी

है, अपना एक अलग व्यक्तित्व है, अपना स्वतन्त्र अस्तित्व है, अपनी एक अलग पहचान है। आलिकदल के पुराने मुहल्ले के सिविल लाइन्स तक जाते उसे लगता था कि श्रीकण्ठ चल रहा है। वह वही है, कोई और नहीं। हर गली में, हर नुक्कड़ पर उससे दुआ-सलाम होता था। मगर कलकत्ते में उसे अपने में और एक मक्खी में कोई अन्तर ही नहीं दिखाई देता था। अगर वह मर भी जाएगा तो एक मक्खी की मौत ही मरेगा। कौन जानेगा कि कौन मर गया? यदि कश्मीर में मरेगा तो कई दिन तक सारे नगर में चर्चा होगी कि श्रीकण्ठ का स्वर्गवास हो गया। श्मशान-घाट तक कितने ही लोग, उसके सम्बन्धी, उसके पड़ोसी—हिन्दू और मुसलमान दोनों, उसकी शव-यात्रा में शामिल होंगे।...उसे एक पेंटिंग याद आ रही थी जिसमें शाखाएँ और डालियाँ फैलाए एक विराट वृक्ष को चित्रित किया गया था, मगर नीचे से उस वृक्ष की सारी जड़ें कट गई थीं। जाने क्यों वह पेंटिंग बार-बार उसकी आँखों के सामने आ जाती थी।

श्रीकण्ठ का एक बेटा जयपुर में था, दूसरा बंगलूर में, और यह तीसरा और सबसे छोटा यहाँ कलकत्ते में था। बेटियाँ तीन थीं। बड़ी की शादी कश्मीर में हो गई थी। मँझली शिमला में थी और छोटी अमरीका में। बेटे ऊँचे•महत्त्वपूर्ण पदों पर नहीं थे। हाँ, जैसे-तैसे गुज़ारा कर ही लेते थे। उनकी दशा लक्ष्यहीन, दिशाहीन बटोहियों जैसी थी। आज यदि यहाँ थे तो मालूम नहीं था कि कल कहाँ होंगे! उनके बाद भी उनकी सन्तान कहाँ-कहाँ ठोकरें खाएगी! उसकी कमाई का आधा भाग मकान का किराया देने में ही चला जाता था। और वहाँ कश्मीर में अपना सात कमरों का खुला-चौड़ा मकान सौ साल पुराना होकर भी बिना मुसाफिरों की सराय-सा खाली पड़ा था। ठीक है, अब उसकी छत टूट गई थी, तीसरी मंज़िल की दीवारें वर्षा के आघातों को सहते-सहते कमज़ोर पड़ गई थीं, लेकिन समय की सारी चपेटों को सहता वह अब भी वैसे ही खड़ा था। राम कौल का हवेली-जैसा मकान सारे मुहल्ले में अपनी मिसाल आप था। महाराजाई दौर की पुरानी ईंटों की चुनाई श्रीकण्ठ के पिता राम कौल की प्रतिष्ठा और शानो-शौकत की गवाही दे रही थी। तहसीलदार होने के कारण एक बहुत बड़े इलाके का असली महाराज तो वही था। उसके मकान के साथ मुहल्ले के प्रत्येक निवासी का निकट का सम्बन्ध था। जिस किसी के यहाँ शादी-ब्याह हो, राम कौल का हवेलीनुमा घर उसके काम आता था। पंडितों और मुसलमानों की कितनी ही बरातें उस बड़े घर में दावतें उड़ा चुकी थीं। राम कौल की हवेली मुहल्ले-टोले की जवान लड़कियों के लिए कोमल कामनाओं की वह मनचाही चारदीवारी थी जिसको लाँघने की रस्म पूरी करके ही वे दूसरे मुहल्ले में, दूसरे इलाकों में, दूसरे शहरों में अपने-अपने घर बसा सकती थीं मुहल्ले की प्रत्येक जवान लड़की उस शुभ घड़ी का बेताबी से इन्तज़ार करती थी, जब राम कौल के मकान में उसके नाम पर हरमल जलती, मंगल गीत गाए जाते, लंगर लगते और बरातियों की पाँतें

नाना प्रकार के व्यंजनों से तृप्त होकर वाह-वाह करतीं और वह खुद डोली या मोटर में सवार होकर अपने जीवन-साथी के साथ पितृकुल को छोड़कर किसी नये कुल में शामिल हो जाती।—ये सारी बातें याद आते ही श्रीकण्ठ के मस्तिष्क में वह पेंटिंग, वह विराट वृक्ष फिर-फिर उभरता जिसकी शाखाएँ और डालियाँ दूर-दूर तक फैली थीं, पर नीचे से जड़ें सूख गई थीं।

पिछले साल रिटायर होने पर उसने सोचा था कि वह अपने जीवन के शेष दिन कश्मीर में ही गुज़ारेगा, मगर परिस्थितियों ने उसका साथ नहीं दिया। उसे अपनी इच्छा के विरुद्ध कुछ फैसले करने पड़े थे। आज से बीस दिन पहले जब वह कलकत्ता जाने के लिए ट्रेन में बैठा था, उसे लगा था जैसे यमदूत उसे पकड़कर ले जा रहे हैं। एक उसका दाहिना हाथ और दूसरा बायाँ हाथ पकड़कर उसे दहकते अंगारों पर चला रहे हैं। यहाँ आकर झुलसती गर्मी और शोर-शराबे ने उसकी इस वेदना को तीव्र किया था। वह सोचता कि कुएँ का मेंढक श्रीकण्ठ ही भला था। उसे यकीन-सा हो गया था कि अब अगर कश्मीर लौटना उसके नसीब में नहीं है, तो वहाँ उसका अन्न-जल समाप्त हो गया है।

एक अजीब-सी पीड़ा उसकी नस-नस में व्याप्त हो गई थी। वह पिछले कई दिनों से अपने भाई के पत्र की प्रतीक्षा कर रहा था, मगर आज तक न उसका पत्र आया और न ही उसके बारे में कोई सन्देश। फिर भी उसे विश्वास था कि उसका भाई आठ-दस दिन तक उसे 'हाँ' या 'ना' ज़रूर लिखेगा। तब वह अपने दामाद को तार देगा और वही बाकी सारी कारवाई पूरी करेगा जिससे वह आखिरी समस्या भी हल हो जाएगी और वह शान्ति से प्राण त्याग सकेगा। मगर भाई का पत्र था कि आता ही नहीं था।

'जाने स्वस्थ सकुशल भी है या नहीं?' श्रीकण्ठ का मन विचलित हो उठा—'अगर आज भी खत नहीं आया तो तार देना पड़ेगा। भीतर ही भीतर सुलगने के बाद अब बुझ चुका हूँ। किसके आगे अब अपना दुखड़ा रोऊँ?' उसने एक गहरी आह भरी।

श्रीकण्ठ के तीन भाई थे। एक बचपन में मर गया था। दूसरा दिल्ली में एक बहुत बड़ा अफसर बन गया था। वहीं उसने एक आलीशान कोठी भी बनवाई थी। उसी की कृपा से श्रीकण्ठ के तीनों लड़के भी जयपुर, बंगलूर और कलकत्ते में दो वक्त की रोटी कमाने के काबिल हो गए थे। श्रीकण्ठ का तीसरा भाई नाथजी एक स्कूल मास्टर था, जो कश्मीर में ही रहता था। उसके पेंशन पाने में अभी पाँच-छह वर्ष बाकी थे और ट्यूशन आदि करके अपने परिवार की गाड़ी को जैसे-तैसे हाँक रहा था।

दो साल पहले श्रीकण्ठ की पत्नी का देहान्त हो चुका था। तब से वह नाथजी के यहाँ ही खाता-पीता था और किसी न किसी बहाने छोटे भाई को अपने ऊपर खर्च होने वाली रकम पहुँचाता था। एक दिन जब दोनों भाई तीसरे पहर की चाय

पी रहे थे, श्रीकण्ठ ने नाथजी से कहा—"सुनते हो? मैं आज टिकट ले आया। परसों जम्मू रवाना हो जाऊँगा और वहीं से दूसरे दिन कलकत्ता।"

"क्यों? वहाँ सब ठीक तो है?" नाथजी ने तनिक घबराकर पूछा।

"हाँ, सब ठीक है! मगर सच पूछो तो कुछ भी ठीक नहीं है।"

"मतलब?...आप साफ-साफ क्यों नहीं कहते कि बात क्या है?" नाथजी ने व्यग्र होकर पूछा।

"आज कलकत्ते से छोटे साहबज़ादे का चौथा खत आ गया कि मैं जल्द से जल्द वहाँ पहुँच जाऊँ।"

"तो ठीक है। जाड़ों में सहर्ष चले जाइये। अभी तो वहाँ प्रचण्ड गर्मी होगी।" नाथजी ने अपना मत प्रकट किया।

"मेरा भी कुछ ऐसा ही ख्याल था। मगर उसने जो कुछ लिखा है उसे पढ़कर लगता है कि मुझे जाना ही पड़ेगा।"

"आखिर ऐसी भी क्या एमर्जेंसी है?"

"तुम नहीं जानते। दोनों पति-पत्नी मुँह-अँधेरे ही घर से निकलते हैं। वह खुद फैक्टरी चला जाता है और बहू किसी प्राइवेट स्कूल में पढ़ाने जाती है। रहा नन्हा, उसे उन्होंने किसी क्रेच में डाला था जहाँ उन्हें महीने के डेढ़ सौ देने पड़ते थे। शाम को काम से लौटते समय वे नन्हें को भी वहाँ से घर ले आते थे।"

"तो ठीक है। इसमें बुराई क्या है?"

"आजकल तो यह बुराई हर बात में हर काम में घुस गई है। साहबज़ादे ने लिखा है कि क्रेच वाले बच्चों को जाने कौन-सी दवाई खिला देते हैं जिससे बच्चे दिन-भर के लिए गहरी नींद में डूब जाते हैं और वे उनकी चीं-चीं, चौं-चौं से बच जाते हैं। लिखा है इससे नन्हे की बहुत बुरी हालत हो गई थी और उन्होंने उसके बच जाने की आशा ही छोड़ दी थी।"

"आश्चर्य है!" नाथजी ने कहा—"तब उन्हें नन्हे को किसी दूसरे क्रेच में डालना चाहिए था। सभी तो एक-जैसे नहीं हो सकते।"

"नहीं, सभी एक-से हैं। अब यदि माँ नौकरी छोड़ दे तो सात-आठ सौ में कैसे गुज़ारा चला लेंगे? चार-सौ तो घर का किराया ही होगा। नहीं, मुझे जाना ही पड़ेगा, चाहे इस बुढ़ापे में बच्चे पालने की चाकरी ही करनी पड़े।"

इसके बाद दोनों एक-दूसरे को बस देखते रहे। कुछ देर के लिए कोई कुछ नहीं बोला।

"असल में ग्यारह घरों के कश्मीर का ज़माना दुबारा आने लगा है।" श्रीकण्ठ ने फिर जुबान खोली—"यदि उसे भी कश्मीर में कोई नौकरी मिली होती तो वह सब नहीं देखना पड़ता। मैंने कितने ही लोगों के पाँव पकड़े मगर सब व्यर्थ! थोड़ी-सी भूमि बची थी, उसे भूमि-सुधार के बहाने छीन लिया। हम भी सुधार के पक्ष में हैं;

पर सुधार तो हुआ नहीं, सिर्फ हमारा सर्वनाश हो गया। परसों ही मैं अपनी शीला की ससुराल गया था। चारों भाई सपरिवार नथुने-से सँकरे घर में किस प्रकार रहते हैं, यह देखते ही बनता है। बेचारों के पास बीस-पचीस कनाल ज़मीन थी। वह सारी की सारी हड़प गए। घर बनाने के लिए बेचारों के पास ज़मीन नहीं छोड़ी। यह सब किससे कहें? कौन सुनेगा?"

बोलते-बोलते श्रीकण्ठ की विचित्र दशा हो गई। सारा क्रोध और आक्रोश चेहरे पर उमड़ आया—"...और वह मँझला? बंगलूर में सड़ रहा है। सोचता हूँ, अभागा करता क्या होगा? दो जवान बेटियाँ घर में पड़ी हैं। कैसे उनके हाथ पीले करेगा? सच पूछो तो जीवन की इस अन्तिम घड़ी में बहुत परेशान हूँ। जयपुर वाला तो कोई चिट्ठी-पत्री ही नहीं लिखता। सोचता होगा कि अगर चिट्ठी लिखी तो बुड्ढा आ धमकेगा, हालाँकि मैं किसी के ऊपर बोझ नहीं हूँ। जब तक ज़िन्दा हूँ, मेरे लिए मेरी पेंशन काफी है।"

श्रीकण्ठ को भावुक होते देखकर नाथजी ने बातचीत का विषय बदलना ही उचित समझा—"आपने चाय पी ली?"

"हाँ भई, पी ली। चाय ही नहीं, ज़हर भी पी चुका हूँ।" श्रीकण्ठ की बोली में कड़वाहट बढ़ती ही गई—"मैं एक दूसरी बात सोच रहा था। असल में तुमसे वही कहना चाहता था।"

"कौन-सी बात?" नाथजी ने हैरान होकर पूछा।

"सोच रहा था कि यह मकान अब बेच ही डालें। वह दिल्ली वाला अभी तक चुप है। मालूम नहीं उसने अपने हिस्से के बारे में क्या सोचा है। आखिर आज या कल मुझे अपना शरीर छोड़ना ही होगा। अपने खून को तो मैं बहुत अच्छी तरह पहचानता हूँ। अभी मेरा तेरहवाँ भी नहीं हुआ होगा कि वह एक-दो-तीन करके मेरे हिस्से को नीलाम कर देंगे। इसीलिए सोचता हूँ कि अगर मेरे जीते-जी यह झमेला खत्म हो जाए तो बेहतर रहेगा। डरता हूँ कि मेरे बाद मामला बढ़ न जाए और ये बिच्छू वहाँ आकर भी मुझे डस न लें।"

श्रीकण्ठ की बातें सुनकर नाथजी अवाक् रह गया। अपने भाई का यह फैसला उसे कुछ बेतुका लगा—आकस्मिक और कुछ-कुछ एक अप्रिय और कड़वा यथार्थ भी! उसे लगा कि अचानक किसी साँप ने उसे डंक मारा और अब ज़हर उसके अंग-अंग में फैल रहा है। उसकी समझ में नहीं आ रहा था कि मिट्टी के कच्चे बर्तनों से भरी भट्टी-जैसे परिवार को लेकर वह कहाँ-कहाँ मारा-मारा फिरेगा।

श्रीकण्ठ सब समझ रहा था। उसने एकाउण्टेंट जनरल के दफ्तर में काम किया था। ज़िन्दगी-भर घास नहीं खोदी थी।

"मुझे तुम्हारी मजबूरियों का अहसास है।" श्रीकण्ठ ने दूरदर्शिता दिखाते हुए कहा—"मगर ज़रा सोचो! यदि हम एक साथ ही पूरे मकान को बेचें, तो डेढ़-दो

लाख मिल ही जाएँगे। इसके विपरीत यदि हम अपने-अपने हिस्सों को अलग-अलग बेचेंगे तो पचास हज़ार से एक पाई भी अधिक नहीं मिलेगी। आजकल कौन साझेदारी के मकान में रहना पसन्द करता है! तिस पर, जब कमरों के बीच का गलियारा साँझा हो, दहलीज़ साँझी हो और कमरों के बीच की दीवारें साँझी हों?''

''वह सब तो ठीक है।'' नाथजी ने नम्रता और आदर से कहा—''दो-चार साल और सही। मालूम नहीं मेरे इन बच्चों की रोज़ी-रोटी किस दिशा, किस देश में लिखी होगी। तब तक मैं भी रिटायर हो जाऊँगा और मुझे भी बोरिया-बिस्तर बाँधकर उनके पीछे-पीछे जाना होगा।''

''तुम बिल्कुल सही कहते हो।'' श्रीकण्ठ बोलने लगा—''लेकिन मुझे लगता है कि मैं तब तक जीवित नहीं रहूँगा। खैर, मुझे अपनी कोई चिन्ता नहीं है, पर डरता हूँ कि कहीं राम कौल का नाम बदनाम न हो जाए। मान लो मेरा हिस्सा किसी ऐसे-वैसे आदमी ने खरीद लिया, तब तुम क्या करोगे?''

नाथजी जड़ बना बैठा रहा। दस-पन्द्रह मिनट तक उसके मुख से एक शब्द भी नहीं निकला। श्रीकण्ठ ने उठकर फिरन की सलवटें ठीक कीं और नाथजी से कहा—''सोच लो! फुर्सत से सोच लो। दोनों मियाँ-बीवी देख लो कि ठीक क्या रहेगा। मैं परसों जा रहा हूँ। वहाँ पहुँचने के सप्ताह-भर बाद तुम्हें पत्र लिखूँगा। मेरी नज़र में दोनों तरह के खरीदार हैं। एक तो पूरे का पूरा मकान खरीदने को तैयार है। दूसरा सिर्फ मेरे हिस्से के पचीस हज़ार दे रहा है। दोनों मुसलमान हैं। मैं दिल्ली वाले को चिट्ठी लिख रहा हूँ कि उसको अपने हिस्से का क्या करना है?''

इतना कहकर श्रीकण्ठ चलने लगा।

''आप कहाँ चले? खाना तो खाइए!'' नाथजी ने बहुत ज़ोर लगाकर अपनी जीभ को फिर से चालू किया—''बैठिए, खाना खाइए। जो भाग्य में लिखा होगा वह होकर रहेगा।''

''हाँ, होनी को कौन टाल सकता है? लेकिन मुझे ज़रा भी भूख नहीं है। सिर दुख रहा है। मैं सोना चाहता हूँ।''

इतना कहकर श्रीकण्ठ अपने कमरे में आया। दरवाज़ा बन्द करने के बाद उसने रोशनी गुल कर दी और बिस्तर में जा घुसा।...वही मौन तस्वीर। वहीं पेंटिंग फिर उसके सामने मुखर हो उठी—एक विराट वृक्ष, परन्तु जड़हीन। अनेक छोटी-बड़ी आरियाँ उन बची-खुची जड़ों को भी काट रही हैं, जिनके सहारे वृक्ष अभी तक टिका है।

श्रीकण्ठ ने बचपन में सुना था कि उसके शहर श्रीनगर की शंकराचार्य पहाड़ी वास्तव में एक सुषुप्त ज्वालामुखी है जो किसी भी क्षण फूटकर सदियों से अपने भीतर छिपे लावे को वहाँ बिखेरकर सर्वनाश का कारण बनेगा। मगर इन साठ वर्षों में यह ज्वालामुखी नहीं फूटा, हालाँकि समय-समय पर इससे लावे की धारा रिसती रही। लेकिन आज पहली बार उसे लग रहा था कि शंकराचार्य पहाड़ी फट गई है

और भीतर छिपा सारा लावा बहकर दूर-दूर तक फैल गया है और सारे आकाश को धुएँ और विषैली हवाओं ने घेर लिया है।

आज भी उसके नाम कोई पत्र नहीं आया। मन हुआ कि बेटे से कह दे कि कश्मीर वालों को तार दे दो। मगर वह बेटे और बहू के सामने कश्मीर का नाम तक लेने से डरता था। कश्मीर का ज़िक्र आते ही पति-पत्नी उसे बावले कुत्तों की तरह काट खाने को दौड़ते—'आग लग जाए उस कश्मीर को जो हमारा नहीं रहा!

श्रीकण्ठ खुद ही बोझिल कदमों से तारघर तक गया और तार दे दिया—'वरीड। वायर वेलफेयर—श्रीकण्ठ।'

जैसे-तैसे तीन दिन बीते। ये तीनों रातें उसने काँटों पर लोट-लोटकर काटीं। अजीबो-गरीब विचार उसके मन में आते रहे—कहीं ऐसा तो नहीं कि भाई-भावज ने खुद ज़हर खाकर मुझे जीते-जी नरक में डाल दिया? मुझे यह कठोर निर्णय लेना ही नहीं चाहिए था। मेरे मरने के बाद जो होता सो होता।...उसकी दशा कुछ-कुछ पागलों जैसी हो गई। उसने सोचा कि यदि और कुछ दिन तक भाई का जवाब नहीं आएगा तो वह उसे लिखेगा कि उसने अपना फैसला बदल दिया।

तार का जवाब आ ही गया। बहुत ही संक्षिप्त। तार देखते ही वह बहुत खुश हुआ, मानो उसे कोई खज़ाना मिल गया हो। लिखा था—'सब सकुशल हैं। विस्तृत पत्र पाँच दिन पहले डाला है।'

तार की यह इबारत पढ़कर वह निश्चित नहीं कर पाया कि उसे खुश होना चाहिए या उदास। वह फिर सोचने लगा कि नाथजी ने क्या किया होगा? क्या लिखा होगा? उसकी समझ में कुछ भी नहीं आ रहा था। तभी डाकिया नाथजी का खत लेकर आ गया।

श्रीकण्ठ ने उसके हाथ से लिफाफा ले लिया। हाँ, पत्र नाथजी का ही था। उसकी ही लिखावट थी। छोटे भाई की फर्मांबरदारी देखकर वह बहुत प्रसन्न हुआ। मन में उसके प्रति स्नेह कुछ ज़्यादा ही उमड़ आया। मगर लिफाफा खोलते समय जैसे सारा शरीर काँपने लगा। दिल की धड़कन तेज़ हो गई। आँखों के आगे अँधेरा-सा छाने लगा। लिफाफा खोलकर जब उसने पत्र बाहर निकाला तो पल-भर के लिए वह उसे कोरा कागज़ लगा। मगर नहीं, यह उसका भ्रम था। श्रीकण्ठ ने अपनी ऐनक साफ की। पहले उसे कागज़ पर कुछ धुँधली आकृतियाँ दिखाई दीं, पर जल्दी ही सारे अक्षर स्पष्ट होकर बोलने लगे। श्रीकण्ठ दम साधकर एक-एक अक्षर, एक-एक शब्द ध्यान से पढ़ने लगा—

"भाई साहब,

नमस्कार! आपकी शतायु की कामनाएँ करता हूँ।

मैं आपकी लाचारी और मजबूरी भली-भाँति समझता हूँ। मुझे इस बात का अहसास है कि जिस भाई ने अपने बेटे की तरह मुझे पाल-पोसकर बड़ा किया, सोचना

सिखाया, उसकी बात ही सही होगी, वज़नदार होगी। परन्तु आप भी ज़रा सोचिये कि मैं अपना कच्चा परिवार लेकर कहाँ जाऊँ?

आप बेशक अपना हिस्सा बेचें। जिसे चाहें, उसे बेचें। आप मेरी चिन्ता क्यों करते हैं? यदि खरीदार मुसलमान है तो मुझे क्या फर्क पड़ेगा? जिस मुहल्ले में मैं रहता हूँ, वहाँ कौन लोग रहते हैं? मेरा सारा दिन किन लोगों के बीच गुज़रता है? मेरा दूधवाला कौन है? सब्ज़ी किसके यहाँ से लाता हूँ? माँस-मछली किन लोगों से खरीदता हूँ? मेरा मल-मूत्र और मेरे घर का कचरा-कूड़ा कौन उठाता है? और जो फूल मैं अपने देवता पर चढ़ाता हूँ, उन्हें कौन उपजाता है? जिस दाई ने मुझे माँ के पेट से पैदा किया, वह भी मुसलमान ही थी। और जब मर जाऊँगा तो मेरी चिता रचनेवाला दाहकर्ता भी मुसलमान ही होगा।

आप मेरे लिए विचलित न हों। ईश्वर आपको सकुशल रखे।

आपका अपना

नाथजी

श्रीकण्ठ ने पत्र दो बार, तीन बार पढ़ा। उसकी आँखें लाल हो गईं, नथुने फड़कने लगे और मुख से घृणा और अवसाद-भरे ये शब्द अपने-आप निकल पड़े—''ब्लडी फूल! दिमाग खराब हो गया है पाजी का!'' उसने खत के पुर्जे-पुर्जे करके उसे खिड़की से बाहर फेंक दिया। उसकी साँस तेज़-तेज़ चलने लगी। दिल ज़ोरों से धड़कने लगा—'हाँ, वही पेड़...दूर-दूर तक अपनी शाखें-टहनियाँ फैलाए...किन्तु जड़ों के बिना कब तक धरती पर टिका रहेगा? वह अभी गिर पड़ेगा...अभी...बिल्कुल अभी...।'

श्रीकण्ठ का सिर चकराया और वह खुद ही नीचे गिर पड़ा। लगभग दो घण्टे बाद उसे होश आया। पर होश में आने के बाद भी उसकी हालत सुधरने की जगह बिगड़ती ही गई।

कई दिन बाद शीला के पति अर्थात् उसके दामाद ने सारे कागज़ात मुकम्मल करके जब उसे चेक भेजा तो उसके साथ उसने एक चिट्ठी भी नत्थी की थी। चिट्ठी में लिखा था कि ऐसा ही एक चेक उसने श्रीकण्ठ के दिल्ली वाले भाई को भी भेजा है। साथ ही यह सूचना भी दी थी कि सप्ताह-भर बाद ही नाथजी ने भी अपना हिस्सा उसी कादिर-जू के हाथ बेच दिया जिसने श्रीकण्ठ और उसके दिल्ली वाले भाई का हिस्सा खरीदा था। नाथजी अब अपने परिवार-सहित कहीं किराये के घर में रह रहा है।

पत्र पढ़कर श्रीकण्ठ की बुझी हुई आँखें दो क्रेटरों में बदल गईं और भीतर का सारा मवाद, दहकता लावा बनकर उनके रास्ते बाहर आने लगा।

अनुवाद : **हरिकृष्ण कौल**

•

छुट्टी

आफ़ाक़ अज़ीज़

साढ़े दस भी बज गए। काफी देर हो गई। पता नहीं वह क्यों नहीं आया। वैसे उसे देर से आने की आदत तो है, मगर इतनी देर उसने कभी नहीं की है। ज़रूर कोई न कोई बात होगी। हो सकता है कि वह आया हो। मैंने उसे नहीं देखा हो और वह चला भी गया हो।

नहीं-नहीं, यह नहीं हो सकता। सवाल ही पैदा नहीं होता। और फिर से उस ओर से आनेवाली सभी बसों पर नज़र डाली थी। हाँ, बाकी दिनों की अपेक्षा आज उस तरफ से कम ही बसें आ रही थी। मैंने सोचा कि मैं क्यों न बड़े अड्डे पर जाकर यह मालूम करूँ कि क्या सुबह से उस रूट से चलनेवाली कोई बस आई भी या नहीं।

बस-अड्डा लगभग खाली था। केवल कुछ ही बसें खड़ी थीं। मैंने अड्डे के मुखिया से पूछा–"क्यों जी, सभी रूटों पर बसें चल रही हैं?"

उसने इकरार में जवाब दिया, लेकिन साथ ही एक शर्त भी रखी–"केवल उस रूट पर बसें नहीं चल रही हैं जिसके बारे में तुम जानना चाहते हो।"

मैं हैरान हुआ। उसे कैसे पता चला कि मैं किस रूट के बारे में जानना चाहता था? सोचा कि उससे पूछ ही लूँ। लेकिन फिर ख्याल आया कि इस वक्त ऐसी कोई बहस शुरू करना ठीक नहीं रहेगा। मैंने अनुमान लगाया कि इसने मुझे हर रोज़ बस पर चढ़ते-उतरते देखा होगा, इसलिए यह शायद सिर्फ न मुझे पहचानता हो, बल्कि मेरा रूट भी जानता होगा। खैर, मैंने उससे बसें न चलने का कारण पूछा। उसका जवाब था–"उस साइड में हालात खराब हैं।"

"कैसे हालात?" मैंने अड्डे के उस मुखिया से पूछा।

"पथराव हो रहा है। दुकानें बन्द हैं और ट्रैफिक भी।"

बस-अड्डे के मुखिया के ये शब्द सुनकर मैं परेशान हो गया। मेरी आँखें भी परेशान होकर मित्र की राह देखने लगीं। इधर धूप ने भी मुझे काफी परेशान किया था। मगर मेरी सबसे बड़ी परेशानी यह थी कि वह क्यों नहीं आया?

यह बचपन का मेरा एकमात्र मित्र था। रात के कुछ घण्टे एक-दूसरे से अलग रहने को छोड़ हम कभी भी एक-दूसरे से जुदा नहीं होते थे। पहली कक्षा से ही हमें क्लास में साथ-साथ बैठने की आदत पड़ गई थी। आधी छुट्टी में हम यम्बरजल कैंटीन में कुछ खा-पी लेते थे और इधर-उधर की बातें करते रहते थे।

उसकी मिलनसारी, शराफत और भलमनसाहत मेरे दिमाग में घूम रही थी। मुझसे रहा नहीं गया। मैं फिर अड्डे के मुखिया के पास गया और उससे पूछा—"जब उस साइड के हालात खराब हो गए, उस वक्त क्या बजा था?"

"दस बजे थे।"

सुनकर मैं और भी उदास और भयभीत हो गया। अजीब और अशुभ विचार मन में आने लगे। निराशा ने मुझे घेर लिया। अब उसके आने की कोई सम्भावना नहीं थी। अभी तक उसने आधे घण्टे से अधिक देर नहीं लगाई थी, मगर इस समय तो उसने हद ही कर दी थी।

हम दोनों हर रोज़ इसी अड्डे से दस-पचपन की बस पकड़ते थे। उसे कब का आ जाना चाहिए था, मगर...कहीं ऐसा तो नहीं है कि हालात बिगड़ने की वजह से वह घर से ही न निकला हो? वैसे वह ऐसा आदमी नहीं है। हाँ, यदि सुबह नाश्ते के समय ही हालात खराब हो जाएँ तो उस सूरत में घर से बाहर कदम रखनेवाला नहीं है।...नहीं-नहीं, यह बात भी असम्भव है। वह कम-से-कम मेरे पास पहुँचने के लिए कोई-न-कोई जतन ज़रूर करता। खुदा जाने मामला क्या है! इन्तज़ार करते-करते मेरे घुटने भी थक गए। अब तो पहला पीरियड ही खत्म हो चुका होगा। सोचा, अब चलना ही ठीक रहेगा। मगर दिल थोड़े ही मानता। वह ज़रूर आएगा, मगर... मगर मुझे क्या दिनभर उसका यहीं इन्तज़ार करना होगा?

हाँ, मुझे इन्तज़ार करना ही होगा। हो सकता है कि वह मेरे जाते ही आ जाए! क्या तब वह मेरी तरह ही परेशान नहीं होगा? मैं बैठ गया और नज़रें उस दिशा की ओर केन्द्रित कीं जिधर से वह आता था। वहाँ से आने वाली बसों की जैसे लाइन लगी थी। मैं बहुत खुश हुआ। हालात शायद सुधर गए हैं। वह अब आता ही होगा। मैंने एक बस वाले से हालात के बारे में सवाल किया। उसने जवाब दिया—"हालात तो बिल्कुल नॉर्मल हैं। कहीं कोई झगड़ा-फसाद नहीं हुआ है। बाज़ार और दुकानें खुली हैं।"

जब मैंने उससे यह सवाल किया कि उस रूट पर अभी तक ट्रैफिक क्यों चालू नहीं था तो वह बोला—"ज़बरदस्त रश के कारण एक्जिबिशन मोड़ पर पैंतालीस मिनट तक ट्रैफिक जाम हो गया।" मैंने जब उसका ध्यान ट्रैफिक के दो घण्टे तक बन्द होने के तथ्य की ओर दिलाया तो उसने कहा—"पुलिस ने सभी बसों-गाड़ियों के ड्राइवरों से सारे कागज़ात ले लिये। असल में उन्हें 'चाय-पानी' चाहिए, ड्राइवर की गलती हो चाहे न हो।"

मेरी ज़बान बस वाले से बतिया रही थी, लेकिन आँखें अपने मित्र को खोज रही थीं। बसें आती रहीं, लेकिन वह नहीं आया।

मेरा इन्तजार अब खुद मुझे भी अजीब-सा लगने लगा। मेरे पूरे दो घण्टे उसकी प्रतीक्षा में बीत गए थे। दूसरा पीरियड भी खत्म हो गया होगा, मगर वह?—वह मेरे राज़ों का राज़दार था और मैं उसके। मैं गुमसुम उसी के ख्यालों में खोया था कि आवाज़ आईः

कल सोमवार, दिन के दो बजे सुलेमान टैंक के नीचे कश्मीरी ज़बान के खैरख्वाहों का एक अहम जलसा होगा जिसमें मादरी ज़बान की एहमियत, कौमी पहचान और कश्मीरी ज़बान को स्कूलों में पढ़ाए जाने के मसलों पर बहस होगी।

यह ऐलान सुनकर मैं हैरान भी हुआ और स्तब्ध भी रह गया कि क्या आज इतवार...मतलब 'छुट्टी' है?

अनुवादक : **हरिकृष्ण कौल**

•

स्पर्श

ओंकार कौल

इस कैम्प में घूमते हुए एक टैंट के सामने आकर उसके पाँव रुक गए। टैंट के पास ही एक जानी-पहचानी सूरत नज़र आई। वह पहचानने की कोशिश करने लगा। वह सोच ही रहा था कि उसने मुस्कराते हुए नमस्ते की। अभिवादन का प्रत्युत्तर देकर भी वह एकदम पहचान न पाया। वह इसकी उधेड़बुन समझ गई। उसने कहा, ''नहीं पहचाना...पहचानोगे भी कैसे? मैं उमा हूँ।''

''उमा, ओह! माफ करना मैं...आप यहाँ कैसे?''

वह उसके चेहरे में बरसों पहले बिछुड़ा हुआ भोला-सा कमसिन चेहरा तलाश करने लगा। उसके बाएँ गाल पर काला तिल बरकरार था। उसकी बड़ी-बड़ी आँखों में आकर्षण अभी भी था। उसके बात करने का अन्दाज़ वही था। हाँ, उसके लम्बे-लम्बे बाल जो माथे पर बिखरे रहते थे, अब बँधे थे। बालों का रंग कुदरती नहीं लग रहा था। उनमें हेयर-डाई की चमक थी। हाँ, उसके सुगठित शरीर में उस दुबले-पतले कोमल स्वरूप को ढूँढ़ना मुश्किल था। कुछ क्षण वह इन्हीं विचारों में खोया रहा तो उमा बोली, ''आइए अन्दर आइए। यही हमारा घर है।''

उसने टैंट का अधखुला पर्दा हटाया और भीतर चली गई। वहाँ एक डबल बेड पड़ा हुआ था और एक तरफ दो लकड़ी की कुर्सियाँ। वह भीतर आया और एक कुर्सी पर बैठ गया। उमा बेड पर बैठी। उसने टेबुल फैन चलाया। अन्दर गर्मी थी। अतुल के मन में ढेर सारे सवाल उत्पन्न हुए। यह सबसे महत्त्वपूर्ण प्रश्न था, ''तुम्हारे परिवार में कौन-कौन है?''

''दो बच्चे हैं—एक लड़का और एक लड़की। लड़का बारहवीं कक्षा में है और लड़की दसवीं कक्षा में।''

''और उनके पिता?''

''वह अब इस संसार में नहीं हैं।''

''ओह...बहुत अफसोस हुआ सुनकर!''

"वे पाँच वर्ष पहले गुज़र गए। उनका एक्सीडेंट हुआ था।"

"सॉरी...मुझे पता ही नहीं चला।"

"आपको कैसे पता चलता? आप तो विदेश में थे।"

"तुम्हें...आपको कैसे पता चला कि मैं विदेश में था?"

"मुझे सब पता है। मैं आपके बारे में सब-कुछ जानती हूँ।"

"क्या जानती हो?"

"यही कि आपकी शादी भी हुई है। आपके दो बच्चे हैं। आप विदेश चले गए। लौटकर किसी ऊँचे पद पर हैं। आजकल आप कोई फिल्म बनाना चाहते हैं।"

"पर तुम्हें कैसे मालूम?"

"अखबार में छपा है।...खैर छोड़िए इन बातों को। मैं चाय बनाती हूँ।"

"मैं चाय नहीं पीऊँगा।"

"क्यों नहीं? हम गरीब हैं इसलिए?"

"नहीं-नहीं, यह बात नहीं है...मैं चाय बहुत कम पीता हूँ। खैर, बना लो।"

उमा स्टोव जलाकर चाय बनाने लगी। अतुल को भरोसा नहीं हो रहा था। उसकी आँखों के सामने बीस साल पहले का दृश्य आया।

वह एम.ए. कर रहा था और गर्मी की छुट्टियों में गाँव में था। उमा अपनी बड़ी बहन के यहाँ आई थी, जिसकी शादी उसी गाँव में हुई थी। उमा अब पन्द्रह-सोलह साल की थी। हाई स्कूल की परीक्षा देकर आई थी। वह बहुत नटखट थी। अतुल बहुत कोशिश करने के बावजूद भी उससे सम्पर्क न बढ़ा सका। वह कई बार अतुल की छोटी बहन के साथ उसके घर भी आई। एक बार सीढ़ियों पर उतरते समय दोनों एकदम रुक गए थे। अतुल ने बड़ी हिम्मत करके उसकी बाँह पकड़ी थी। उमा ने बड़ी फुर्ती से अपनी बाँह छुड़ाई थी और बड़ी तेज़ी से सीढ़ियाँ उतर गई थी। अतुल को यह स्पर्श बहुत अच्छा लगा था। अतुल और उमा को फिर कभी अकेले मिलने का अवसर न मिला। दोनों एक-दूसरे को दूर से देखते और मुस्कराते रहते। बस केवल इतना परिचय था।

छुट्टियाँ समाप्त हुईं तो अतुल शहर चला गया। छह महीने बाद घर आया तो उसे पता चला कि उमा का विवाह हुआ है। अतुल को उमा का मासूम चेहरा बार-बार याद आने लगा। समय गुज़रा। धीरे-धीरे वह उमा को भूल गया। शिक्षा समाप्त हुई। वह विदेश गया। लौटने पर किसी अन्य राज्य में नौकरी मिली। उसका विवाह हुआ। बच्चे हुए।

कश्मीर में हालात बिगड़ गए! हज़ारों की तादाद में कश्मीरी शरणार्थी जम्मू और अन्य शहरों में आ गए। अतुल के मन में शरणार्थियों पर फिल्म बनाने का विचार आया। जम्मू के एक शरणार्थी-शिविर का दौरा कर रहा था, शायद फिल्म

का मसौदा इकट्ठा करने के इरादे से। उसने कल्पना भी नहीं की थी कि उसकी मुलाकात उमा से होगी।

वह इन्हीं विचारों में डूबा था कि उमा ने चाय का कप उसके हाथ में थमाया। चाय का कप लेते हुए उमा के हाथ का स्पर्श हुआ। अतुल ने उमा का हाथ अपने हाथ में ले लिया। उमा ने अपना हाथ नहीं छुड़ाया। अतुल ने नज़र उठाई तो उमा की आँखें आँसुओं से भर गई थीं।

अनुवाद : **विंदित कौल**

•

जो बारी खाता है...

उमेश कौल

प्रत्येक मनुष्य में एक मूर्ख एवं एक दार्शनिक का वास होता है। कभी उसका मूर्ख चरम पर पहुँचकर दार्शनिक बनता है और कभी उसका दार्शनिक ध्वस्त होकर मूर्ख हो सकता है। समय भाग्य है और जीवन एक बारी।

आज जब जवा ने मुझे और शान्ता को आपस में बतियाते देखा तो मानो शान्ता को सन्निपात हो गया हो। मुझे उसकी आँखों का काला रंग पिघलता हुआ लगा और जैसे उसके चेहरे से गर्म हवाएँ उड़ रही हों।

जवा लम्बे-लम्बे डग भरता हुआ, आँखों के नीचे से देखता हुआ, हमारे सामने से गुज़रा। उसने सारे मुहल्ले में अपनी धाक जमा रखी थी। पिछले वर्ष जब से वह मुहल्ले की कीर्तन-मण्डली में आ गया था, मुहल्ले के आधे निज़ाम की लगाम उसके हाथों में आ गई थी। यदि किसी के यहाँ चोर घुसने की आंशका हो जाए तो अगली सुबह जवा उनके यहाँ खैर-खबर पूछने जाता। कोई लकड़ी खरीदता तो जवा दौड़कर देखने जाता कि तोलने में कोई हेर-फेर तो नहीं किया जा रहा। यदि मुहल्ले में किसी के यहाँ विवाह होता तो सगाई से पहले जवा वहाँ पहुँचता तथा विवाह सम्पन्न होने पर, सारे (मुहल्ले वालों के) बर्तन उनको वापस लौटाकर ही वहाँ से रुखसत होता। मुहल्ले के भाई-बहन के काम आने का उसमें गुणात्मक चाव रहता।

इसके साथ ही जवा ने मुहल्ले के अन्दर किसी लड़की के किसी लड़के के साथ बातें करने पर प्रतिबन्ध लगा रखा था। ज्यों ही उसे कोई लड़का तथा लड़की आपस में बातें करते हुए दिख जाते तो तुरन्त वह हाय-तौबा मचाता और सारा मुहल्ला इकट्ठा करता कि 'देखिए भाई साहब! इश्क-माशूकी ही करनी है तो मुहल्ले से बाहर करें। मुहल्ले के अन्दर नहीं। हम मुहल्ले में यह सब नहीं होने देंगे।'

उसके बाद मुहल्लेवाले अपनी-अपनी फुर्सत के मुताबिक एक-एक बात की अलग-अलग दास्तान गढ़ते। शान्ता भी डर गई कि अभी वह हंगामा करेगा और अभी उसके साथ दस दुमों वाली एक दास्तान वाबस्ता हो जाएगी। पर मैं जवा को अच्छी तरह से जानता था। हालाँकि ऐसे तो उसमें और मुझमें कोई खास समानता

न थी, पर छुटपन के स्कूली दिनों की पहचान अभी भी चल ही रही थी। विशेषकर इसलिए कि जवा एक दिलचस्प उलझे धागे के गोले की तरह था, जिसमें से कभी-कभी उलझाव कम करना मुझे अच्छा लगता। जब मैं खाली होता तो नदी की तरफ निकल पड़ता जहाँ कि जवा मुझे अमूमन मिल ही जाता। जवा से खोद-खोदकर बातें उगलवाने में मुझे पुस्तक पढ़ने-सा लुत्फ आता, क्योंकि जिस प्रकार पुस्तक में लिखे के दो अर्थ होते हैं—एक अमिधा और दूसरी लक्षणा के, उसी प्रकार जवा की भी दो तहें थीं—एक वह जो दिख जाती थी दूसरी वह जो समझ से परे थी, पर थी ज़रूर। उसके भीतर से कुरेद-कुरेदकर बातें निकालने के अनुभव से मैं इसी निष्कर्ष पर पहुँचा था कि जवा वह शख्स है जो कि दुनिया से छिपकर ज़्यादा जी रहा है और दुनिया के समक्ष कम। दुनिया से छिपकर हवा में अपने तई कीलें गाड़ता कि आसमान पर चढ़ेगा और वहाँ से पुकार-पुकार कर दुनिया वालों को अपने करिश्मे से हैरत में डाल देगा।

मेरे हिसाब से वह उन लोगों में था (पता नहीं लोगों की कोई और किस्म भी है) जिन्हें यह हसरत होती है कि कोई उसके हाथों से कुछ ऐसा बन पड़े जिसे देख लोगों की आँखें विस्मय से फट जाएँ और लोग उसे देवता समझकर भोग चढ़ायें, उसका अस्तित्व लोगों के दिलो-दिमाग पर बना रहे और उसका नाम लोगों की जुबान पर।

इस हद तक तो जवा कुछ-कुछ समझ में आता था, पर इससे आगे कभी वह मेरी समझ में नहीं आया। एक शंका उसको भीतर-ही-भीतर दीमक की तरह चाट रही थी कि कोई उसका भाग्य चुराता है, और कोई उसकी बारी खाता है। उसकी यह विचित्र शंका न कभी मेरी समझ में आई और न ही इस पर मैं कभी विश्वास ही कर सका। उसकी बातें सुनते हुए मुझे कभी किन्हीं क्षणांशों में लगता कि जैसे उसकी बातों में ज़रूर कोई दर्शन छिपा है। मगर यह मानना कि मूर्खता के अन्दर कहीं दर्शन भी हो सकता है, कठिन है, अतः यह क्षण मुझ पर हावी न हो पाता।

उससे बातें करने पर लगता कि उसके खयालात स्वतःस्फूर्त हैं, या यह भी कि जो कुछ वह बोल रहा है वह उसकी खुद की समझ में भी नहीं आ रहा है। उसकी हर बात का सारांश यही होता था कि कोई उसका भाग्य चुराता है, और कोई उसकी बारी खाता है। यहाँ तक पहुँचते ही जवा मुझे पूरा अहमक लगता। यहीं पहुँचकर उसका तमाशा और मेरी रुचि दोनों समाप्त हो जाते। इससे परे या तो मैं कुछ समझ न पाता या उसमें समझने योग्य कुछ न होता। जवा को उस दिन भी ऐसा ही लगा कि कोई उसकी बारी खाता है जिस दिन वह दसवीं में तीसरी बार फेल हो गया। परिणाम सुनते ही पहले नदी पर लैम्प सिगरेट की पूरी डिब्बी पी डाली, फिर सारी चिन्ता को विसर्जित कर सिनेमा देखने चला गया।

दूसरे दिन वह मुझे मिला तो मैंने पूछा–"क्यों जवकाक! आप कह रहे थे कि इस वर्ष आपकी तैयारी खूब है?"

"की थी तैयारी..." जवा सिगरेट जलाने लग पड़ा–"देखो, मेरे ज़िम्मे परीक्षा देना था। पास होना तो...मैं क्या करता...मारो गोली...!"

"क्यों, फिर नहीं बैठोगे परीक्षा में?"

"अब आग लगा दूँगा...। यह तो यूँ ही...कर कुछ ऐसा लेना चाहिए जिससे हासिल भी तो कुछ हो।" जवा कुछ देर के लिए मौन हो गया। फिर बोला–"देखो, यह भाग्य की बात है। या तो चोर भाग्य हो या एक बार भाग्य को चुरा लेना चाहिए।...देखो...मुझे कहना नहीं आता..." जवा बोलते-बोलते रुक-सा गया।

"मगर...क्या?" मैंने फिर से पूछा।

उसने शब्दों को समेटा और बोला, "देखो, खानेवालों ने बारी खाई मेरी और छीननेवालों ने भाग्य छीना मेरा। फिर किस बात पर मैं यों ही बेहाल होऊँ...लिथड़ जाऊँ...काहे?" यकायक वह मौन हो गया।

"अब?"

"अब मैं सोच रहा हूँ कि कुछ और करूँ।"

मैं बहुत देर तक यह समझ ही न पाया कि यह 'कुछ और' जवा क्या करेगा?

सड़क पर एक नई दुकान खुल गई। राशन घाट पर कोई नया मुंशी नियुक्त हुआ। लोग दफ्तरों को जाते और घर लौट आते रहे। 'कुछ और' करते हुए जवा जादू सीखने लग गया। पता नहीं उसे हो क्या गया कि बाजीगरी का भूत उस पर सवार हो गया। ढूँढ़ते-ढूँढ़ते उसने डमडाह-डमडाह किताब एक रुपये में खरीद ही ली। झीने पीले कागज़ पर गन्दे-गन्दे ढंग से लिखे बिना हाशिए के हरूफ। उसने मुझे वह किताब छिपाकर आड़ में दिखाई मानो उसके पास सोना बनाने का नुस्खा हो और इस पर किसी और की नज़र न पड़े। अर्से तक उसने यह किताब अन्दर की जेब में तहा कर छिपा रखी। कभी वह नदी पर, कभी किसी श्मशान घाट पर और कभी किसी कब्र पर बैठकर वह मन्त्र साधने लगा। एक मन्त्र यों था, "अलकुर्सी, बलकुर्सी। अनाथ की रोटी, कबूतर की बोटी, सुलेमान की दुहाई।" और दूसरा मन्त्र था, "ह्रीं क्लीं परकरी भास्वरन यक्षिणी शटपटाँग भौंग स्वाहा।" उन दिनों उसकी आँखों में वह धैर्य झलकता जो एक फहमीदार कुमारी की आँखों में विवाह-पूर्व झलकता है जो कि विवाह करके अपने सभी अरमान पूरे करने की ताक में होती है, या उस नाफहम बच्चे जैसा वलवला जो एक कलाबाज़ी दिखाते हुए कहता है कि देखते जाओ दूसरी कलाबाज़ी क्या रंग लाती है।

स्वयं जवा ने कभी नहीं बताया कि आखिर उसका उद्देश्य क्या है। पर कुरेद-कुरेदकर जो बात मेरे हाथ लगी वह यह थी कि वह वक्त को मुट्ठी में कसकर पकड़ेगा और आस-पास के पूरे माहौल को काबू में करेगा। वह आस-पास के सिर

ऊँचा कर चलनेवालों के सिर झुकवाएगा। वह मस्त और मगरूर चाल चलनेवाली सुन्दरियों से अपने पैर स्पर्श करवाएगा।

पर कुछ समय उपरान्त जवा जैसे ऊब-सा गया। न स्वर्ण-काया में यक्षिणी प्रकट हुई, न ही सुलेमान की ताबेदारी से जिन्न ही प्रकट हुआ। उस दिन अत्यन्त खिन्न था और यों ही नदी में छोटे-छोटे कंकर फेंक रहा था। उसका चेहरा कह रहा था कि मायूसी की तल्खी उसकी रग-रग में दौड़ रही है। मैं पूछ बैठा, ''जवकाक! बाज़ी कहाँ पहुँची?''

उत्तर देने के बजाय उसने मुँह दूसरी तरफ फेर लिया। फिर पता नहीं क्या सोचकर फिर से मेरी तरफ नज़रें कर लीं। उसके होंठों पर अवसाद का रंग था या वैसी हँसी का जो असफलता पर मनुष्य को अपने होंठों पर लादनी पड़ती है।

''अजी कहाँ! मन्त्र ही सिद्ध न हुआ।'' जवा ने ये शब्द बहुत कठिनाई से बोले और फिर चुप हो गया। फिर जेब से जादूगरी की किताब निकाली और पैर की ठोकर से उसे दूर उछाल दिया। तदुपरान्त उठाकर उसे दूर नदी में फेंक दिया।

''क्यों, मन्त्र सिद्ध क्यों नहीं हुआ?'' मैं चाह रहा था कि वह कुछ बोले।

वह अपनी आँखों को मिचमिचाते हुए नदी की तरफ देखने लगा और बोला—''क्या बताऊँ! इसके लिए भी भाग्य होना चाहिए। लोग बिना बाज़ी के ही बाज़ी जीत जाते हैं। हमें बारी ही नहीं मिलती। तुम इसे बेवकूफी कह सकते हो, पर कुछ हो रहा है...वर्ना...।'' जवा ने यह जुमला पूरा नहीं किया, मानो उसे पता न था ठीक से कि वास्तव में उसे कहना क्या है।

''वर्ना क्या?...'' मैंने बात को आगे बढ़ाया।

''क्या मन्त्र झूठ है?'' वह अपने लहजे को कुछ दमदार-सा बनाते हुए बोला जो कि या तो नासमझ का वहम था या समझदार का यकीन।

''अगर मन्त्र झूठ है, फिर तो प्रार्थना भी झूठ है। अगर जिन्न नहीं है, फिर तो देवता भी नहीं हैं। यह तो सब विश्वास की बात है...।'' मुझे यह उत्तर सूझा और उसका दार्शनिक उसके चेहरे पर आकर बैठ गया।

''जो कुछ नहीं है उसे हम अपने विश्वास से बनाते हैं और जो है उसे हमारे विश्वास की ज़रूरत नहीं। और वही भाग्य है।''

''विश्वास से क्या होता है? भाग्य होना चाहिए।'' फिर से जवा नदी में छोटे-छोटे ठीकरे मारने लगा। फिर मेरी तरफ मुखातिब होकर बोला—''मेरा भाग्य कोई दूसरा ही छीन रहा है जो कि मुझे बारी ही नहीं दे रहा।''

''भला कौन?''

''पता नहीं कौन।'' जवा फिर छोटे-छोटे पत्थरों से खेलने लगा—''ऐसे मैं क्या कह सकता हूँ। पर है कोई ज़रूर जो मेरा भाग्य चुरा रहा है—थोड़ा-थोड़ा करके, कदम-कदम चलके।'' यह बोलते-बोलते जवा मुझे आँखें फुला-फुलाकर देखने लगा।

दूसरे दिन जवा दामन झाड़कर कोई दूसरा काम ढूँढ़ने निकल पड़ा और इसी क्रम में कहने लगा कि वह अब ड्राइवरी सीखेगा। उसने कई खूँटियाँ ठुकवाईं और नई सीढ़ियाँ चढ़ने लगा। उठते-बैठते वह उन दिनों गाड़ी के अंगों का ज़िक्र करता—बांट, डैशबोर्ड, कारबोरेटर, बियरिंग, एक्सेल। उसे शौक चढ़ गया कि वह स्टेयरिंग हाथों में पकड़कर गाड़ी को हवा से बातें करवाए कि सारी सवारियाँ चीख उठें, स्त्रियाँ चीख उठें। कितनी बार उसने खयालों-खयालों में ही दाँत पीसकर क्लच दबाया, कितनी बार उसने बैठे-ठाले ही पैरों से ब्रेक दबाई। गाड़ी हवा-सी चल पड़ी तो सवारियों ने हाहाकार मचाया। खतरनाक मोड़ मुड़ने के बाद जब हर बार गाड़ी रुकी तो सवारियों में जैसे नव-जीवन आया हो। फिर हर तरफ से सवारियाँ उसी का ज़िक्र करती रहीं। एक स्त्री (छोटी, कोमल और सुन्दर) उसे प्रेम-भरी आँखों से देख रही थी। ऐसे वह दुनिया की नज़रों से बचकर अपने साथ सोचता। या तो उस पागल की मानिंद जो नाली में टोपी डालकर कहता है कि अब वह शिकारे की सैर करेगा या उस समझदार की तरह जो जीवन के हर क्षण में रोमांच उत्पन्न करना चाहता है।

जवा खुद कुछ नहीं बोलता था, पर उसके चेहरे पर उसके भीतर का समूचा उत्पात लिखा होता और यह देखने में मुझे बड़ा ही आनन्द आता। कितनी ही सुबहें बीतीं। बहती हुई नदी पर से भाप उड़ती रही। कितने ही दिनों चीलें अपने-आपको आसमान पर वारते हुए उड़ती रहीं। कितनी ही शामों में कौओं के झुण्ड आते और जाते रहे।

जवा ने ड्राइवर बनने का भी विचार त्याग दिया। जो सीढ़ी उसने अपने तईं बनाई थी—ढह गई। मुझे ज्ञात था कि गिर पड़ने के कारण उसके सारे शरीर में पीड़ा है। वह चाह रहा था कि किसी तरह भी आसमान गिर पड़े ताकि दुनिया के ऊपर ढक्कन रहे और कुछ न दिखे। पर मैंने उसे छेड़ा-"क्यों, आज फिर किसी ने तुम्हारा भाग्य चोरी किया होगा?"

मेरी बात सुनते ही जवा के चेहरे की रंगत जैसे उड़ गई। उसे मेरे इस प्रकार के मज़ाकों की ज़रा-सी भी आदत न थी। वह ऐसे निहार रहा था कि मैं समझा अभी उसके झर-झर अश्रु बह निकलेंगे। पिछले व्यंग्य को कुछ धोते हुए मैंने कहा—"तुम सिर्फ देखते हो, कुछ बोलते क्यों नहीं हो?"

जवा ने नज़रें हटाईं। फिर शब्दों को समेटने लगा। फिर बोल ही पड़ा—"आप व्यंग्य करें, मगर मैं जानता हूँ कि मैं एक राह खोजता हूँ तो दूसरी राह खो जाती है। तो जिसे राह मिलेगी वह...।" बात अधूरी छोड़कर वह चुप हो गया—ऐसा चुप जिससे व्यक्ति अपना यकीन और दूसरे का संदेह, और दूसरे का यकीन और अपना संदेह देखकर होता है।

मैंने फिर से पूछा—"तुमने ड्राइवरी क्यों छोड़ दी?"

उसने क्षण-भर सोचा और बोला—"यह सीधी-सी बात है। जब तक मैं क्लीनर

हूँ तब तक मुझे ड्राइवर की झाड़ खाते ही रहना है, फिर जब ड्राइवर बनूँगा तो फिर ट्रैफिक इन्सपेक्टर की, मालिक की, सवारियों की झाड़ खानी ही पड़ेगी। तुम इसे मूर्खता कहोगे, पर है यह सच। मुझ-जैसा शख्स यही कहेगा कि तेज़ चल के दुनिया को मजबूर कर दो कि वह तुम्हें देखे। जब हम तेज़ चल रहे होते हैं, हमें सारी दुनिया देख रही होती है।''

''भाग्य अपना-अपना सबका होता है।'' मैंने यों ही कहा—''पहले तो सबका अपना-अपना होता है, पर बाद में एक-दूसरे का छीनते हैं।''

''पर कैसे? सीधा आदमी तब तक कैसे जीतेगा जब तक दूसरा न हारेगा? सभी जीत तो सकते नहीं। क्या ऐसी कोई सफलता है जो सबको मिल-बाँटकर प्राप्त हो? मैं हर क्षण देखता हूँ कोई मेरा भाग्य छीन रहा है, मेरी बारी खाता है।''

''मगर कौन?'' मैंने तपाक से पूछा। मैं क्षणभर को भूल गया था कि एक मूर्ख से बतिया रहा हूँ। उसने ऐसा चेहरा बनाया कि मुझे फिर याद आ गया।

उसने उत्तर दिया, ''कोई है...यहीं...हमारे आस-पास ही...हमारे ही बीच। कुछ कह नहीं सकते कि कौन?'' फिर वह मुझे गाय की तरह निहारने लगा।

कुछ समय बीतने पर मैंने देखा कि जवा अब नदी-तट की बजाय दुकान पर बैठा रहता है—वाइट-क्लॉथ का साफ-सुथरा कमीज-पायजामा पहनकर, पट-पट करती खड़ाऊँ पैरों में पहन। उसका उठना-बैठना तथा बातचीत करना बड़े मोतबरों-सा हो गया था। इन दिनों में उसने बहुत-सी नई बातें सुनी थीं। माथे से मारकर कैसे डबल ईंट तोड़ी जा सकती है। और तो और, किसी कादिरसिंग ने एक स्तम्भ को ही उखाड़ दिया था। जवा का चेहरा बता रहा था कि ये सारे गुण उसमें उत्पन्न होने लगे हैं। उसने स्वयं तो नहीं स्वीकारा, पर मैं ताड़ गया कि वह किसी को ज़ोर से ठेलना चाहता है तथा कोई स्तम्भ उखाड़ना चाहता है, पर मौका नहीं मिल रहा था। हाय! अगर उसे मौका मिलता तो एक ही दिन में चमक उठता। मगर अवसर पता नहीं उसके समय कहाँ खो जाता है। एक दिन उसने सपना देखा कि एक शख्स एक औरत को (जो कि युवा, कोमल एवं सुन्दर है) कन्धे से धक्का मार रहा है। जवा उस शख्स की गर्दन पकड़ता है और ठुड्डी पर एक ठोकर मारता है ज़ोरों की, और उसके बाद उस स्त्री को ढाढ़स बँधाता है। स्त्री अश्रुपूर्ण नेत्रों से उसकी तरफ मुड़-मुड़कर देखते हुए चली जाती है।

पर साक्षात् में ऐसी कोई घटना नहीं हुई। एक बार एक बुरकेवाली बुरके के अन्दर युवा और रेशमी सपने बुन रही थी कि वह ताँगे के नीचे आने लगी थी। दूसरी बार एक चुस्त चुन्नीवाली अपनी छातियों से ज़रा हटकर चुन्नी रखने में व्यस्त थी कि उसकी टक्कर एक साइकिलवाले से हुई। जवा ने दुकान से छलाँग लगाई थी ताकि साइकिल और ताँगेवाले को पकड़ पाए। पर दोनों ही कान सहलाते हुए

निकल गए थे। जवा ने दूसरी नज़र बुरकेवाली और चुन्नीवाली पर डाली थी, पर दोनों ही आगे निकल चुकी थीं निश्चिन्त-सी होकर। तो जवा फिर दुकान पर बैटकर सिगरेट के लम्बे-लम्बे कश लेने लगा—धुएँ से खुद को लपेटते हुए। उन दिनों जवा सुबह जाग जाता तो उसे लगता कि आज के दिन कुछ खास घटित होगा। रात को सोता तो इस अहसास के साथ कि बिना कुछ घटित हुए ही दिन बीत गया। एक दिन उसे अपने बल का प्रदर्शन करने का अवसर मिला, उस दिन अन्ततः उसके हिस्से सिर्फ उदासी आई। दूसरे दिन हलवाई से जब एक बच्चे ने कुछ अधिक दूध माँगा और हलवाई ने उसे गाली दी तो जवा को लगा जैसे उसे इतने दिनों की प्रतीक्षा का मुआवज़ा मिल गया। उसने हलवाई को अपने सिर से जम के मारा और उसकी अलमारी को यों उखाड़ा कि सारा बाज़ार जमा हो गया। घरों की खिड़कियों से लड़कियाँ और औरतें तमाशा देखने लगीं—मगर जवा फिर भी वैसे का वैसा ही था।

कोई लफंगा किसी से झूठी उधारी की माँग कर रहा था तो जवा उससे हिसाब करने लगा। दोनों तरफ से कपड़े फट गए। दोनों ओर से चूल्हे की लकड़ियों, तख्तों के फट्टों के आदान-प्रदान हुए। कुछ ने तो लड़ाई समाप्त कराने की पहल भी की, मगर कुछ शुद्ध रूप से तमाशा देख रहे थे। पर जवा वैसा ही रहा। न कोई उससे भयभीत हुआ, न ही किसी के समक्ष उसका मूल्य ही बढ़ा।

समय गुज़रता गया। सड़क पर नई रोड़ी डाली गई। बच्चे कॉलेज जाने लगे। बेटों की नौकरियाँ लग गईं। कई लड़कियों के विवाह हो गए। जवा कहीं खो-सा गया था। अभी भी वह कीलें ठोंक रहा था, पर आसमान तक उसकी सीढ़ी मुकम्मिल नहीं हो रही थी। वह फिर मायूस हो गया था और अन्दर ही अन्दर सुलगता जा रहा था। अगर उसके बस में होता तो वह एक ही भूकम्प में पृथ्वी को उलट-पलट देता। मैंने यों ही दिल्लगी करनी चाही—“मैं आजकल तुमसे कुछ डर-सा रहा हूँ।”

“मुझसे?...क्यों भला? ऐसा क्यों?” जवा ने हँसते-हँसते पूछा।

“तू व्यन की बेल जैसा हो गया है।”

“व्यन की बेल? सो कैसे?” जवा के बोलने का लहजा ही बदल गया। वह रुक-रुककर बोलने लगा—“कहते हैं कि कुछ करते ही रहना चाहिए?”

“कुछ क्या? क्या तुम्हें खुद नहीं पता कि तुम अस्ल में चाहते क्या हो?”

जवा ने मुझे तेज़ नज़र से देखा। ऐसी कि जैसी सुरया-अल हसन ने चुस्त दलील सुन के की हो, या कोई मूढ़-मगज़ मज़दूर असंगत दलील देकर करेगा। वह बोल उठा—“मैं जानता हूँ अपनी चाहत। मगर चाहत क्या करेगी? बड़ी बात है भाग्य।” मुझे लगा कि जवा के चेहरे पर अहं का रंग आने लगा। उसने बात आगे बढ़ाई—“किसी का नसीब छीन लेने पर, बारी खाने पर, फिर उसकी चाहत करना या उससे चाहत करवाना बेमानी है।” जवा बातें करते हुए आँखें भी मिचमिचाता था।

मैं बोल पड़ा—“तुम्हें वहम हो गया है।”

"नहीं, वहम नहीं। मैं जानता हूँ।"

"किसने तेरा भाग्य छीना? कौन-सी तेरी बारी खाई मैंने?" लहजे में हत्तक थी।

उसने अत्यन्त इत्मीनान से जवाब दिया, "यह कौन बता सकता है। यह एक ऐसी गिनती है जिसका कोई आदि-अन्त असम्भव है। किसी एक नुक्ते पर उँगली रखकर नहीं कहा जा सकता कि यह चोर है, इसने छल किया है और...।" बात अधूरी छोड़कर जवा एकदम चुप हो गया।

मुझे जवा पलभर को दार्शनिक-सा दिखा, पर फिर मेरे मन ने निर्णय किया कि जवा बेवकूफ है।

आखिरकार जवा एक कीर्तन-मण्डली में प्रविष्ट हो गया। जाने क्या विचार कर उसने खुद के साथ ही विमर्श किया, अपने तईं पूरी ईमानदारी के साथ—एक नई सीढ़ी बनाने और चढ़ने का।

बाजा उसे बजाना नहीं आता था। उसने चिमटा उठाया। पहले-पहले वह सबसे पूर्व धर्मशाला में पहुँच जाता। चटाई झाड़ता। तब दरी झाड़ता और बिछाता। तब बाजा, छनका, मटका, चिमटा आदि सारे साज़ निकालकर तैयार रखता। फिर तब वह कीर्तन-मण्डली में कुछ जम-सा गया तो ज़रा देर से आने लगा। तब तक मर्द,औरतें और बच्चे आ चुके होते। उसे एक खास किस्म की मसर्रत मिलती जब वह चार-पाँच मिनट देर से आकर लोगों के बीच-बीच में से चलकर कीर्तन-स्थल तक पहुँचता।

कीर्तन-मण्डली के गायक-वादक उसे हाथों-हाथ लेते और चारों तरफ से कहते—"जवकाक! इधर से आइए।"

"जवकाक! आपको देर क्यों हुई?"

जवा के चेहरे पर ये वाक्य सुनकर गज़ब के आनन्द और उल्लास की लालिमा प्रकट होती। मर्द उसे आँखों-आँखों से ही कुछ कहते और औरतें कानाफूसियाँ करतीं।

कीर्तन-स्थल पर से आस-पास जब वह दृष्टि दौड़ाता तो उसे इस बात का अहसास होता कि वह उस पूरे वातावरण में कुछ अलग महत्त्व रखता है। फिर से एक गर्वीली-सी नज़र चारों ओर घुमाकर भजन गाने लगता। इस क्षण वह या तो उस आजन्म जागरूक रहनुमा की तरह लगता जिसे जलसे में आए सभी लोग अर्धनिद्रा में लगते, या उस बंदर-सा जो पंडाल में बैठकर इस सोच में पड़ता कि भला इतने लोग उसके इर्द-गिर्द क्यों एकत्र हैं?

कीर्तन करते-करते जवा इस कदर उल्लास से भर उठता कि वह दिल खोलकर चीखने लगता, खड़ा होकर नाचता और चिमटा बजा-बजाकर गाता—'हे देवी! काट मेरे गम...तेरे चरणों पर करूँ नमन' या 'दिल चुराया मेरा उस श्याम रूप ने...दिल चुराया...।" सुननेवालों में से कोई आकर उसे श्रद्धापूर्वक बर्फी का टुकड़ा पकड़ाता। कोई श्रद्धालु स्त्री पूड़ियों का भोग पकड़ाती। जवा सबसे पहले प्रसाद लेता।

एक परिवार ने एक दिन चाय का प्रबन्ध किया था तो उनकी बहू सबसे पहले इसी को खोस (कप) देने आई। दूसरे घर की एक लड़की (युवा, कोमल एवं सुन्दर) एक दिन लोगों के बीच से जाते हुए जवा को तरबूज़ की एक फाँक दे आई। मुहल्लेवाले बोलने लगे कि जवा कीर्तन करते-करते लीन हो जाता है। मुहल्लेवालियाँ कहती थीं कि क्या गला पाया है जवा ने!

एक दिन उसने मुझे कहा कि मैं क्यों नहीं आता हूँ कीर्तन में, जहाँ इतना आनन्द आता है कि मनुष्य सारा संसार भूल जाता है? मुझे सब पता था, पर मैंने उसे छेड़ा—''भई, इसके लिए भी भाग्य होना चाहिए? क्या पता मेरी भी कोई बारी खाता हो!''

जवा ने होंठ काटे और आँखें मिचमिचाते हुए कुछ सोचने लगा, लेकिन तुरन्त फिर हँस दिया—कुछ ऐसी हँसी जैसी कि छोटे की बात समझने पर बड़ा हँसता है या बड़े की बात समझने पर छोटा, और बोल पड़ा, ''वहाँ (कीर्तन में) कोई किसी की बारी नहीं खाता। वहाँ सब बराबर हैं।'' जवा का चेहरा कह रहा था कि जैसे उसे यह विश्वास है कि वह दोनों हाथों से कुछ ऐसा कर रहा है जिसे देखकर आस-पास के लोग उसकी माला जपते हैं, उसके गीत गाते हैं। आजकल वह अमरनाथ की यात्रा पर जानेवाले गोसाईं के लिए चन्दा इकट्ठा करने, वर्षा लाने के लिए यज्ञ का आयोजन करने के समय अन्नादि जमा करने के लिए आगे निकला है, अतः अपनी बारी पकड़ ली है।

तो अपनी बारी में उसने मुहल्ले का आधा निजाम अपने ही हाथों में लिया था। रात को अब चोर नहीं घूम सकता। लकड़ीवाला अब कम नहीं तोल सकता, लड़का किसी लड़की के साथ अब बात नहीं कर सकता। यही सारे जवा के मंसूबे थे। जवा अब कानून और नैतिकता का रक्षक हो गया था। अतः अब उसका भाग्य कोई नहीं चुरा सकता था।

इसी दौरान जवा ने मुझे और शान्ता को बातें करते हुए देखा था। शान्ता चिन्ता में मरने लगी और मैं जवा को ढूँढ़ने नदी की तरफ गया। यों तो वह मेरे विरुद्ध कुछ न करता, क्योंकि कोई समानता न होने पर भी वह मुझसे दबता ही था। पर था वह उलझे धागे का गोला। एक तरफ से दार्शनिक, दूसरी तरफ से मूर्ख। मैंने सोचा कि—क्या भरोसा अगर वह शोर ही मचा दे! जब तक लोगों को हकीकत समझ में आएगी तब तक अपने पर आन पड़ेगी। जवा नदी पर नहीं था। मैंने धर्मशाला में उसका घर ढूँढ़ा—गलियों में से घूमते हुए। पर मुझे उसका अता-पता ही न मिला। वह शाम बीत गई।

दूसरे दिन भी वह मुझे कहीं दिखाई नहीं दिया। तीसरे दिन वह मुझे अचानक एक दुकान की दहलीज पर सिगरेट के कश लगाता हुआ दीख गया। मुझे देखते ही उसने नज़रें फेर लीं। फिर सिगरेट का एक लम्बा कश लिया। मैं उसके सम्मुख

गया। मुझे देखने के सिवा अब उसके पास और कोई चारा न था। मैं बोला–''क्यों जवकाक! परसों से आप दीखे ही नहीं?'

''यहीं तो था!'' उसने लापरवाही से जवाब दिया।

उसके चेहरे पर कोई छाया-सी मँडरा रही थी। मैं समझ गया उसे मुझसे शिकायत है कि मैंने मुहल्ले में उसके द्वारा स्थापित मर्यादा को भंग क्यों किया। मच्छर उड़ाते हुए मैंने कहा–''कीर्तन में भी तुम नहीं आए थे।''

''कीर्तन...हुँह! सब बकवास है! चाहत, विश्वास, सब...सब झूठ!'' वह यकायक चुप हो गया। फिर सिगरेट के लम्बे कश लिये और कुछ बोलने के लिए जैसे शब्द जोड़ने लगा–''मैं रह-रहकर कहता नहीं था कि कोई मेरा भाग्य चुरा रहा है। कोई मेरी बारी खाता है। आज मुझे वह मिल गया।''

''वह कौन है?'' मैंने यों ही हँसते हुए पूछ डाला।

उसने सिगरेट का लम्बा कश लिया और फिर जले-भुने अन्दाज़ में बोला–''वह तू है तू! तू जिसके साथ परसों बतिया रहा था, उसके सपने मैं दूसरी कक्षा से ही सँजो रहा हूँ। वह तुम्हीं हो जिसने मेरी आँखों में धूल झोंककर मेरी बारी खाई।'' जवा की आँखें भर आईं।

मुझे लगा कि उसका दार्शनिक भी वहीं पर है जहाँ उसका मूर्ख है।

अनुवाद : **क्षमा कौल**

•

पथगामपुर की ज़मीन

गुलशन मजीद

मजा (मजीद) आज ज्यों ही आँगन-द्वार के भीतर आया, आयशा के मुँह से ज़ोर की हँसी फूट पड़ी। वह द्वार के ठीक सामने स्नान-घर के खुले पट के पीछे खड़ी थी। मजा दलदल से निकाली गई छोटी मछली की तरह कीचड़ से लथपथ था। उसने आयशा की हँसी की ओर कोई ध्यान नहीं दिया, अपितु नाक की सीध में चलकर कन्धे पर लदा बोझ आँगन के एक कोने में छप्पर के नीचे उतार दिया। उसकी आयशा में कोई खास दिलचस्पी भी नहीं थी। वह उसके लिए बस एक बहाना थी। उसे सिर्फ इस बात से दिलचस्पी थी कि उसे एक कनाल ज़मीन मिलने वाली है जिसका फैसला आयशा के बाप पीर साहब से पहले ही हो चुका था। मजा की नज़रें सिर्फ ज़मीन के इसी एक कनाल टुकड़े पर थीं और उसी के लालच में वह बुरी तरह फँस भी गया था।

"जाओ, बाबा तुम्हारा ही इन्तज़ार कर रहा है।"

"मैं अभी आया नहीं कि..."

'अब आ गए ना? तुरन्त चले जाओ!" आयशा ने अपनी आवाज़ ऊँची करके कहा।

मजा हाथ-मुँह धोकर भीतर चला गया। पीर साहब रोज़ की तरह तावीज़ लिख रहा था, जिन्हें तह करके तिकोना आकार देना मजा के ज़िम्मे था।

"तू किस जहन्नुम में चला गया था, बे?" पीर साहब ने बिना सिर उठाए अपनी बलगमी आवाज़ में पूछा।

मजा खामोश रहा। वह पीर साहब के लिखे तावीज़ समेटने लगा।

"बोलता क्यों नहीं? तुझे किस बाढ़ में डूबने जाना था? इतनी बेताबी की वजह क्या थी? बदबख़्त, रख दे ये तावीज़ नीचे!" पीर साहब सख़्त गुस्से में था।

"जी, वह पथगामपुर की ज़मीन है ना? उसी..."

"देख रे गधे के सींग! पथगामपुर की ज़मीन अपने समय पर तुझे अपने-आप मिलेगी। तेरे ज़िम्मे जो काम है, तू सिर्फ उसे ही निपटा ले। बहुत तंग किया है तूने

मुझे। समझ में नहीं आता कि तुझे क्या-क्या समझाऊँ। आज तो तू बाढ़ में बहने से बाल-बाल बचा। अगर अल्लाह ने उन बचानेवालों को नहीं भेजा होता तो तेरी लाश भी कहीं न मिलती।''

मजा को बहुत समय से अविश्वास ने घेर रखा था। उसे विश्वास ही नहीं होता था कि उसे एक कनाल ज़मीन मिलेगी। उसे जो कुछ भी बताया गया था उसके अनुसार पथगामपुर कहीं आस-पास ही होना चाहिए था, लेकिन काफी तलाश के बाद भी मजा उस गाँव का कोई अता-पता नही पा सका था। उसके दिल में जाने कैसे यह शक घर कर गया था कि यह पथगामपुर बड़ी नदी के उस पार ही होगा। इधर जब पिछले कई दिनों की अविरल वर्षा के कारण बड़ी नदी में बाढ़ आ गई तो उससे रहा नहीं गया। पथगामपुर की अपनी ज़मीन की हालत अपनी आँखों से देखने के लिए उसने बाढ़ के पानी के तेज बहाव की परवाह न करते हुए बड़ी नदी को तैरकर पार करने की कोशिश की। यह तो उसकी किस्मत ही अच्छी थी कि उसे बड़ी मुश्किल से बचा लिया गया। पीर साहब के आगबबूला होने की यही वजह थी।

''जी, असल में यह पथगामपुर...'' मजा फिर अपनी डफली बजाने लगा।

''हाय रे नालायक कहीं के! ऐसी की तैसी तेरे पथगामपुर की! अहमक, पथगामपुर तो उसी पार है। तेरे नदी में कूदने से क्या वह इस पार आएगा?''

''मगर...''

''मजा! मैं कहता हूँ अपना मुँह बन्द कर! कई दिनों से तू एक-एक से पूछ रहा है कि पथगामपुर कहाँ है...पथगामपुर कहाँ है? दफा हो जा यहाँ से! और हाँ, जाकर आयशा को यहाँ भेज दे।''

मगर मजा नहीं उठा। वह पीर साहब के क्रोध से ही नहीं, उस क्रोध की सीमा से भी परिचित था—''जी, मैं खुद भी एक बार यह पथगामपुर देखना चाहता हूँ।''

''देख चूल्हे के चूहे! पथगामपुर उस जुजदान में है। मुद्दत पूरी होने पर तुझे वह अपने-आप मिल जाएगा। यही फैसला हुआ है और सचाई भी यही है।'' पीर साहब ने उँगली से ताकचे की ओर इशारा किया जहाँ बहुत-से जुजदान रखे थे।

मजा खुद भी जानता था कि उसकी किस्मत का फैसला इन्हीं में से किसी एक जुजदान में महफ़ूज़ है। इस फैसले की एक नकल उसके बाप को भी दी गई थी जिसे उसने पीर साहब पर भरोसा करके उसी के पास ही रखा था। फैसले की बात सही थी। पथगामपुर भी कोई झूठ नहीं था। मगर मजा के मन में बस एक ही गाँठ थी कि वह पथगामपुर है तो कहाँ है? उसका मन हर क्षण उसे ही तलाशता रहता था और इसलिए वह खुद पीर-परिवार के यहाँ बेगारी में लगा था। वह अपने काम, मेहनत और व्यवहार से पीर-परिवार को हर तरह से खुश रखना चाहता था।

मगर न तो पीर-परिवार में कभी काम खत्म होता था और न ही मजा कभी काम से थकता था। उसका मन हमेशा उस पथगामपुर में ही भटकता रहता था जो उसे कहीं नज़र नहीं आता था।

मजा की रात, उसका दिन सिर्फ पथगामपुर था। पथगामपुर को पाने के लिए ही वह सुबह की अज़ान से लेकर शाम की नमाज़ तक कड़ी मेहनत करता रहता था। पथगामपुर के ही सपने देखते-देखते मजा ने पहले अपना बचपन खोया, फिर आयशा को खोया और अन्त में पथगामपुर भी खो डाला। अब तो घर में बस आयशा के बच्चे बचे थे। एक कोने में सिमटा पीर साहब तावीज़ लिखते-लिखते आखिरी साँस का इन्तज़ार कर रहा था। मजा तो बस काम करनेवाली बेजान मशीन बन गया था। काम पूरा करने के बाद वह अब भी खेतों, गाँवों और वीरानों में बिना किसी इरादे या मकसद के फिरता रहता था। दूर-दूर तक घूमने के बाद भी उसे पता नहीं चलता था कि वह कहाँ पहुँच गया। वह अक्सर अपने चीथड़ों की जेबें झाड़ता रहता था। उन्हें छुपाता था और तब उन्हें तावीज़ों की तरह तह करके रखता था। लेकिन थोड़ी देर बाद ही फिर से उनकी तह खोलता, जेबें झाड़ता और फिर से तह करके रखता। इस उधेड़बुन में यदि कोई अनजान-अपरिचित उससे पूछता कि पीर साहब कहाँ हैं तो वह बिना सिर उठाए झट से जवाब देता—"पथगामपुर में!"

अनुवाद : **हरिकृष्ण कौल**

•

हाइवे

गौरीशंकर रैणा

कॉलोनी के पार्क में स्वच्छन्द खेल रहे बालक-बालिकाओं का कोलाहल तब मन्द पड़ा जब एक नई चमचमाती सफेद कार ठीक सामने सड़क पर आके रुकी। गाड़ी रुकते ही शोफर ने फुर्ती से दरवाज़ा खोला और आदरभाव से अपने साहब के उतरने की प्रतीक्षा करने लगा। कुछ ही क्षणों में एक तीस-बत्तीस वर्षीय तरुण उसकी कार से उतरा। खिला-खिला चेहरा, उत्साह से भरा आकर्षक व्यक्तित्व और उसके अनुरूप उपयुक्त ढंग की पोशाक। ब्लू डबल-ब्रेस्ट के साथ फ्लॉवर-पेटर्न की टाई। क्या अन्दाज़! आस-पड़ोस के बच्चों ने एक नज़र-भर देखा और फिर से अपने खेल में तल्लीन हो गए।

ड्राइवर ने कार का दरवाज़ा बन्द किया और वहीं रुका रहा जबकि उसका अधिपुरुष सामने के क्वार्टर की ओर जाने लगा। लॉन के बीचों-बीच चलते हुए जब वह सामने के सरकारी मकान में कदम रखने ही वाला था, तभी महरी, भारी-सी चिलमची लिये हुए बाहर आई—''कौन? किस से मिलना है साब?''

''बालकृष्ण जी घर में हैं क्या?'' तरुण ने पूछा।

पास में टँगी अलगनी पर कपड़े फैलाते हुए महरी अन्दर आवाज़ देने लगी, ''ओ बेबी जी! कोई साहब आए हैं।'' भीतर से किसी अनुक्रिया के अभाव में महरी ने गीला लबादा एक तरफ को झटकते हुए कहा, ''अन्दर में सभी लोग हैं ना। आप जाव ना साहब जी!''

''थैंक्यू।''

चलने को तैयार था कि तभी किसी ने उत्साह से बाहुपाश में जकड़ लिया। देखा तो बालकृष्ण ही था, उसका प्यारा 'भाईजाना'। पर यह क्या! वह जीवन्त चेहरा आज एकदम जर्जर।

''भाईजान, यह क्या? इतने कमज़ोर? सब ठीक तो है ना?''

''अरे भाई, ऐसे क्यों बदहवास हुए जा रहे हो? बुढ़ापे का पदार्पण है। चलो भीतर चलो।''

''हाँ-हाँ चलिए।''

अधेड़ अवस्था के बालकृष्ण, उसके मौसरे भाई ने लॉबी में पहुँचते ही उत्साह के साथ परिवार के सदस्यों को बुलाना शुरू किया—''अरे देखो तो कौन आया है!''

आनन-फानन अट्ठारह वर्षीय बेटी, 'बेबी' बीस वर्षीय बेटा 'पप्पू' और पत्नी 'शीला' सामने हाज़िर हो गए।

''नमस्कार, रमेश भैया! घर पर सब कैसे हैं?''

''अरे शीला, तुम भी कमाल हो! भला इसे घर की सुध कहाँ? आए दिन तो टूर पर रहता है। कभी सिंगापुर तो कभी तोकियो। क्यों रमेश?''

''हाँ भाईजान, आप ठीक कहते हैं। मगर भाभी, घर के साथ पूरा सम्पर्क बनाए रखता हूँ। हर दूसरे दिन फोन करता हूँ।''

''अब आप यहीं इनसे बातें करते रहेंगे क्या? चलिए भैया जी, अन्दर चलिए।''

ऐसा कहते ही शीला ने बेबी को भी इशारे से रसोई की ओर भेजा। रमेश अपने मौसेरे भाई के साथ उसके सजे-सजाए ड्रांइगरूम में चला आया। वही, बड़ी-सी खिड़कीवाला कमरा, पर कितना बदला-बदला-सा! रमेश इस कमरे में आज कई वर्षों बाद आया था। लालाजी के रहते यहाँ अलग ही रौनक होती थी। खिड़की के पास रखे दीवान पर वह बड़ी शान से बैठे रहते थे। धवल-स्वच्छ कुर्ता-पाजामा पहने, गीता प्रेस की कोई धार्मिक पुस्तक लिये खिड़की से टेक लगाकर बैठे रहना उनकी दिनचर्या का एक हिस्सा था। जीवित होते तो पूरा घर सिर पर उठा लिया होता—रमेश के लिए इलायची और बादामवाला कहवा अब तक क्यों नहीं आया?

''लीजिए अंकल!''

''हूँ...।'' रमेश ने देखा कि सामने बेबी पानी का गिलास लिये खड़ी है। ट्रे में से गिलास उठाते हुए जब उसने पूछा कि वह आजकल क्या कर रही है तो बेबी ने मुस्कुराते हुए जवाब दिया, 'बी-कॉम फाइनल।' तभी पप्पू भी चाय और बिस्कुट आदि लिये भीतर आया।

''तुम चाय पियो, मैं अभी आया।'' यह कहकर भाईजान बरामदे की ओर जाने लगे। बच्चे भी ट्रे और खाली गिलास लेकर बाहर चले गये। रमेश को अपने मौसेरे भाई का इस प्रकार उठ खड़े होना और फिर चले जाना अटपटा-सा लगा। पर स्वजन का यह आचरण उपेक्षणीय था। रमेश ड्राइंगरूम की दीवारों में न जाने क्या तलाशने लगा—बेबी की बनाई हुई पेंटिंग, कश्मीर से पहले कभी लाई हुई रंगीन कागज़ और शीशों से सजी कांगड़ी, लालाजी का ऍनूलार्ज किया हुआ फोटो, टी. वी, पप्पू के स्कूल-मैडल, पहलगाँव में शीला और भाईजान का भुट्टे खाते हुए खींचा गया फोटो, पप्पू का इंजीनियरिंग कॉलेज में अपने मित्रों के साथ लिया गया फोटो...।

बच्चों के बड़े होने और समय गुज़रने के साथ-साथ कितना परिवर्तन आया है इस ड्राइंगरूम में! एक समय था जब इस कमरे में केवल एक-दो कैलेंडर झूल

रहे होते थे और एक कोने में होता था लालाजी का हुक्का। उस हुक्के को लेकर बाप-बेटे में आये दिन हाय-तौबा मची रहती थी। जितना ही भाईजान, लालाजी को तम्बाकू पीने से रोकते थे, उतना ही वे ज़्यादा पीने लगते; शीला भी उस हुक्के को लेकर दूध का दूध और पानी का पानी करना चाहती थी, मगर दोनों की एक न चलती। तम्बाकू की गंध सारे क्वार्टर में सुबह-शाम तैरा करती। यह गंध, लालाजी की मौजूदगी और उसके शासन का आभास कराती। इसका श्रेय लालाजी की पत्नी शोभावती को भी जाता है जो निष्ठापूर्वक अपने पति की सेवा करती और उसकी सुख-सुविधा का ध्यान रखती। इसलिए हुक्का स्टूल पर विराजित रहता और लालाजी दीवान पर। लालाजी के इस कमरे में शोभावती हर रोज़ शिव के कैलेंडर के सामने बैठ अपने इष्टदेव का आह्वान करती...पर वह आज घर में नज़र क्यों नहीं आ रही? हो सकता है मार्किट गई हो! लेकिन बाज़ार जाने की तो उसकी कभी आदत ही नहीं रही। घर में भी तो नहीं लगती। घर में होती तो व्यग्र हो इस समय, या तो मेरा माथा चूम रही होती या मुझे बहुत बड़ा आदमी बनने की दुआएँ देती।

"अंकल जी, आपने चाय नहीं पी?" सामने बेबी खड़ी थी।

"हूँ..."

"जी आप चाय पी लें, पापा अभी आते ही होंगे।"

"पर वह है कहाँ?"

"दूसरे कमरे में, दादीजी के पास।"

इसके पश्चात् लड़की ने क्या-कुछ कहा, वह सब रमेश ने सुना ही नहीं। बिना विलम्ब, लॉबी को पार करता हुआ वह सामने के बेडरूम की ओर लपका। बेडरूम में पहुँचते ही उसके पैरों की गति अवरुद्ध हुई। देखा तो उसकी चहेती मौसी निःस्पन्द, किसी प्राण-रहित पक्षी जैसी रोगशय्या पर पड़ी थी। ग्लूकोस की बोतल स्टैंड से टँग रही थी। शोभावती के जर्जर-जीर्ण अवस्था में पड़े रहते, साफ मालूम हो रहा था कि उसे अब तक कई ड्रिप लग चुके हैं। क्या यह वही मौसी है जो बारामुला के गाँव में सालभर का धान अकेली कूटती थी और थकने का नाम तक नहीं लेती थी? कड़ाके की ठण्ड में बर्फीली सड़कों पर मीलों का सफर पैदल तय करती थी। रमेश को लगा कि वह सुन्न होता जा रहा है और पसीने से तर-ब-तर उसकी काया काँपने लगी है।

रमेश की वृत्ति का अनुमान करते हुए भाईजान ने तुरन्त कुर्सी दी और उसे बैठने को कहा। अनमना-सा झेंपते हुए रमेश बैठा, मगर शोभावती के चेहरे को एकटक निहारता रहा। उसकी मौसी के माथे पर, आज न तो चन्दन का तिलक ही था और न ही गले में लद्दाखी मोतियों की माला। बेसुध-सी पड़ी, वह वृद्धा, काश कुछ बोलती! इसकी कभी न खत्म होनेवाली बातें विस्मृति में तो नहीं खो सकतीं–'अरे रमेशा, न जाने यूनिवर्स्टी में क्या करता है, जल्दी से पढ़ाई खत्म कर।'

'मेरी अच्छी बीबी-मौसी! तुम यह क्यों नहीं समझतीं कि कोर्स अपने समय पर ही पूरा होता है और इम्तहान भी किसी कायदे-कानून के तहत होते हैं।'

'वो तो ठीक है। पर देख़, लालाजी अभी सर्विस में हैं। कल को वह रिटायर हो गए तो किससे तुम्हारी नौकरी की बात करूँगी? पेंशन पर जाने के बाद भला किसी मुलाज़िम की पूछ होती है...'

रमेश ने पास में बैठे अपने मौसेरे भाई से उपचार आदि के बारे में एक भी बात नहीं पूछी। वह भी इसकी मनोदशा से अनभिज्ञ नहीं था। वह जानता था कि रमेश की माँ की असमय मृत्यु के बाद उसकी माँ ने ही रमेश को पाला-पोसा था। वह जानता था कि रमेश की किसी सफलता पर उसकी माँ कैसे उत्साह और उन्माद में झूमने लगती थी, मानो उसकी कोई बरसों की साध पूरी हुई हो। जब रमेश एम. ए. पास करने की खबर लेकर आया था, तब भी ऐसा ही हुआ था। मृदुल नेहा अविराम बरसने लगी थी। लालाजी अपनी पत्नी के स्वभाव और ममत्व की भावना को समझते थे। उन्होंने कुछ ही दिनों में रमेश की नियुक्ति एक एक्सपोर्ट-हाउस में करवाई थी, जबकि उनका अपना बेटा बालकृष्ण अभी भी रोज़गार-दफ्तर के चक्कर काट रहा था। अपनी माँ का रमेश के प्रति अनुराग देख बालकृष्ण उन दिनों अपने मौसेरे भाई से ईर्ष्या करता था, क्योंकि माँ की ममता और स्नेह, जो उसे मिलना चाहिए था, वह रमेश को नसीब हो रहा था।

रमेश उठ खड़ा हुआ और अपनी मौसी-माँ के सिरहाने जा बैठा। बिस्तर पर पड़ी बेसुध जान के माथे को सहलाने के उद्देश्य से छुआ कि पूरे शरीर में कँपकँपी दौड़ गई। मन और प्राण को झकझोरनेवाला यह कैसा उद्वेग था? उसे बोर्ड-रूम, होटल का कमरा, मौसी-माँ का दुलार और फिर यह खामोश बेडरूम क्षणिक दृश्यों की तरह एक स्थिति से निकाल दूसरी अवस्था में ले जाते रहे। निस्तब्धता के उन क्षणों में रिक्तता का आभास बढ़ने लगा। वह बेचैन होने लगा—इस शहर में आए उसे तीन महीने हो गए थे, पर क्या नब्बे से ज़्यादा दिनों की अवधि में पन्द्रह मिनट निकाल पाना कठिन था? इन बूढ़ी आँखों ने कितना खोजा होगा? क्या ये आँखें रमेश को फिर से देख पाएँगी? प्रश्नों का सिलसिला और यह खामोशी! निःशब्द रमेश उठ खड़ा हुआ। हालाँकि उसके माथे पर चिन्ता की रेखाएँ साफ नज़र आ रही थीं, पर वह एकदम से क्यों चलने लगा—यह उसका भाईजान समझ न सका। कुछ पूछे या न पूछे, इसी उधेड़बुन में रमेश के साथ चलते-चलते उसका मौसेरा भाई भी क्वार्टर के दरवाज़े तक आ गया। रमेश रुका और उसने जेब से अपना विज़िटिंग कार्ड निकाला। उस पर कोई फोन-नम्बर लिखने लगा। अब तक बेबी, शीला और पप्पू भी वहाँ आ चुके थे। शीला कुछ कहने लगी। शायद यह कि रमेश को रात के खाने के बाद ही जाने देना चाहिए। लेकिन भाईजान के संकेत ने उसे चुप कराया। रमेश ने अपना फोन-नम्बर फिर दोहराया। भाईजान ने कार्ड को सम्भालते हुए अपने बटुए

में रखा और दोनों गले मिले। दृढ़ता से बड़े भाई ने छोटे का हाथ पकड़ा और कुछ कहे बिना ही सब-कुछ कहते हुए विदा करने लगा। बालकृष्ण के परिवार से रुख्सत होकर रमेश बाहर लॉन की तरफ चल पड़ा।

अँधेरा गहराने लगा था। अब कहीं कोई बच्चा नज़र नहीं आ रहा था। रमेश को देखते ही शोफर के बदन में फिर से फुर्ती आई। उसने कार का दरवाज़ा खोला और अपने साहब की हाज़िरी बजाने लगा। रमेश कार के पास आया, लेकिन उसमें बैठा नहीं।

"सर! आपको लेने कब आऊँ?"

"मैं अपने-आप आऊँगा।"

"लेकिन सर, अभी तो आपको कई जगह जाना होगा?"

"अब कहीं नहीं जाना। जाओ, गाड़ी होटल ले जाओ।"

"अच्छा सर!"

ड्राइवर कार ले गया। रमेश ने क्वार्टर को एक बार फिर देखा और आगे बढ़ने लगा। स्ट ्रीट-लाइट्स टिमटिमा रही थीं। मौसम में नमी और दूर-दूर तक चुप्पी। खाली सड़क पर रमेश के कदमों की आहट तीव्र होती गई। उसने अपनी टाई की नॉट ढीली की। कमीज़ के ऊपरी दो बटन भी खोल दिये। फुटपाथ पर बैठे किसी भिखारी ने आवाज़ लगाई। रमेश ने कनखियों से उसे देखा और चलता रहा। कोट का बटन खोला। जेब से रूमाल निकालकर माथे को पोंछने लगा। हवा कुछ तेज़ बहने लगी? हाथ का रूमाल एक झोंके के साथ किसी झाड़ी में उलझ गया। उस तरफ कोई ध्यान दिये बिना ही रमेश बढ़ता रहा। उसे अपनी प्रतिष्ठा, अपना पद सब बेमानी लग रहा था। बिना किसी लक्ष्य के वह चलता रहा। अब वह बाहर हाइवे पर आ गया था। लम्बा-चौड़ा राजमार्ग। बेमकसद मंजिलें। उसने बाएँ देखा न दाएँ, बस अपनी सीध में चलता रहा...न जाने कब तक।

•

आदम यूँ ही बदनाम नहीं

चमन लाल हक्खू

वसन्त ऋतु। हिमाचल की पहाड़ियों में आँख-मिचौली खेलते मेघ। कभी चमचमाती धूप तो कभी तेज़ वर्षा। ढंग से काम करने का अवसर ही न मिला। यह हमारा तीसरा दिन था।

फिल्म-शूटिंग के उद्देश्य से हम यहाँ बम्बई से आए थे। दल के सभी सदस्य प्रसन्नचित्त थे। कैमरा-चालक तथा उसके सहयोगियों द्वारा यन्त्रों की जाँच हो रही थी। रूप-सज्जा करनेवाले प्रसाधन-सामग्री स्थानीय कलाकारों पर आज़मा रहे थे। पटकथा एवं सम्वाद-लेखक दृश्य को नए सिरे से लिखने के बहाने सुरापान में मग्न थे। मुख्य कलाकार तथा हीरो-हीरोइन जैसे कई दिनों की थकान उतार रहे हों। नाश्ते के बाद विश्राम, भोजनोपरान्त विश्राम तथा गोधूलि में सैर-सपाटा। रात्रि-भोज के बाद भी आराम ही आराम।

हमारे आने से इस पहाड़ी क्षेत्र में रौनक और भी बढ़ गई थी। हमारे दल में कुल मिलाकर पचास व्यक्ति थे। यहाँ के सरकारी रेस्ट हाउस में बहुत दिनों बाद चहल-पहल हुई थी—कमरों में प्रकाश, बरामदे में गुल-गपाड़ा तथा रसोईघर में बरतनों का खनकना।

यूनिट के सदस्य जितने प्रसन्न थे, उतना ही मैं चिन्तित था। वे परिहास करते, मैं लम्बी साँसें भरता। वे मसखरी करते और मैं खीझ उठता। कारण? मैं इस दल का एक ज़िम्मेदार व्यक्ति, प्रोड्यूसर का प्रतिनिधि, रोकड़िया तथा फिल्म का निर्देशक था।

मैंने निर्धारित किया था कि यहाँ एक सप्ताह रहेंगे, पर आज तीसरा दिन था—बेकार और बेमतलब। चैत्र की वर्षा ने सुन्दर क्षेत्र में हर तरफ कीचड़ ही कीचड़ कर दी थी। नदी-नाले गरज रहे थे। दर-दीवार नम।

हम कई तरह के प्रबन्ध कर चुके थे। शूटिंग-स्थल का चुनाव, बिजली-विभाग, पुलिस, अस्पताल तथा तहसीलदार आदि सभी से बात हो चुकी थी। स्थानीय

भजन-मण्डली और रामलीला-दल को भी सूचित किया गया था कि वे छुट-पुट अभिनय के लिए तैयार रहें।

रामलीला-दल के अभिनय हेतु कलाकारों को चुनना काफी मनोरंजक रहा था। दर्जनों किशोर साफ-सुथरे वस्त्रों में, तिल्लेदार हिमाचली टोपी तथा कश्मीरी फिरन जैसे ऊनी चोगों पर कमरकस बाँधे हुए आ गए थे—कुछ मुच्छड़ तो कुछ सफाचट, दुबले-पुतले, हृष्ट-पुष्ट, मंगोलों के वंशज, कुछ चालाक, कुछ शर्मीले और कुछ ठग जैसे।

किशोरियाँ चोटियाँ उछालती प्रायः चुन्नी में अपना मुँह छिपातीं और आँखों-आँखों में एक-दूसरी से बात करतीं। कभी लजातीं तो कभी शहरी लड़कियों की तरह फुर्ती दिखातीं। अधेड़ उम्र की महिलाएँ हँसतीं और मुस्कुरातीं।

वातावरण आनन्ददायक था, पर आकाश रुष्ट। सुबह का समय। मैं विश्राम-गृह के बरामदे में आया हूँ। बरामदे के एक तरफ रामलीला-दल के कुछ कलाकार बैठे हैं। एक युवक हनुमान की वेश-भूषा धारण किए, चेहरे पर लाल रंग पोत कर, चिल्ला-चिल्लाकर सम्वाद कह रहा था। दूसरा युवक ढोलक पर थाप दे रहा था। हमारी फिल्म के हीरो तथा हीरोइन एवं कुछ तकनीशियन कुर्सियों पर बैठे यह सब देख रहे थे। पीछे, इन सब से अलग दो महिलाएँ खड़ी थीं। मैंने ध्यान से देखा। उनमें से एक लम्बे कद की थी—छरहरा बदन, छोटी-छोटी आँखें, दबी हुई नाक। नायलोन की मामूली-सी चुन्नी, बारिश में भीगा ब्लाउज़ और पुरानी-सी ऐनक पहने वह तमाशा देख रही थी और अपनी दरिद्रता का प्रदर्शन भी। दूसरी थी उम्र से कम, हृष्ट-पुष्ट, कद में छोटी, चेहरा लाल, दबी हुई नाक किन्तु मोटी, आकर्षक आँखें, पीठ से नीचे तक खुले बाल, चेहरे पर आभा, सुडौल, सच में ही सुन्दर, छिप-छिप के हँसती और लजाती हुई। प्रोड्क्शन मैनेजर तुकाराम सतवे भागा-भागा मेरे पास आया और कहने लगा, "सर, पुलिस चौकी पर सूचना है कि आज से मौसम साफ रहेगा। हम आज से शूटिंग कर सकते हैं।"

पुलकित हो मैंने आदेश दिया, "यूनिट को सावधान करो—रिपोर्ट ऑन लोकेशन। सारा साज-सामान और सभी कलाकार एकदम से पहुँच जाएँ। आज दुल्हन की विदाई का दृश्य होगा। नाश्ता शूटिंग-स्थल पर होगा। समझे?" जैसे मन का कोई बोझ हल्का हुआ हो।

देखते-ही-देखते खुली धूप निकल आई। सारा शूटिंग-स्थल चाँदी-सा चमकने लगा। किसी प्राचीन जाति-वर्ग का ग्राम। चार-पाँच बड़े दुमंज़िले मकान, स्लेट और लकड़ी की बनी छतें। भीतर दीवारें चूने से पुती हुई। खिड़कियाँ और दरवाज़े गेरू से रंगे हुए। पशुघर एवं अनाज के कोठार सटे हुए। पाँच-छह घरों के बीच एक विशाल साफ-सुथरा आँगन जिसमें पत्थर बिछे हैं। पहाड़ों के मध्य यह गाँव एक समतल जगह पर है, चारों ओर से कीकर, बबूल, नीम तथा शीशम के पेड़ों से घिरा हुआ।

लता-कुंजों से परिपूर्ण यह वन बसन्ती हवाओं में झूम रहा था। नीले आकाश में श्वेत बादल जैसे नीचे का नज़ारा देखने थम गए हों। दृश्य को फिल्माने की तैयारी हो रही थी।

मैं सरपंच पण्डित ब्रज नारायण शर्मा से मन्त्रणा करने लगा। उसके साथ चार-पाँच लोग और भी थे—गाँव के बड़े-बूढ़े। ये लोग हमें पूरा सहयोग देने को तैयार थे। उनके घरों के बरामदे, निचले कमरे, चारपाइयाँ, चटाइयाँ आदि सब उपलब्ध होता रहेगा—यह उन्होंने आश्वासन दिया था। बदले में हमें पूरे गाँव के लिए फिल्म की शूटिंग होते समय खाने-पीने की व्यवस्था करनी थी और काम पूरा होने पर गाँव के लिए एक टेलीविज़न सेट देना था। बच्चों को खुश करने के लिए एक-एक सौ रुपया भी।

मैंने कहा, "मुझे यह सौदा मंजूर है। काम शुरू करें? सीन शुरू करें?"

"जी हाँ।"

सतवे तथा शर्मा जी नेतृत्व करने लगे। पूरा का पूरा गाँव सज गया। चारों तरफ शामियाने-कनातें लग गईं। दूल्हा-दुल्हन को भी सजाया जा रहा था। रामलीला-मण्डली के कलाकार कुछ ज़्यादा ही उत्साहित थे। प्रकाश को प्रतिबिम्बत करनेवाले बड़े-बड़े रिफ्लेक्टरों को ठीक करते हुए वे आकाश की ओर देखते और धूप के ठहर जाने की प्रार्थना करते। कुछ ही देर में लाउडस्पीकर पर फिल्मी गीत शुरू हुआ—'बाबुल का घर छोड़ के...दिल तोड़ के, तू कहाँ चली, पिया का संग ले, मन रंग ले...तू कहाँ चली।' संसार से अलग-थलग पड़े इस गाँव में ये स्वर गूँजने लगे। चारों दिशाएँ उल्लसित थीं।

मैं सन्तुष्ट था कि सारा कार्य मेरे आदेशानुसार हो रहा है। शुरुआत अच्छी थी। यदि मौसम साफ रहे तो दिनभर बाहरी स्थल पर शूटिंग करते रहेंगे और अँधेरा होते ही भीतरी स्थल पर—मैं यही सब सोच रहा था कि तभी कुछ शोर सुनाई दिया। जिन कमरों में मेकअप हो रहा था, उनमें भगदड़ मच गई। लाउडस्पीकर की आवाज़ में सुनाई नहीं पड़ रहा था कि कौन क्या बोल रहा था। सतवे भागा-भागा मेरे पास आया।

"सर! प्रॉब्लम!"

"क्या हुआ?"

"सर! रामलीला-दल की लड़कियाँ काम करने से मना कर रही हैं।"

"कारण?"

"डॉक्टर तोमर। वह यहाँ के अस्पताल का डॉक्टर है और लड़कियों को अभिनय करने से रोक रहा है। पुरुष कलाकारों ने विरोध किया था, पर उन की एक न चली।"

"आपने तो रामलीला-कमेटी के सचिव से अनुबन्ध पर हस्ताक्षर कराए हैं, फिर ये..."

"सर! रामलीला-मण्डली का सचिव डॉक्टर तोमर से डरता है। बहुत देर तक बहस होती रही, पर वह टस से मस नहीं हुआ। वह अपनी बात पर अड़ा हुआ है..."

मैं भड़क उठा और ज़ोर से पुकारा, "कौन है यह डॉक्टर, कहाँ है? सरपंच शर्मा जी कहाँ हैं? पुलिस कहाँ है?"

लाउडस्पीकर बन्द हुआ। मैंने अपने सहायक को पुकारा, "मूर्ख! कहाँ है यह डॉक्टर, मेरे सामने खड़ा करो!"

पाँच लोग मेरे सामने आए। सरपंच भी था। मैं शर्माजी से बोला, "क्या कारण है शर्मा जी, आपके यहाँ रहते भी यह हंगामा?"

"गुस्ताखी माफ हुज़ूर," शर्मा जी कहने लगे, "हमारे कबीले के सामने एक मुश्किल है। परम्परा की बेड़ियाँ हमारे पैरों में पड़ी हैं। धर्म और श्रद्धा का गहना हमें यहाँ ज़्यादा प्रिय है। सच तो यह है कि फिल्मों में काम करना एक गिरा हुआ काम है...नैतिक पतन।...हाँ, यह मामला कानूनी तौर पर सुलझाया जा सकता है। ...गुस्ताखी माफ हुज़ूर...यह मामला सिर्फ...मेरा मतलब...मैं बड़ी मुश्किल में हूँ।"

मैंने सतवे से कहा, "आखिर कौन है यह डॉक्टर?"

कार्टून-सा लगने वाला एक व्यक्ति मेरे सामने खड़ा हो गया, "मी...डॉक्टर तोमर। इफ यू मे प्लीज़!"

डॉक्टर की सूरत देखकर मुझे अपना बचपन याद आ गया। स्कूल का बैण्ड-मास्टर, सलामदीन, जो बैण्ड बजाते-बजाते भाँडई दिखाता था। उसे देखना मुझे कितना अच्छा लगता था! सींक जैसी पतली-पतली टाँगें। खाकी पोशाक। चमड़े का कमरबन्द। गोल-बेडौल सिर। तुर्रेदार खाकी साफा। बैण्ड की ध्वनि के साथ घूमती उसकी बटनदार नीली आँखें। अंग्रेज़ी फिल्म के कार्टून जैसा। डॉक्टर तोमर मुझे सलामदीन का प्रत्यक्ष अवतार लगा।

"हैलो डॉक्टर, हाउ डू यू डू?"

डॉक्टर की बटनदार आँखें पथरा गईं।

"हाउ डू यू डू डॉक्टर! व्हॉट कैन आई डू फॉर यू प्लीज़?"

डॉक्टर की साँसें तेज़ हुईं। चेहरा लाल। पारसी रंगमंच के किसी खलनायक की तरह अपने दोनों हाथ ऊपर उठा के गला फाड़-फाड़कर कहने लगा, "जब तक मैं जीवित हूँ, जब तक मुझमें डॉक्टरी शक्ति है, जब तक मेरे होशो-हवास कायम हैं, तब तक मैं कबीले की इन सीधी-सादी लड़कियाँ को गन्दी और बेहूदा फिल्मों में काम करने की आज्ञा नहीं दूँगा।"

मुझे लगा कि डॉक्टर पगला गया है। उसकी नकल उतारते हुए मैं बोला, "ऐ! गन्दे और बेहूदा डॉक्टर, कौन हो तुम? हमने रामलीला की कमेटी के सचिव से अनुबन्ध

पर हस्ताक्षर करवाए हैं। तुम हस्तक्षेप करनेवाले कौन होते हो? तुम्हारी यह हरकत ब्रीच ऑफ पब्लिक पीस है।"

मेरा यह कहना था कि डॉक्टर तोमर की शक्ल भयानक होने लगी। नसें सिकुड़ने लगीं। वह तुनक गया। गुस्से से लाल-पीला होने लगा। फिर वह सलामदीन की तरह, किसी भाँड की तरह हाथ-पैर हिलाने लगा। चिल्ला-चिल्लाकर काफी देर तक बहुत-कुछ कहता रहा—

"ऐ मूर्ख फिल्म-निर्देशक! तुम यहाँ पैसे के बूते पर युवा, अल्हड़, कमसिन और शरीफ पहाड़ी लड़कियों को भटकाने, उनकी नेकनामी मिट्टी में मिलाने आए हो। पापी बंबइया सौदागर! तुम बकरे की खाल में भेड़िये हो और तुम्हारे ये चमचे हमारे पहाड़ी कुत्तों से भी गए-गुज़रे हैं। ऐ दुरात्मा! यह भी नहीं जानते कि मैं यहाँ का चिकित्सा-अधिकारी हूँ? डॉक्टरी के साथ-साथ मेरा यह कर्तव्य बनता है कि मैं यहाँ के लोगों का नैतिक पतन न होने दूँ। देखता हूँ मेरी आज्ञा के बिना कौन तुम्हारी गन्दी बेहूदा फिल्म में काम करता है? आज तो फैसला हो के रहेगा। या मैं रहूँगा या रहेगा बम्बई का पापी, दुराचारी, बदनज़र फिल्म-निर्देशक। मैं भी देखूँगा। मैं भी देख सकता हूँ। जो देख सकते हैं वे भी देखें। जो अंधे हैं वे क्या देखें...और...और... जो आँखें खुली रखकर भी न देख पाते हों वे क्या देखें...जो ऊपर बैठा सब-कुछ देखता है, वह भी देखे! देखो...देखो...देखते जाओ।"

उसका रंग पीला पड़ गया। मुँह से झाग निकलने लगा। चेहरे की नसें उभर आईं। मुझे लगा कि जैसे कोई गहन वेदना उसे अन्दर ही अन्दर भस्म किए जा रही थी। मुझे उस पर दया आई।

उसने मुझ पर एक तीखी दृष्टि डाली जो कहना चाहती थी—नाकों चने चबवाऊँगा! आखिर वह चला गया, एक हारे हुए खिलाड़ी की तरह, एक मरीज़ की तरह।

सभी हक्के-बक्के रह गए। चारों ओर सन्नाटा-सा छा गया। हर कोई खड़ा था, मगर चिन्तित।

शर्मा जी कहने लगे, "हुजूर...गुस्ताखी माफ।" यह कहकर एकदम चुप हो गए। डॉक्टर ने जो ओले बरसाए थे, वे सारा-कुछ नष्ट कर गए थे।

मैं सँभला। मैंने पुकारा, "पुलिसमैन ऑन ड्यूटी...क्या कर रहे हैं आप?"

पुलिस का नाम सुनते ही फ्रीज शॉट रिलीज़ हो गया।

डॉक्टर गाँव से बाहर जा रहा था। गाँव की भोली-भाली किशोरियों का रेवड़ उसके पीछे-पीछे जा रहा था। कभी-कभी वह अपने हाथ यूँ उछालता मानो गा रहा हो—वतन की राह में वतन के नौजवाँ शहीद हो। मुझे लगा कि मैं किसी थके-हारे एक असफल फिल्मी हीरो की तरह हो गया हूँ। कोई कुर्सी ले आया, कोई सिगरेट ले आया और कोई दूसरा ह्विस्की का गिलास ले के आया। सिगरेट सुलगाई, ह्विस्की

गटक ली और तभी दो सिपाही और एक हवलदार सामने आ के खड़े हो गए।

"कितने अफसोस की बात है कि एक पागल-सा व्यक्ति सारी शूटिंग बर्बाद कर रहा है और आप हाथ पर हाथ धरे बैठे हैं! आखिर क्या तमाशा है यह?"

हवलदार बोला, "सर, आज जो कुछ भी हुआ, अच्छा हुआ।"

"खाक अच्छा हुआ...?"

"सर! जो काम पिछले छह महीनों से नहीं हो रहा था, वह शुभ कार्य आज हो गया।"

"मेरे द्वारा शूटिंग स्थगित करना आपको शुभ कार्य लगता है?"

"हरगिज़ नहीं सर!...जरा सोचिए...अब डॉक्टर शाम तक गिरफ्तार हो सकेगा।"

"डॉक्टर...गिरफ्तार...मगर क्यों?"

"सर! अवांछनीय हस्तक्षेप। राष्ट्रीय सम्पदा की क्षति। शूटिंग में रुकावट। अतिथियों के साथ दुर्व्यवहार। कुछ बदमाश लोग भी साथ थे जैसे दयाराम, सुखराम, रामदीन, रामविलास आदि।"

"पर यह तो सरासर झूठ है!"

"यह सरासर सही है, यही न्याय है। सत्य तो यह है कि डॉक्टर एक मुजरिम है और अपराध करनेवाला हर कोई व्यक्ति अपने जाल में खुद ही फँस जाता है। डॉक्टर तोमर इस क्षेत्र में करीब एक बरस से है। आदतों से अच्छा, पर राजनीति में कमज़ोर। पिछले चुनावों में विरोधी दल के कार्यकताओं के साथ इसने सम्पर्क स्थापित किया था। उन्हीं दिनों एक राजनैतिक कार्यकर्ता की पत्नी की अस्पताल में मृत्यु हुई। यह खबर आग की तरह फैल गई कि डॉक्टर तोमर ने वी.आई.पी., की पत्नी को जान-बूझकर गलत इंजेक्शन दिया था। पुलिस में रपट हुई कि दिल्ली में खबर हुई। जूनियर डॉक्टर ने डॉक्टर तोमर के विरुद्ध गवाही दी और आज एक और हंगामा। गाँव के सीधे-सादे लोगों को अपने साथ मिलाने की कोशिश। जो हुआ अच्छा हुआ। एक और आरोप। मामला उलझेगा और हमारा काम आसान।"

मेरे पैरों के नीचे की धरती खिसक गई। बैण्ड मास्टर सलामदीन मस्त मौला था, परन्तु डॉक्टर तोमर हालात का शिकार। बेचारा! मैंने सतवे को पुकारा।

"यस सर!"

"लंच ब्रेक।"

मैं सतवे को निर्देश दे ही रहा था कि दूर से महिलाओं को आते देखा। गाँव की ये दोनों महिलाएँ फिल्मी प्रकरण में थीं। मेकअप भी हुआ था। पास आईं। देखा तो ये वही स्त्रियाँ थीं जिनको मैंने सुबह रेस्ट-हाउस के बरामदे में देखा था। एक ने नमस्कार किया। दूसरी कहने लगी, "मैं मिसेज़ पठानिया हूँ और यह मेरी बेटी सुतली पठानिया।" सुतली पठानिया हल्के से मुस्कराई और सिर झुकाकर खड़ी रही। ध्यान मे देखा। सचमुच कितनी सुन्दर! रंग साफ, आँखों में चमक, रौप्यमय मुख।

माँ पठानिया समझ गई कि मैं खो गया। वह हँसी और कहने लगी, 'आप कोई चिन्ता न करें। मैं सारी व्यवस्था किए देती हूँ। अभिनय करने के लिए मैं तैयार हूँ, सुतली तैयार है और यदि आप कहें तो गाँव की बाकी लड़कियों को भी हम तैयार करा सकते हैं। डॉक्टर तोमर की क्या बिसात! आपकी शूटिंग रुकेगी नहीं। बस आप मेरे साथ चलें, हम अच्छी-अच्छी कलाकार लड़कियाँ चुन लेते हैं।''

हमारा यूनिट लंच ले रहा था और मैं तथा सतवे, पठानिया माँ-बेटियों के संग गाँव से बाहर आ गए। बहुत-से घरों में गए। कुछ ने अभिवादन किया तो कुछ केवल हांगुल की तरह देखते ही रहे। पूरा एक घण्टा इन घरों में भटकने के पश्चात् हमारे सामने अब महिलाओं का एक बड़ा-सा दल था जो शूटिंग में सहायता करने को तैयार था। हम वापस आ रहे थे और मिसेज़ पठानिया इन स्त्रियों को समझा रही थी कि क्या करें और क्या न करें। साथ ही कह रही थी–''ये बहुत बड़े फिल्म निर्देशक हैं। पृथ्वीराज कपूर के ज़माने के...बहुत लोकप्रिय...अच्छे...व्यक्ति...आदि-आदि।''

मैं थक चुका था। भूख भी सता रही थी। पठानिया की बातों से लगा कि वह फिल्मों के बारे में थोड़ा-कुछ जानती थी। मैंने पूछा, ''पहले भी किसी फिल्म में काम किया है?''

यह सुनते ही वह फूली न समाई। कुछ लजाई और कहने लगी, ''मेरे पिताजी पारसी थियेटर में मुलाज़िम थे। बड़े गायक थे। दार्जिलिंग में एक म्यूज़िक-स्कूल भी चलाते थे। उनके पास सीखने बहुत-से बच्चे आते थे। असल में हम नेपाल के निवासी हैं। वहाँ मेरा ननिहाल है। मेरा एक भाई भी था जो कलकत्ता में किसी अंग्रेज़ अफसर का खानसामा था। बड़े युद्ध में वह विलायत गया और वापस नहीं आया।''

''सुतली के पिता?''

''सुतली के पिता भी नेपाली हैं। दिल्ली के किसी कारखाने में गार्ड हैं। साल में एक-दो बार आते हैं। यहाँ, हिमाचल में रहते हमें अब पूरे दस बरस हो गए हैं। यहाँ हम 'कालीन बुनाई केन्द्र' में काम करती हैं।''

''अपना वतन छोड़कर यहाँ हिमाचल में...कारण?''

मिसेज़ पठानिया उद्विग्न हुई। कुछ रुकी और फिर कहने लगी, ''मेरे पिता का परिवार दार्जिलिंग के चाय-बागानों में पीढ़ियों से काम करता था। चाय के बाग ही हमारे माता-पिता और देवी-देवता थे। हमारे बच्चे चाय-बागों की सन्तान माने जाते थे। मगर फिर ऐसी हवा चली कि वहाँ बेगाने आने लगे। पराए मुल्कों से आए, भूखे-नंगे शरीर। पराए पुरुषों की एक भीड़। सुतली छोटी थी तो सखियों के संग लोकगीत गाते चाय की पत्तियाँ बटोरती। पर जब यह सयानी हो गई, हमने...दार्जिलिंग त्याग दिया। अपनी भूमि में लगी जड़ों को काट दिया। हिमाचल को अपना वतन बनाया। यहाँ बड़ी शान्ति है।''

"यहाँ किधर रहते हो?"

"रहते...हाँ...किधर...हाँ...वह!" उसने दूर एक मकान की ओर संकेत किया।

मैंने कहा कि हम उसी के मकान पर चलेंगे। क्या पता वह शूटिंग के लिए एक अच्छा स्थल बन सकता हो!

माँ पठानिया को उस तरफ जाना अच्छा नहीं लगा था और सुतली हीं-हीं करके हँस रही थी। पर दोनों ही इस कोशिश में थीं कि वह वहाँ न जाएँ। कहने लगीं कि रास्ता ठीक नहीं, कल जाएँगे। लेकिन जितनी वह मनाही कर रही थीं, उतना ही मैं ज़िद पकड़ता जाता था।

वनराजी से कीचड़, घास और जंगली फूलों को रौंदते हुए हम एक कच्चे मकान के पास आ गए। आँगन के बाहर मिट्टी की दीवार, मध्य में दरवाज़ा, पर बिना पलड़ों के। मकान क्या, मिट्टी का बना हुआ एक कोठर था। बारिश में भीगी हुई दीवारें जैसे गिरने को तैयार हों। खाली-खाली दो कमरे। न चारपाई, न बिछौना और न ही कहीं कोई कपड़ा-लत्ता। पानी जो छत से चू रहा था, गड्ढों में भर रहा था। रसोई के नाम पर एक छोटा-सा कमरा। केवल दो-एक कनस्तर। मिट्टी और अलुमिनियम के कुछ बर्तन। एक लालटेन और आले में रखा हुआ बिस्तर जो दो-तीन दिनों की बारिश में पूरी तरह से गीला हो गया था। सारा घर अपनी गरीबी और लाचारी पर आँसू बहा रहा था।

मैं उल्टे पाँव बाहर आया। मिसेज़ पठानिया का पानी उतर गया था। सुतली सफेद पड़ने लगी थी। दोनों शर्मिन्दा थीं। मैं अपने इस कृत्य पर कुपित था। क्यों मैंने उनकी गरीबी का पर्दा उठाया? अशिष्ट! उजड्ड!! मेरी शहरियत और बेवकूफी का भी पर्दा उठ चुका था। अपनी गलती का मुझे अहसास था, पर तभी मैं एक और भूल कर बैठा। सामने के पक्के मकानों की ओर संकेत करते हुए मैंने कहा, "ये किनके मकान हैं?...अच्छी शूटिंग हो सकती है।"

मिसेज़ पठानिया का चेहरा लाल हुआ। कहने लगी, "ये ठाकुर, साहूकार और ज़मींदारों के घर हैं। हम लोग वहाँ नहीं जाते।" यह कहते समय उसकी व्याकुलतता और बढ़ गई।

सुतली पीली पड़ने लगी। मुझे अपनी दूसरी गलती का अहसास हुआ। खाली मकान और खाली बर्तनों को देख मेरी सारी भूख मिट गई।

हम शूटिंग-स्थल की ओर चल पड़े। वहाँ दृश्य तैयार हो रहा था। दुल्हन को पीहर का घर छोड़ ससुराल जाना है। पूर्वाभ्यास हो रहा है। दुल्हन को डोली में बैठाया जाता है। कहार डोली उठा लेते हैं और सखियाँ गाने लगती हैं। प्रकाश प्रतिबिम्बित करनेवाले रिफ्लेक्टर कलाकारों के साथ-साथ घूम रहे हैं। पहले से रिकॉर्ड किया हुआ गाना बार-बार चलाया जाता है। सभी कलाकार अपने होंठ संगीत की लय के साथ चलाने के प्रयास में हैं। यूनिट के सभी कर्मी अपने-अपने कार्य में व्यस्त हैं। छायाकार

सूर्य की दिशा देख रहा है। 'ट्रैक-ट्रॉली' का भी पूर्वाभ्यास हो रहा है। रूप-सज्जावाले हीरो तथा हीरोइन को 'लास्ट टच' देने में व्यस्त हैं। इस प्रकार सारी यूनिट और सभी कर्मी मेरी एक आवाज़ पर कठपुतली का नाच नाच रहे थे।

इसी बीच देखा कि मिसेज पठानिया कुछ ज़्यादा ही व्यस्त थी। वह कहीं किसी के वस्त्र ठीक कर रही है तो कहीं किसी के सिर पर दुपट्टा रख रही है। वह बड़ी निष्ठा से काम कर रही थी और मुझे लगा कि वह ग्रामीण महिलाओं को अभिनय के लिए तैयार कराने की कला में बहुत हद तक समर्थ थी। कभी-कभी वह शादी में सम्मिलित महिलाओं की भीड़-भाड़ वाले दृश्य में सुतली को आगे रखने का प्रयास करती जो बार-बार पीछे धकेल दी जाती।

शॉट तैयार था। मैंने अन्तिम घोषणा की, ''साइलेन्स प्लीज़! कृपया शान्त रहें...खामोश। 'स्टैण्ड-बाइ कैमरा', 'स्टैण्ड-बाइ साउंड'...गोइँग फॉर टेक'। 'रोल कैमरा'...'कैमरा रोलिंग'। 'रोल साउंड...'साउंड रोलिंग। 'फोल्ड-बैक'। 'क्लैप'...'शॉट थर्टीफोर, टेक वन...ऐक्शन'...''

सारा गाँव समझ गया कि मेरी आवाज़ आखिरी आवाज़ है। मेरे निर्देश सही हैं। और, मुझे भी लगा कि मैं किसी शिखर पर बैठा हूँ। मेरी इच्छा के बिना पत्ता भी नहीं हिल सकता। मुझे लगा, कल की ह्विस्की का नशा अब हो रहा है। शॉट सही था। सखियाँ और सम्बन्धी ध्वनि के अनुसार होंठ हिला रहे थे—'बाबुल का घर छोड़ के—दिल तोड़ के तू कहाँ चली?' दुल्हन—नायिका, मुख्य अभिनेत्री कुछ ज़्यादा उदास दिख रही है। वह रो रही है और उसके पिता का अभिनय करनेवाला कलाकार भी स्त्रियों की भाँति आँसू बहा रहा है। स्थानीय कलाकार कनखियों से कैमरे की ओर भी देख रहे हैं। मैंने इस ओर ज़्यादा ध्यान नहीं दिया। देखा कि सुतली, दुल्हन का मुँह बार-बार ताक रही थी। आँसू पोंछ रही थी। उदास, फिर भी प्रसन्न। कभी-कभी दाएँ-बाएँ भी देखती। स्थिर, अकृत्रिम, सन्तुलित अभिनय। सुन्दर, अति सुन्दर, हर प्रकार से अच्छा, सब से सुन्दर...सुतली...।

शूटिंग का सिलसिला चलता रहा। इन्द्रदेव की कृपा बनी रही। मौसम अच्छा रहा। बिजली भी मिलती रही। विश्रामगृह के कर्मचारियों से भी पूरा सहयोग मिलता रहा। यूनिट के सभी कर्मी जी-जान से परिश्रम कर रहे थे। कर्म-संकुलता में मेरे भी दिन-रात एक हो गए थे। अनुभव के साथ ही मेरे काम करने का जुनून मेरे सिर पर सवार था। उठते-बैठते मेरे मस्तिष्क में केवल दृश्य, संवाद, कैमरा तथा कभी-कभी सुतली रहते। परन्तु फिर भी मैं आस-पास से बेखबर था। फुरसत के क्षणों में मैंने अपने दल को गौर से देखा। यूनिट तन्मयता से कार्यरत था। कलाकार देर रात तक संवाद-लेखक के साथ पूर्वाभ्यास करते। कुछ कर्मी शूटिंग के पश्चात् कमरों में पड़े रहते। इसी सब में, मैंने सुतली और उसकी माँ को एक कमरे से निकलते और दूसरे कमरे में जाते देखा। ये दोनों अधिकतर हीरोइन के साथ ही रहतीं। मुझे

मालूम हुआ कि पहले दिन की शूटिंग के बाद ये दोनों अपने घर ही नहीं गई थीं। हीरोइन के कमरे में ही रहतीं। उसे दो सेविकाएँ मिल गई थीं और पठानिया माँ-बेटी को बम्बई की सुप्रसिद्ध अभिनेत्री के कपड़े करीने से रखने, नाश्ता कराने और रातभर उसकी चौकसी करने का गौरव प्राप्त हुआ था।

विश्रामगृह के कर्मचारियों को भी पठानिया माँ-बेटी का वहाँ रहना लाभदायक लगने लगा था। मुख्य रसोईदार सुतली पर कुछ ज़्यादा ही मेहरबान था। उसने सुतली के मन में यह बात बिठाई थी कि वह मेरे पास उसकी सिफारिश करेगा और उसे अच्छा-सा चाँस दिलवाएगा। बहुत ही चालाक व्यक्ति। सुतली सुबह की चाय लेकर जब भी मेरे पास आना चाहती तो वह उसे यह कहकर रोकता कि यह रेस्ट हाउस के नियमों के विरुद्ध था।

चंबा का एक छबीला वेटर सुतली को उसकी माँ की अनुपस्थिति में छुरी-काँटा प्रयोग में लाने का प्रशिक्षण देता रहता। आमलेट काटते समय वह प्रायः उससे कहता कि यदि निर्देशक उन दोनों को फिल्म में हास्य अभिनेता व अभिनेत्री का पार्ट दे तो उन्हें क्या करना होगा। कंधों पर हाथ धरे, चेहरे से चेहरा सटाते, बालों से खेलते हुए, कानों में कुछ कहते हुए वह 'ऐक्शन-पॉइन्ट' तक आ जाता, तभी सुतली की माँ आ जाती। कैसा दुर्भाग्य! दृश्य एक 'टेक टू'...

सुतली की माँ ने दुनिया देखी थी। वह अपनी बेटी की डोर ढीली छोड़ती तो बेटी के हाथ-पैर अँगड़ाने लगते, उसके पंख फड़फड़ाते, वह उड़ने लगती। परन्तु इससे पहले कि वह ऊँचाइयाँ छू जाए, माँ डोरी खींच लेती। सुतली के पैर खिंच जाते और वह अपने पंख समेट लेती।

यूनिट-कर्मी माँ-बेटी का यह तमाशा देख अट्टहास करते, लेकिन फिर भी वे इन दोनों से हमदर्दी रखते, क्योंकि प्रथम दृश्य को फिल्माने में इन्होंने काफी सहयोगदिया था।

माँ-बेटी दोनों सातवें आसमान पर थीं। इन्हें पाँच सौ रुपये की अग्रिम राशि मिली थी। आगा देखा न पीछा, दोनों बाज़ार गईं और सस्ते किस्म की रूपसज्जा-सामग्री उठा लाईं—चूड़ियाँ, बुंदे, झुमके, चंद्रहार, लौंग, अँगूठियाँ, बिन्दी; साटन का रंगदार सलवार-कमीज़ और चाँदी की पायलें भी!

मिसेज़ पठानिया ने कोई ज़ेवर नहीं पहना और सुतली को दुल्हन की भाँति सजाया। रंगदार पोशाक और आभूषण पहने सुतली चंपकवर्णा रूपसी-सी लगती।

सुतली का रंग-रूप बदल रहा था और यूनिट में काम करनेवालों के तौर-तरीके भी बदल रहे थे। चिरकाल से कम्पनी में काम कर रहे लोगों ने घाट-घाट का पानी पी रखा था। वे देखी को अनदेखा कर रहे थे। जो अभी-अभी आए थे, वे बस आहें भरते रह जाते और मौका लगते ही कहते, "हाय! तुम तो छा गईं...तुम तो 'बॉर्न एक्ट्रेस' हो। तुम्हारा चेहरा...तुम्हारी मुस्कान...तुम्हारी चाल...तुम्हारा यह...तुम्हारा वह...हाय! सब-कुछ कितना अच्छा है!"

सुतली अनसुना कर देती। एक तो इसलिए कि वह खुद को ही कुछ समझने लगी थी और दूसरा इसलिए भी कि उसके पैरों से उसकी माँ की डोर बँधी थी। परन्तु जब बिजली-तकनीशियन मराठे ऐसी बातें करता तो सुतली के दिल की धड़कन और तेज़ हो जाती। कपोल लाल हो उठते और काली गोल-गोल आँखें तेज़ी से घूमने लगतीं। सुतली को लगता कि मराठे न केवल एक कुशल तकनीशियन है बल्कि एक सज्जन पुरुष भी। निष्ठापूर्ण प्रेमी। बम्बई का यह बिजलीवाला सुतली के प्रेम में रात-रातभर जागता। सुतली को लगने लगा था कि उसका और मराठे का प्रेम अमर है।

सुतली को आभास हुआ कि उसमें अवश्य कोई बात है जो उसे देखते ही किसी भी युवक के खून में गर्मी आ जाती है। उसे लगता कि वह सीता है और मराठे राम। कभी लगता कि वह राधा है और मराठे कृष्ण। अब हिमाचल के इस वन में सुतली-मराठे की प्रेम-लीला होगी। उनके गीत वर्षों बाद भी गाए जाएँगे। कबीले की औरतें सुतली-मराठे प्रेम-गाथा गाया करेंगी। यह कहानी नानी-दादियाँ अपने नाती-पोतियों को सुनाया करेंगी। चरवाहे कभी पहाड़ों की ऊँचाइयों पर तो कभी इनकी गहराइयों में सुतली के नाम का गुंजन करते रहेंगे।

'तेरा विरह सहूँ कैसे जो मृत्यु के समान कष्टदायक है।' दोनों तरफ आग बराबर थी। बरामदे में चलते-चलते सुतली की पायलों की झंकार मराठे के कमरे के पास सहसा रुक जाती। यूनिट-कर्मियों को किसी घटना का आभास होता। हंगामा, शोर। गाँव में हलचल। डॉक्टर तोमर आगबबूला होंगे। एक आग लगेगी, धुआँ बम्बई तक उठेगा।...लेकिन ऐसा कुछ नहीं हुआ।

मराठे अविवाहित था। माता-पिता की इकलौती सन्तान। नासिक के एक टैक्सी-चालक का बेटा। कुछ पढ़ा-लिखा। थोड़े-से अनुभव के पश्चात् काम समझने में सक्षम। वह न किसी की चापलूसी करता और न ही किसी कलाकार की झूठी प्रशंसा। फिर सुतली को वश में करने का प्रयास क्यों?

गाँव की लड़कियाँ सब-कुछ समझ गई थीं। सुतली ने स्वीकार भी किया था कि...। मिसेज पठानिया, बेटी के साथ साये की तरह रहती। उसे याद आता कि ठाकुरों के घर जाने में सुतली हिचहिचाती थी। कोई घर आता तो उसे रसोईघर में दुबकना पड़ता। इस नरक से तो यही अच्छा है कि सुतली मराठे का हाथ थामकर एक पवित्र जीवन का शुभारंभ करे। वह भी चिन्तामुक्त होगी।

डिनर से पहले मैं घूमने जाता तो सतवे भी मेरे साथ रहता। उस दिन हमारी फिल्म का नायक भी हमारे साथ ही था। उसका साथ मुझे कतई पसन्द नहीं था, क्योंकि वह खुद को मुझसे भी बड़ा समझने लगा था। सतवे मुझे दिनभर के काम का विवरण दे रहा था। मौसम में ताज़गी थी। थोड़ी ठण्ड। सारा वन चुप्पी साधे था। कहीं-कहीं पक्षियों की चीं-चाँ सुनाई पड़ती थी।

सड़क के दोनों और बड़े-बड़े पत्थर। पत्थरों के साथ झाड़ियाँ। उनके पीछे

आदमकद पेड़ और उनके पीछे ऊँचे-ऊँचे वृक्ष। वन में लंगूर या बंदर विचरते रहते जो आते-जाते व्यक्तियों को देखते ही वन में अदृश्य हो जाते। सामने देखा तो लगा दो लंगूर हैं। नहीं! दो व्यक्ति हैं शायद। मैं ठीक ही समझ रहा था—मराठे और सुतली—मद्धिम रोशनी में कुनकुनाती दो कायाएँ। झकोरा आए तो साँसें रुक जातीं। पायल की हल्की-सी झनझनाहट झींगुर की झीं-झीं में विलुप्त होती।

हम वापस मुड़ गए। रेस्ट हाउस पहुँचकर मैंने घोषणा की कि अगले दिन अन्तिम शूटिंग होगी और शूटिंग-स्थल पर जाने से पूर्व ब्रेकफास्ट-मीटिंग भी होगी।

दूसरे दिन रेस्ट हाउस के ड्राइंगरूम में पहुँचा तो सारा यूनिट नाश्ता कर रहा था। वेटर बड़ी फुर्ती से सामान ला और ले-जा रहे थे। प्रबन्धक के साथ-साथ मुख्य रसोईदार भी निर्देश दे रहा था। मेज़ पर सुतली और उसकी माँ भी हैं। नायिका के एक तरफ एक, तो दूसरी तरफ दूसरी। मिसेज पठानिया छुरी-काँटे से आमलेट और टोस्ट खाने का असफल प्रयास कर रही है : सुतली इस प्रकार नाश्ता करना बखूबी समझ गई है। माँ को इशारों ही इशारों में समझा रही है। दूर चंबा का वेटर अपने ही आप में खुश है। सुतली भी किसी फिल्म-अभिनेत्री से कम नहीं लग रही है। साफ चमकीली भड़कीली पोशाक, विश्वस्त, खुदी का अहसास लिये प्रसन्नचित्त। अपना भूत भुलाकर वर्तमान का आनन्द लेती। बारिश से जर्जर हो रहे घर को भूलकर रेस्ट हाउस का सुख भोग रही थी। कहाँ पड़ोस के ठाकुरों की भेड़िया-नज़रें और कहाँ मराठे की आँखों की प्रेम-गंगा। वह इस फिल्म-कम्पनी और रामलीला-मण्डली के विशाल तीर्थ में बहते हुए पवित्र होने का पुण्य कमा रही थी। वह गोरखा गार्ड का मनीऑर्डर भूल गई थी और सतवे की उदारता की दुआएँ देती थी। कभी मेरी ओर देखती, मुस्कराती, सिर झुकाती और फिर देखती। सारे देवी-देवताओं को भुलाकर मुझमें किसी शक्ति का अवतार मानकर वह अपने नयनों के दीपों से मेरी आरती उतार रही थी।

मैंने छुटका-सा भाषण दिया और आखिरी दिन का काम समझाया। सतवे से बात करने लगा तो तभी सुतली और उसकी माँ मेरे सामने आए। एक ने नमस्कार कहा, दूसरी ने गुड मार्निंग—"सर! हमारा काम कैसा रहा?"

इससे पहले कि मैं कुछ कहता, पीछे से मराठे बोला, "वेरी गुड...फाइन!"

मैंने भी कहा, "अच्छा रहा।"

"सर! आज शूटिंग का अन्तिम दिन है?"

"हाँ! आज शूटिंग समाप्त होगी।"

"क्या आप आज ही जाएँगे?"

"नहीं, हम लोग कल प्रातः चल पड़ेंगे।"

"सर! क्या आप हिमाचल में और कहीं भी शूटिंग कर रहे हैं?"

"नहीं, हम चंडीगढ़ से सीधा बम्बई रवाना होंगे।"

"सर! क्या है...क्या है...मतलब...क्या आपको बम्बई में सुतली की ज़रूरत रहेगी?"

मेरे कुछ कहने से पहले ही मराठे फिर बोला, "नहीं, बम्बई में नहीं। पर जब-जब हम यहाँ हिमाचल आया करेंगे, आप लोगों से मिलते जाएँगे। है न सर?"

सुतली ने सर झुका लिया। मुझसे कुछ न कहते बना।

मैं भी बहुत पहले बम्बई गया था, ढेर सारे अरमानों के साथ। मुझसे भी पहले कई गए थे और मेरे बाद भी जाते रहेंगे। परन्तु जब मैं गया उस बाज़ार में तो मेरा कोई खरीदार नहीं था। होटलों और सरायों में रहने के बाद फुटपाथों पर अखबार बिछाकर रातें गुज़ारना मैं देख चुका था। खुद को नग्न करते हुए जहाँ-तहाँ भटकना मैं भोग चुका था। अपना विवेक बेचकर लुच्चे-लफंगों की चापलूसी करने की पीड़ा भी मैंने सही थी और अमीर बदचलन औरतों की चाकरी करने की वेदना भी मैंने सही थी। महान फिल्मकारों की जी-हुजूरी करके दो जून रोटी कमाने के बाद अब ढलती अवस्था में मुझे निर्देशक बनने का अवसर मिला था। मैं जीवन के उस पड़ाव पर था जहाँ एक डग बढ़ाने पर या तो व्यक्ति ऊँचाइयाँ छू जाता है या फिर शून्य में अदृश्य हो जाता है। सफलता मेरे जीवन का अन्तिम स्वप्न थी। नाम कमाने का सुख मेरी आखिरी मंज़िल थी। सुतली भी सुख भोगना चाहती थी—अपरवशता का, प्रतिष्ठा का, धन और यौवन का। मगर सुख है कहाँ? सलामदीन बैण्डमास्टर का तमाशा देखने का सुख मेरे बचपन में था। माँ के हाथों साग-भात खाने का सुख मेरे बचपन में था। स्कूल में लड़कियों को चिढ़ाना और मसखरी का सुख मेरे बचपन में था। सन्ध्या-समय पहाड़ी के ऊपर से डल का मनोरम दृश्य देखने का सुख मेरे बचपन में था। वह बचपन और यह आज का दिन। सुख किसी शब्द का रूप लेकर पुस्तकों में बन्द हो गया।

सुतली मेरे उत्तर की प्रतीक्षा में खड़ी थी। क्या कहूँ? क्या यह कहूँ कि इस पहाड़ी क्षेत्र में बिना किसी सहारे के, माँ का आँचल पकड़े, कालीन के कारखाने में काम करते रहना अच्छा है? ठाकुरों और साहूकारों के सामने एक सेर आटे के लिए गिड़गिड़ाना अच्छा है? दुकानदार की नज़रों को अपने शरीर में गड़ते हुए देखना अच्छा है?

यह भी कैसे कहूँ कि बम्बई में फूलों की सेज नहीं सजी है? कौन जाने किस-किस की बाहों में जाएगी। कहीं भी चोर-उचक्कों को रोकने के लिए कोई कानून नहीं।

बिना कोई उत्तर दिए किसी बहाने से मैं वहाँ से चल पड़ा। वे दोनों मेरे उत्तर की प्रतीक्षा करती ही रहीं।

आज का लोकेशन एक प्राचीन मन्दिर है जो वन के बीचों-बीच स्थित है। मन्दिर तक जाने के लिए कई पायदान हैं। मन्दिर एक शिला को काटकर बनाया

गया है। भीतर रत्न-जड़ित एक मूर्ति है। दृश्य में दूल्हा-दुल्हन मन्दिर में देवी के दर्शनों हेतु आते हैं और पुजारी का आशीर्वाद प्राप्त करके लौट जाते हैं। सारा गाँव उमड़ पड़ा है। आज वैसा ही हो-हल्ला है जैसा कि पहले दिन था। सरपंच शर्मा जी और मन्दिर के पुजारी मेरे पास आकर पूछते हैं कि क्या कुछ करना है? अधेड़ और वृद्ध अवस्था को प्राप्त महिलाएँ और पुरुष एक ओर बेठे सारा कुछ देख रहे थे। पठानिया माँ-बेटी को आज अभिनय नहीं करना था, फिर भी वे हर दिन की तरह चिन्तित और व्यस्त थीं। शूटिंग के अन्तिम क्षणों तक वे यूनिट का एक हिस्सा थीं।

शूटिंग हो रही है। मैं डॉक्टर तोमर के बारे में सोच रहा हूँ। वह क्यों नहीं आया? इतने दिनों वह कहाँ रहा? इतने दिनों उसने कहाँ-कहाँ क्या-क्या भाषण दिए होंगे?

सन्ध्या होने लगी। हवा में नमी थी। पक्षी वनों से गाँव की ओर उड़ने लगे थे। सारा यूनिट मेरी एक आवाज़ की प्रतीक्षा में बैठा था। 'पैक-अप फॉर बॉम्बे'—इस एक आवाज़ से शूटिंग समाप्त होती और सभी को बम्बई की याद सताने लगती। सारा सामान बन्द होता और फिर दोबारा खुलता नहीं। यह भी सम्भव है कि कई वर्षों तक यूनिट इस प्रकार न मिल पाए। 'पैक-अप फॉर बॉम्बे' कहने से 'फिल्म इंडस्ट्री' के इस समुदाय के जीवन का अन्त हो जाता, यूनिट के सभी सदस्य मर जाते। सुतली और उसकी माँ भी। ज़िन्दा रहेगी एक याद। फिल्माया गया एक कचकड़ा। हिलते चित्र। बाकी सब, समय के अँधेरे में लुप्त हो जाएगा। लेखक, निर्देशक, अभिनेता-अभिनेत्री, प्रोड्यूसर और वे जिन्होंने इस चलचित्र को बनाने में सहयोग दिया था, भुला दिए जाएँगे। एक स्वप्न की तरह। माया! असार संसार!

मैंने ज़ोर से कहा, "पैक-अप फॉर बॉम्बे!"

यह सुनते ही सारे यूनिट में फुर्ती आ गई। सामान बन्द होना आरम्भ हो गया। यह देखकर मैं अचम्भे में पड़ गया कि सुतली और उसकी माँ भी सामान बाँध रहे थे।

आखिरी रस्म भी पूरी हुई। गाँव के बच्चों और अन्य कलाकारों को पारिश्रमिक दे दिया गया। मैंने शर्मा जी को 'ब्लैक एण्ड व्हाइट' टी.वी. सेट भेंट किया—"गाँव के लिए मेरी ओर से एक मामूली तोहफा..."

"हुजूर गुस्ताखी माफ...शुक्रिया...शुक्रिया!"

"इसमें शुक्रिया की क्या बात है! यह तो हमारा फर्ज़ था। यदि आप सहयोग न देते तो हम अपनी शूटिंग कैसे पूरी कर पाते? मैं अपनी यूनिट की ओर से, अपने प्रोड्यूसर की ओर से, कम्पनी की ओर से तथा अपनी ओर से आपके गाँव में रहनेवाले सभी छोटे-बड़ों को धन्यवाद देता हूँ। हम यहाँ बिताए ये दिन कभी नहीं भूलेंगे। फिल्म में कलाकारों व अन्य कर्मियों के नामों के साथ हम इस गाँव का नाम भी देंगे। पंचायत का विशेष आभार भी। आप लोग यह फिल्म देखिएगा। फिल्म रिलीज़ होने से पूर्व मैं तार द्वारा सूचित करूँगा...ठीक?"

"हुजूर, गुस्ताखी माफ...आपकी कृपा...इससे हमारे गाँव का नाम अमर हो जाएगा।...हुजूर, मेरा नाम भी होगा क्या?"

"क्यों नहीं!" साथ ही मैंने पूछा, "डॉक्टर तोमर की कोई खबर?"

"हुजूर, गुस्ताखी माफ...डॉक्टर तोमर कुछ ही दिनों में मुअत्तल हो जाएगा। हुजूर, शूटिंग में हंगामा खड़ा करना कोई मामूली बात तो है नहीं।"

मुझे न तो हर्ष ही हुआ और न विषाद।

यूनिट विश्रामगृह की ओर जा रहा था। पठानिया माँ-बेटी बड़े उत्साह के साथ यूनिट के संग-संग जा रही थीं। सुतली ने मराठे की ऊनी बनियान गले में लपेटी थी और मराठे कोई लोकगीत गाते हुए दोनों के बीच झूमते हुए जा रहा था।

शाम को कैम्प फायर आयोजित हुआ। सभी मस्ती में थे—गाते मुस्कराते, चुटकुलेबाज़ी करते, ह्विस्की पीते और पिलाते। वेटर प्रसन्न था। चंबा का छबीला वेटर भी खुश था। मराठे सुतली को खिला रहा था और वह उसे। पंजाबी, तमिल, हिन्दी, मराठी कई भाषाओं के गीत गाए जा रहे थे। इसी बीच मराठे एक हिन्दी गीत गाने लगा—'सुतली ओ सुतली—जब से तुम्हें देखा...खाना पीना...।' वहाँ बैठे बाकी सभी सुर में सुर मिलाते हुए ताल देने लगे। सुतली की माँ भी ताली बजाने लगी। सुतली लजाने लगी। मराठे ऊटपटाँग अपने हाथ-पाँव हिला रहा था। सुतली पत्थर हो गई। कुछ ही क्षणों बाद सँभली। धीरे से मराठे का हाथ छोड़ा। हल्के कदमों और स्वर से लय-ताल में गाने लगी, नाचने लगी—'चिड़ियाँ दा चंबा...।' वह सब-कुछ भूल गई। मधुर आवाज़, सुन्दर चेहरा, भरपूर यौवन, पहाड़ों में रात की निस्तब्धता। सभी देखते रह गए। वह इन्द्र के दरबार की अप्सरा-सी लग रही थी।

दूसरा दिन। हिमाचल में आखिरी सुबह...प्रस्थान का समय। कुछ चहलकदमी कर रहे हैं तो कुछ बस में चल पड़ने को तैयार। रेस्ट हाउस का स्टाफ उदास है। सुतली तथा उसकी माँ हीरोइन के पास हैं। मराठे मुख्य रसोइए को कुछ समझा रहा था। चंबा का प्रेमी खिन्न है। मैंने सतवे को बुलाकर पूछा, "सारी पैकिंग हो गई?"

"जी, हो गई। एक्सपोज्ड रा स्टॉक, आपके सामान के साथ रखवाया है।"

"सारी पेमेंट्स हो गईं?"

"सारे बिल चुका दिए गए।"

धीमे से पूछा, "सुतली और उसकी माँ को कितना दिया?"

"सर! एक हज़ार।"

"बस? सिर्फ एक हज़ार?"

मैंने सतवे से नोटों का बैग लिया और पठानिया माँ-बेटी को बुलवाया। दोनों आईं, नमस्ते किया और फिर हँसते हुए खड़ी रहीं। मैंने और पाँच सौ रुपये दिए। पहले तो ना-ना करती रहीं, मगर फिर ले लिये। सुतली ने ये रुपये नन्ही-सी थैली

में रखे और मेरी तरफ देखती रही—"शुक्रिया!" यह कह कर वह मुस्कराई। मुझे उसका मुस्कराना अच्छा लगा। मैंने और पाँच सौ रुपये दिए। उसने ना-ना किया, पर रख लिये। चेहरा लाल हुआ। मुझे उसका लाल होता चेहरा अच्छा लगा। और पाँच सौ रुपये दिए। सुतली लजाई। मुझे उसका लजाना अच्छा लगा। और पाँच सौ रुपये दे दिए। बस चलता तो सारी सम्पत्ति उस पर लुटाता।

मुझे लगा कि सारा यूनिट मेरी यह बचकाना हरकत देख रहा था। अभिवादन करने आए गाँव के लोग भी मेरा यह नाटक देख रहे थे। सुतली फूली नहीं समा रही थी। उसकी माँ कनखियों से इधर-उधर देख रही थी। मुझे दुर्बलता का अहसास हुआ।

मैं चिल्लाया, "कम-ऑन। ऐवरी बॉडी। लेट अस लीव। हरी-अप!"

दोनों बसें भर गईं और देखते ही देखते चल पड़ीं। सुतली की आँखों में आँसू थे। वह अपने दोनों हाथ ऊपर किए हुए बस की तरफ हिला रही थी। मैं समझ नहीं पा रहा था कि बस में कौन मराठे है और कौन नहीं। आँसुओं के समुद्र में सुतली का चेहरा डूब गया। पावस में बसन्ती फूल नष्ट हो गए। हाथ हवा में हिल रहा था। एक नन्हा-सा पक्षी उड़ता हुआ शून्य में कहीं खो गया।

मैंने शर्मा जी से आज्ञा ली। अब की बार वह चुप था। हाथ जोड़े खड़ा था। नायक-नायिका की टैक्सी चल पड़ी। मिसेज़ पठानिया को लगा कि कुछ छूट रहा है। एक धक्का-सा लगा। उसे लगा कि वह बहुत थक गई है।

मैंने सुतली की ओर देखा। एक परास्त महारानी की तरह, जिसकी पराकाष्ठा, पराक्रम सब-कुछ नष्ट हो गया था। मैं किसी अपराधी की तरह मानो किसी देवता के समक्ष खड़ा हूँ। न चाहते हुए भी उसने अपना सिर उठाया। मेरी ओर देखा। हल्की-सी मुस्कान। मोती जैसे दाँत। यह अपराध भी मैंने स्वीकार किया।

मेरी टैक्सी चल पड़ी। मैं पीछे सब-कुछ छोड़ता हुआ, परलोक-यात्रा पर जाता हुआ, सब-कुछ भूल जाने को विवश, त्यागने को विवश उस व्यक्ति की तरह था, जो सभी बन्धनों से मुक्त हो जाता है। आत्मा परमात्मा में विलीन हो जाएगी, परन्तु जीवात्मा सुतली के आस-पास रहेगी।

बाईं ओर देखा तो नदी के उस पार पर्वत की तलहटी में सुतली का गाँव और उसका घर, एक कच्चा कोठर दिखा। अकेला। अलग-थलग। अपनी हालत पर खुद आँसू बहाता हुआ। पठानिया माँ-बेटी इसी घर में वापस जाएँगी। रेस्ट हाउस के बेडरूम वे भूल जाएँगी। लौट जाएँगी उसी जीवन में—कलुषित वस्त्र, मैले चेहरे, भूख-दर-भूख, एक सेर आटे को लाचार।

मैंने दाईं ओर देखा। अस्पताल के द्वार पर काफी लोग एकत्र थे। कुछ सिपाही भी। उन्हीं में डॉक्टर तोमर भी। आज मुझे डॉक्टर तोमर, सलामदीन बैण्डमास्टर नहीं लगा।...बेबस! मायूस!! बेचारा!!!

मैं इस गाँव में कुछ और दिन नहीं रुक सकता था। मैं डॉक्टर तोमर की वकालत भी पुलिस के पास नहीं कर सकता था, क्योंकि मैं कमज़ोर हूँ। मैं सुतली को अपने साथ बम्बई नहीं ले जा सकता क्योंकि मुझे खुद पर विश्वास नहीं। मैं राजनैतिक साज़िशों को बेनकाब नहीं कर सकता, क्योंकि मैंने दुनिया देखी है। मैं कुछ नहीं कर सकता। मैं वापस बम्बई नहीं जा सकता। मैं फिल्म नहीं बना सकता। मैं ख्याति नहीं अर्जित कर सकता। मैं धन नहीं कमा सकता। मैं ज़िन्दा नहीं रह सकता और न ही मर सकता।

मैंने चलती टैक्सी से सिर बाहर निकाला। मैं आकाश में उड़ रहा था। हम काफी ऊपर आ गए थे। सारा संसार मेरी आँखों के सामने बिखरा पड़ा था। मेरे कानों में डॉक्टर तोमर के शब्द गूँज रहे थे–

'ए मूर्ख फिल्म निर्देशक! तुम यहाँ धन के बूते पर चले आए हो।...भोली-भाली लड़कियों की नेकनामी मिट्टी में मिलाने। ऐ पापी! बम्बई के सौदागर! तुम भेड़िये हो! तुम्हारे ये चमचे हमारे पहाड़ी कुत्तों से भी गए-गुज़रे हैं। पापी कलाकार...ऐ दुरात्मा...'

ये शब्द बहुत देर तक मेरे कानों में गूँज़ते रहे। पर अब मेरी आँखें किसी और तलाश में थीं, कुछ और ही खोज रही थीं। पर्वत-शिखरों पर सुतली का गाँव नहीं था। चारों ओर धुन्ध ही धुन्ध केवल। खो गया था सुतली का उल्लास! व्यर्थ हो गए थे सुतली के वे चार दिन। कौन विश्वास करे! पर–आदम यूँ ही बदनाम नहीं।

मैं हवा में उड़ रहा था। ऊपर और ऊपर जा रहा था। दुनिया मुझसे दूर खिसक रही थी। सिमटती जा रही थी। मैं स्वतन्त्र पंछी की तरह पंख हिला रहा था, उड़ रहा था। तभी एक घटना घटी। मैं एक पुस्तक बना–अपने जीवन की लिखी हुई एक लम्बी कहानी। पुस्तक खुल गई। पन्ने बिखर गए। हवा में हज़ारों पन्ने तैरने लगे। मैं घबराया। तभी देखा कि कुछ पन्ने पुस्तक में बचे रह गए हैं। कोरे। श्वेत। बिना किसी लिखावट के। इन्हीं कोरे कागज़ों पर मेरे जीवन की नई दास्ताँ लिखी जाएगी।

अनुवाद : **गौरीशंकर रैणा**

•

जून बावरी

जवाहर लाल 'सरूर'

"जून बावरी–धूप झुलसी!"

"जून बावरी–धूप झुलसी!"

बच्चे ज़ोर-ज़ोर से चिल्लाकर पगली जून को चिढ़ा रहे थे। कोई-कोई ईंट-पत्थर भी मारता था जिसपर बाकी बच्चे तालियाँ बजाते थे। मगर वह न किसी की ओर आँख उठाकर देखती थी और न ही किसी से कुछ कहती थी। सिर्फ आँखों से झड़ी बहाकर ज़ोर-ज़ोर से बिलखती–"बलाएँ मँडरा रही हैं। कबरिस्तान आबाद होंगे और मरघट दहकते रहेंगे। जाने कितने लाल जवानी से हाथ धो लेंगे...और अगर जीते भी रहेंगे तो क्या खाक जीयेंगे!"

पगली जून की ऐसी बात सुनकर बच्चे और भी ज़्यादा शरारत पर उतर आते और फिर से चिल्लाने लगते–

"जून बावरी–धूप झुलसी!"

"जून बावरी–धूप झुलसी!"

"इन भौंकते पिल्लों को किसी बात की फिक्र-परेशानी तो है नहीं। जब तक मँडराती बला इन पर नहीं टूट पड़ेगी, तब तक उन्हें पता ही नहीं चलेगा।"

जून ये बातें अपने-आपसे करती थी। वह नंगे पैर, नंगे सिर गली-गली, आँगन-आँगन आवारा फिरती थी। उसके पैरों में छाले पड़ गए थे। 'फिरन' के नाम पर उसने कोई पुराना चिथड़ा पहन रखा था जो तार-तार हो गया था। उसे इस बात की फिक्र ही नहीं थी कि लोग उसे क्या समझते हैं, किस नज़र से देखते हैं। विरला ही कोई दिन होता जब वह किसी घर में घुसकर घरवालों से कोई बात करती या किसी के यहाँ कुछ खाती-पीती।

कहनेवाले कहते हैं कि जून हमेशा ऐसी नहीं थी। वह भी किसी घर की शरीफ शर्मसार औरत थी–उस घर की, जो खुशहाल और इज़्ज़तदार था। वह बाल-बच्चों वाली थी और अपनी गृहस्थी और दुनियादारी औरों से बेहतर चलाती थी। किन्तु

दैवी इच्छा से एक रात जून के गाँव में आग लगी जिसमें उसका सारा परिवार जल गया और वह अकेली रह गई। उसे लगा कि सारा आकाश टूटकर उसके सिर पर आ गिरा और उसका दिमाग टुकड़े-टुकड़े होकर यहाँ-वहाँ बिखर गया। तभी से जून की यह हालत हो गई और वह नीम-नंगी हालत में नंगे पाँव गली-गली आँगन-आँगन आवारा घूमकर अनर्गल बातें बकती थी।

जून ने लगभग बीस साल इसी हालत में गुज़ारे थे। उम्र के लिहाज से चाहे वह पैंतालीस से कुछ ऊपर ही थी, फिर भी उसकी आँखों में अभी तक जवानी का नशा नज़र आता था। उसके माथे पर झुर्रियाँ ज़रूर दीखती थीं, मगर उसका चेहरा अभी तक अधपके अम्बरी सेब की तरह दमकता था।

आज जून जिस राधामाल के घर में घुसी, वह बरामदे में बैठी चरखे पर काते सूत के धागे का उलझाव दूर कर रही थी। उसने जब जून के पीछे-पीछे चिल्लाते बच्चों की फौज देखी तो वह उठी और लाठी लेकर उन पर पिल पड़ी—"बेशर्म कहीं के! किस तरह बेलगाम घूम रहे हैं! न पढ़ाई-लिखाई करते हैं और न ही कोई काम-धन्धा। बस सिर्फ इस बेचारी को सताते हैं।"

डाँट सुनकर बच्चे भाग गए तो राधामाल जून से बोली—"तू बैठती क्यों नहीं? टाँगें थक गई होंगी तेरी। भूख भी लगी होगी। तू बैठ। मैं तेरे लिए चाय बनाती हूँ।"

मगर जून के चेहरे पर नज़र डालकर और उसकी आँखों में आँसू देखकर राधामाल स्तब्ध रह गई। उससे पूछे बिना नहीं रहा गया—"क्या बात है जून? आज यह तुझे क्या हुआ है? तेरी आँखों से आँसू बह रहे हैं। पिछले सात-आठ बरसों में मैंने कभी तुझे इस तरह रोते नहीं देखा!"

राधामाल की बात सुनकर जून ज़ोर-ज़ोर से माथा पीटने लगी और फिर अपना गरेबान चाक कर डाला। यह देखकर राधामाल और भी ज़्यादा परेशान हो गई। उसने ताड़ लिया कि कोई न कोई बात ज़रूर है, वरना जून उसके सामने कभी ऐसा पागलपन तो नहीं करती थी। उसने जून से फिर पूछा—"बोलती क्यों नहीं कि बात क्या है?"

जून आँसू पोंछने लगी और साथ ही राधामाल की बात का भी जवाब देने लगी—"राधा दीदी...! राधा दीदी, तुम मेरे लिए माँ जैसी हो। मैं तुम्हें एक बात बताऊँगी, मगर किसी से कहना नहीं। नहीं तो पत्थरों से मारकर मुझे अधमुई कर देंगे।"

"नहीं कहूँगी। तुझे जो कहना है बेखटके कह। मैं तेरी कसम खाती हूँ कि किसी से कुछ नहीं कहूँगी।" राधामाल बोली।

जून कहने लगी—"देखती जाओ दीदी, यहाँ क्या से क्या हो जाएगा। सब-कुछ नष्ट हो जाएगा। भाई, भाई का दुश्मन और बेटा बाप का कातिल बन जाएगा। रात को गाँव-गाँव में क्या तबाही के सामान जमा किए जा रहे हैं वह मेरी आँखें

देखती हैं। गबरू जवानों को बहुत-से सब्ज़ बाग दिखाए जा रहे हैं। खुदा ही जानता है कि हम आज के बाद फिर कभी मिल भी पाएँगे या नहीं। अच्छा रहता अगर तुम लोग भी चले जाते। मेरी मान लो, बाद में पछताओगी कि पगली जून ने कुछ गलत नहीं कहा था।''

जून की बातें सुनकर राधामाल मन में सोचने लगी कि यदि बेचारी पर बन न आई होती तो यह इस तरह अनाप-शनाप न बकती। उसे अपने इर्द-गिर्द सब-कुछ जलता नज़र आ रहा होगा। इसीलिए ऐसी बहकी-बहकी बातें करती है। बेचारी को पुरानी विनाश-लीला याद आ रही होगी। उसने हमदर्दी जताते हुए जून से कहा—''तू ठहर। मैं तेरे लिए एक प्याली चाय बनाके लाती हूँ। तू भूखी-प्यासी होगी।''

राधामाल उठकर घर के भीतर चली गई।

जब वह चाय की प्याली लेकर लौटी तो जून जाने कहाँ चली गई थी। हाँ, आठ-दस घर की दूरी पर उसे बच्चों का शोर सुनाई दिया—

''जून बावरी—धूप झुलसी!''

''जून बावरी—धूप झुलसी!''

अभी एक पखवाड़ा भी नहीं हुआ था कि शहरों-गाँवों में हाहाकार मच गया। कहीं बम फटने लगे और कहीं पुल जलने लगे। रेडियो भी खबरों के ज़रिये दहशत फैलाने लगा—अमुक गाँव में प्रसिद्ध सामाजिक कार्यकर्ता का अपहरण किया गया और फलाँ गाँव के मुखिया की गोली मार के हत्या की गई। ये खबरें सुनकर राधामाल को जून की बातों में सार दिखाई देने लगा। उसने जो कहा था वही हो रहा है। कुछ दिन बाद राधामाल के परिवार को भी घर छोड़कर जाना पड़ा—केवल जान बचाने के लिए। आस-पास के अनेक परिवार पहले ही घर छोड़कर चले गए थे। राधामाल का ख्याल था कि कुछ महीने कश्मीर के बाहर गुज़ारकर वे पुनः अपने घर लौट आएँगे।

अब तो पाँच बरस गुज़र गए। राधामाल भी पाँच बरस पहले की राधामाल नहीं रही थी। अब वह लाठी के सहारे चलने लगी थी। ग्रीष्म की तपती धूप में फटे टेंट के नीचे रहते-रहते वह जलकर कोयला बनी लकड़ी जैसी हो गई थी। उसके परिवार के लगभग सात जने उसी छोटे-से फटेहाल टेंट में अपने दिन गुज़ार रहे थे। कहाँ वह अपना तीन मंज़िल का मकान और कहाँ यह चार गज़ चौड़ा कैम्प का टेंट! राधामाल दिन-रात उस घड़ी की प्रतीक्षा करती थी जब वह वापस अपने घर जाएगी।

एक दिन ऐसा हुआ कि किसी अहलकार ने राधामाल के राशनकार्ड में कोई नुक्ता निकाला और उसका राशन रोक दिया गया। राशन फिर से बहाल कराने के लिए उसे रिलीफ कमिश्नर के दफ्तर में जाना पड़ा । दफ्तर से निकलकर अपने कैम्प में वापस जाने के लिए उसे नहर के पुल के पास तेज़ धूप में काफी देर तक

मैटाडोर गाड़ी का इन्तज़ार करना पड़ा। उसके कपड़े पसीने से सराबोर हो गए। सहसा उसकी नज़र पुल के उस पार इकट्ठी हुई भीड़ पर पड़ी। उसने अपने बेटे से पूछा जो उसके साथ था—"नाथ बेटे, उस पार यह हंगामा-सा क्या नज़र आ रहा है? इतने सारे लोग किसलिए जमा हुए हैं!"

"मैं क्या जानूँ!" बेटे ने कहा—"हाँ, उस पार से आया एक बन्दा कहता था कि कोई पगली कश्मीरी भाषा में जाने क्या बक रही है।"

तभी कैम्प जानेवाली मैटाडोर आ गई। राधामाल के बेटे ने पहले माँ को गाड़ी में चढ़ाया और फिर खुद चढ़ा। ज्योंही मैटाडोर पुल पार करने लगी, राधामाल ने खिड़की से झाँककर देखा कि जिस औरत के इर्द-गिर्द भीड़ जमा हुई है वह कोई और नहीं, उसके गाँव की ही ज़ून है। उसके कानों में ज़ून के मुख से निकले कुछ शब्द भी पड़े—"सब जल रहा है। सारे कब्रिस्तान भर गए हैं। मरघट भी दिन-रात दहक रहे हैं। गबरू जवानों को मलिकुल-मौत बेतहाशा निगल रही है। सारे सब्ज़ बाग गायब हो गए हैं।"

राधामाल चिल्लाने लगी—"नाथ बेटे, नाथ बेटे, यह तो ज़ून!"

"कौन ज़ून माँ?" नाथजी ने हैरान होकर पूछा।

राधामाल बोली—"अपनी ज़ून, और कौन? जिसे बच्चे ज़ून बावरी कहकर तंग करते थे। ज़रा ड्राइवर से गाड़ी रोकने को कहो। मैं उससे घर-गाँव का कुशल-समाचार पूछूँगी। पूछूँगी कि मेरी सहेली खुशी दीदी कैसी है? क्या हमारे सभी पड़ोसी ठीक-ठाक हैं? मुझे उसकी बहुत याद आती है। मैं जाकर उसे गले लगाऊँगी। यहाँ उसका अपना कौन होगा? भूखी होगी बेचारी! और फिर उसे ज़रूर मालूम होगा कि हमें वापस कश्मीर कब जाना है?"

राधामाल जाने और क्या-क्या बोलती रही कि गाड़ी मुढ़ी कैम्प में उसके टेंट के पास रुक गई। मगर राधामाल अब भी मुड़-मुड़कर पीछे की ओर देख रही थी और सोच रही थी कि काश! उसे ज़ून मिल जाती और वह उससे अपने घर-गाँव के बारे में सारी बातें पूछ लेती!

अनुवाद : **हरिकृष्ण कौल**

•

जवाबी कार्ड

दीनानाथ 'नादिम'

"जून द्‌यदी...जून द्यदी! क्या अभी तक घर ही के अन्दर बैठी हो?" यों अपने वहाँ आने की सूचना देकर जमालमीर आँगन में हरी घास पर निस्पन्द-सा बैठ गया। फटे-पुराने फिरन की किसी भीतरी जेब से नसवार की एक डिबिया निकाली और थोड़ी-सी नसवार निकालकर दाँतों और मसूड़ों के दोनों ओर मल ली। हाथ में छोटी-सी लकड़ी थामे वह उससे पास ही की जमी धूल पर अटपटी-सी रेखाएँ उकेरता रहा। लगभग पन्द्रह मिनट बीते होंगे कि गौशाला के खुलते किवाड़ की कर्कश ध्वनि सुनाई दी। जमालमीर ठिठक-सा गया। पीछे देखा तो जून द्यद नज़र आई–जैसे पूनम का चाँद देखा हो। मुँह खुला-का-खुला रह गया। मन के अन्तराल से मुस्कान फूटी।

"धत्तेरे की! मैं सोचूँ, सबेरे-सबेरे जाने कौन टपक पड़ा। अरे शैतान! आवाज़ बदलकर पुकारा क्या?" होंठ बिचकाकर जून द्यद पूछ बैठी।

जून द्यद थी गाँव की दादी और हर किसी की अम्मा, देवदारु जैसी कद-काठी की लम्बी, सफेद बर्फ जैसी केश-राशि, उभरी-उभरी मदभरी आँखें, सतून-सी नाक, लम्बी-लम्बी आजानु बाँहें, हिमश्वेत-सा कोरे लट्ठे का पोछ पहने, मानो, वनांचल की कोई राजरानी हो।

"दिद्दा! दिन इतना चढ़ आया, धूप खिल उठी, पर तुम हो कि नींद ही नहीं खुलती!" जमालमीर मुँह में से नसवारी पीक एक ओर फेंककर बोला।

"अरे अक्ल के दुश्मन, अब क्या कहूँ तुम्हें?" जून द्यद जवाब में बोली, "समझ में नहीं आता तू कब सीखेगा! अरे, देखा नहीं मैं गावखाने से निकलकर आई? सोई कहाँ थी!"

जमालमीर खिसियाना-सा हो गया। फिर भी किंचित् साहस बटोरकर बोला, "दिद्दा, यह बात नहीं! असल में गुल के कारण..."

जून द्यद की भवें तन गईं और जमालमीर ने बात काट दी। क्षणभर दोनों की नज़रें झुक गईं। अन्ततः जून द्यद ही बोल पड़ी, "वह भी सच है। मेरी तो मेरी रही, जा बदरी (गाय) को देख, क्या हाल हुआ है उसका...न घास खाती है और न चारा। भोर से उसी को संभालने-पुचकारने में लगी थी।"

इतने में और भी कई लोग वहाँ आ गए और महफिल सज गई।

जून द्यद कौन थी, कहाँ की थी, कितनी उम्र की थी—ये बातें गाँव में कोई नहीं जानता था। जो वहाँ उम्र में बड़े से बड़ा था, उसने भी जून द्यद को ऐसे का ऐसा ही देखा था। मगर जून द्यद सब-कुछ थी, गाँव की हाकिम, गाँव की जज, गाँव की मौलवी, गाँव की थानेदार, नम्बरदार, चौकीदार, पटवारी—यों कहो, सब-कुछ! बड़ों की सलाहकार, छोटों की साथिन—सासों की परामर्शदात्री और बहुओं की भण्डारघर (सभी भेदों को ढकनेवाली)! पंचायत की चौपाल पर जून द्यद को ही फैसला सुनाना होता था। किसी की लामबंदी होती तो जून ही उसके जाने न जाने का निर्णय करती। किसी की ब्याह-शादी का प्रस्ताव होता तो जून द्यद ही बिचौलिया बन जाती। कोई बीमार हो जाता तो दवा-दारू का ज़िम्मा जून द्यद के सिर था। उसके सारे इलाके में यह बात मशहूर थी कि जून द्यद का कहा पत्थर की लीक है, जिसको वायसराय भी बदल नहीं सकता। इसलिए जून द्यद का चौबारा सारे गाँव का मानो ननिहाल था। किसी के भी पैर में काँटा चुभे तो वह दौड़ा-दौड़ा वहीं आ पहुँचता।

बोनपुर (गाँव की निचली बस्ती) को वहाँ के लोग कौओं का नैहर कहते थे। कारण कि इस ओर के सभी काग आते-जाते यहीं के चिनारों पर रात बिताते और कइयों ने तो इन्हीं चिनारों पर अपने घोंसले भी बनाए थे। आज भी दिन ढलते ही यहाँ कौओं ने इतना शोर-गुल मचाया था कि तेज़ बहती पथरीली नदी की कलकल ध्वनि भी कोई नहीं सुन पाया था। तभी सहसा बन्दूक की आवाज़ गरजी और 'शी' करके सब कौए काएँ-काँय करते चिनारों से उछल पड़े।

"यह किसने बन्दूक दागी? अरे, वह देखो, वह फौजी जवान चला आ रहा है। यह इसी की शैतानी है!"

गर्दनें मोड़-मोड़कर आस-पास के फलदार पेड़ों पर बैठे कौए मानो सोच रहे थे। फौजी जवान, सर्वांग-सम्पुष्ट, चौड़ी-चकली छाती, गोल-गोल कन्धे, दमकता चेहरा, सलोनी चाल-ढाल, मानो कोई फिरंगी कप्तान हो। पूरी बेफिक्री से मार्च करता चल रहा था। ज्योंही ऊपरवाली बस्ती में पहुँचा तो सब बच्चों ने घेर लिया। कुछ टाँगों से लिपट गए, कुछ जेबें टटोलने लगे। कइयों ने उसकी बन्दूक नाखूनों से छीलना चाही। सभी चिल्ला उठे—"गुल साब, जून द्यदी! आज गुल साहब आ गए। हमारे कप्तान गुल साहब।"

यही राग अलापते-अलापते बच्चों का यह जलूस जून द्यदी के चौबारे पर आया।

ठक से किवाड़ खोलकर जून द्यद बाहर आई। आँखों में मुस्कान और चेहरे पर कृत्रिम गम्भीरता लिये—"ऊँह!!! गुल साब कप्तान! कुक्कड़-सा साहब! ऐसे अधकचरे अगर कप्तान बन गये तो...", मगर पलभर में ही माँ-बेटे दोनों एक-दूसरे के गले का हार बन बैठे थे।

गुल साहब जून द्यदी का क्या लगता था, यह किसी को मालूम न था। जितने मुँह उतनी बातें। कई कहते थे कि वह उसकी भतीजी की लड़की का बेटा था। कुछ

का कहना था कि वह उसकी ननद के बेटे का पोता था, किन्तु अधिकांश लोगों की राय यह थी कि ज़ून द्यद ने गुल को हज़रत मखदूम साहब की पौड़ी (सीढ़ी) से उठाकर पाला-पोसा था। जो भी हो, इनके रिश्ते से हमें क्या लेना-देना! मगर इतना तो सभी देख रहे थे कि ज़ून द्यद के प्राण यदि कहीं अटके हैं तो वे गुल साहब में हैं। जब से गुल मिलीशिया में भर्ती हुआ था, तब से गुल साहब का नाम ज़ून द्यद के मुँह से छूटता ही न था। कोई भी बात हो, गुल साहब का नाम वहाँ ज़रूर लिया जाता।

'वासा (वासुदेव) सुना तुमने! आज गुल साहब का उड़ी से लिखा खत मिला। लिखता है उसने एक ही दिन में सत्रह कबायली मौत के घाट उतार दिये।'

'क्या कहूँ सोनमाली! सदके जाऊँ गुल साहब के! जवाबी कार्ड लिखा है उसने, मानो कागज़ पर मोती जड़े हैं!'

'जमाल मीरा! आज सचमुच हमारी दो पीढ़ियाँ तर गईं। हुई ना बात! गुल जैसा सपूत जन्मा! इस वक्त सारे कश्मीर की हिफ़ाजत करता है!'

जिस दिन गुल साहब को वापस महाज़ पर निकलना था, उस रोज़ वहाँ गाँव-का-गाँव उमड़ पड़ा। भोर होने से पहले ही चौका-बर्तन से निबटकर सूर्य उदय होने तक गाँव के सब नर-नारी, बूढ़े-जवान-बच्चे ज़ून द्यद के चौबारे पहुँच चुके थे। कुछ तोहफे-तबर्रुक लेकर आए थे और कुछ गंडे-तावीज़। कुछ किसान महिलाएँ ओढ़नी में अचार बाँधे तो कुछ चटनी लिये आ गईं। कई औरतें सुखाए गए साग और सूखी शलजम के हार साथ लाई थीं। ज्योंही ज़ून द्यद ने घर का दरवाज़ा खोला, लोगों की होड़ शुरू हो गई। हर कोई अपनी सौगात पहले भेंटने को उतावला था।

"ज़ून द्यदी! सूखे शलजमों का यह हार ले लो, यह असली फारम के शलजम हैं!" राहब बी शर्माती हुई बोली, "अम्माँ! इसे मैंने गुल साहब के लिए खास तौर पर बचा रखा था।"

"सुखाए गए साग की यह माला भी साथ ही रख अम्माँ! खुशीपुर के बाग का बसन्तकालीन गाँठ-गोभियों का साग है यह!" रमज़ान बेगारा कहने लगा, "गुल साहब को कह देना! ऐसा साग शहर में उग ही नहीं सकता।"

"यह थोड़ा अचार भी संभाल, द्यदी! कह देना गुल से, यह निचली बस्ती के गाँठगोभियों का बना हुआ अचार है।"

"ज़ून द्यदी! ज़रा गुल को भी बुला ला। वह क्या अभी तक सोया हुआ है।" दाँत भींचते-भींचते वासुदेव बोला।

"कहा ना! अकल सठिया गई है तेरी। भला, सोया ही रहता इतनी देर तक? मुँह धोने नदी पर गया है, आता ही होगा! तुम्हें क्या देर हो गई?" हँसते-हँसते ज़ून द्यद बोली।

"रूठती क्यों हो? मैं कंठबायू (ज्योतिषी) से एक छोटा-सा तावीज़ ले आया था, सोचा उसके गले में बाधूँ!" वासुदेव भवें तरेरकर बोला।

इतने में गुल साहब भी नदी से मुँह-हाथ धोकर लौट आया। निकट आना था कि भीड़ उमड़ पड़ी। कोई उसे गले लगाता तो कोई माथा चूमता। कुछ उसे घेरे रहे। और जब वह वर्दी पहनकर बन्दूक थामे निकला, तो सब के सब खुशी से फूले न समाये। औरतों ने जी भरकर दुआएँ दीं, ''जा, गुल, तरक्की तेरे कदम चूमे। अपने भागों तू फल-फूल!''

चार मील तक गाँव का गाँव उसके पीछे-पीछे चला। जब छतनार पेड़ों की ओट में वह नज़रों से ओझल हो गया, तब कहीं लोग घरों को लौटे।

आज प्रातः से ही आसमान कोहरे से ढका था। धूप होते-होते हर ओर बादल छा गए—इतने कि शिखरों को लपेटकर वे पर्वतांचल से जा मिले। पूरब की ओर ज़ोरों की बिजली कड़क रही थी। लगता था, कहीं मेघखण्ड फट पड़ने को तैयार है। साधारणतः इस दिन गाँववासी घरों में ही दुबके बैठते हैं; मगर आज सभी लोग नदी की पुलिया तले टोलियों में बँटकर कुछ कानाफूसी कर रहे थे। सभी हक्के-बक्के दीख पड़ते थे। मर्दों की टोलियों से कुछ दूर औरतें इकट्ठी होकर भीतर-ही-भीतर कुसमुसा रही थीं। मर्द मानो होंठ चबा रहे हों।

नंगे सिर, नंगे पैर वासुदेव हाँफता-हाँफता उनके पास आया और मुट्ठी भींचकर उसके मुँह से रोने की चीख फूट पड़ी—''करीम जू! यह क्या सुना मैंने? अफसोस! गदय (गदर) हो गया!!'' उसकी आवाज़ हकला गई।

''चुप-चुप!'' उसके मुँह पर हाथ रखकर करीम कुम्हार बोला, ''इससे बात बनेगी नहीं! दिल रख, जून द्यदी का सोच! उस तक यह खबर कैसे पहुँचाएँ?''

''आखिर हुआ क्या? यह कहा किसने? कौन बदख्वाह (बुरा चाहनेवाला) निकला?'' घिग्गी बँधे हुए वासुदेव ने पूछा।

''कौन चाहता? यह हमारा दुर्भाग्य है! कल जबार डाकिया आया और वह गुल साहब का यह कार्ड मुझे थमा गया। यह खाली था, जून द्यदी ने जैसे भेजा था वैसा ही—वह महाज़ पर...'' उसाँस भरकर करीम कुम्हार आगे कुछ बोल न सका।

एक-एक करके सभी गाँववाले मुँह लटकाए जून द्यद के चौबारे पहुँचे। जून द्यद आज भी गौशाला में गाय को चारा खिलाने भीतर गई थी।

''तेरी तो मत मारी गई है। भला तेरे लिए यहीं तो न बैठा रहता वह। जब से वह भला-चंगा महाज़ पर गया, तब से तेरी भूख ही मर गई। इससे कहीं काम चलता है क्या?'' जून द्यद गौशाला में गाय से बतिया रही थी, तभी उसके कान में चौबारे की खटपट सुनाई दी। भीतर से ही पुकार उठी, ''कौन? वासुदेव हो क्या? आज क्या नींद उचट गई, जो मुँह-अँधेरे ही दौड़ा आया?'' गावखाने से निकलते-निकलते अपने-आप से बोलने लगी, ''गुल ने इस बदरी (गाय) की आदतें बिगाड़ दी हैं... अरे! कोई हादसा हो गया है क्या?'' लोगों की भीड़ देखकर जून द्यद अचकचा गई—''क्यों, लड़ आए हो क्या?''

सब चुप थे। कोई उसाँस तक न भर पाया।

"कहो, क्या ज़बान निछल गई?...बात तो करो! जून द्यद का रंग उड़ने लगा, "अरे! क्या हो गया? मुझ पर क्या-कुछ बन आई?"

आखिरकार वासुदेव मुँह लटकाए दाँत भींचकर बोला, "जून द्यदी...मैं वारी जाऊँ!" बस इतना कहना था कि वह बिलख-बिलखकर रो पड़ा।

सबकी हिचकियाँ बँधने लगीं। आँखों से आँसुओं की धाराएँ फूटीं और हर एक की घिग्घी बँध गई।

जून द्यद पहले तो सटपटाई, मगर साथ ही कुछ अपने-आप से और फिर सबसे बोली, "क्या मेरा गुल ठीक है?...कहो, गुल मेरा सलामत है ना? उसे नहीं मालूम कितनी बलि देने के बाद, कितनों के बदले...!!"

वासुदेव कुछ साहस बटोरकर जवाबी कार्ड आगे कर बैठा, "यह कल रात आया, मगर यह खाली है—न जाने..."

जून द्यद स्तब्ध रह गई—मानो चिल्ले पर चढ़ा बाण हो—मसल-मसल कर कार्ड चरमरा-सा गया था। धीरे-धीरे उसे खोला और लगी उसका आगा-पीछा निहारने!

हर ओर सन्नाटा था। चिड़ियों की चीं-चीं तक गायब थी। बस नदी के बहने की आवाज़ सुनाई दे रही थी। लगता था, ईद के दिन मज़ार पर कोई किसी मुर्दे का विलाप कर रहा हो।

जून द्यद का चेहरा चावल की धूल-सा सफेद पड़ गया। बस, दो पल में उसके मुँह पर ढेर-सारी झुर्रियाँ उभर आईं। दो निर्व्याज अश्रुबिन्दु पलकों पर छिटके और लोगों पर दृष्टि डालकर वह फिर घर के भीतर घुस गई।

"हा, हा, हा, हा!" जून द्यद का ठहाका फूट पड़ा।

सब हैरान!

"कहा था ना वासा, तू सठिया गया है! अकल होती तो तहसीलदार न बना होता!" जून द्यद का अट्टहास गूँजा—"दिखता नहीं है रे क्या? इसमें लिखा जो है—देखो तो क्या है यह?" कार्ड खोलकर उसकी शिकनें दूर से पेंसिल से लिखी लकीरें-सी दिख रही थीं—"गुल ने मुझे वहीं आकर औरतों की फौज में भर्ती होने को बुलाया है।" यह जून द्यदी का एलान था।

और जिस दिन जून लकड़ी की बन्दूक थामे, कोरे कपड़े का फिरन पहने और कमर कसकर निकली, उस दिन सारा गाँव उजड़ा-उजड़ा दिखाई देने लगा। कावपुर की बस्ती में न कहीं कोई बच्चा नज़र आया और न पेड़ों पर से कौओं की काँव-काँव ही सुनाई दी।

अनुवाद : **शंभुनाथ भट्ट 'हलीम'**

•

सफ़र-हमसफ़र

दीपक कौल

वे भी दिन थे जब व्येदऽलाल के बिना, मुहल्ले में पत्ता भी नहीं हिलता था, और आज यह भी दिन है कि उसकी प्राणरहित देह को श्मशान-भूमि तक ले जाने को कोई तैयार नहीं।

पौ फूटते ही, मन्दिर में मिलनेवाली आस-पड़ोस की औरतों के कानों में यह बात पड़ी कि व्येदऽलाल का देहान्त हो गया है। विक्षिप्त महिलाएँ त्राहि-त्राहि करती घर लौटीं। जिन्होंने घर से निकलते ही यह समाचार सुना, वे उल्टे पाँव, शिवलिंग पर पानी चढ़ाए बिना ही लौट आईं। घर आकर अपने-अपने पतियों से जब कहा तो वे भी विक्षुब्ध हुए।

जिज्ञासा-वश, व्येदऽलाल के मरने की खबर सुन आज शिवालय में वे लोग भी आए जो कभी आते नहीं थे। वहाँ आए तो देखा कि धर्मशाला की एक अँधेरी कोठरी में व्येदऽलाल का मृत शरीर किसी फटे-पुराने कंबल में लिपटा पड़ा है। पीली काया, आँखें बन्द, मुँह खुला और मौत की नींद में सोया हुआ—अचेत कहाँ वह व्येदऽलाल जिसकी बातें सुनकर पेट में बल पड़ जाते थे, जिसके आते ही कमरा चहक उठता था, कहाँ यह व्येदऽलाल जिसके मुर्दा-मुँह को देख लगता है कि जैसे अपने जीवन में यह कभी हँसा ही नहीं होगा।

जो भी आता, ठण्डी साँसें भरता और धर्मशाला के बाहर नल पर अपना मुँह धोकर घर लौट जाता। कई लोग आए और यूँ ही कोठरी में झाँकते हुए चलते बने। लेकिन, किसी एक ने भी इस उपेक्षित शव की दाह-क्रिया या श्मशान-भूमि तक ले जाने के बारे में नहीं सोचा।

शिवालय का बाबा विचलित था कि मृतक का क्या होगा! क्या किसी को भी इसका ख्याल नहीं? वह प्रतीक्षा करता रहा कि शायद इसके परिजनों में से कोई आए। लेकिन, जब दोपहर तक कोई नहीं आया तो उसकी चिन्ता बढ़ गई। मन्दिर का बाबा, व्येदऽलाल को ठीक से जानता भी नहीं था। व्येदऽलाल, अक्सर, सन्ध्या होते ही शिवालय में आता। प्रदक्षिणा लगाता, हुक्का पीता, मगर बाबा से कोई खास

बात न करता। बहुत हुआ तो पूछ लिया, 'बाबाजी, आज भोजन किया।...सर्दी कम लगती है।...अम्बरनाथ कब जाओगे?' बस, बाबा का व्येदऽलाल से इतना ही परिचय था।

देर होने से बाबा की अकुलाहट बढ़ती गई। वह 'मुल्ला लस्सा' के पास गया, जो शिवालय के आँगन में ही रहता था। कुछ नीम-कश्मीरी में तो कुछ हिन्दी में पूछने लगा कि वह क्या करे? क्या इस लावारिस मुर्दे का अपना कोई नहीं? लस्सा ने ठण्डी आह भरी और उत्तर में कहा, "वाकई इस दुनिया में व्येदऽलाल का कोई नहीं था। सारी उम्र जिनके लिए कष्ट उठाता रहा उन्हें तो कुछ याद ही नहीं।" यह कहते-कहते मुल्ला लस्सा की आँखें नम हो गईं और बाबा हक्का-बक्का रह गया। बाबा के विस्मित चेहरे को देख लस्सा खुद ही बोल पड़ा, "बाबा, तुम नहीं जानते व्येदऽलाल कौन था?"

लस्सा का यह वाक्य सुनकर बाबा और भी परेशान हो गया। वह मुल्ला की ड्योढ़ी पर बैठा न जाने क्या सोचने लगा।

व्येदऽलाल को 'व्येदऽमाम' यानी मामा के नाम से भी जाना जाता था। अब यह अलग बात है कि रिश्ते में वह किसी का मामा लगता था या नहीं, मगर मुहल्ले में सभी उसे इसी नाम से जानते थे। असल में यह 'तोतऽकौल' की माँ का ममेरा भाई था—बुडऽवन का रहनेवाला। मगर जब बचपन में ही सिर से माँ-बाप का साया उठ गया तो किसके पास जाता? रिश्ते में ले-देके एक तोतऽकौल ही जानता था, सो वह अपने यहाँ ले आया। तोतऽकौल भी उन दिनों निःसन्तान था, इसलिए वह इसे नाज़ों से पालने लगा। मगर आगे चलके जब तोतऽकौल के अपने बच्चे हुए तो उन बच्चों के नाज़ उठाने का ज़िम्मा व्येदऽमाम का हुआ। व्येदऽमाम ने अपने पिता को कभी नहीं देखा था, क्योंकि वह मूल नक्षत्र में जन्मा था। लेकिन, जब वह दुनियादारी समझने लगा तब अपने स्वर्गवासी पिता को लालऽसाब कहने लगा। तोतऽकौल को यह अच्छा नहीं लगता था, मगर इसके बावजूद भी व्येदऽमाम हर बात पर अपने स्वर्गवासी पिता 'लालऽसाब' की कसम दिलाता। वैसे तोतऽकौल के उस पर बहुत ज़्यादा अहसान भी नहीं थे। व्येदऽमाम की अच्छी-खासी पैतृक सम्पत्ति थी। गाँव में ज़मीनों के अतिरिक्त एक मकान भी था। ज़मीनों से प्राप्त अनाज सीधे तोतऽकौल के घर आता था। जब मकान बिका तो उससे प्राप्त धन भी तोतऽकौल को ही मिला। और फिर जब बड़े परिश्रम से व्येदऽमाम ने कचहरी में अर्ज़ियाँ लिखने का काम सीखा तो वहाँ की कमाई का ज़्यादातर हिस्सा भी तोतऽकौल के घर के खर्चों में ही निकल जाता। जो कुछ बच जाता, उसे व्येदऽमाम संचित रखता।

व्येदऽमाम की शादी के लिए कभी कोई प्रस्ताव नहीं आया और न खुद, उसने ही पहल की। जब शादी की उम्र थी, तब आश्रित लोगों में से यदि कोई कमर कसने

को तैयार होता तो उसकी शादी अवश्य हो जाती। अब जब ऐसा हुआ नहीं तो मामा कुँआरा ही रहा।

तोतऽकौल कुछ ही वर्षों बाद चल बसा। उस समय, न चाहते हुए भी, व्येदऽमाम को घर का मुखिया बनना पड़ा। सारी ज़िम्मेदारियों का बोझ इसके कन्धों पर आ गया। तब जो कुछ इसने तोतऽकौल के बच्चों के लिए किया, शायद कोई सगा भी न करता। गाँव की सारी ज़मीन तोतऽकौल के बेटों के नाम कर दी। जमा-पूँजी बेटियों पर खर्च करता रहा। अब तोतऽकौल के बच्चे जैसे उसके अपने बच्चे थे। वात्सल्य-भाव में गद्गद् व्येदऽमाम अपने को भाग्यशाली समझता था कि वह इन बच्चों के लिए कुछ कर पा रहा है। जब तक तोतऽकौल के बेटे-बेटियों की नौकरियाँ नहीं लगीं और उनकी शादियाँ नहीं हुईं, तब तक मामा कोल्हू के बैल की तरह जुता रहा। पर, समय बदलते देर कहाँ लगती! तोतऽकौल के बड़े बेटे की सर्विस वादी से बाहर लगी और जो वहीं रहे उनमें कलह बढ़ता गया। सभी अलग-अगल रहने लगे। परिवार टूट रहा था, मगर बेटियों का मायका सलामत रखने के लिए व्येदऽमाम छोटे बेटे और छोटी बहू के पास रहने लगा। सभी ज़िम्मेदारियाँ निभाने के बाद, अब जो कुछ बचा था, उसे उन्हीं के हवाले किया। अपने पास रखा तो बस, तोतऽकौल का एक पुराना गलीचा, एक तकिया और एक हुक्का।

कुछ ही दिनों बाद जब धन व तन्दुरुस्ती दोनों जाते रहे तो छोटी बहू ने पैरों के नीचे से गलीचा और कमर के पीछे से तकिया खींच निकाला। रहा हुक्का, उसे बहूरानी ने खिड़की से विदा किया। उस दिन व्येदऽमाम पहली बार आहत हुआ था। उसे लगा कि उसकी कमर चटक गई है। ऐसी अवस्था में उसके पास अब बचा था तो एक पट्टू का क्षत-विक्षत 'फिरन' और एक लोई, जिस पर लेटे-लेटे वह जीवन की अन्तिम साँसें गिनने लगा था, और आज उसी पर बेखटके पेर पसारे, आराम की नींद सोया पड़ा है।

बहू के घर से निकाले जाने के बाद व्येदऽमाम कुछ दिनों के लिए तोतऽकौल की बड़ी बेटी के पास गया था। पर वह भी अपने घर में कब तक रहने देती! व्यथित हो दूसरे बेटे के घर की ओर बढ़ गया, वो भी खाली हाथ। भला यह भी कोई आना हुआ! यहाँ कौन-से नोट बरस रहे हैं, जो एक और जीव को पालते रहें? तंगदस्ती के दिनों में आदमी खुद क्या खाए और दूसरे को क्या खिलाए? व्येदऽमाम वहाँ से भी चला आया। फिर कभी इसके पास तो कभी उसके पास दिन गुज़ारने लगा। अस्वस्थ काया कहाँ तक घिसटती? तब एक दिन शिवालय की धर्मशाला का रुख किया। वहाँ अभी तीसरा ही दिन था कि रात के अँधेरे में विश्राम का पक्का ठिकाना पाया।

व्येदऽलाल सारी उम्र परोपकार करता रहा। महिकाक अपनी बेटियों की शादी पर इठला जरूर रहा था, मगर ब्याह का सारा खर्चा व्येदऽलाल ने ही उठाया था। रामऽजुब

के समधियों ने मुकद्दमा किया तो सलाह-मश्वरे के लिए व्येदऽलाल हाज़िर था। लेकिन आज, किसी को कुछ याद ही नहीं।

बाबा, मुल्ला लस्सा की ड्योढ़ी पर बैठा, अभी भी सोच रहा था कि वह क्या करे? वह भी कैसी नाहक की परेशानी में घिर गया है! मुर्दे को धर्मशाला में भी कितनी देर रखा जा सकता है? उसने मुल्ला लस्सा से फिर पूछा। लस्सा ने तोतऽकौल के छोटे बेटे को खबर करने की सलाह दी। बाबा वहाँ पहुँचा तो बहूरानी बोली, "वो ऑफिस गए हैं। जल्दी आए तो बता दूँगी बाबाजी आया था।" अब बाबा मन्दिर के पुजारी के घर भागा। इस आशा में कि शायद वह इस मुसीबत से निकाले। वहाँ पता चला कि रिश्ता जुड़वाने के काम से पुजारी कहीं दूर गया है और जल्दी लौटने की कोई उम्मीद नहीं।

थक-हारकर बाबा वापस लस्सा के पास आया। शंका-ग्रस्त बाबा चाहता था कि कोठरी में पड़ा शव कहीं ठिकाने लगता। सुबह से उसके मुँह में पानी की एक बूँद भी नहीं गई थी, न ही उसने आज कोई अनुष्ठान किया था। उसकी चिन्ता अकारण नहीं थी। दोपहर ढल चुकी थी।

पाँच बजने वाले थे और हाडर द्यद रोज़ की तरह आज भी शिवजी पर पानी चढ़ाने आ रही थी। बाबा का कलेजा मुँह को आ रहा था। हाडर द्यद को देखते ही उसकी जान में जान आ गई। अष्टमी-पूर्णमासी को वह बाबा को खाना खिलाती थी। वह भागा-भागा हाडर द्यद के पास आया। बाबा के खिन्न चेहरे और बिखरी जटाओं को देख वृद्धा विस्मय में पड़ गई। बाबा समझ नहीं पा रहा था कि क्या कहे! आखिर हाडर द्यद ही पूछ बैठी कि उसकी उदासी का क्या कारण है? बाबा अपनी टूटी-फूटी भाषा में कुछ कहने लगा और धर्मशाला की कोठरी की तरफ इशारा करता रहा। भय और विस्मय! असमंजस में पड़ी हाडर सतर्क हो कोठरी तक गई। वहाँ व्येदऽलाल का निर्जीव शरीर देखा तो उसके पैरों तले की धरती खिसक गई। यह कैसी वेदना! सँभलते ही वह धर्मशाला की दहलीज़ पर बैठ गई। वहाँ से कोठरी में पड़े शव को टकटकी बाँधे देखती रही। बूढ़ी आँखों से अश्रुपात होने लगा।

बाबा ने भी मन का बोझ हल्का करना चाहा, "माताजी, धर्मशाला में यह इसका चौथा दिन है। हम यहाँ दो दिन से ज्यादा किसी को रुकने नहीं देते, मगर मैंने कुछ नहीं कहा। इसकी सेहत गिरती जा रही थी। मुझे तो पहले दिन ही लगा था कि इसका कभी भी दम छूट जाएगा, लेकिन यह नहीं सोचा था कि यह इतनी जल्दी मौत को गले लगा लेगा। आज सुबह-सुबह जब मैं इसे कांगड़ी देने गया तो देखा दरवाज़ा बन्द है। खिड़की से झाँका तो लगा यह बेहोश पड़ा है। मैंने पूरी ताकत से दरवाज़े पर लात मारी। दरवाज़ा खुल गया। अन्दर गया तो देखा इसने प्राण त्याग दिये हैं। फिर सुबह से न जाने कितने ही लोग यहाँ आए, मगर किसी एक को भी इसके दाह-संस्कार का ख्याल नहीं आया। अब आप ही बताएँ मैं क्या करूँ?"

बाबाजी ने जो कुछ भी कहा, उसे हाडर द्यद ने शायद ही ठीक से सुना हो क्योंकि वह कहीं गुम हो चुकी थी। वह बाबा से कहने लगी, "आखिर बेचारा मुसाफिर ही बना रहा। इसने तोतऽकौल का घर भरने के लिए जन्म लिया था। वह भर दिया और अब खाली हाथ चल पड़ा। उसकी लीला भी अपरंपार है! किसको क्या करने भेजा, कौन जाने? कर्ज़ा चुकाने आया था, सो चुका के चल दिया। सारी ज़िन्दगी सबकी मदद करता रहा और आज जब खुद आखिरी पड़ाव पर है तो किसी ने आँख उठाकर भी नहीं देखा। इसे लगता था लंगरों के पकवानों, बाज़बानों और मछलियों के व्यंजनों को लालायित ये लोग सदा आगे-पीछे मँडराते रहेंगे। मगर बाबा, कोई किसी का साथ नहीं देता। जो कहा था, वो तो माना नहीं। कहता रहा—तोतऽकौल को कैसे छोड़ दे? इसे लगता था तोतऽकौल और उसके बच्चे जीवनभर इसका साथ निभाते रहेंगे। कब जानता था कि आखिरी दिनों में दर-दर की ठोकरें खाता फिरेगा। बाबा, जिसकी अपनी अकल काम न करे, उसे दूसरा क्या समझाए?"

बाबा भी हैरान था कि उसने क्या पूछा और जवाब क्या मिला। उसने फिर पूछा, "अच्छा माता! अब क्या करना होगा?"

हाडर द्यद ने कहा, "मेरे पुरोहित को खबर करो।"

बाबा शीघ्र मुल्ला लस्सा के पास दौड़ा और उसके साथ बाजार की तरफ चल पड़ा। हाडर द्यद, वहीं धर्मशाला के बाहर बैठे-बैठे खुले आकाश को ताकती रही। विस्तृत-विशाल नीला आकाश। वह न जाने कहाँ खो गई। उसे वह दिन याद आया जिस दिन उसका पति उसे संसार में अकेली छोड़ परलोक सिधारा। तब इसी व्येदऽलाल ने सब-कुछ सँभाला था। जब उसकी बेटी की शादी का समय आया था, तब भी व्येदऽलाल ने ही अपना दिन का चैन और रातों की नींद हराम करके बिटिया के हाथ पीले कराए थे। उस समय लोगों ने क्या-कुछ नहीं कहा था! जितने मुँह उतनी बातें! जो जिसके जी में आया सो कह दिया। निंदनीय कुछ भी नहीं था। इसलिए हाडर द्यद घबराई नहीं। इस बात को कोई तीस-चालीस साल तो हो गए होंगे। व्येदऽलाल को भी हालात ने वक्त से पहले ही बूढ़ा बना दिया। हाडर द्यद भी कितनी जल्दी बूढ़ी हो गई! दुःखों से लड़ते-लड़ते जीवन के लम्हे यूँ ही फिसल जाते हैं।

शिवजी पुरोहित, सामग्री लेकर बाबा के साथ आ रहा था। मुल्ला तख्ता और कफन लाया। कुछ ही देर में व्येदऽलाल के शव को अन्तिम स्नान कराया गया। क्रिया-कर्म समाप्त होते ही जैसे मृत-शरीर को तख्ते पर लिटाया जा रहा था, हाडर द्यद ने टोका। सभी अवाक् रह गए। अब कुछ और लोग भी आ चुके थे। हाडर द्यद को वहाँ पाकर वे चकित थे। उसने कुछ देर रुकने को कहा। वह भागी-भागी घर की तरफ गई और थोड़ी ही देर में राम-राम का अंकित पट लिये लौट आई। यह वही 'राम-राम'-पट था जिसे उसने बड़े जतन से गंगा में डुबवाकर अपने लिए मँगवाया था। उसने यही 'राम-राम-पट' व्येदऽलाल के शव को पहचानने का आग्रह

किया। ऐसा ही हुआ। लोग संकेतों में बात करने लगे। मगर संवेदना के उन क्षणों में बात दब गई।

सन्ध्या की बेला में व्येदऽलाल के शव को दाह-भूमि की ओर ले जाया गया। अर्थी के आगे-आगे बाबा था। जो थोड़े लोग पीछे-पीछे चल रहे थे, उनकी आँखें नम थीं या नहीं, अँधेरे में कौन देखता?

जो शिवालय में तमाशबीन बनकर आए थे, वे सभी नल पर जा-जाकर अपना मुँह धोने की प्रक्रिया में जुट गए थे। मुँह धोया नहीं कि घर की ओर चल दिये। लेकिन हाडर द्यद, मुँह धोए बिना ही घर लौट गई।

दूसरे दिन, सूर्य उदय के साथ ही जब मुहल्ले की औरतें शिवालय की ओर आने लगीं तो एक ने दूसरी से कहा, "देखा? कहते थे बेचारा यूँ ही बदनाम है। अब कैसे चालीस साल बाद यह बात खुल गई?"

दूसरी बोली, "बहन! ऐसे भेद छिपते थोड़े हैं! आज नहीं तो कल, प्रकट हो के रहते हैं!"

अनुवाद : **गौरीशंकर रैणा**

•

मरीचिका

निसार नसीम

आज एक और मृत शरीर चिता पर अचेत पड़ा था। मुझे बम्बई की चिता और कश्मीर की चिता में बहुत अन्तर दिख रहा था। बम्बई में जब उसकी प्राणहीन देह अग्नि-कुण्ड को समर्पित हुई थी, तब मुझे चिरायँध का ज़रा भी अहसास नहीं हुआ था, पर आज जब कि कश्मीर में मेरे पड़ोसी की लाश चिता पर रख दी गई थी तो मुझे सारा परिवेश दूषित लगा। आत्मा स्वर्ग में जाए चाहे नरक में, पर यह शरीर जो विविध तत्त्वों का मिश्रण है, इसके द्वारा वातावरण दूषित होना स्वाभाविक ही है। आज हमारा पड़ोसी इस नश्वर संसार से कूच कर गया था। माँ के आग्रह पर अर्थी के पीछे-पीछे मैं भी गया था। उसका सगा तो कोई था नहीं, सो मुहल्ले के सभी छोटे-बड़े छाती पीट रहे थे। इससे पहले जब भी कभी मुझे किसी के मरने की खबर मिलती तो मैं अकुलाता। अन्दर ही अन्दर घुटता। चेहरे पर हवाइयाँ उड़तीं और लगता जैसे मैं ही मर गया हूँ। एक-दो दिन खोया-खोया-सा रहता। और इस कोलाहल-भरे संसार को मायावी जान इससे कटा-कटा-सा रहता। फिर किसी सम्बन्धी की ही मृत्यु क्यों न हुई हो, मैं घर से न निकलता।

भला हो भाभी का जो उसने मुझे इस नाहक डर से मुक्ति दिला दी। उन दिनों, मैं अपने भाई साहब के पास बम्बई गया हुआ था। वे भी क्या दिन थे! बम्बई पहुँचते ही लगा जैसे किसी परीलोक में आ गया हूँ। गगनचुम्बी भवनों की कतारें और ऐसे ही बहुमंज़िले मकान में मेरे भाई का घर। वे फिल्मों की कथा लिखने में व्यस्त रहते। पौ फटते ही घर से निकलते और रात को देर से लौटते। पूरी बिल्डिंग में सारा दिन केवल दो ही पुरुष रहते। एक मैं और दूसरा वह गोरखा जो अपार्टमेन्ट का चौकीदार था। कुछ ही दिनों में हम घनिष्ठ मित्र बन गए थे। भीड़ में खो जाने के डर से मैं बाहर जाता ही नहीं था। सड़कों पर लोगों का एक बड़ा-सा दरिया निरन्तर बहता रहता, और इस दरिया में बहता हुआ जब कोई फूल गोरखे को दिख जाता तो वह गेट पर खड़े-खड़े मुझसे कहता—"ऐ देख तो ज़रा...! कैसी है?"

ऐसे में ही एक दिन मुझे कुछ वाद्य-यन्त्रों की ध्वनि सुनाई दी। मैं चौंक उठा। देखा तो सड़क पर एक शवयात्रा जा रही थी और वह भी बाजे-गाजे के साथ। मैं असमंजस में पड़ा था। गोरखे से इसका कारण पूछा तो वह कहने लगा, ''किसी वृद्ध की मृत्यु हुई होगी।'' ठीक ही तो कहा था उसने। सन्ध्या होते ही रात का आना स्वाभाविक है, पर यदि किसी तरुण की आकस्मिक मौत हो तो चारों दिशाएँ मातम में डूबती नज़र आती हैं।

बिल्डिंग से बाहर अब मेरे कई मित्र थे जो कॉफे में मुझसे मिलते। मेरे शे'र सुनते और मुझे दाद देते। असलम खाँ के ईरानी रेस्तराँ की तो बात ही कुछ और थी। मनचलों की वहाँ एक खास भीड़ होती। कुछ डायरेक्टर तो कुछ हीरो बनने के सपनों में मदमस्त। मेरी मित्र-मण्डली में एक अल्हड़ कमसिन का भी प्रवेश हुआ। सुबह से शाम—जूहू, चर्च गेट, गेटवे ऑफ इण्डिया, न जाने कहाँ-कहाँ वह मुझे ले जाती। उसकी कमनीयता के वशीभूत सारा दिन मैं घूमता रहता था। एक दिन जब अरुणिमा सागर तक उतर आई थी और वह मुझे छोड़ने मेरे घर तक आई थी तो गोरखा गेट छोड़ मेरी ओर भागा-भागा आया। विलाप करते हुए कहने लगा, ''बाबूजी, विमल जोकर मर गया।''

मैंने उत्कंठा-भरी नज़रों से उसे देखा?...कब?...कैसे? पर मुँह से एक शब्द भी नहीं निकला। कोई जैसे मेरा सिन्धु सोख गया हो। बिमल की सूरत आँखों में तैरने लगी। वह भी उसी अपार्टमेन्ट में रहता था। बच्चे अक्सर उसे 'बिमल जोकर' कहते हुए चिढ़ाते रहते। पहली बार जब उसे देखा तो कितना अच्छा लगा! भोला-भाला। मासूम-सा गोल-मटोल चेहरा। सफेद हाफ-पैन्ट पहने तेज़ी से सीढ़ियाँ चढ़ता हुआ और बच्चे आगे-पीछे कोहराम मचाते हुए। वह मुस्कराता जाता और खुशी-खुशी दो-दो, तीन-तीन पायदान पार करता हुआ ऊपर को आता। बच्चे उसकी इस हरकत पर और भी इठलाते। कुछ ही दिनों में मैं जान गया था कि वह बच्चों का चहेता था और उनके साथ दोस्ती निभाने में वह कोई कसर नहीं छोड़ता। उन्हें भरपूर हँसाता। वैसे भी वह पेशेवर कलाकार था, फिल्मों का हास्य-अभिनेता। अच्छा नाम हो रहा था उसका।

टूटे कदमों से फ्लैट में गया। भाभी गुमसुम बैठी थीं। मैं असमंजस में पड़ा हुआ था कि तभी भाभी बोली, ''उसकी शवयात्रा में तुम भी हो लेना।''

''जी अच्छा।'' मुझे उसका सीढ़ी चढ़ना, बचकानी हरकतें करना और हँसमुख चेहरा रह-रहकर याद आ रहा था। मैं नीचे आया। बिमल जोकर के उपेक्षित मृत शरीर को देखा जिसे एक साइकिल-गाड़ी में रखा गया और फिर शवयात्रा के रूप में ले जाया गया। सभी के पीछे-पीछे मैं भी चल रहा था। अर्थी को काँधा देनेवाला कोई नहीं था। काँधा देता भी कौन? श्मशान-भूमि तक तीन-चार मील की यात्रा। कश्मीर थोड़ी था जहाँ अपने तो अपने, पराए भी काँधा देते हैं और रोते-बिलखते अर्थी के साथ हो लेते हैं।

लम्बी-चौड़ी दाह-भूमि। दूर एक कोने में खपैरलों की कुटी जिसमें श्वपच और उसका कुटुम्ब रहता था। अर्थी को अन्दर आता देख वह भागा-भागा आया। साथ ही एक युवती भी बाहर आई जो नाक-नक्श से उसकी पुत्री लग रही थी। छरहरा बदन, प्रदीप्त चेहरा। इस शोक की बेला में यह कुसुम कहाँ से खिला?

बिमल जोकर की लाश को उसके मित्रों, दूर के रिश्तेदारों एवं श्वपच ने, कुछ देर बाद लोहे के एक चौपाए पर रखा। सभी निस्तब्ध। परन्तु बिमल का चचेरा भाई और एक मित्र विह्वल थे। तीनों की खूब पटती थी और सारा दिन बिमल के साथ ही रहते थे। पर आज उनका सखा इस दुनिया से चल बसा था, सो दोनों ही उत्पीड़ित थे। इन्हें देख मैं भी विक्षुब्ध हो उठा। ऐसे सब अवसरों से अनभिज्ञ-अनमना-सा इधर-उधर देखने लगा। दाह-क्रिया के लिए शायद लकड़ी जुटाई जा रही थी। लेकिन नहीं—यहाँ तो विद्युत-चालित अग्नि-कुण्ड है। कुछ ही क्षणों में जोकर की काया अग्नि-कुण्ड को समर्पित हुई। श्वपच की बेटी अविराम अपने पिता की सहायता कर रही थी। यौवन के बसन्त में प्रस्फुटित कुसुम-सी। गुजराती ढंग की साड़ी पहने हुए भी शरीर का कुछ भाग निर्वसन। वक्ष उभरा हुआ। विमल का चचेरा भाई मृतक को भूल चुका था। वह प्लव-कन्या को, रमणीयता में प्रवाहित उसके उभारों को देख रहा था। चिता अब ठण्डी होने लगी थी। मुझे बिमल के चचेरे भाई और उसके मित्र की कानाफूसी सुनाई दी—"रे देख तो...अंग-अंग..."

अन्त्येष्टि हो चुकी थी। श्वपच को रुपए दिए जा रहे थे। उसने नोट गिने और अपनी कुटी की ओर चल पड़ा। हम लोग बाहर आने लगे थे। प्लव-कन्या कुटी की ओर जा रही थी और चुपचुपाते पीछे मुड़कर भी देखती। बिमल जोकर का मित्र और चचेरा भाई इशारों में कुछ कह रहे थे। यह कैसी मरीचिका? मुझे बिमल जोकर का निस्पन्द शरीर याद आ रहा था।

अनुवाद : **गौरीशंकर रैणा**

•

पुल

मजरूह रशीद

मैं सिर्फ इतना जानता था कि एक वह छतनार पेड़ है और दूसरा मैं हूँ। मेरी आँखों ने इसके अलावा कुछ और नहीं देखा था, इसलिए यह पेड़ मुझे अपना सर्वस्व लगता था। ज्यों-ज्यों मेरी नज़रें व्यापक होती गईं, उन्होंने नई-नई चीज़ें देखीं। पर सब से अजीब चीज़ जो मैंने देखी, वह दरिया के उस पार का किनारा था और किनारे के पास ही बिल्कुल वैसा छतनार पेड़, जिसके तले मैं बैठा करता था। उस पेड़ के तले कोई अप्सरा-सा सुन्दर व्यक्तित्व था और मेरी नज़रें मुझे पूछे बगैर उस पार जाती रहतीं। मैं उसी तरह उधर न देखता, पर उसके मेरी ओर एकटक देखने से मैं भी मजबूर हो जाता। कभी मुझे सन्देह होता कि इस पार को देखते वह मुझे छोड़कर कुछ और तो नहीं देख रही है? पर फिर मैं अपने मन को तसल्ली देता कि वह मुझी को देख रही है। मेरा मन एक और प्रश्न पूछता कि वह मुझे देख रही है तो क्यों? यद्यपि मेरा दिल इस सवाल के जवाब में एक और प्रश्न पूछता कि खुद मैं उस पार क्यों देख रहा हूँ? हर चीज़ की हद होती है। आज मैं अपनी आँखों से देख रहा था और दिल से महसूस कर रहा था कि मुझे देखते हुए उसके होंठों पर एक कोमल मुस्कान फैलती है। उसके मुख की रेखाओं को मैं इस पार साफ देख नहीं पा रहा था, पर उसकी कोमल मुस्कराहट साफ भासित हो रही थी। उसकी इस मुस्कान से मैं कुछ देर उस परेशानी से बाहर निकल पा रहा था, जो मुझसे अकेलेपन में लिपट जाती थी। अब तक तो मुझे अपना-आप एक अपूर्ण कर्म-सा लग रहा था। अब तक मैंने कई बार सोचा था कि उससे कहूँ कि इस पार आ जाए। मगर मैं डर रहा था कि जाने मेरे ऐसा कहने का परिणाम क्या हो! पर आज मुझे सब पर्दे हटा के उससे कहना ही था कि इस पार आ जाओ। पहले मैंने हाथों के संकेत से इस पार आने को कहा, पर वह फिर हँस दी। इस बार मुझे उसके हँसने से कोई मतलब नहीं था। मैं तो केवल यह सोच रहा था कि वह किस क्षण इस पार आएगी। पुल के इस पार मेरी पुकार सुनकर भी वह हँसे जा रही थी। ज्यों-ज्यों मेरी आवाज़ ऊँची होती गई, वह एकदम उठ खड़ी हुई? और पेड़ की छाया

से बाहर निकलकर पुल पार करने का आभास देने लगी। इस छज्जेवाले पेड़ से एक-दो कदम दूर निकलकर जैसे उसे कोई शाप लगा और वह वापस छज्जे के नीचे जा बैठी। इससे मुझे क्रोध नहीं हुआ। बल्कि मैंने सोचा कि जिस तरह मुझे अपना छतनार पेड़ खड़ा ही नहीं होने देना चाहता, वही उसके साथ होता होगा। फिर भी मैंने इशारे में उससे पूछा कि दो-एक कदम चल के वापस क्यों लौटी? उसने हाथ से बहते दरिया की तेज़ रफ्तार की ओर इशारा किया। पहले मैं कुछ नहीं समझा कि उसका तात्पर्य क्या है। आखिर सोचा कि शायद अकेली इस पार आने से डर रही है। प्रवाह तेज़ था। वैसे भी मनुष्य पुल पार करते-करते भी चकरा सकता था। फिर मैं खुद ही अपने पेड़ तले खड़ा हो गया और पुलिया की ओर कदम बढ़ाने लगा। एक-दो कदम ही बढ़ा होऊँगा कि मुझे भी छतनार पेड़ ने वापस खींचना शुरू किया। पर मैंने सोचा कि अगर मैं भी पेड़ की छाया नहीं छोड़ सकता तो मुझमें और उसमें क्या फर्क है? इसी आपाधापी में मैं पुलिया पार कर गया और उसका हाथ पकड़कर उसे खड़ा कर दिया। वह खड़ी होकर उसी गति से पुल की ओर चलती आई जिस गति से मैं गया था। हम दोनों खुश थे। इसी खुशी में जब हम दोनों पुल के बीचों-बीच पहुँच गए, पुल ही गायब हो गया। हम पीछे मुड़ने लगे। पीछे भी कोई पुल नहीं था।

अनुवाद : **रतनलाल शान्त**

•

प्रकाश

एम. निसा

आधी रात बीत चुकी थी। चारों ओर शान्ति छाई हुई थी। उसकी नींद जैसे भाग गई थी। उसने एक लम्बी साँस ली और अपने आँसू पोंछने लगी।

"हे भाग्यविधाता!" वह ईश्वर से गिला करने लगी, "मुझ अभागन को क्यों तू संसार में लाया? तुम्हारी कुदरत में क्या कमी हो जाती यदि मुझे जन्म न मिला होता। जब मुझे संसार में ले ही आए हो, तो मुझे बदसूरत क्यों बनाया और उस पर निर्धनता के वस्त्र क्यों पहना दिए?"

थोड़ी देर चुप रहकर वह फिर स्वयं को सम्बोधित करके कहने लगी, "मैंने कौन-सा पाप किया था जिसकी सज़ा भोग रही हूँ?" उसकी आँखों से आँसुओं की झड़ी लग गई और इसी के साथ पता नहीं किन विचारों में वह डूब गई। उसे अपना बचपन याद आ गया।

उसे वे दिन याद हैं जब वह स्कूल से आती थी और माँ से कहती थी—'माँ, लड़कियाँ मुझे देखकर आपस में हँसती हैं और कहती हैं कि इसकी शक्ल-सूरत कैसी है?' यह कहकर उसे रोते-रोते हिचकियाँ लग जाती थीं।

माँ उसे दुलारते हुए कहती थी, 'मेरी बेटी, तुम तो सूर्य के एक टुकड़े के समान हो। तुममें भला क्या कमी है!'

माँ नसीम की प्रशंसा क्यों न करती? औलाद चाहे कितनी ही बदसूरत क्यों न हो, अपनी माँ को वह सबसे सुन्दर लगती है। कहते हैं मजनू की माँ ने एक दिन एक नौकरानी को दूध का गिलास देकर स्कूल भेजा और कहा कि स्कूल में जो बच्चा तुम्हें सबसे सुन्दर दिखाई दे, उसे यह दूध पिला देना। नौकरानी जब स्कूल पहुँची तो उसने सभी बच्चों पर दृष्टि डाली। उसे अपने बच्चे से अधिक खूबसूरत बच्चा और कोई दिखाई न दिया, हालाँकि उसके बच्चे के चेहरे पर बड़े-बड़े चेचक के दाग भी थे। उसने दूध का गिलास उसे ही पिलाया और वापस आ गई। लौटने पर जब मजनू की माँ ने पूछा कि क्या तुमने मजनू को दूध का गिलास दे दिया, तो नौकरानी ने जवाब दिया, 'मुझे अपने बच्चे से अधिक सुन्दर और कोई दूसरा बच्चा नहीं दिखाई दिया।'

इसी तरह उसकी माँ भी नसीम को ही सबसे सुन्दर लड़की समझा करती थी। नसीम अपनी माँ से कहा करती, 'और लड़कियाँ कहती हैं कि इसका विवाह कैसे हो सकता है?' माँ उसे गले से लगाकर बोलती, 'देख लेना, तुम्हारा विवाह एक ऐसी जगह होगा कि सारे के सारे देखते ही रह जाएँगे।'

माँ की ऐसी बातें सुनकर, नसीम स्कूल की दूसरी लड़कियों की बातें भूल जाती थी। उसके मन को तसल्ली मिल जाती थी। नसीम को यह अच्छी तरह से याद है कि वह दिन कितना मनहूस था जब उसकी माँ भी उसे छोड़कर चली गई! अब वह अपने पिता और छोटे भाई के साथ रहती थी।

नसीम जवान हुई। उसकी जितनी भी सहेलियाँ थीं उन सबका विवाह हो गया। माँ के देहान्त के पश्चात् नसीम अपने पिता की लाडली बेटी बन गई थी, इसलिए वह इसे अपने से दूर करना नहीं चाहता था मगर कितनी देर तक ऐसा हो सकता था! आखिर लड़की पराया धन ही तो है!

नसीम का पिता एक मामूली क्लर्क था। खाली वेतन के पैसों पर निर्वाह करना उसके लिए बहुत कठिन था। इसी कठिनाई में उसने जावेद को बी.ए. तक पढ़ाया। आशा थी कि जावेद बी.ए. पास करते ही नौकरी पर लग जाएगा और उसके बुढ़ापे का सहारा बन जाएगा। उसे पूरा विश्वास था कि जावेद को आसानी से नौकरी मिल जाएगी। उसे तो हाथों-हाथ लिया जाएगा। मगर वास्तविकता बिल्कुल विपरीत थी। जावेद हर कार्यालय में आवेदन-पत्र देता रहा, पर हर स्थान पर बड़ी रकम की आवश्यकता थी, जो उसके पास नहीं थी। आखिर नौकरी मिलने की आशा मिट गई और जावेद दो-एक प्राइवेट ट्यूशन पढ़ाने लगा।

पिता के सेवा से निवृत्त होने में अब कुछ वर्ष शेष थे। इसलिए वह अब सोचता रहता कि यदि किसी तरह उसकी बेटी के हाथ पीले हो जाते तो अच्छा होता, क्योंकि दिन-प्रतिदिन परिस्थिति बिगड़ती ही जा रही थी। वह नसीम के लिए अच्छा-सा घर ढूँढ़ने की तलाश में था। कई स्थानों पर नसीम के विवाह की बात चली थी, पर कहीं भी बात नहीं बनी थी। वैसे लड़कों की कमी नहीं थी। शरीफ घरों के लड़के भी मिलते थे और शिक्षित भी, मगर उन्हें प्राप्त करना इस गरीब के लिए कठिन कार्य था। क्योंकि, जो लड़का जितना अच्छा होता था, उसके माता-पिता उतनी ही अधिक कीमत लगाते थे। नसीम का पिता कार्यालय से लौटकर अपने सिर पर हाथ फेरते हुए अपने-आप से कहता, 'समय कितना बदल गया है और हमारा समाज कितना गिर गया है! अब लड़के बेचे जाते हैं। अगर किसी के अधिक बेटे होते हैं तो वह समय के मुताबिक सबसे बड़ा व्यवसायी बन जाता है। सचमुच शराफत और मनुष्यता का जनाज़ा उठ चुका है। आकांक्षाओं और खाली सपनों की बाढ़ ने आँखों की शर्म को अपनी लपेट में ले लिया है।'

अपने पिता को चिन्ताओं और परेशानियों में डूबा हुआ देखकर नसीम को अपना वजूद एक गहरे काले बादलों का ढेर लगता था, जिसको आकाश से हटाने के लिए सभी कामनाएँ करते हैं।

कुछ समय के पश्चात् मुश्किल से किसी लड़के के साथ बात चली और टिक-सी गई। नसीम के पिता को बहुत प्रसन्नता हुई। वे इस प्रसन्नता से फूले नहीं समाते थे कि उनके घर भी प्रकाश हो जाएगा।

आज लड़केवालों के आने का प्रोग्राम था, इसलिए नसीम के पिता ने दो-चार सौ रुपए दाँव पर चढ़ा दिए थे जिससे कहीं यह घर भी हाथ से न निकल जाए।

नसीम ने अपने-आप को दुल्हन की तरह सजा रखा था। लड़केवाले आ गए। नसीम को देखते ही वे आपस में कानाफूसी करने लगे, जिससे लगता था कि नसीम उन्हें पसन्द नहीं आई। कुछ समय के बाद ही उनमें से कुछ बिना खाये-पिये चले गए। नसीम फिर अपने भाग्य पर रोने लगी।

लड़के के घरवाले घर पहुँचकर आपस में बातचीत कर रहे थे, "सोना-चाँदी अगर छोड़ भी दें, मगर दुल्हन मुहल्ले की बहुओं से अधिक सुन्दर होनी ही चाहिए। अपना अकेला बेटा किसको प्यारा नहीं होता? न वह इसे कार देंगे, न कुछ ज़ेवर, उस पर भी काली-कलूटी दुल्हन!" सलीम की माँ व्याख्यान-सा दे रही थी।

सलीम ये बातें दूसरे कमरे में बैठा सुन रहा था। उसे यह सब अच्छा नहीं लगा। वह सोचने लगा-'क्या उस लड़की से कोई विवाह नहीं करेगा, क्योंकि हमारा समाज धन-दौलत वाली और सुन्दर लड़कियों की तलाश में रहता है? यह तो कोई बात न हुई? मैं समाज का विरोध करूँगा। मुझे इस बनावटी मानदण्ड की दीवार तोड़नी होगी।' अपने-आपसे कहते हुए वह अपने माता-पिता के पास आया और अपना फैसला सुना दिया—'मैं यदि विवाह करूँगा तो केवल उसी लड़की के साथ।'

'अच्छा? बात यहाँ तक पहुँच गई? मुझे यह रिश्ता स्वीकार नहीं!' सलीम का पिता क्रोध में बोल रहा था।

यह स्वार्थ की साहस के लिए खुली चुनौती थी। सलीम पिता की ओर पलटकर बोलने लगा, 'क्या आप लोग यह चाहते हैं कि मेरा विवाह ऐसी जगह हो जहाँ मुझे सूट-बूट, कार आदि मिल जाएँ और लड़की में भले ही अवगुण ही अवगुण हों? क्योंकि आमतौर पर लोग नहीं जानते हैं कि हर बाग की नर्गिस अन्धी होती है और हर कूड़े-करकट पर खिला हुआ फूल आभायुक्त और प्यारा होता है।'

लड़के के माता-पिता मजबूर हो गए और दूसरे दिन उन्होंने नसीम के पिता को विवाह के लिए तैयारी करने का सन्देशा भेजा।

आँसू बहाते-बहाते अभी-अभी नसीम की पलकें झपक गई थीं। उसका पिता निकट आया और उसे जगाने लगा। नसीम एकदम जाग गई और पिता को देखे बिना ही उसकी दृष्टि खिड़की की ओर उठी।

संगर खिल उठे थे और सूर्य की किरणें उसके श्याम वर्ण पर जवानी की लाली बिखेर रही थीं।

अनुवादक : **ओंकार कौल**

•

भेड़-व्यापारी और कसाई

मोतीलाल साक़ी

कथाकार का कहना है कि उस घाटी में सुख और शान्ति का वास था। शताब्दियों से गडरिये रेवड़ लेकर यहाँ आते और आराम करते। मौसम न अधिक गरम न ठण्डा, भेड़ों के लिए घास सुलभ तथा नदियाँ और नद नाचते-गाते बहते रहते। वन्य पशुओं का कोई खौफ, कोई आतंक न था। गडरिये प्रायः कोठों में पैर फैलाकर बैठते। कभी-कभार जब वर्षा होती तो वे भेड़ों को हाँककर चीड़ के बड़े वृक्षों तले इकट्ठा करते। चीड़ भी ऐसे सघन कि वर्षा की एक बूँद भी नीचे नहीं गिरती थी।

दिन बीतते गए। एक दिन सारी घाटी में शोर मचा; कह रहे थे कि कहीं से भेड़िए आए हैं जो चुपके से किसी भेड़ को उड़ा ले जाते हैं। गडरिये सख्त परेशान हुए। कितने तो भेड़ों के निशान[1] लगाकर रखते, मगर भेड़िए ऐसे थे कि साबुत की साबुत भेड़ उड़ा ले जाते। इधर गडरिये थे बिना किसी हथियार के, अतः भेड़ियों के साथ भिड़ने से डरते थे।

घाटी में जो भेड़ें चरागाहों में चरती थीं उनमें से कुछ के कानों में निशान लगे थे; किन्तु प्रायः सभी भेड़ें एक-जैसी चाल-ढाल की थीं। यद्यपि इससे भेड़-व्यापारियों को कोई फ़र्क नहीं पड़ता था, किन्तु पहाड़ों के पार वाले भेड़ों के व्यापारी की नज़र घाटी की भेड़ों पर टिकी थी। वह स्वयं भी घाटी के बाहर से आनन्दित होना चाहता था और व्यापार को बढ़ावा भी देना चाहता था। इधर वाले व्यापारी को इस बात का कोई ख्याल न था, हालाँकि झगड़ा कई वर्षों से चल रहा था। पर्वत-पार वाले व्यापारी ने घाटी में छोटे-छोटे व्यापारी मुकर्रर कर लिये थे, जिन्हें वह वेतन भी देता था और कमिशन भी। इधर वाले व्यापारी के पास केवल चमचे थे, बातूनी। वे खा-पीकर शोर मचाने के आदी थे। भेड़ों का चारा-दाना बेचकर वे अपने घर भरने में लग गए थे। इसी कारण इधर वाले चमचों को भेड़ियों के भेड़ खाने से कोई भी चिन्ता न हुई। इस पर पार वाला व्यापारी अपनी मूँछें ऐंठने लगा। किन्तु अब वह प्रतीक्षा नहीं कर पा रहा था। वह घाटी में अपना सिक्का चलाकर इधर वाले व्यापारी को हराना चाहता था।

तत्पश्चात् हुआ यह कि पार वाले व्यापारी ने घाटी के मातहत छोटे-छोटे कोठदारों[2] के नाम वायरलेस द्वारा सन्देश भेजा–"हमने सारी तैयारियाँ पूरी कर ली हैं, हर वस्तु आपको सुलभ हैं, हमने कोई कमी नहीं रखी, तुम काम शुरू करो, हम तुम्हारे साथ हैं..."

इधर घाटीवाले अधीनस्थ कोठदार सन्देश सुनकर अचम्भे में पड़ गए। वे समझ न सके कि कैसे शुरू करें। इसलिए उन्होंने सोच-समझकर यहाँ से सन्देश भेजा–"हमारे आका! आपका सन्देश सिर आँखों पर, किन्तु हम यह नहीं समझ पा रहे कि शुरू करें तो कैसे? इस अवसर पर हमें आपके मार्ग-दर्शन की ज़रूरत है।"

पार वाले माँस-व्यापारी ने जब सन्देश सुना तो वह क्रोध से लाल-पीला हो उठा। उसे इतना गुस्सा आया कि यह देख उसके चेले-चाँटे भी काँप उठे। वह कह रहा था–"इन मूर्खों की बुद्धि नष्ट हो गई है। एक ज़माना हुआ इन्हें हमारा दाल-चावल खाते, तिस पर यह नहीं समझते कि करना क्या है!" तत्पश्चात् उसने अपने पी. ए. को बुला भेजा और उसे कहा–"पार वाले ज़र-खरीदों को सन्देश भेजो कि उन सभी भेड़ों का सफाया करें जिनके कानों में निशान लगा हुआ है। इसके साथ रेवड़ में कुछ दागी भेड़ें भी हैं; जितना जल्दी हो सके इनका भी धीरे-धीरे खात्मा किया जाए।"

पी.ए. डिक्टेशन लेकर बोल उठा–"हुजूर, इसके अतिरिक्त कोई आज्ञा?"

"तुम्हें जो कहा है वही करो। हाँ, यह बात भी लिखो कि मुफ्त का वज़ीफा खा-खाकर उनकी अकल मोटी हो गई है। काम में जल्दी करो और वज़ीफा हलाल कर लो।"

मातहत कोठदारों ने सन्देश सुना तो कँपकँपी छूट गई। आज्ञा को न मानने का चारा कहाँ था! उन्होंने गाहक-कसाइयों को बुला लिया और सारी बातें समझाईं। इन बेचारों ने पार वाले कोठदार का अधिक खाया न था; हाँ हक्-नमक ज़रूर हुए थे, चाय-पानी अभी मिल रहा था। उनसे वादा था कि उनकी भलाई का खास ख्याल रखा जाएगा। कसाइयों ने माल खत्म करना आरम्भ किया। उन्हें आज्ञा का पालन करना था। इस प्रकार गाहकों की बात वे भुला चुके थे।

इस बीच उन्हें एक गुप्त सन्देश भी मिला जो बहुत संक्षिप्त था–"म्यूनिसिपैलिटी वाले मस्त पड़े हैं, अतः ज़िबहखानों पर जाने की कोई ज़रूरत नहीं। जहाँ मौका मिले, कान में निशान-लगी भेड़ों को ज़िबह कर दो। रही बात अन्यत्र की, वहाँ ज़िबहखानों की पहले भी कोई पाबन्दी न थी। आज इनकी बिल्कुल कोई जरूरत नहीं। पक्के तौर पर बात समझाई गई थी। कि–"हमें उधरवाले रेवड़ों के मालिक से बदला लेना है। जैसे भी हो, हमें उसे चरागाह से बाहर करना है। उसका मार्ग इस प्रकार अवरुद्ध करना है कि उसके हाथ-पाँव कहीं टिक न सकें।"

सारी घाटी एक कसाई की दुकान में बदल गई। कान में निशान-लगी भेड़ों ने, बात समझ ली कि बला आन पड़ी है। अब केवल उन्हें और उनकी सन्तान को ही हलाक किया जा रहा है। वे बिदक उठीं, उसी प्रकार जैसे गीदड़ के भय से भेड़ें बिदक जाती हैं। बिदकने से वे काफी दूर चली गईं—चरागाह के पार, जहाँ केवल ग्रीष्म और रेतीली भूमि थी। अधीन व्यापारियों और कसाइयों की सीमा से निकलकर वे कुछ कम परेशान नहीं हुईं। ऊपर जलता आकाश, नीचे कोई छिपने का स्थान तक नहीं, पानी की एक-एक बूँद के लिए तड़पना और चोरों-ठगों का राज। बहुत-सी भेड़ें बेकार हो गईं। और जो शेष बचीं वे केवल हड्डियों के ढाँचे। इधर ऊन के व्यापारी आ पहुँचे और उन्होंने निशान वाली भेड़ों से खाल-समेत ऊन उतारना शुरू कर दिया। मृत्यु का भय तो हटा, किन्तु कई अन्य भय घेरने लगे।

निशान वाली भेड़ों के घाटी से चले जाने के पश्चात् एक चाल-ढाल वाली भेड़ों ने खुशियाँ मनाई। वे बड़े मज़े से कहतीं—"बला टली हमारे सिर से। अब हम सारी घास स्वयं खाएँगी, दूध-सा जल पीकर ऐश करेंगी। अब क्या चिन्ता है हमें? हमारी तो बाधा ही दूर हो गई।" यह जश्न काफी समय तक चलता रहा। जश्न भी ऐसा कि जो न पहले हुआ हो और न आगे हो सके। किन्तु एक चाल-ढाल वाली भेड़ों में कुछ ऐसी भी थीं जिन्हें निशान-लगी भेड़ों की याद सताती थी। आखिर सारी आयु उनके साथ बिताई थी, किन्तु अब बात तक न कर पा रही थीं। उन्हें भय था कि यदि क़साइयों तक बात पहुँची तो उसी समय उनके गले पर छुरी चलेगी और अन्दर की बात अन्दर और बाहर की बाहर ही रह जाएगी। निशान-लगी भेड़ों के भागने तथा मारे जाने से क़साइयों की दुकानों पर ताले चढ़ जाने का भय था। किन्तु पार वाले कोठदार की मंशा कुछ और ही थी। वह 'छकरी'[3] को चालू रखना चाहती थीं ताकि इधर वाला व्यापारी सबक सीख ले, इसलिए उसने वायरलेस द्वारा ताज़ा सन्देश भेजा—"कोई भी सींग वाली भेड़, जिसने कभी आँख उठाकर भी देखा हो सींग, मारे हों, उसे अति शीघ्र हटा लिया जाए। इसी प्रकार जिन भेड़ों ने एकत्र किये जाते समय दाएँ-बाएँ देखा हो, उन्हें चुन-चुनकर मारा जाए। आज्ञा का पालन किया जाना अनिवार्य है, आखिर हमें दुनिया को मुँह दिखाना है।"

कसाइयों ने एक होकर कोठदारों से कहा, "पुरानी छुरियाँ बेकार पड़ी हैं, इस कारण काम में बाधा पड़ने की सम्भावना है।"

किन्तु कोठदारों ने कहा—"अरे भई चिन्ता काहे की? ख्वाजा साहेब ने ऐसे लोहे की छुरियाँ भेजी हैं कि गले की ओर दिखाने से ही सिर धड़ से अलग हो जाता है। आप जितनी छुरियाँ चाहें, उपलब्ध रहेंगी।"

इसके बाद शरारती और सींगवाली भेड़ों का सफाया आरम्भ हुआ, और इनमें से भी कई घाटी से भाग निकलीं। फिर कनकटी, आखता[4] हुई भेड़ों, सफेद रंग वाली, भूरे रंग वाली और मिश्री रंग वाली भेड़ों की बारी आई, क्योंकि समय बीतने के

साथ-साथ नये सन्देश आने लगे थे। जिस कसाई ने जितनी अधिक भेड़ें हलाक कीं, उसे उतनी ही उपाधियाँ मिलीं। कसाइयों को नशा चढ़ा। उन्होंने जो सामने आया उसकी गर्दन काट ली। उपाधि प्राप्त करने के नशे ने उनकी आँखों से देखने की शक्ति ही छीन ली थी।

निशान-लगी भेड़ों ने भय से भागते समय मेषों, मेढ़ों, मेघिकाओं, और अन-जनी मेषों को अपने आगे-आगे रखकर साथ ले लिया था। यद्यपि कसाइयों ने कुछ मेषों और मेढ़ियों को आरे से टुकड़े करने में भी कोई कसर उठा न रखी थी, किन्तु जल्दी में उन्हें हाथ-पाँव मारने का अवसर उपलब्ध नहीं हुआ था।

अब एक-चाल भेड़ें फँस गईं। कसाइयों ने मार-काट जारी रखी थी, किन्तु अब वे अपनी ही मेषों, अनजनी मेढ़ों, कमज़ोर और पुष्ट भेड़िनों (Eves) को फुसलाकर न जाने कहाँ ले जाते। एक-चाल भेड़ें यह सब-कुछ देख रही थीं किन्तु चूँ भी न कर पाई। सब हैरान थीं। इसी बीच पर्वत पार वाले व्यापारी की न जाने कसाइयों की कैसी जमात आ पहुँची। स्थानीय कसाइयों को हुक्म दिया गया कि वे बाहर से पधारे कसाइयों के अधीन काम करें! यह पर्वत-पार वाले व्यापारी का हुक्म था। उसका कहना था कि स्थानीय कसाई गला देखकर छुरा चलाते हैं जो उन्हें पसन्द नहीं और इसीलिए यह आज्ञा दी गई थी।

इसके पश्चात् कथाकार की आँखों से आँसुओं की धाराएँ बहने लगीं। सुनने वालों को न जाने क्या हुआ कि उनकी भी आँसुओं की धारा फूटी और ज़बानों पर ताले लग गए।

सन्दर्भ

1. **निशान :** मालिक को यह बताने के लिए कि भेड़ स्वयं मरी हैं। गडरिये भेड़ का कोई चिह्न लगाकर रखते हैं।
2. **कोठदार :** मांस बेचनेवाले अमीर व्यापारी जो कसाइयों को भेड़ें सप्लाई करते हैं।
3. **छकरी :** एक कश्मीरी साजीना, जारी रहना।
4. **आखता :** जो खस्सी कर दिये गए हों।

अनुवादक : **अर्जुनदेव मजबूर**

•

बहाना

डॉ. महफ़ूज़ा जान

अपनी दुकान बन्द करके गुलाम रसूल अनमने भाव से लौट रहा था। अनुभवी व्यक्तियों को दूर से ही उसके माथे की लकीरें संकेत दे रही थीं कि उसे किसी गम्भीर समस्या ने घेर लिया है। वह अपने से बेखबर, जाने किन खयालों में गुम-सुम, इस दुनिया से बिल्कुल बेज़ार नज़र आ रहा था। असल में घर के हालात ने उससे दिन का चैन और रात की नींद छीन ली थी। घर में उसका होना या न होना अब एक-जैसी बात थी। दुकान बन्द करके जब वह घर लौटता तो उसकी बीवी कभी भी उससे दिल खोलकर बात नहीं करती थी। उसकी बीवी ने अपनी दोनों बेटियों, रज़िया और शफीका को अपनी तरफ कर लिया था। वे भी बाप के साथ ठीक से बात नहीं करती थीं। अपने ही घर में गुलाम रसूल का भिखमंगे से भी ज़्यादा अनादर होता था। कभी-कभी तो उसके सामने कुत्ते की तरह कौर-भर खाना रखा जाता था—उस गुलाम रसूल के सामने, जो दिनभर गधे की तरह खपता था। मगर...

बेचारा दिन-रात इसी सोच में रहा करता था कि आखिर उसका कसूर क्या है जिसकी वह सज़ा भुगत रहा है? अपनी बीवी शकीला से वह जब भी कुछ कहना चाहता, तीनों माँ-बेटियाँ उस पर बन्दरियों की तरह पिल पड़तीं। उनकी ताबड़तोड़ तू-तू मैं-मैं में बेचारे की बात डूब जाती और वह चुप रहने में ही अपना भला समझता। इस अपमान से मुक्ति पाने के लिए उसने अनेक बार आत्महत्या करने की सोची। मगर जो बात उसे ऐसा कोई कदम उठाने से रोकती थी वह उसकी यह चिन्ता थी कि उसकी मृत्यु के बाद उसकी बीवी और बेटियों का क्या होगा? वह सोचता था कि उसके सिवा उसके बाद उसकी बेटियों को कोई पूछनेवाला भी नहीं रहेगा। इसी परेशानी से उसकी रातों की नींद उड़ गई थी। इसके विपरीत उसकी बीवी उसे ज़लील करने के लिए हमेशा कोई न कोई बहाना ढूँढ़ती रहती थी। बार-बार बात-बात पर झगड़ा होता था। और हर बार गुलाम रसूल को मुँह की खानी पड़ती। उस सारी बेइज़्ज़ती के बावजूद वह अक्सर सोचा करता कि शायद उसकी बीवी उसके साथ मज़ाक करती है और वह व्यर्थ ही उसकी छोटी-छोटी बातों को भी गम्भीरता से लेता है।

वह अक्सर अपने-आप से कहता—मेरी जैसी वफादार बीवी किसके नसीब

में होगी? वह सचमुच इस ज़माने की लला आरिफ़ा (ललेश्वरी) है। न किसी के घर जाती है और न किसी को अपने घर आने देती है। सिर्फ अपने काम से काम रखती है। शायद उसे मुझसे अत्यधिक प्रेम है और इसीलिए वह मेरे साथ ठठोली करती है। उसे खुद भी शकीला अत्यधिक सुन्दर लगती थी। सुन्दरता में ही नहीं, बल्कि शील और शालीनता में भी उसके सामने शकीला बेजोड़ थी।

लेकिन गुलाम रसूल पर उस दिन गाज गिरी जिस दिन शकीला ने उससे तलाक माँगा। मामले में शकीला के कई पक्षधर भी थे और उन्होंने पहले ही यह फैसला कर रखा था कि गुलाम रसूल को अपना मकान बीवी और बेटियों के नाम कर देना चाहिए। उनका यह परामर्श सुनकर गुलाम रसूल के पैर-तले की ज़मीन खिसक गई। अपने ही घर में उसे अकेला और अपनों के लिए ही पराया बनाया गया। यह बात उसके लिए असह्य थी। उसने आव देखा न ताव, झट से तलाक के कागज़ात पर दस्तखत कर दिए और दूसरे ही दिन अपने ही घर से खाली हाथ निकल गया।

माँ और बेटियाँ खुशियाँ मनाने लगीं। रशीद और इकबाल का पहले ही उनके घर आना-जाना था। अब वे बेखटके उनके यहाँ रातें भी गुज़ारने लगे। आयशा नाम की एक पड़ोसन ने एक दिन शकीला के घर में रशीद और इकबाल को रज़िया और शकीला के कमरों में रात गुज़ारकर निकलते रंगे हाथों पकड़ लिया। बस फिर क्या था! उसने सारे मुहल्ले में ढिंढोरा पीट दिया। सुनकर मुहल्लेवालों का खून गर्म हुआ। उन्होंने कई बार शकीला और उसकी बेटियों को मुहल्ले से बाहर निकालने का फैसला किया, लेकिन किन्हीं कारणों से वे हर बार इस फैसले को टालते रहे। शकीला ने बदनामी से बचने के लिए दोनों बेटियों की शादी रशीद और इकबाल के साथ कर दी। शफीका शादी के बाद अपने ससुराल चली गई, लेकिन रज़िया और रशीद को शकीला ने अपने ही घर में रखा।

रशीद और रज़िया अक्सर आपस में झगड़ते थे। शकीला अपने दामाद को हमेशा मनाती थी। झगड़े की असलियत उससे बेहतर कौन जान सकता था! मगर वह बड़ी चालाकी से उसे छिपाती थी। उस दिन सारे मुहल्ले में दुःख और शोक की लहर दौड़ गई जब रज़िया स्टोव जलाते-जलाते खुद जल गई। माँ और शौहर ने उसे तुरन्त अस्पताल पहुँचा दिया।

रज़िया की हालत बहुत खराब थी। उसकी तीमारदारी और खबरगीरी करने वाले उसके खाविन्द रशीद और माँ शकीला को अस्पतालवालों ने रहने के लिए साइड रूम दिया। इस साइड रूम के एक बेड पर एक सरदार एडमिट था।

शकीला और उसका दामाद रशीद रात को इसी कमरे में सोते थे। रशीद सबसे पहले अपनी सास की टाँगें दबाता। उसके बाद अपनी टाँगें उसकी टाँगों में डालकर मस्त हो जाता। कभी उसे अपनी बाहों में समेट लेता और कभी उसके गालों को चूमता। शकीला भी कभी रशीद की जाँघों को जोर से थपथपाती और कभी अपनी ही जाँघें फैलाकर रशीद के साथ चिमट जाती थी। सरदार यह सब-कुछ चुपचाप देखता

रहता था। उधर रज़िया की हालत दिन ब दिन बिगड़ती जाती थी। डॉक्टरों को भी अब उसके बचने की कोई उम्मीद नहीं रही थी। लेकिन उसकी अपनी माँ और अपने शौहर ने बिल्कुल ही भुला डाला था। दोनों अपनी मौज में मस्त रहते थे।

आयशा भी एक दिन रज़िया को देखने अस्पताल गई थी। वहाँ सास-दामाद का तमाशा देखने के बाद वह ज्योंही कान पकड़कर वार्ड से बाहर आई, उसका सामना कुछ और पड़ोसनों से हुआ। उन्हें देखते ही वह फट पड़ी—''जाओ-जाओ, बीमार रज़िया को नहीं, उसकी बदज़ात माँ को देखो! हाँ-हाँ शकीला बदज़ात है! जाकर देख लो कि अपने दामाद के साथ क्या गुल खिला रही है बिस्तरे-मर्ग पर पड़ी अपनी ही बेटी के सामने! नहीं-नहीं, अब रशीद उसका दामाद ही नहीं, उसका शौहर भी है! कहते हैं वह पहले से ही उसके साथ...। रशीद भी कितना बद-किरदार निकला! सास के साथ क्या कोई...? अब समझ में आया कि इस बदज़ात औरत ने गुलाम रसूल जैसे सीधे-सादे खाविंद को क्यों छोड़ दिया होगा—नया यार मिला होगा ना? लानत है उस पर! मुझे लगता है कि दोनों ने मिलकर बेचारी रज़िया को जला डाला होगा।''

आयशा की बातें सुनकर पड़ोसनें असमंजस में पड़ गईं। एक ने दबी ज़बान से कहा—''आपको ऐसी बदखबर किसने सुनाई? ऐसा हो नहीं सकता।''

आयशा आवेश में आकर गरजी...''चलो मेरे साथ! उस सरदारजी के पास चलेंगे जिसने सब-कुछ अपनी आँखों से देखा है। वैसे उसने बहुत-कुछ छिपाया भी होगा। बेचारा बहुत शरमदार है...शकीला की तरह बेशर्म नहीं। वह भी अपना सिर पीट रहा था कि क्या सास के साथ किसी का ऐसा रिश्ता हो सकता है?''

वह औरत यह सब सुनने मात्र से ही लज्जित हो गई। फिर भी दुनियादारी का ख्याल करके वह और दूसरी औरत रज़िया का हाल पूछने उसके पास जाने लगीं। ज्योंही वे वार्ड के अन्दर पहुँची तो उन्होंने देखा कि शकीला और रशीद चम्मच से रज़िया के मुँह में पानी डाल रहे हैं। पानी का चम्मच गले से उतरने के साथ ही रज़िया के प्राण-पखेरू भी उड़ गए। रशीद ज़ोर-ज़ोर से रोने लगा। शकीला बाल नोचने लगी और गश खाकर बेड से नीचे गिर गई। उसे सहारा देकर डॉक्टर के पास ले जाया गया। शकीला की डॉक्टरी जाँच करने के बाद उसने उसकी पड़ोसनों को सूचित किया कि शकीला माँ बनने वाली है, उसे आराम की सख्त ज़रूरत है। पड़ोसनों ने सुना और सिर झुकाकर वहाँ से चुपचाप खिसक गईं।

रज़िया को मरे एक पखवाड़ा हो गया था। आयशा और चंद हमसाया औरतें शकीला के यहाँ आईं। वह बिस्तर पर निश्चेष्ट पड़ी थी। चेहरे का रंग ज़र्द पड़ चुका था। आयशा ने उसे ज़ोर से पुकारा। दूसरी हमसाया औरतें उसके साथ हाथ-पाँव रगड़ने लगीं, मगर वह जाने कब की मर चुकी थी।

अनुवादक : **महफूज़ा जान व हरिकृष्ण कौल**

•

जहाँ जल भी काला है

बशीर अख़्तर

जीप थाने के सामने पहुँची। ड्राइवर ने गियर बदला। गियर बदलने के साथ ही इंजन शोर करने लगा। साइलेंसर से धुएँ का लम्बा बगूला फूटा। गाड़ी को गेट से अन्दर ले जाने के लिए चालक क्लच से पाँव उठाकर एक्सीलेटर दबाना ही चाहता था कि डी.एम.पी. सरबुलन्द खाँ ने मानो 'कॉशन' दिया—''हॉल्ट!''

ड्राइवर चौंक उठा। मशीनी ढंग से उसका पाँव ब्रेक पर आ बैठा और गाड़ी एक झटके के साथ रुक गई।

खाँ साहेब ने डैश-बोर्ड की ओर हाथ उठाया, केन उठाकर पिक उतार ली। उसे बाईं बगल में दबाया और लैफ्ट-राइट कदम उठाकर बड़े द्वार के अन्दर हो गया।

आदत के अनुसार गेट पर खड़े सन्तरी ने इतनी ज़ोर से सलाम बजाया कि बूट से निकली, 'अप' की आवाज़ सुनकर अनार की झाड़ी पर बैठे पक्षी फुर से उड़ गए। खाँ साहेब ने मानो कुछ नहीं सुना, अथवा वह जान-बूझकर चुप रहा और सीधा आगे बढ़ा।

कॉरिडोर में जो भी सिपाही थे, सब सावधान हो गए और इसी के साथ सारे थाने में कब्रिस्तान की-सी चुप्पी फैल गई।

खाँ साहेब ने कमरे में प्रविष्ट होते ही दरवाज़ा बन्द किया और कुर्सी पर बैठते ही 'कॉल-बेल' के 'पुश-बटन' की ओर हाथ बढ़ाया, स्विच दबाया, पर आवाज़ न हुई। उसने दूसरी बार बटन दबाया, फिर भी कुछ न हुआ—''हरामज़ादे!...''

उसने अपने से ही कहा। न जाने उसने यह शब्द अर्दली या बिजली-विभाग के सम्बन्ध में कहे, क्योंकि जब उसने दीवार की ओर सिर उठाया तो बिजली बुझी हुई थी, और अर्दली द्वार पर बेहरकत खड़ा था।

''हवलदार को बुलाओ!'' कहते हुए उसने अपने गालों को फुला लिया।

अर्दली ने आज्ञा सुनी और पीछे की ओर मुड़ा। वह द्वार से पग बाहर रखने ही वाला था कि पीछे से आवाज़ आई—

"और सुनो!"

अर्दली पीछे मुड़ा, अपने हाथ नीचे किये और लकड़ी की माफिक खड़ा हो गया।

"मेरी वह वस्तु लाए?" खाँ साहेब ने दोनों आँखें नीची करके ही कहा।

अर्दली ने सुना। वह स्वयं ही विश्राम की हालत में आ गया और इसी हालत में टेबुल के करीब आया। पास आकर उसने 'पिन-कुशन' से तेज़ नोक वाला एक पिन निकाला और पहले इसी पिन से अपना दायाँ कान खुर्चा और फिर हँसते-हँसते बोला—"वह तो जनाब, कब का रखा है।"

"गुड, वेरी गुड!" खाँ साहेब ने ज़ुबाँ से भी कहा और सिर हिलाकर भी—"सारे अमले में बस तुम ही काम के आदमी हो।"

"आपकी कृपा है जनाब!" अर्दली ने मसूढ़ों-समेत अपने पीछे के दाँत बाहर किये।

"...अच्छा, ठीक है।" मतलब था—तुम जाओ।

अर्दली के बाहर जाने पर खाँ साहेब ने दाईं ओर की ट्रे से कागज़ात निकाले। उन्हें सरसरी तौर पर देखा और वापस ट्रे में डाल दिया। फिर उसने आँखें सिकोड़कर सारी मेज़ पर का सर्वेक्षण किया। सभी वस्तुएँ सुव्यस्थित थीं—कलमदान,पेपरवेट, पिन-कुशन, ब्लॉटर, शीशा और उसके नीचे रखा ग्रुप-फोटो जिसके नीचे चमकते हुए अक्षरों में ये पंक्तियाँ छपी थीं—'हम कभी डी.एम.बी. खान की बदली के अवसर को नहीं भूल सकते—न जाने खाँ ने बर्फ जैसी ठण्डी उसाँस क्यों ली। ग्रुप-फोटो पर जो शीशा था, उसके एक कोने पर एक सफेद गोलाकार धब्बा-सा बना हुआ था, बिल्कुल वैसा ही जैसा स्कूली बच्चे परकार से बनाते हैं। और उसमें रंग भरते हैं। उसने धीरे से उस पर उँगली फेरी, धब्बा खुर्दुरा लगा। उसे याद आया कि कुछ दिन पूर्व ही उसने अपने हाथ से इस स्थान पर चाय का प्याला रखा था, जब उसे नकद पैसे देकर तीन अतिथियों को खुश करना पड़ा था।

"थर्ड क्लास गाँव!"

उसने भवें सिकोड़ लीं और एक ही झटके से कुर्सी पर पहलू बदला। पहलू बदलकर उसने दूसरी बार शीशे की ओर दृष्टि डाली। धब्बा मानो गायब हो चला था।

खाँ साहेब आश्चर्यचकित रह गए। उन्होंने सिर झुकाया और इसी मुद्रा में एक खास कोण से फिर शीशे की ओर देखा। धब्बा वही था जो खिड़की के प्रकाश में कुछ और साफ दिखाई दे रहा था। बेखयाली में उसने पेपर-वेट उठाया और उसी से धब्बे को रगड़ने लगा। शीशे में चीं की आवाज़ हुई और रगड़ से उसके गिर्द दो-चार लकीरें पड़ गईं। खाँ साहेब ने पेपर-वेट को तीन उँगलियों से थामा और सारे हाथ को ज़ोर से घुमाने लगा। पेपर-वेट शीशे की हमवार धरा पर लट्टू के सदृश

घूमने लगा। चक्कर काटते-काटते वह ग्रुप-फोटो पर छपी पंक्तियों पर एक-दो बार लुढ़का और मानो दौड़ता हुआ वह मेज़ के नीचे फर्श पर आ गिरा। फर्श पर ज़ोर से धप्प की आवाज़ हुई। खाँ ने अपने को पीछे की ओर फेंका, जेब से सिगरेट निकाली और एक लम्बा कश लेकर आँखें बन्द कर लीं।

इस थाने में आने से पूर्व वह आठ वर्ष तक शहर में ही रहा था। किस्मत अच्छी थी, इस कारण जहाँ भी पोस्टिंग हुई, 'इलाका', कहते हैं ना, 'सूरते बन्दर' जैसा ही मिला। गाड़ियों की रेलपेल, आधी रात तक खुली दुकानें, सिनेमा का रश, सींक-कबाब बेचनेवालों के सामने होनेवाले हंगामे, राह-चलती स्त्रियों से धक्कम-पेल; हँसी-ठट्ठा—एक से एक बढ़कर हंगामा और एक के बाद दूसरा केस। न रात को फुर्सत और न दिन को आराम। घर और दफ्तर, दोनों में लोगों की भीड़-भाड़। 'उसके विपरीत यह गाँव।' एक लम्बी साँस ली—"मैली गन्दी किसान औरत सिर पर गोबर का टोकरा लेकर निकले तो भला कौन उसका मजाक उड़ाएगा? बीच रास्ते में हथकड़ी पहनाएँ तो किसे?"

खाँ साहेब के बच्चे एक अच्छे स्कूल में पढ़ते थे। उन्हें ठाठ-बाट में रहने की आदत थी। जो माँगते, वही हाज़िर होता। इस पर पॉश-कॉलोनी में हवेली-सा मकान। सुबह-शाम घर में आना-जाना और नौकरों की एक फ़ौज हाज़िर।

उसने दाईं ओर की ट्रे से एक बार और कागज़ निकाले, उन्हें गौर से देखा। जब कुछ भी समझ में न आया तो 'ऑल ट्रैश' कहते उनको मोड़कर नीचे फेंक दिया।

"अन्दर आ सकता हूँ जनाब?" यह हवलदार की आवाज़ थी।

"अब तक कहाँ थे? खाँ साहेब ने गुस्से से पूछा।

"वह जनाब..."

हवलदार बात कहना ही चाहता था कि खाँ ने उसका मुँह बन्द कर दिया—"चुप!"

खाँ खड़ा हुआ। वह दो-एक कदम मेज़ के गिर्द चला। उसने नीचे से कागजात उठाए और हवलदार के मुँह पर दे मारे और मुट्ठियाँ भींचते हुए कहा—"बस, इन्हीं फिज़ूल बातों के लिए बुलाया है मुझे? कितने साल से सरकारी नौकरी में हो?"

"आठ वर्ष से जनाब!" हवलदार ने उत्तर दिया।

"सीधे खड़े रहो!"

हवलदार ने हुक्म की तामील की, गर्दन ऊँची करके आँखें एक ही बिन्दु पर गाड़कर कोई अंग हिलाए बिना वह मशीनी मानव के समान बोला—"जनाब! यह एक छोटा गाँव है। यहाँ अपराधों की संख्या कम है, तिस पर लोग...।"

"व्याख्यान करने की कोई आवश्यकता नहीं।" यह कहते हुए खाँ साहेब किबले की ओर खुली खिड़की के पास आए और दूर तक दृष्टि डाली। फिर वापस मुड़े और हवलदार से कहा—"यह मुर्दों की बस्ती है क्या? यहाँ किसी की मुर्गी भी गुम नहीं हो सकती क्या?"

हवलदार चिन्ता में पड़ गया और उसने खिड़की की ओर आँखें घुमा लीं। उसे लगा कि आकाश अभी भी बादलों से घिरा हुआ है। सारी ढलान पर हरी घास फैली थी और वह एक ही वर्षा से खिल उठी थी और धुलकर चमक रही थी।

इस हरित-भूमि में गाँववालों के पशु थे और एक तरफ एक पेड़ के पीछे थी सफेद चिट्टी घोड़ी। ऐन-ग्रैन, अबलक, पुष्ट शरीर और ऊँचा कद, किन्तु सामनेवाली टाँगों में बेड़ी, जिससे वह सुविधा से चल नहीं पा रही थी। घास के तृण काटने के लिए जब भी वह आगे चलना चाहती थी, उसे सामने वाली दोनों टाँगें ऊपर उठानी पड़ती थीं, फिर कुछ उछलकर पिछली टाँग का जोड़ा हरकत में लाना पड़ता था।

स्पष्ट था कि घोड़ी को बेड़ी पहनकर चलने की आदत है, फिर भी हवलदार को लगा कि एक पशु को इस प्रकार कष्ट देना सरासर अपराध है, पुलिस के हस्तक्षेप के काबिल। और जब खाँ साहेब ने फिर कहा—"इस गाँव में क्या किसी की मुर्गी भी गुम नहीं हो सकती?" तो हवलदार ने उत्तर दिया—"जनाब, गुम हो सकती है।" यह कहते हुए उसने माथे की ओर अपना हाथ लेकर खाँ साहेब की सेवा में सलाम अर्ज़ किया। फिर जो कुछ हुआ, उसका सारांश कुछ इस प्रकार है—

रसूल डार एक टट्टू वाला था, वैसे गरीब, पर दो जून की रोटी जुटा ही लेता। उसका काम था—ऊपरवाले गाँव से घोड़ी पर लकड़ी लादकर लाना और उसे बेचकर गुज़ारा करना। यह काम करते हुए उसे कई वर्ष हो गए थे। घोड़ी अपनी थी जो उसे बहुत प्यारी थी।

उसकी आदत थी—काम पूरा करके घोड़ी को खुला छोड़ देना। हाँ, वह उसकी दो टाँगों में बेड़ी डाल देता कि कहीं किसी की साग-बाड़ी में न घुस जाए। सरकारी जगह काफी थी, गोचर-भूमि का कोई अन्त न था। घोड़ी इधर-उधर पेट भरकर, शाम होते ही स्वयं घर चली आती।

कल शाम आधी रात गुज़रने पर भी घोड़ी घर न आई तो रसूल चिन्तित हो उठा। वह अपने बाल-बच्चे लेकर नंगे पाँव निकला और लालटेन से सारी ढलान छान मारी और वापस घर आया। घर आकर उसने लोगों के अस्तबलों में खोज की, राह चलनेवालों से पूछताछ की, पर घोड़ी हाथ न आनी थी, न आई।

प्रातः हुई तो रसूल ने सलाह की और अपने बाल-बच्चे लेकर थानेवालों के पास नम्र निवेदन के लिए पहुँचा।

जब मुंशी ने बयान सुना तो उसे हँसी आ गई। उसने कलम उठाई और रसूल से कहा—"सिगरेट है कोई?"

बेचारा रसूल टट्टूवाला, वह खैंचता था हुक्का, सिगरेट पीना वह कहाँ जानता था! उसने इनकार किया। मुंशी ने उत्तर सुना और रसूल को भयंकर दृष्टि से देखा और एक ही लम्हे में मुखाकृति बदली—"यह दर्दसरी लेकर क्यों आए हो यहाँ? यहाँ क्या नौकर बैठे हैं तेरे बाप के?"

रसूल खिन्न हो उठा। वह जाना ही चाहता था कि सन्तरी ने उसे झिड़का—"अफसर के सामने तुम्हें कुर्सी पर बैठने को किसने कहा? उठ, उधर दरवाज़े के पास बैठ।"

रसूल धीरे से उठा और उसने दरवाज़े के बाहर सीमेंट की सीढ़ी पकड़ ली।

इसी बीच एक और सिपाही मानो दौड़ता हुआ अन्दर आया और आते ही हाथ मलते हुए मुंशी से कहने लगा—"जनाब, तार भी गायब है और होल्डर भी।"

मुंशी ने रसूल की ओर दृष्टि फेंकी। आँखों से सन्तरी को इशारा किया और थानेदार के सामने गाली देते हुए कहने लगा—"इस गधे के बाप की जेब की तलाशी लो! यह झूठा बहाना बनाकर यहाँ आया है। बिजली का बल्ब इसी ने रात को निकाल लिया होगा।" ऐसा कहने की देर थी कि मानो उस पर भूखे गिद्ध टूट पड़े। उसके फटे हुए कपड़ों की लीरें बना दी गईं। थप्पड़ मार-मारकर गालों से खून बहाकर मुर्दा कुत्ते के समान, उसे दरवाज़े के बाहर फेंक दिया गया।

वह सम्भवतः कोई देवदूत था जो रसूल को थाने के बाहर मिला। उसने उसकी सारी दुख-गाथा सुनी और एक ही वाक्य में कहा—"यदि किसी के रोने-धोने से पुलिसवालों का मन पसीजता तो चला लिया उन्होंने काम। उठो, जेब में कुछ है?" उपाय बताने के बदले उसने रसूल से प्रश्न किया।

उत्तर मिला—"नहीं।" 'नहीं' शब्द सुनकर उसने अपने होंठों पर जिह्वा फेर ली और रसूल के कान में कहा—"सत्तार चित्थड़े को जानते हो ना? वही जो मोड़ पर चाय बेचता है।"

"जनाब जानता ही नहीं अपितु..." रसूल कुछ चौंका और मानो शरमाता हुआ कहने लगा—"जनाब, उसकी बहिन रिश्ते में मेरी बीवी है।"

"बस फिर चिन्ता की क्या बात है। उसकी और हमारे साहब की आपस में गहरी छनती है। तुमने उसे उसकी दुकान पर देखा ही होगा?"

"नहीं जनाब, इतना ध्यान तो नहीं रखा। आपने याद दिलाया, बड़ी कृपा आपकी, बहुत-बहुत धन्यवाद।" रसूल ने दोनों हाथ जोड़कर कहा। उसे खुशी हुई कि घर में ही काम निकल आया। उसने अपनी दाढ़ी पर हाथ फेरा और सीधा घर पहुँचा। जब उसकी बीवी ने भाई की प्रतिष्ठा के बारे में सुना तो उसे अपनी गरिमा का आभास हुआ। उसने एक नई काँगड़ी ली, उसमें मिठाई का एक लिफाफा खोंसा और सीधे मैके की राह ली।

सत्तार चित्थड़खाने के बाहर रेहड़ी पर चाय बनाता था। उसके पास प्रातः-सायं पुलिसवालों का आना-जाना था और साथ ही गाँव के नए रंगरूटों का भी। यही कारण था कि उसके और हवलदार के बीच मित्रता इस सीमा तक पहुँच गई कि मसखरी में वे एक-दूसरे पर घूँसेबाज़ी भी कर बैठते।

दूसरे दिन रसूल को साथ लेकर वह घर से चला और खाँ साहेब के यहाँ पहुँचा और सीधे उनके दीवानखाने में प्रविष्ट हो गया।

रसूल ने समझा, चलो खुदा ने अच्छा ही किया। सम्भवतः पुलिसवालों को दया आ जाए और वे उसकी घोड़ी की खोज आरम्भ कर दें। पर जब सत्तार चित्थड़े खाँ साहेब के गेट के बाहर आया तो उसकी साँस रुकी-रुकी-सी थी, उसका मुँह लटका हुआ था और टाँगें बेजान-सी हो गई थीं। उसने एक ठण्डी साँस ली और कहने लगा—"तुम नहीं जानते, पुलिसवाला अपने बाप का भी नहीं होता। यदि उससे हो सके तो वह अपने बहनोई का पाजामा उतार ले। सोलह सौ रुपये माँग रहा था तफ़्तीश बिठाने के लिए।"

फिर सत्तार चित्थड़ ने रसूल को ठीक से समझाया—"हमें भी मालूम नहीं कि घोड़ी किसने चुराई है। यदि किसी पर सन्देह होता तो वैसा ही बयान देते, चार-पाँच सौ में काम निपट जाता। तुम एक काम करो, सत्तार चित्थड़ ने उसे सलाह दी, "अपने बयान में कम-से-कम तीन व्यक्तियों ने नाम बता दो। थानेवालों से लिखवाओ कि तुम्हारा सन्देह इन्हीं व्यक्तियों पर है। यदि ऐसा हो तो सम्भव है कि आठ सौ रुपये से निपटारा हो जाए। रही घोड़ी, उसे थानेवाले स्वयं ढूँढ़ लेंगे। इस प्रकार हम भी दर-दर भटकने से बच जाएँगे।"

रसूल ने वैसा ही बयान लिखवाया जैसा उससे पुलिसवालों ने कहा। लिखाया क्या, यह कहो कि मुंशी ने बयान खुद लिखा और रसूल ने दो-दो हाथों से उस पर अँगूठे के निशान लगा दिये।

कहते हैं रसूल का पड़ोसी था रहीम तरखान। स्वयं विनम्र, पर उसका बेटा कुछ रँगीला। वह कपड़े ढंग से पहनता, बालों में फुलेल लगाता। शाम को वे सब अपने घर सुख-दुःख की बातों में तल्लीन थे कि अचानक आवाज़ आई। आवाज़ सुनकर रहीम तरखान की बीवी बाहर आई। उसे पूरा शक हो गया कि हो न हो उसका बेटा कोई ऐसा-वैसा काम करके आया है। सिपाही को देखते ही उसके मुख पर मन-भर ज़र्दी पुत गई। उसने अपना सिर पीटा और हाथ हिला-हिलाकर बेटे को बुरा-भला कहा। बेटा कसमें खाने लगा, पर उसकी सुनता कौन?

अन्त में रहीम तरखान निराश होकर अपने बेटे के बदले जाकर पूरे पाँच सौ रुपये भर आया। इस प्रकार उसने समस्या शीघ्र निपटा ली। किन्तु रसूल की जो कील उसके मन में गड़ी वह निकलनेवाली न थी।

दूसरा व्यक्ति था समद मुन्ना। जब वह थानेवालों को रुपये देकर लौटा, और सारा मामला अपनी बीवी को सुना बैठा, तो उसकी घरवाली ने अपनी साड़ी उतारकर रसूल को खूब गालियाँ दीं।

अन्त में जब तीसरे व्यक्ति समूह ग्राटाला की बारी आई, तो उसने मुहल्लेवालों को इकट्ठा किया। भारी पंचायत बैठी और रसूल पिटते-पिटते बचा। उसे खबरदार किया गया कि यदि वह इसी प्रकार बेकसूर व्यक्तियों के लड़कों को थाने में धरवाता रहा तो चारो-नाचार उन्हें उसके विरुद्ध कार्रवाई करनी पड़ेगी।

एक तो बेचारे का नुकसान और उस पर दरिद्रता। घोड़ी न मिलने के कारण कारोबार ठप और तिस पर निरादर और बदनामी। रसूल ज़हर खाने को हुआ। उसने आँखों से खून बहाया। उसने अपनी टोपी एक-एक करके सारे मुहल्ले वालों के पैरों पर रखी, उनके तलवे चूमे और भरी सभा में शपथ ली कि चाहे बेकारी और गरीबी से वह चटाई के साथ ही चिमट जाए, थाने का नाम कभी न लेगा।

पेट के लिए न हो तो आदमी नौकरी-मज़दूरी करे, पर घर न हो तो बाल-बच्चे लेकर कहाँ-कहाँ भटकता फिरे?

यह थी प्रतिज्ञा रसूल की और इसी पर वह डटा रहा। घोड़ी गुम होने का ज़हर उसने पी ही लिया था और वह मेहनत-मज़दूरी करने चल पड़ा।

वह क्या कहते हैं—'दादा का रीछ'—रसूल ने तो बात छोड़ दी थी, पर थानेवाले उसे कहाँ छोड़नेवाले थे।

कोई पन्द्रह दिन बीते होंगे कि मध्याह्न को थाने से बुलावा आया। रसूल भीतर-ही-भीतर खट रहा था कि नीचे से आवाज़ आई सिपाही की। आवाज़ काफी ऊँची थी।

"उठो भई रसूल डार! तेरी घोड़ी मिल गई है।"

यह बात उसने इतनी ऊँची आवाज़ में कही थी कि बात सारे गाँव में फैल गई। जहाँ भी कोई था, थाने की ओर दौड़ पड़ा। देखनेवालों ने देखा कि सचमुच ही थाने के अहाते में एक सफेद-चिट्टी खड़ी थी। पर वह उतनी पुष्ट न थी जितनी रसूल की। उसमें वह जान न थी। जब रसूल उसके पास पहुँचा तो उसे पहचान न सका। जब घोड़ी ने रसूल को देखा तो वह रस्सी तोड़ने को हुई, जिससे खाँ साहेब को विश्वास हो गया कि सचमुच घोड़ी रसूल की ही है।

"जनाब, यह मिली कहाँ से?" एक मुहल्लेवाले ने थानेदार से प्रश्न किया।

"तुम्हें क्या?" खाँ साहेब ने उसे झिड़का—"तुम्हें आम खाने से गरज़ या पेड़ गिनने से?"

"नहीं जनाब, आम खाने से।" एक मुहल्लेवाले ने बात काटते हुए कहा।

रसूल ने अपनी टोपी थानेदार के पैरों पर डाल दी—"जनाब, मैं आपका गुलाम हूँ, मेरी सात पीढ़ियाँ आपकी नौकर हैं, मैं वारे जाऊँ आप पर!" वह बहुत पहले के आँसू बहाने लगा।

पर खाँ साहेब मानो रूठ गए और एक ही झटके में दफ्तर के अन्दर प्रविष्ट हो गए।

मुहल्लेवाले दुःखी हो उठे। उन्हें अपने व्यवहार पर कुछ लज्जा-सी आई। अन्त में उन्होंने उनके पाँव पकड़े और इसी बीच मुहल्ले के सब वयस्क इस बात पर सहमत हो गए कि थानेवालों का धन्यवाद करने के लिए वे इस अखबारी मरासले पर हस्ताक्षर करेंगे :

"उप-अधीक्षक साहिब की सेवा में–

हम गाँववाले जनाब राजा सर बुलन्द खाँ और उनके थाने से सम्बन्धित अहलकारों के अत्यन्त आभारी हैं कि उन्होंने प्रत्येक मुश्किल में हमारी खबरगीरी की और किसी भी शिकायत का मौका नहीं दिया।"

(हस्ताक्षर ग्राम-निवासी
द्वारा मुखिया, हेर-गाँव)

सम्भवतः सोमवार का दिन था। डी.एस.पी. राजा सर बुलन्द खाँ ने बुनगाम के मुखिया हाजी अज़ीज बानी को एक चूज़े के समान पकड़ा। खाँ की आँखों में रक्त था–

"घोड़ी के दाने-चारे का खर्चा माँगने आए हो तुम? तुम्हें नहीं मालूम कि पराई घोड़ी इतने दिन घर में छिपा रखना कितना बड़ा जुर्म है?"

"मगर जनाब...!" मुखिया बात दोहरा रहा था–"उस पर लानत हो जिसने घोड़ी छिपाई हो! आपका ही आदमी रात को घोड़ी लेकर आया। उसने कहा कि साहब का हुक्म है कि घोड़ी की रक्षा अपने शरीर के माफिक करना। घोड़ी अस्तबल से बाहर न निकलने पाए, खर्चा पाई-पाई चुकता किया जाएगा।" यह कहते हुए उसने जेब से कागज़ निकाला–"यह लीजिये जनाब खर्चे का हिसाब, दो कम नब्बे रुपये! आखिर मैंने कौन-सा गुनाह किया?"

खाँ साहेब ने थूक निगल लिया और मुखिया की लोई खींचते हुए कहने लगा–"चल दिखा मुझे, कौन था मेरे अमले से?"

"मैंने उसे देखा कहाँ जनाब!" मुखिया ने तेज़ी से कहा–"उस समय अँधेरा था, रोशनी कहाँ थी?"

"दिखाई तुम्हें नहीं दे रहा था, हमें तो दिखाई देता है।" यह कहते हुए वह सन्तरियों की ओर मुड़ा और उन्हें हुक्म दिया–"सिपाहियो, इस बुड्ढे की दाढ़ी के बाल नोच लो!"

अनुवाद : **अर्जुनदेव मजबूर**

•

मैं, हिम-पक्षी और वह काला कुत्ता

बशीर अतहर

दिसम्बर का महीना। ठण्ड का प्रकोप। सुबहें और शामें और भी ज़्यादा ठण्डी। मैं अभी भी बिस्तर में पड़ा था।

साढ़े ग्यारह होने को थे और अभी काम पर भी जाना था। देर तो हो ही गई, पर दफ्तर जाने की मजबूरी थी। बड़ी बेदिली से उठा और तैयारी में जुट गया। बाथरूम की ओर जैसे ही जाने लगा, बाहर बच्चों का कोलाहल सुनाई दिया। वापस मुड़ा। बाहर झाँका। आँगन में बच्चे घेरा डाले खड़े थे और कुहराम मचा रहे थे।

अपनी चोंच धरा पर धरे वह इस दुनिया से कूच करनेवाला था। थोड़े-थोड़े अन्तराल में वह हिचकी भरता और बच्चों के शोरगुल से भयत्रस्त हो उड़ने की निष्फल चेष्टा करता। गज़-भर की उड़ान के बाद ही वह धम से नीचे गिर पड़ता। इस बीच मेरी पत्नी ने भी नीचे का यह दृश्य देखा। हम दोनों आए और बच्चों के झुण्ड में शामिल हो गए। वह भूमि पर अपनी चोंच टिकाए लगातार हिचकता रहा।

आकाश मेघों की चादर ओढ़े चुप था। मकानों की छतें, पल्लवविहीन पेड़ और टेकड़ियाँ सब कुहासे में डूबे थे। आँगन में खड़े हम सब ऐसे खिन्न थे जैसे वह हमारे ही परिवार का कोई सदस्य हो। याद आया...कल जब बादलों के बीच से धूप की एक हल्की किरण फूट पड़ी थी तो यह हिम-पक्षी बर्फ को बुलाते हुए 'पी! पी!! पी!!!' अपनी रागिनी गाने लगता था। तब अनायास ही मैं इसे कोसने लगा था—'जा तुझे फालिज हो जाए!'

अब उसकी हिचकियों में तेज़ी आ गई थी और पंख भी निष्क्रिय होने लगे थे। तभी मैंने देखा कि एक काला-सा भयानक कुत्ता सामने से इसे ताक रहा है। उसकी आँखों में भय झलकता था या स्नेह—यह मैं दावे से तो नहीं कह सकता, पर उसकी नीयत में खोट साफ-साफ नज़र आ रहा था। शायद वह हमारे वहाँ से जाने की प्रतीक्षा में था। उसे देखते ही मेरा खून खौल उठा। मैंने एक कंकड़ उठाया और उसे भगाने लगा। थोड़ी दूर जाकर वह फिर लौटा; अपनी पिछली टाँगों के सहारे जीभ बाहर को निकाले हुए पूर्वस्थान पर बैठ गया। मैंने सोचा—यदि ड्यूटी पर गया और बच्चे भी खेल में मस्त हो गए, तब क्या होगा? फिर लगा कि मेरी चिन्ता निर्मूल

है। वैसे भी यह पक्षी पस्त हो रहा है और वह पशु भी इसे छोड़ने का नहीं, फिर क्यों...? पर नहीं, अभी तो वह जीवित है, क्यों इसे उसका आहार होने दूँ?

कुहासा अभी भी मकानों की छतों, पेड़ों और पहाड़ियों से लिपटा था। शायद कुछ देर में छँट जाए! हिम-पक्षी छपपटा रहा था और हम असहाय खड़े उसे देख रहे थे। जाड़ा शुरू होते ही यह अपनी 'पी!पी!!' से शीतकाल के आगमन की सूचना देता है। सभी लोग तब इसे कितना कोसते हैं! पर इस समय कैसा शब्दहीन पड़ा है!

मनहूस माना जाने वाला यह नभचर, अनगिनत लोगों के कोप का शिकार होते हुए भी हर सुबह बड़े चाव से अपना राग अलापता और मस्ती में झूमता था, पर आज अपने दमखम पर ज़रा भी नहीं इतरा पाया। कालगति को पहचानते हुए वह अचेत पड़ा था, जैसे कई युगों का अभिशप्त आज अनन्त आकाश से भू पर नतमस्तक पड़ा हो। आज वह मेरे या अन्य किसी के लिए मनहूस नहीं था, बल्कि एक लाचार और बीमार जन्तु था।

कोहरा छँटने लगा था। अब मकानों की छतें और पेड़ साफ-साफ नज़र आ रहे थे। लेकिन पहाड़ियाँ अभी भी कुहासे से ढँकी थीं। शायद कहीं से कोई हल्की-सी धूप की किरण फूट पड़े। चारों दिशाओं में धूप-ही-धूप हो। कड़ाके की ठण्ड से छुटकारा हो और फिर कभी जाड़ा न आए।

कुत्ता टकटकी बाँधे देख रहा था और हम पक्षी के आसपास मातम मनाते हुए खड़े थे। मैं तय नहीं कर पा रहा था कि क्या करूँ। एक तरफ तो उसकी हिचकियों में तेज़ी आ रही थी और दूसरी तरफ वह काला चौपाया हिलने का नाम ही नहीं ले रहा था। ड्यूटी पर जाने की लाचारी, सो अलग। मैं सोच रहा था—कितना निष्ठुर पशु है! इसके तो प्राण निकल रहे हैं और वह चटखारे लेने को आतुर है। परन्तु इसमें उसका भी क्या दोष! यह सब तो ऐसे ही चलता है।

तभी लगा—अच्छा ही है जो मर रहा है। सभी जाड़े के उत्पीड़न से मुक्त तो हो जाएँगे। पर क्या यह सम्भव है कि उसके जाने के साथ ही शीत का आना भी बन्द हो? मैं ऐसे ही कई प्रश्नों के उत्तर स्वयं ही खोजने लगा। जब मैं किसी भी उत्तर को पाने में असफल रहा तो मेरी समझ में यही आया कि मुझे इस पक्षी को उस कुत्ते से बचाना चाहिए। मगर इसे रखूँ कहाँ? इसी उधेड़बुन में कुछ समय बीत गया। अन्ततः यही निर्णय लिया कि इसे अपने ही कक्ष में ले जाऊँगा। वही इसके लिए एक सुरक्षित स्थान हो सकता है। मैं उसके समीप गया। उसे हाथों में उठाया और चलने लगा। पर यह क्या! एक ही हिचकी में उसका दम छूट गया। मेरे आसपास खड़े सभी जैसे पत्थर हो गए। मैंने आकाश की ओर देखा। कुहासा अब नीचे उतर आया था...बर्फ गिरने लगी थी।

अनुवाद : **गौरीशंकर रैणा**

•

मेरे मरने के बाद

बंसी निर्दोष

ज्योंही कूचे में रहनेवाले कम्पाउँडर ने इंजेक्शन लगाए बिना ही सिरिंज और सुई अपने बैग में संभालकर रख ली, उसी समय आग की बिजली-सी कौंधी। किसी की समझ में न आया कि क्या हुआ। मेरी पत्नी सुन्न-सी होकर रह गई। वह दीवार के साथ सर पटकने लगी, और मैं एकदम जैसे गहरी नींद से जाग उठा। मुझे अपना अस्तित्व बहुत ही हल्का महसूस हुआ, जो इस समय तक जैसे रस्सियों से बाँध के रखा गया था। मैंने दाएँ-बाएँ नज़र दौड़ाई। कमरे में हाहाकार मचा हुआ था। सभी ज़ोर-ज़ोर से रो रहे थे। शोर इतना था कि पक्षी भी अपने घोंसलों से फड़फड़ाते हुए बाहर आ गए थे। कहते हैं कि मरते समय बिच्छू काटते हैं, पर मुझे ऐसा नहीं लगा। कहते थे कि काला कलूटा यमदूत बुलाने आता है। मेरे पास कोई नहीं आया। मेरा शरीर बिस्तरे पर बिना होश व हरकत के पड़ा हुआ था और मैं इस शरीर के पास ही फुटभर की दूरी पर हवा में बाहें फैलाए हुए। मैं कुछ पहने हुए न था। मुझे अपना अस्तित्व हवा में हवा की भाँति और प्रकाश में प्रकाश जैसा दिख रहा था। शायद एक ही शक्ल-सूरत का।

मेरी बड़ी बहन रोते-रोते कूचे के पास के कम्पाउँडर का हाथ पकड़ते हुए चिल्लाई—"डॉक्टर साहब! इस तरह से न जाइए! यह हमारे परिवार के सदस्यों का पालनहार है। हमारे भाई को ठीक कर दीजिए!!" कूचे का कम्पाउँडर सिर नीचे किए हुए शर्मिन्दा-सा था। वह इस माहौल से बाहर निकलना चाहता था, मगर कोई रास्ता नज़र नहीं आता था। जैसे वह चोरी करते रंगे हाथों पकड़ा गया हो। अब मेरी बहन ने उसके कपड़े तक फाड़ डाले, और बार-बार कहने लगी, "जो कुछ आप माँगेंगे, मैं दे दूँगी। मेरे भाई को ज़िन्दा करके दे दो!"

मुझे हँसी आई। पता नहीं क्यों मुझे कल शाम की बात याद आई, जब ननद और भाभी में झगड़ा हुआ था। बात केवल सवा रुपये की थी। मेरी बहिन ने अपनी जेब से पैसे निकालकर अपने बच्चों के लिए दूध मँगवाया था, और हरेक को सुनाया था कि 'मुझे मैके आने पर भी अपने-आप अपना खर्चा करना पड़ता है।' यह बात

मेरी पत्नी को बुरी लगी थी। इसी बात पर ननद के साथ झगड़ पड़ी थी। इस समय वह सचमुच कोई भी कुर्बानी देने के लिए तैयार थी। इस समय उसकी बस यही एक इच्छा थी कि काश! इस निर्जीव शरीर की ज़बान खुलती और एक बात कर लेता। मगर जो दो-एक बातें मैंने कीं भी, वे किसी ने नहीं सुनी।

मेरी माँ एकदम चिल्लाई, "मेरे बेटे...!" उसने अपने-आपको मेरे शरीर पर डाल दिया। इसके साथ ही मुझे भी रुई के गाले की तरह लपेट लिया। पाँव का अँगूठा सिर से लग गया। मैं माँ के फिरन के गले में फँस गया। जब उसे दो-तीन औरतों ने खींचकर उठा लिया तो मैंने अपने-आपको भी उसके फिरन की लपेट से बड़ी मुश्किल से आज़ाद कर लिया। इधर-उधर मुझे कहीं भी रुकने को जगह नहीं मिली। मैं ऊपर ताक (आले) पर चढ़ बैठा। और जब मातम में शामिल होने के लिए मुहल्ले की औरतें चप्पलें सुरक्षित रखने के लिए उसी ताक पर रखने लगीं, मैं अपने-आपको बचाने के लिए शीशे के एक गिलास में घुस गया। मगर इसमें भी मुझे अधिक समय तक रहने नहीं दिया गया। देखते ही देखते कोई बेहोश हो गया था। उसके चेहरे पर पानी छिड़कने के लिए और उसके मुँह में पानी डालने के लिए इस गिलास को भी ताक से उतार लिया गया।

मैं एकदम पुरुषों और स्त्रियों के सिरों से गुज़रता हुआ दरवाज़े के पास पहुँच गया, जहाँ तम्बाकू का एक डिब्बा पड़ा हुआ था। मैं प्रत्येक व्यक्ति से हाथ जोड़कर मिन्नतें करना चाहता था। मगर मैं किसका मुकाबला कर सकता था! स्त्रियाँ विलाप कर रही थीं। कुछ रोते-रोते जैसे गीतों की पंक्तियाँ लम्बी तान में गा रही थीं और मेरे निर्जीव चेहरे से चेहरा लगा रही थीं। इस शोर-शराबे में इतना मजा आ रहा था कि मैं अपने मरने पर स्वयं ही मोहित हो गया। आजकल के ज़माने में कहाँ इतने लोग एकत्रित होकर एक-दूसरे के साथ सहानुभूति दिखाते हैं और एक-दूसरे के लिए आँसू बहाते हैं! मुझे लगा कि ऐसी बात नहीं है।

इस मृत शरीर को कितना अच्छा लगा होगा पहली बार दूसरों का चेहरा छूना और चुम्बन लेना—मैं कह नहीं सकता। इनका रोना-पीटना देखकर उनके बच्चों की भी हिचकियाँ बँध गई थीं। मेरे पास भी कल तक यहाँ दो बच्चे थे—सहमी हुई बिल्लियों की तरह। मैंने दो-एक बार उन्हें अपने पास बैठने के लिए सिर से इशारा भी किया था, मगर वे कहाँ मेरी सुनते? उन्हें घर में कुछ दिनों से डर-सा लग रहा था। जब मुझे पहली बार दिल में सूइयाँ-सी चुभीं और दो-एक बार होश नहीं रहा, तब से दोनों बहिनें और उनके बच्चे यहाँ हैं। बच्चों के पास जब घर में उनके अपने-बराबर के और बच्चे आ जाते हैं, तो उन्हें बहुत खुशी होती है। मेरे बच्चे अब उनके साथ खेलने में मस्त थे और उनके ज़मीन पर पैर भी नहीं पड़ रहे थे। वे दरवाज़े से ही चुपके से झाँककर गायब हो जाते थे। वे भीतर आने से डरते थे। वे प्रातः से कहीं भी नज़र नहीं आ रहे थे। उन्हें शायद पहले ही ननिहाल भेज दिया गया था। शायद

पिताजी सुबह से ही जान गए थे कि साहिबज़ादा आज धोखा देकर चला जाएगा। उन्होंने कल मेरी अचेतनावस्था में ही मेरे कान में ज़ोर-ज़ोर से कहा था, 'बेटे सुनो! कहीं धोखा देकर मत जाना...परिवार को छोड़कर नहीं जाना! मैं अपने बुढ़ापे में यह सदमा सहन नहीं कर सकता।' मैं उस समय कानों से सुन रहा था, मगर ज़बान खोलने की ताकत नहीं थी।

इस समय मैं पूरी ताकत महसूस कर रहा था। बीमारी की सारी पीड़ा और दिल की सारी थरथराहट खोकर मेरा शरीर लाश के रूप में नीचे पड़ा था। सारी बीमारियाँ, ये सारी रस्सियाँ और ज़ंजीरें इस मुर्दा शरीर के साथ लिपटी हुई थीं और मैं स्वयं इस जाल से मुक्त था। मुझे अपना अस्तित्व बादलों की तरह हल्का महसूस हो रहा था। न मेरे दिल में अब सूइयाँ ही चुभती थीं, और न पेट में दर्द ही उठता था। मैं एक-एक को हाथ जोड़कर समझा रहा था, मना रहा था, मगर कोई भी मेरी बातों की ओर ध्यान नहीं दे रहा था जैसे कि मैं वहाँ हूँ ही नहीं। अपनी पत्नी का छाती पीटना और रोना-बिलखना मुझे कुछ अधिक ही अखर रहा था। मैंने उसे कई इशारे किये, "ज़रा मेरे पास तो आना!" और वह जवाब में जैसे आँखों से बोली—"यह जो मेरी सास और ससुर यहाँ पर हैं, ये क्या कहेंगे?" मगर मैं पूछना चाहता था, "इस समय इनके सामने रोने-बिलखने और छाती पीटने से क्यों नहीं शर्माती? लगता है मेरे मरने से शर्म का पर्दा उठ गया है। रस्म और रिवाज, शर्म और लज्जा समाप्त हो गई है। तुमने अपना पहना हुआ जम्पर फाड़ डाला और अपनी छाती को पीट डाला। तुम्हें यह सब-कुछ किसे दिखाने की आवश्यकता है कि तुम मुझे कितना प्यार करती थीं? तुम क्यों इस मिट्टी के शरीर पर इतना अफसोस कर रही हो?"

ज्योंही पिताजी दाँतों से उँगलियाँ चबाते हुए कमरे में दाखिल हुए, माताजी बड़ी ज़ोर-ज़ोर से रोने और विलाप करने लगीं—"मेरे लाल! अब संक्रान्ति के दिन किसके पास आँचल फैलाकर जाऊँगी? अब किसकी जेब में बिना पूछे हाथ डालूँगी? हमारा कुछ इन्तज़ाम करके चला जाता! इस बूढ़े बाप को किस मुसीबत में डाल दिया?" इस बात पर फिर हंगामा पैदा हुआ। पिताजी ने मेरे मुँह से चादर हटाई और मेरे निर्जीव माथे पर हाथ फेरते हुए भर्राई हुई आवाज़ में कहने लगे, "अरे, क्या इतनी फुरसत भी न थी? तुम्हें किस दरबार में जाना था? तुम तो अपने दफ्तर भी मेरे से पूछे बिना न जाते थे, फिर आखिर में आज्ञाकारिता क्यों भूल गए?"

मैं दूर से ही सुन रहा था और हँस रहा था। हँसी मुझे इन बातों पर नहीं आ रही थी। हँसी आ रही थी इसलिए कि आज मेरे पिताजी ने बहुत दिनों के बाद मेरे साथ सीधे मुँह बात की थी। इसके साथ मुझे आज्ञाकारिता और फिर खुद्दारी का प्रमाण-पत्र भी दिया था।

वे उत्तरदायित्व निभानेवाला शरीर इस लायक न था कि उत्तर देता। मेरे बिना इस मिट्टी के शरीर की क्या कीमत थी? कुछ भी नहीं। इसी दौरान मेरी पत्नी बेहोश

हुई। उसकी जीभ दाँतों के नीचे अटक गई, आँखें पथरा गईं। एक मुहल्लेवाली ने आव देखा न ताव, एकदम एक बिस्तर की रज़ाई खींच लाई और स्वयं मुझे भी उसी के साथ घसीट लिया। मैं दो-चार व्यक्तियों के बीच फँस गया। मेरी पत्नी के सिरहाने पर रज़ाई रखी गई। मेरी बहिनें उस पर बलिहारी होने लगीं। मेरे पिताजी ने उसके मुँह में ग्लूकोज़ का पानी डाला। इस दौरान मैं उठकर तम्बाकू की चिलम पर जा बैठा। वहाँ बस अब यही स्थान मेरे लिए रिक्त था। सभी लोग एक-दूसरे से सटकर बैठे थे। मेरे पिताजी स्वयं दूसरे कमरे में चले गए और थोड़ी देर बाद हुक्का और तम्बाकू का डिब्बा भी वहीं ले गए। मैं भी तम्बाकू की चिलम के साथ ही दूसरे कमरे में पहुँचा।

दूसरे कमरे में मुहल्ले के कई लोग जमा थे। मैं इन सबको जानता था। ये मेरी ही बातें कर रहे थे। मेरे गुण गा रहे थे। मेरी अच्छाई का बखान बढ़ा-चढ़ाकर कर रहे थे और कई बातें अपनी ओर से मिला रहे थे। एक व्यक्ति को मैंने टोका भी, "अरे क्यों झूठ बोल रहे हो? हाँ, हमारे बीच में दुआ-सलाम थी ज़रूर, मगर इतना निकट का सम्बन्ध नहीं था। तुम तो सफेद झूठ बोल रहे हो।" लोग सच कह रहे थे या झूठ, पिताजी को इसमें कोई रुचि न थी। वे स्वयं दूसरों की कम सुन रहे थे, मगर अपनी अधिक कह रहे थे। वे पैसे-पैसे एवं दाने-दाने का हिसाब दे रहे थे कि मेरी बीमारी पर कितना खर्चा आया और क्या-क्या इलाज हुए। यह दूसरी बात है कि किसी भी इलाज का कोई लाभ न हुआ। किसका कसूर है? अपनी किस्मत का, और किसका? इसी बीच सुदा काका ने पिताजी की ओर हुक्का बढ़ाया। हुक्के के पास ही मैं चिलम से नीचे उतर आया था। पिताजी ने हुक्के को अपनी ओर खींच लिया और मैं इसके नीचे आ गया और इसके तले से चिपक गया। वहाँ रोशनी की एक किरण-सी नज़र आई और मैं "शू" करके उसी के बीच में से निकल गया। बाहर कमरे में जान-पहचानवाले और रिश्तेदार एक-एक करके एकत्र हो रहे थे और दीवार के सहारे बैठकर एक ही बात बार-बार कह-सुन रहे थे। जो कोई भी भीतर आया मैं उसका अभिवादन करने, उसका हालचाल पूछने खड़ा होता था, लेकिन किसी ने भी मेरी ओर आँख तक न उठाई।

मैंने अपने-आप से कहा, "यहाँ तेरा क्या काम? चल दूसरे कमरे में। दूसरे कमरे में मेरी पत्नी बेहोश पड़ी थी। देखूँ उसका अब क्या हाल है?" मगर दूसरे कमरे का दरवाज़ा बन्द था। सारी औरतें मातम के लिए निचली मंज़िल के बड़े कमरे में पहुँच गई थीं। वहाँ केवल मेरा निर्जीव शरीर था और मेरी मौसी थी। मौसी मुहल्ले की एक बहू के साथ मृत शरीर की जेबें टटोल रही थी। जब उसने जेब से चालीस रुपये निकाल लिये तो मुहल्ले की बहू से कहने लगी, "देखती हो न! इस बेचारे पर किसी का कोई अहसान नहीं होगा। ज़रा देखो तो, इसने कफन तक के पैसे स्वयं ही बचाकर रखे हैं। तुम इसके पिताजी की बातों का विश्वास न करना कि

उसने इलाज पर पाँच सौ रुपये खर्च किये हैं। बेचारे पर जो भी बन आई वह इसकी चढ़ती हुई जवानी पर। सभी लोग खायेंगे-पियेंगे। मरनेवाले के साथ आज तक कोई नहीं मरा।" यह कहते हुए मौसी मेरी जेब से रूमाल और घड़ी निकालने लगी। चालीस रुपए अपनी जेब में रख लिये। कुछ कागज़ और दवाई की टिकियाँ निकालीं। उन्हें एक रूमाल में बाँधकर रख दिया। इसके पश्चात् मेरे बाएँ हाथ से अँगूठी निकालने लगी। अँगूठी आसानी से न निकल सकी, इसलिए मैं भी अँगूठी निकालने के लिए मौसी की मदद पर उसके पास पहुँच गया। लेकिन मुझसे भी कुछ न बन पाया। मुहल्ले की बहू जो पास ही खड़ी थी, आगे आई और उसने ज़ोर से खींचतान कर अँगूठी निकाल ही ली। फिर रोशनी में इसे गौर से देखने लगी। मेरी मौसी ने ज्यों ही अँगूठी हाथ में ली, उसने उसी समय जैसे इसका वज़न किया अपने-आपसे कहने लगी, "मेरी-जैसी विपदा किस पर आई है? टिन की चूड़ियाँ भी मेरी कलाइयों में नहीं हैं।"

नीचे उतरकर उसने यह सारा माल मेरी माँ के हाथ में दे दिया। उसने इसे जेब में रख लिया और चेहरे पर कपड़ा रखकर रोते-रोते पूछा, "उसकी जेब में और कुछ भी नहीं था?" मैंने इस सवाल की ओर ध्यान न दिया।

आँगन में चटाइयाँ बिछाई गई थीं। इन चटाइयों पर कई लोग बैठे इधर-उधर की बातें कर रहे थे। एक बुजुर्ग उनसे कह रहे थे, "गज़ब हो गया है! अब वह शराफत कहाँ रही! भिखमंगों के पास भी पैसे आ गए हैं। इतनी बेकद्री हमारी कभी न थी, जितनी आज है। पता नहीं क्या होने वाला है। मुझसे लिखकर ले लो।" मैं उन बुजुर्ग का मुँह बन्द करने के लिए खिड़की से बाहर निकला।

इसी बीच मेरी ससुराल की औरतें बाज़ार से ही सीना कूटती और रोती-पीटती पहुँच गईं। आँगन में कुहराम-सा मच गया। उनके साथ मेरे दोनों बेटे स्तब्ध और सहमे हुए-से खड़े थे। उन्हें पड़ोसी के घर में ले-जाया गया।

आँगन में गुरुजी दीवार के साथ खाली जगह पर लिपाई करवा रहे थे। कफन लाया गया था और सामग्री-भण्डार से मुर्दे का तख्ता भी मँगवाया गया था। मिट्टी के बर्तन, तेल, कंठघन, शहद, रुई, घी, घास का बना जूता, सूखी मछली और अन्य वस्तुएँ मँगवाई गई थीं। गुरुजी इन सभी वस्तुओं को एक क्रम में रखने लगे। मिट्टी के बर्तनों को फैलाया। एक टोकरी मँगवाई और छोटी-छोटी लकड़ियों का एक मकान-सा बनाया। भीतर, इधर-उधर से आई औरतों ने चूल्हा सुलगा लिया था और पानी गर्म कर रही थीं। गुरुजी ने जब क्रियाकर्म की सारी तैयारी कर ली तो मुहल्ले के कुछ भाई लोग ऊपर कमरे में चढ़े और वे मृत शरीर को एक चादर में लपेटकर नीचेवाले कमरे में ले आए। इतने आदमी होने के बावजूद उन्हें मृत शरीर नीचे उतारने में थकान महसूस हुई। वज़न देखकर मैं स्वयं भी हैरान हुआ। आज यह सवाल ही

पैदा नहीं होता था कि मेरा कोई दोस्त मेरे और अपने वज़न का मुकाबला हवाई अड्डे की मशीन पर करता।

मृत शरीर देखकर औरतें फिर एक बार ज़ोर-ज़ोर से रोने लगीं। मगर अब इस शरीर के समीप आने का किसी ने भी साहस न किया। एक आदमी बाहर निकला और उसने दरवाज़े का तख्ता निकाला। इस तख्ते को बरामदे में धोया गया। मृत शरीर को नहलाने के लिए इसी दरवाज़े के तख्ते पर रखा गया। मेरे बेटे की कमीज़ का गला अब तक पकड़ लिया गया था। उस समय सब-कुछ खामोश हो गया था। रोना बन्द हो गया था। जब मृत शरीर को कफन में लपेटकर मुर्दे के तख्ते पर रख दिया गया तो एक बार फिर रोना शुरू हो गया। वह सारा तमाशा मैंने अपनी पत्नी की गोद में बैठकर देखा। तमाशा बड़ा दिलचस्प और विचित्र था। ज्योंही चार आदमियों ने अरथी को कंधों पर उठाया, मेरी पत्नी एक झटके से उठ खड़ी हुई और मैं बरामदे में पड़े नहाने के पानी में गिरकर लथपथ हो गया। अब मैं वहाँ रुक नहीं सकता था।

मैं आँगन में आया। मुहल्ले की बहुत-सी औरतें और बच्चे अपने घरों की खिड़कियों और झरोखों से मेरे शरीर का जलूस देख रहे थे, और आपस में बातें कर रहे थे। यह सारा-कुछ एक हंगामा-सा लग रहा था। शादी और मातम में क्या अन्तर होता है? एक-जैसा शोर-शराबा, एक-जैसी चहल-पहल, एक-जैसे रस्म और रिवाज। औरतों का ध्यान इस बात की ओर भी था कि कौन-कौन रोने के लिए आया, जैसे उनको कोई बुलाने गया हो। नाथजी को हरेक रिश्तेदार के पास सन्देशा देने भेजा गया था। ज्योंही वह लौटकर आया, क्रिया-कर्म की टोकरी उसी के कन्धे पर रखी गई। एक मिट्टी का लोटा मेरे बेटे के हाथ में दिया गया। वह अरथी के आगे-आगे चलता हुआ दूब(घास का तिनका) से बर्तन के पानी से सड़क पर छिड़काव करने लगा। जिस समय अरथी को गली से निकाला गया और इसके पीछे-पीछे बहुत सारे लोग निकले तो कुछ खामोशी-सी छा गई।

मैं आँगन में ही पड़ी एक ओखली पर बैठकर सोच में मगन हो गया—मैं कहाँ जाऊँ? इस मृत शरीर के पीछे-पीछे जाऊँ या यहीं घर के लोगों को तसल्ली देने के लिए रुकूँ? सच तो यह है कि मेरी बातों और इशारों की ओर किसी का ध्यान नहीं जा पाता था। सबको अपने-अपने हिसाब से कुछ कमी-सी महसूस हो रही थी। मेरी पत्नी एक कोने में सिमट-सी गई थी—सहमी और डरी हुई-सी, जैसे उसी का सारा कसूर था। हरेक औरत उसी की ओर देख रही थी और होंठ चबा रही थी—"हाय! कैसी जवानी खाक में मिल गई!" मुझे इस बात पर बहुत गुस्सा आ रहा था। मैं भीतर से बाहर और बाहर से भीतर आने-जाने में व्यस्त था। पिताजी की बेकरारी देख रहा था, क्योंकि अब महीना समाप्त होने लगा था।

घर में जो कुछ भी होना चाहिए था, वह पहले ही समाप्त हो चुका था। इस पर तमाम रिश्तेदार मातम-पुर्सी के लिए हाज़िर थे। उन्हें चिन्ता थी कि जो व्यक्ति

सवेरे से बिना खाए-पिए हैं, उन्हें शाम को कुछ खाने को चाहिए। पिताजी ने किसी को बाज़ार दौड़ाया। बीस-तीस किलो चावल मँगवाए। गाँठ गोभी का साग और एकाध सेर तम्बाकू मँगवाया। शाम तक उन्होंने स्वयं पावभर तम्बाकू पी डाला, जिससे उनके होंठ काले अँगूरों की तरह हो गए।

श्मशान से जब तक लोग वापस आए, तब तक बीच-बीच में रोना-धोना जारी रहा। अब सभी रो-रोकर थक चुके थे। बहिनों के गले सूख गए थे। मेरी पत्नी में बात करने की ताकत न थी। माता जी बीच-बीच में रो उठतीं थीं, और विलाप करने लगती थीं।

रात को सभी औरतें नीचेवाले कमरे में सो गईं। पुरुष मेरे कमरे में सोए और मैं सारी रात एक खोए हुए बच्चे की तरह इधर-उधर दौड़ता रहा। कभी बच्चों के पास बैठता और कभी पत्नी के पास। किसी को पता न था कि मैं घर के भीतर ही हूँ। मेरे दिल को कई बार धक्का-सा लगा; सोचता रहा—शायद इन सबको केवल मेरे शरीर की ही आवश्यकता थी। वह राख हो गया होगा और इन्होंने बात ही समाप्त कर दी। धीरे-धीरे सभी खा-पीकर मस्त हो गए।

मैं अपनी पत्नी के पास गया। उससे कहा, "यह क्या पागलपन है? न कुछ खाया न पिया। चलो, घड़ीभर के लिए आराम करो। सिर तकिये पर रखो और सो जाओ। चलो, मैं सिर दबाता हूँ। यह थक गया होगा। रोते-रोते तुम्हारा दिमाग खाली हो गया होगा।" मगर उस पर मेरी बातों का कोई असर न हो रहा था। मैंने पूछा, "बड़ी ज़ोर-ज़ोर से लम्बी साँसें खींचने का क्या मतलब है? मैं कहीं और थोड़े ही चला गया हूँ। मैं यहीं मौजूद हूँ।" आधी रात तक मैं इस निष्कर्ष पर पहुँच गया कि इस घर में मेरी किसी को ज़रूरत नहीं है। मैं उस चूहे की भाँति जिसे धुएँ से भगा दिया गया हो, आँगन में पहुँचा। ऊपर से नीचे तक मकान पर नज़र दौड़ाई, और सोचने लगा—यह मुझे क्या हो गया है? क्या मुझे इसी मिट्टी के मकान के पीछे जान दे देनी है? मरकर भी मुझसे अपने परिवार के लोगों एवं इस संसार का मोह नहीं छूटा। सच पूछो तो मैंने इस संसार को फुर्सत में अच्छी तरह से देखा ही कब? मुझे बार-बार यही विचार आया कि मुझे अपने मृत शरीर के साथ ही श्मशान घाट पर जाना चाहिए था, और देखना चाहिए था कि मेरी मंज़िल क्या है?

यही सोचते-सोचते मेरे कानों में आवाज़ आई—"भाई साहब! आपको भूख तो नहीं लगी? भाई साहब! आपको ठण्ड तो नहीं लगी? आपको प्यास तो नहीं लगी?"

ये आवाज़ें सुनकर मैं उठ खड़ा हुआ। मैं सोचने लगा—मेरे घरवालों को अब भी मेरा ख्याल नहीं है। इनको पता होगा कि मुझे भूख लगती होगी, प्यास लगती होगी और ठण्ड लगती होगी। मैंने बरामदे के दरवाज़े पर अपनी बड़ी बहन को कांगड़ी सुलगाते-सुलगाते आवाज़ें देते हुए देखा। अंगारों से भरी कांगड़ी उसने जल्दी-जल्दी बरामदे के दरवाज़े के बाहर रख दी और फिर जल्दी से दरवाज़ा बन्द कर दिया।

मैंने दरवाज़े पर दस्तक दी। मेरे मन में आया कि कह दूँ—मैं इन आवश्यकताओं और तकाज़ों से आज़ाद हो चुका हूँ; मुझे अब इन चीज़ों की कोई ज़रूरत नहीं है। मगर मेरे दरवाज़े पर दस्तक देने से वह घबड़ा गई और उसके मुँह से चीख निकली, "उफ! मुझे किस बला से पाला पड़ा?" वह बरामदे में ही डरकर बैठ गई।

उसकी चीख सुनकर भीतर सभी जाग उठे! बुआ ने पूछा, "क्या बात हुई? क्यों डर गई?" उसने गुस्से में ही रोते-रोते कहा, "मैंने कहा था न कि मेरा दिल कमज़ोर है। जैसे मुझे लगा कोई दरवाज़ा खोल रहा हो।"

इस पर बुआ खिलखिलाकर हँसी और बोली, "अरी, तू किस भ्रम का शिकार हो गई? जानेवाला इस संसार से चला गया। न तो उसका शरीर ही कहीं है और न राख ही। तुम किस बात पर डरती हो?"

यह बात सुनकर मुझे लगा जैसे मेरे दिल पर किसी ने ज़ोर से लाठी मारी हो। मेरे मन में आया—इसका तात्पर्य है कि मेरा अस्तित्व इतनी नफरत का सबब है। उसने केवल दरवाज़े पर दस्तक सुनी, और उसकी जान जैसे निकल गई। यदि ये मेरी कोई बात सुनेंगे तो ये सारे एक-एक करके घर छोड़कर चले जाएँगे। मुझे यह बहुत बुरा लगा।

इसके पश्चात् मैं दरवाज़े के भीतर नहीं घुसा। मैंने आँगन में से ही ऊपर नज़र दौड़ाई। मैंने हाथ उठाया। यह फैलता गया। फैलते-फैलते शंकराचार्य पर्वत की चोटी तक पहुँच गया। कभी सिमटकर शीशे के गिलास में घुस गया और अब इतना फैल गया कि पृथ्वी और आकाश भी मुझे तंग नज़र आ रहे हैं। मैंने कभी इसकी ओर ध्यान क्यों नहीं दिया कि मुझमें इतनी ताकत है? इस मिट्टी के जिस्म ने मुझे इतना डरपोक और कमज़ोर बना दिया था? जब मैं फैले हुए बादलों के पास पहुँचने लगा तो देखते ही चेहरे पर गर्म-भाप चिपक गई। सोचा—वापस चलूँ। मैं अपने मिट्टी के शरीर की तलाश करूँ। मगर कोई आकर्षण था जो इस आँगन से मुझे बाहर नहीं निकलने देता था। समय कितना बीता, मुझे मालूम नहीं। मैं दिन में रोने की आवाज़ें सुनता और रात को मेरे कानों में बुलाने की आवाज़ें आती थीं, "भाई साहब! भूख तो नहीं लगी? भाई साहब! ठण्ड तो नहीं लगी? भाई साहब..." सभी झूठे बुलावे! झूठा नाम और झूठी तसल्ली! अब अपने परिवार के सदस्यों से मेरा दिल भर चुका था। अब यह विचार मेरे भीतर घर कर गया कि जिससे मेरा अस्तित्व था, मैंने उस शरीर की ओर ध्यान ही नहीं दिया। यह मैंने अच्छा नहीं किया।

उसी समय मैं श्मशान घाट दौड़ा। मैं चला नहीं और न ही मैं बाज़ार ही निकला। मेरा एक कदम आँगन में था और दूसरा श्मशान घाट में। वहाँ एक चिता जल रही थी। जलती हुई चिता के पास मेरी जैसी एक और आत्मा एक जलते हुए दीपक की मानिंद खड़ी थी। पहली बार मरणोपरान्त मुझे अपने जैसा कोई दूसरा मिला जिसने मेरे साथ बातें कीं और मेरी बातों का उत्तर दिया। मैंने उससे पूछा, "तुम कौन हो?"

उसने कहा, "वही, जो तुम हो! तुम कहाँ थे! तुम्हारी चिता कहाँ पर है?"

मैंने बेवकूफ की तरह कहा, "यहीं कहीं जला दी गई होगी।"

उसने गुस्से से पूछा, "तुम्हें पता ही नहीं।"

मैंने शर्माते-शर्माते कहा, "मैं घर से ही नहीं निकला।"

"बड़े नासमझ हो।" वह मुझे समझाने लगा—"क्या तुम्हारा भूत-प्रेत बनने का इरादा है? तुम्हें पता नहीं कि जिन लोगों से तुम्हें इतना प्यार है, उन पर अब तुम्हारा साया भी नहीं पड़ना चाहिए। देखो...वह कौन आ रहा है सिर से पैर तक चादर ओढ़े हुए...इसे जानते हो?"

मैंने सिर हिलाकर इन्कार किया। मैंने कहा, "मैंने इसे कभी भी नहीं देखा। यह कौन है?"

उसने उत्तर दिया, "यह यहाँ चिल्लाकशी करने के लिए आ रहा है। चालीस दिन यह श्मशान घाट पर ही इस तरह जागता रहेगा। इसे तुम्हारी जैसी ही कोई भटकी आत्मा चाहिए। उसे यह अपने वश में कर लेगा। उसे अपना सेवक बनाएगा। वह आत्मा उसके वश में होगी। यदि यह पीतल को सोना बनाने के लिए कहेगा, तो उसे करना पड़ेगा। यह उसे देश-विदेश घूमने के लिए कहेगा तो उसे घूमना पड़ेगा। जो कुछ भी यह कहेगा, उसे करना पड़ेगा।

उसकी बात सुनकर मैं काँपने लगा। इसका मतलब है कि मेरी अपनी कोई ताकत नहीं है? मैं चिल्लाया, "मैं उसका सेवक नहीं बनूँगा! मैं भाग जाऊँगा!" मेरी दृष्टि उस व्यक्ति को घूर रही थी। वह उस समय जलती हुई चिता पर चाकू लाल कर रहा था।

मेरे साथी ने हैरानी से मुझसे पूछा, "भाग के कहाँ जाओगे?"

"जीवित मनुष्यों की इतनी बड़ी दुनिया है। मेरे लिए कहीं स्थान नहीं मिलेगा क्या?"

यह सुनकर वह हँसा, "वे तुम्हें अपने सामने भी नहीं आने देंगे। शरीर के बिना आत्मा भूत हुआ करती है, और आत्मा के बिना शरीर मिट्टी। शरीर के बिना तुम्हारा कोई अस्तित्व ही नहीं है, और न शरीर का तुम्हारे बिना। तुमने नहीं देखा है कि तुम-जैसी भटकती आत्माओं को किस तरह से रस्सी से बाँधा जाता है। तुम भी चाहते हो कि तुम्हें लोग मन्त्रों से वश में करके बातें कराते रहें? क्या तुम्हारी भी पीरों और फकीरों द्वारा गर्म सलाखों से खातिर हो?"

चिल्लाकशी वाला गर्म सलाख से पृथ्वी पर कुछ नक्शे-जैसा बना रहा था। मैं घबड़ा गया। मुझे होश आया। मैंने कहा, "नहीं-नहीं, मुझे यह स्वीकार नहीं है! मैं अधूरा, अपूर्ण और सारहीन हूँ। अब मुझे कौन मुक्ति देगा?"

अनुवाद : **डॉ. ओंकार कौल**

•

बिना शीर्षक

बशीर अहमद बशीर

यदि कुत्ता आदमी को काट ले तो वह समाचार नहीं बनता, मगर जब इन्सान ही कुत्ते को काट लेता है तो वह समाचार बन जाता है। पत्रकारिता का कार्य करते हुए काफी समय बीत गया है, और समाचारपत्र का संवाददाता होने के नाते मेरा प्रयास रहता है कि कोई भी ऐसी घटना या हादसा मेरी दृष्टि से गुज़रना चाहिए, जिसमें सस्पेंस हो और कोई नई बात छिपी हो।

एक दिन मैं, और दिनों की भाँति घर से कार्यालय के लिए रवाना हुआ तो मेरे कानों को पीछे से काफी शोर की आवाज़ सुनाई दी। मैंने मुड़कर देखा–बच्चों की एक टोली एक आदमी का पीछा कर रही है। शायद वह पागल था, वर्ना उसके पीछे-पीछे बच्चे क्यों दौड़ते और उसको क्यों चिढ़ाते? शक्ल-सूरत से वह सचमुच पागल-सा लगता था। उसके बाल लम्बे थे। पाँव नंगे थे। चिथड़े पहने हुए था। फटी-पुरानी कमीज़ पर पहनी वास्केट की जेब–ढेर सारे कागज़ों से भरी हुई थी। अपनी ओर से वह बच्चों को भगाने का प्रयास कर रहा था, मगर वह इस तरह से काँप रहा था जैसे किसी पराए मुहल्ले में पकड़ा गया कोई मुर्गीचोर हो। उसकी ऐसी हालत देखकर मैंने बच्चों को भगा दिया। ज्यों ही वह आदमी मेरे निकट पहुँचा, मैं उसको ऐसे देखने लगा जैसे वह मेरा अपना ही कोई खोया हुआ आदमी हो। वह आदमी भी मेरी ओर ऐसी ही हैरानी से देखने लगा। लगभग पाँच मिनट मैं उसकी ओर देखता रहा। मेरी समझ में नहीं आ रहा था कि मेरा उसके साथ क्या सम्बन्ध था। मैं अधिक देर तक उसके पास खड़ा नहीं रह सकता था, क्योंकि वह एक पागल और मैं सूट-बूझ पहने हुए समाचार पत्र का एक संवाददाता। अगर कोई हमें एक साथ खड़े देख लेता तो वह यही समझता कि ये दोनों पागल हैं, जो एक-दूसरे से मिले हैं। मैंने सोचा कि अब आगे चलना ही बेहतर होगा। ज्यों ही मैं आगे को बढ़ा, उस व्यक्ति ने मेरे कन्धे पर हाथ रखा। मैं घबड़ा गया–अब मेरी शामत आ गई है। कहीं वह मुझे गाली न देने लगे, कहीं बच्चे मुझे भी न चिढ़ाने लगें! उसने मेरी घबराहट भाँप ली, और वह बड़ी संजीदगी से मुझसे कहने लगा।

'तुम क्यों घबरा गए हो? मुझे पता है कि तुम मुझे गौर से क्यों देख रहे हो। यह भी पता है कि तुम क्या जानना चाहते हो।'

यह सुनकर मुझे आश्चर्य हुआ। मैं सोच ही रहा था कि इसे कैसे पता चला कि मैं उसे देखकर किसी उलझन में फँस गया हूँ, या मैं किसी चीज़ को खोजना चाहता था? यकायक उसने एक ऐसी बात कही जिससे मेरे पैरों के नीचे से ज़मीन खिसकने लगी। उसने स्वयं कहा—"तुम्हारा नाम बशीर अहमद बशीर है न? तुम एक समाचारपत्र के संवाददाता हो न?"

मैं 'हूँ' तक न कह सका।

इसके बाद मैं उसे अपलक देखने लगा। एक संवाददाता होने के बावजूद भी ऐसा लगा जैसे मेरी जीभ तालू से चिपक गई हो। भीतर ही भीतर मुझमें बहुत ही उत्सुकता बढ़ी। विचार आया, कह दूँ—'अब अधिक देर मुझे उलझन में मत रखो।' लेकिन यह सब कहने की नौबत नहीं आई।

कुछ कहे बिना उसने वास्केट की जेब से कागज़ों के पुलिन्दों को बाहर निकाला। सभी कागज़ों को उलट-पलटकर देखा। उनमें से एक कागज़ का एक पन्ना ढूँढकर अलग किया। उसको सीधा करके हँसते हुए मुझे पकड़ाया। समझ में नहीं आ रहा था कि मुझसे क्या कहना चाहता था। मैंने उस कागज़ के पन्ने को अच्छी तरह देखा। यह मेरे ही समाचारपत्र की एक कतरन थी। जब उसकी तिथि देखी, तो मैंने अन्दाज़ा लगाया कि वह कतरन आज से पाँच वर्ष पूर्व के समाचारपत्र से थी। यह देखकर मैं और भी गहरी सोच में पड़ गया। मुझे लगा जैसे 'अलिफ-लैला' की कोई कहानी दोहराई जा रही हो। मेरी उससे भेंट...फिर उससे कोई पुराना सम्बन्ध तलाशना...उसका मेरे नाम आदि का परिचय देना...और अब पाँच वर्ष पूर्व के एक समाचारपत्र की कतरन का उसके पास होना—यह सब-कुछ मुझे किसी राजा की कहानी लग रहा था।

उस फटे हुए जीर्ण-से समाचारपत्र के पन्ने पर एक समाचार प्रकाशित हुआ था, जो मैंने संवाददाता के रूप में लिख भेजा था। यह समाचार उर्दू भाषा में था और उसका विवरण इस प्रकार था।

"श्रीनगर से पचास किलोमीटर दूर बारामुल्ला तहसील में आज सम्बन्धित मन्त्री जी ने एक सड़क का उद्घाटन किया। उन्होंने कहा कि इस सड़क पर लगभग बीस लाख रुपए खर्च हुए हैं और यह सड़क दूर-दराज और पिछड़े हुए गाँवों को आपस में मिलाएगी। यातायात प्रारम्भ होने से वे सभी कठिनाइयाँ दूर हो जाएँगी जिनके कारण ये गाँव छिपे हुए थे। उद्घाटन-समारोह में समाचारपत्रों के संवाददाता भी मौजूद थे और उन्होंने इस सड़क का स्वयं निरीक्षण किया। हमारे संवाददाता ने स्थानीय मज़दूरों और ठेकेदारों से भी भेंट की। एक मज़दूर ने हमारे संवाददाता के पास शिकायत की कि कम-से-कम एक सौ मज़दूरों को प्रतिदिन तीन-तीन रुपये के हिसाब से मज़दूरी

अदा की गई जब कि उन्हें सात-सात रुपये प्रतिदिन मिलनी चाहिए थी। इस तरह कम-से-कम आधी रकम बीच में ही खाई गई। सम्बन्धित मन्त्री जी से प्रार्थना की जाए कि वे इस मामले की तहकीकात कराएँ। हमारे संवाददाता ने जब इस शिकायत का मन्त्री जी से ज़िक्र किया तो उन्होंने विश्वास दिलाया कि वे इस मामले की पूरी तरह जाँच कराएँगे और मज़दूरों को उनका पूरा हक दिलवायेंगे। मज़दूरों ने मन्त्री जी का आश्वासन सुनकर तालियाँ बजाईं और मन्त्रीजी के लिए ज़िन्दाबाद का नारा बुलन्द किया।''

पुराने समाचारपत्र की कतरन से यह समाचार पढ़कर भी मेरी उलझन सुलझ न पाई। इसी उधेड़बुन में मेरे होंठ भिंच गए। वह आदमी फिर कहने लगा–

''मैं ही वह आदमी हूँ।''

''कौन?'' मेरे होंठों से केवल यह शब्द निकला।

''अभी भी नहीं समझे?''

•

बर्फ

रतनलाल शान्त

जाने वक्त क्या हुआ होगा। मोहनलाल की आँखों में नींद नहीं थी। ज़बर्दस्ती आँखें बन्द करके और करवटें बदलते कैसे भी उसने रात बितानी चाही थी। बीच में आँखें खोलकर जालीवाली खिड़कियों पर चिपकाए कागज़ पर ध्यान केन्द्रित करके समय का अन्दाज़ा करने लगा।[1] कागज़ के पार धुँधला-सा प्रकाश आ रहा था, मगर उससे यह अनुमान लगाना कठिन था कि रात अभी कितनी बाकी है। कमरा चारों ओर से जैसे मुहरबन्द किया गया था। उसकी पत्नी ने वैसे ही रोशनी आने के तमाम सम्भव रास्ते, दरारें, छेद आदि बन्द करवा रखे थे, जैसे यह हर जाड़ा आने से पहले किया करता था। उसने बचपन में बुज़ुर्गों से सुना था कि रोशनी बसन्त ऋतु का श्रृंगार है, जाड़ों में तो यह शिशिर के कठोर तीर की तरह चुभती है। उसकी पत्नी ने भी ऐसा ही सुना होगा। कमरे के अँधेरे में सिर्फ उसके सो रहे परिवार की साँसों के आरोह-अवरोह के स्वर तैर रहे थे, जैसे बाहर आने का कोई मार्ग ढूँढ रहे हों।

मोहनलाल भी जागता हुआ अपने मन की उलझनों से बाहर आने का मार्ग ढूँढ रहा था।

उसका सर चकरा रहा था। कमरे की धुँधली आभा में उसे अपना कमरा सिकुड़ता और कभी फैलता दिख रहा था। कभी सारा कमरा खिड़की के कागज़-मढ़े पल्लों में सिमट जाता तो कभी दीवारें एक-दूसरे को लाँघती-फलाँगती शून्य की तरफ भागतीलगतीं।

उसने माथे पर दो-तीन मुक्कियाँ मारीं। फिर करवट बदली। अँधेरे की आदी नज़रों से दूसरे कोने में सो रही पत्नी का चेहरा टोहने लगा। वह लिहाफ में सिमटी, पोटली-सी पड़ी सो रही थी—निश्शंक और निश्चिन्त । रात को देर तक बैठे बातें करते रहे थे। फिर वह कह उठी थी, 'अब सोने की कोशिश करो, थके हो।' फिर बच्ची को पिता की गोदी से उतारकर बीच में सुलाते हुए डाँटा-'तू भी अब सो, बबली! कल अपनी गुटर-गुटर सुनाना। और देख, सुबह पापा को जल्दी नहीं उठाना!'

पर मोहनलाल को नींद नहीं आई। पत्नी उससे जम्मू के बारे में पूछती जा रही थी। वह हाँ-हूँ करके संक्षिप्त उत्तर देकर टाल रहा था। सिर्फ उसके चेहरे से

नज़रें नहीं हटा रहा था। पत्नी ने कुछ ताड़ लिया और मुस्कराकर कहा, "अब घुस भी जाओ लिहाफ में। इस नरक-रास्ते पर बस में सफर करने से अंग-अंग टूट जाता होगा। सुबह से शाम तक सिर्फ बैठे जो रहना पड़ता होगा।"[2]

उसने बात सुनी। बस के ज़िक्र ने जैसे उसका मन फिर मथ डाला। वह पत्नी की ओर देखने लगा, जैसे उसी से कोई समाधान चाहता हो। इस तरह देखने का कुछ और अभिप्राय समझकर पत्नी बोली, "मैंने कहा न, अब सो जाओ...ऐसे क्यों देख रहे हो?...भई, आज बहुत थके हो...शाबाश! अच्छे बच्चों की तरह आँखें बन्द करो और सो जाओ।"

वह समझ गया कि रानी क्या अर्थ लगा रही है। उसे हँसी आई। वह उसके मासूम चेहरे को फिर से देखते हुए सोचने लगा कि आखिर चार महीनों में वह भला कैसे बदल सकती है? फिर तो उससे रहा नहीं गया। वह उठी, मोहनलाल के फिरन[3] को उसके गले और कन्धों के पास पकड़कर खींचा, उतार दिया और उसे बिस्तर पर धकेलकर सरका दिया। उसका सिर सिरहाने पर रख दिया। पास बैठकर उसके बाल सहलाने लगी। उसकी पलकों पर उँगलियाँ फेर-फेरकर सुलाती हुई बोली—"आज न सही, कल सही। मैं कहीं भागी जा रही हूँ?...मैं खुद कभी बानिहाल[4] नहीं गई... लेकिन उस सड़क के सफर के बारे में जो सुना है, उसे सोचकर कभी उधर जाने का नाम नहीं लूँगी।...मैं सब जानती हूँ...आज रात आपको सारा मकान हिलता हुआ लगेगा।"

वह भी रज़ाई में जा घुसी। बत्ती बुझाकर बोली, 'अब यह न कहना कि ठण्ड लग रही है। यहाँ ठण्ड ही क्या पड़ी? बर्फ नहीं गिरी। यह कोई शीतकाल है? दिन को धूप निकलती है...' और कहते-कहते वह सो गई।

वैसी ठण्ड बिल्कुल नहीं थी जैसी जनवरी में होती है। फिर उसे नींद क्यों नहीं आ रही थी? क्या रानी की तरह यह भी कसम उठा ले कि दोबारा उस रास्ते नहीं जाएगा? जम्मू नहीं जाएगा?

मोहनलाल के घर में प्रवेश करते ही बबली दौड़ के आई थी और बाप की गोदी में बैठ गई थी। पहली बात पूछी, "बानिहाल में पहाड़ पर बर्फ गिरी थी, पापा?" मोहनलाल इस अचानक प्रश्न से थोड़ा हैरान होकर पत्नी की ओर देखने लगा। उसे हँसी आई, यह सोचकर कि उसकी पत्नी का अनुमान था कि बानिहाल पर्वत एक सपाट दीवार-सा है जिसके इस ओर से चढ़कर चोटी पर पहुँचते हैं और दूसरी ओर उतरकर जम्मू पहुँचते हैं। उसने मन ही मन ठाना कि अगले वर्ष रानी को कुछ नहीं तो घुमाने के लिए जम्मू ले जाएगा। बच्ची ने प्रश्न दोहराया तो मोहनलाल ने कहा, "नहीं।"

बच्ची निराश होकर बाप की गोदी से उतरी और उदास हो अलग जा बैठी।

मोहनलाल समझ नहीं पाया कि बर्फ के न गिरने से बबली इतनी उदास कैसे

हो सकती है। माँ ने बच्ची को गोदी में उठाकर पुचकार लिया, ''बबली! बर्फ नहीं गिरी तो पापा से नाराज हो गई?''

''तू तो कहती थी यहाँ बर्फ नहीं गिरी, पर पहाड़ पर ज़रूर गिरी होगी?''

मोहनलाल से अब रहा नहीं गया। बबली को अपने-आप बुलाकर बताया, ''देखो बेटी! जिस पहाड़ के रास्ते मैं आया वह बहुत ऊँचा है। पर बसें उसकी चोटी पर नहीं जातीं। वहाँ बर्फ ज़रूर गिरी होगी।''

''बसें चोटी पर नहीं जातीं तो इस पार कैसे आ जाती हैं? पापा झूठ बोलते हैं।'' और वह रोने लगी।

''अरे, सुनो! बानिहाल पहाड़ के बीचों-बीच छेद किया गया है, 'टनल' बनाई गई है। उसी के बीच से होकर बसें इस पार आती-जाती हैं।''

''छेद के बीच? तब तो वहाँ दम घुटता होगा? अँधेरे में डर लगता होगा ना?''

''लगता है इन चार महीनों में माँ ने तुम्हें और भी बातूनी बना दिया है। जा अब खेल!''

इतना कहकर मोहनलाल ने प्रश्नाकुल बच्ची से पिंड छुड़ाया, पर खुद उन्हीं अँधेरों में लौट गया जिनसे डरने का ज़िक्र करके बच्ची ने उसके मर्म को एक बार फिर छेड़ा था।

कुछ घण्टे पहले, 'जवाहर टनल' के अँधेरों से गुज़रती उसकी बस अचानक रुक गई थी, क्योंकि बस में किसी की बच्ची अचानक चीखी थी। और ड्राइवर ने सहसा ब्रेक लगाकर बस को रोका था।

बच्ची के माँ-बाप उसे चुप कराने लगे थे, पर उनके पीछे बैठे दो जवान सीट से बाहर आए और ड्राइवर के पास जाकर चिल्लाने लगे, ''अब भी बत्ती नहीं जलाओगे, पण्डित?''

और ड्राइवर ने ब त्ती जलाई।

''यहाँ तुम्हारी मनमानी नहीं चलेगी।''

''मैंने क्या मनमानी की ख्वाजा साहब?'' ड्राइवर अपना बचाव करने लगा।

''अँधेरे में जो बच्चा चीखा, वह डर की वजह से मर जाता, तो?'' एक जवान उसकी कमीज़ का कॉलर पकड़कर उससे और दलील माँगने लगा। ड्राइवर के मुँह से आवाज़ नहीं निकल रही थी। वह थूक निगलने लगा। दूसरे जवान ने उठकर अपना सिर ड्राइवर की नाक पर दे मारा तो ड्राइवर की नकसीर फूट गई। कुछ सवारियाँ ''हाय! खून हो जाएगा। अरे, कत्ल करोगे इसे?'' कहती हुई उन दो जवानों को हटाने की कोशिश करने लगीं, पर अपनी सीट से उठा कोई नहीं, सिर्फ बोलते रहे। पहले जवान ने ऐलान किया :

''यह खून देख ले, जिसे देखना है। याद रखे, जिसे याद रखना है। 'टनल' के इस पार रहने की तमीज़ नहीं सीखेगा तो यही हश्र उसका भी होगा।''

टनल के इस पार, यानी कश्मीर घाटी।

कंडक्टर हुकूमत सिंह ने कहीं से कपड़े का टुकड़ा लाकर अपने उस्ताद की नकसीर रोकी और ड्राइवर ने चुपचाप गाड़ी स्टार्ट की और चल पड़ा। टनल के बीच ट्रैफिक जाम हो गया था। रुकी खड़ी गाड़ियों के हॉर्न बजने लगे और टनल के बीच आवाज़ें गरजने-गूँजने लगीं। फिर शोर में कुछ सुनाई नहीं दिया। जवान क्या बोलते रहे और बाकी सवारियों की प्रतिक्रिया क्या थी—यह सुनाई नहीं दिया।

मोहनलाल अपनी सीट में धँस गया कि कोई उसे देखे नहीं। मुहीउद्दीन ने उसे सिगरेट दी, पर उसने नहीं ली। धीरे-धीरे खामोशी छा गई।

मुहीउद्दीन ने यह अप्रिय खामोशी तोड़ी। वह दो जवानों में से एक से बड़े बुजुर्गाना अन्दाज़ में बोला, ''इस तरह ड्राइवर से पेश नहीं आना चाहिए था। अभी हमें तीन घण्टे का सफर तय करना है और ड्राइवर यही रहेगा।''

''तुम चुप रहो जी! इन्तज़ार की डोर और कस के पकड़े रहो। इस 'दालभट्ट'[5] में दम होता तो जवाब न देता? तुम-जैसे बूढ़ों ने हमारे उबलते जोश पर हमेशा ठण्डा पानी डालने की कोशिश की है, नहीं तो इधर इनकी क्या मजाल जो मुँह खोल सकें।''

मोहनलाल ने मुहीउद्दीन की ठोड़ी पकड़ी और अनुनय करने लगा, ''मुहीउद्दीन साहब, तुम्हें मेरे मरने की कसम जो आगे एक लफ्ज बोलो। मेरी बच्ची की कसम है तुम्हें। अपने परवेज़ की कसम है तुम्हें।'' और वह मुहीउद्दीन को ज़बर्दस्ती पकड़े रहा कि यह उठ खड़ा न हो और जाकर जवानों से उलझ न पड़े।

फिर सब शान्त हो गया।

बस टनल से बाहर आकर घाटी में प्रविष्ट हुई। अचानक आवाज़ आई, ''नहीं गिरी है...नहीं गिरी है न बर्फ़। हार गए, तुम शर्त हार गए! निकालो दस रुपए!''

दो लड़कों की इस चुहल से बस का वातावरण थोड़ा हल्का हो गया। स्पष्ट था कि टनल में प्रवेश करते ही इनमें शर्त लगी थी कि टनल के उस पार यद्यपि सूखा मौसम था, पर इस पार बर्फ गिरी होगी। आसमान दिनभर बादलों से टकराता रहा था।

इस प्रकरण से सवारियों में नई बहस छिड़ी कि यह जो अब बिना बर्फ के तीसरा साल जा रहा है, इससे कश्मीर के अर्थतन्त्र को कितना नुकसान पहुँच रहा है! जवानों से सचमुच प्रतिक्रिया न पाकर मुहीउद्दीन जला-भुना-सा बैठा था। वह बहस करनेवालों को सम्बोधित करने लगा, ''बर्फ गिरेगी तो तुमको क्या मिलेगा? क्यों एक-दूसरे का सिर फोड़ रहे हो मेरे भाइयो?''

वे तो चुप हो गए, पर जवानों से रहा नहीं गया। एक ने मुहीउद्दीन से ही सवाल किया, ''तुम्हें ज़रूर फर्क नहीं पड़ेगा, अगर इस साल भी मौसम सूखा ही रहा। पर उन लाखों गरीब किसानों के बारे में तुम क्यों सोचो? तुम ख्वाजा साहब हो और वे 'हातो'।''

मुहीउद्दीन अब की बार तैयार था, "रसद के चावल जैसे मुझे मिलते हैं, किसान भी मँगा के खाता है चाहे उसके गोदाम अपने 'मुश्कबुदिन'[6] से ही भरें हों। और फिर वह चावल क्यों उगाए? भाँग खुद ही उगती है और चावल से दस गुना कीमत वसूल कराती है[7]...।"

इससे लगा कि जवान निरुत्तर हो गए।

मोहनलाल का डर बढ़ गया। उसने जैसा इन जवानों को समझा था उससे लगता था कि वे बवंडर उठाएँगे और फिर न जाने वह घर सकुशल पहुँच पाएगा कि नहीं। उसने मुहीउद्दीन से कहा, "मुहीउद्दीन! ठीक ही तो कह रहे हैं। बर्फ़ नहीं गिरेगी तो धान नहीं उगेगा। हर चीज़ की क़ीमत बढ़ेगी। सारी ज़िन्दगी पर असर पड़ेगा।" मोहनलाल को लगा कि उसने बहुत ही बुद्धिमत्ता की बात की। समर्थन के लिए वह दाएँ-बाएँ देखने लगा। पर सब उसे मुस्कुराता देखकर मुँह फेरने लगे। उसने बच्ची के माँ-बाप की तरफ देखा और बच्ची की ओर सायास मुस्कुराकर वातावरण को सुखद बनाने की कोशिश की। पर सबने मुँह सिकोड़ लिये।

फिर एक जवान उससे कह उठा, "तुमसे किसने राय पूछी पण्डित? तुम चुप नहीं बैठ सकते या एक बार फिर तुम्हें भी नज़ारा दिखाया जाए?"

वह चुप हो गया। उसे पूरा विश्वास था कि ये कुछ भी कर सकते हैं। दोपहर को उन्होंने जो समस्या पैदा की, वह किसी ने सोची भी न थी। दूसरे ड्राइवर बद्रीनाथ ने बटोत[8] पहुँचकर 'अग्रवाल होटल' के सामने बस खड़ी की और कूदकर होटल में जा घुसा।

कंडक्टर हुकूमत सिंह ने ऐलान किया, "जल्दी कीजिए, साहिबो! बीस मिनट में खाना खाके आइए।" कहकर वह भी उस्ताद के पास होटल में जा बैठा। अग्रवाल की बगल में एक 'गरीब मुस्लिम होटल' था। ड्राइवर का अन्दाज़ा रहा होगा कि अगल-बगल दो सम्प्रदाय वाले होटल सवारियों के लिए सुविधाजनक होंगे, और वह हस्बे-मामूल दोनों होटलवालों से कमीशन ले सकेगा।

सवारियाँ उतर चुकीं तो एक जवान ने शेष को सावधान किया, "यहाँ नहीं खाइएगा! खराब और नापाक गोश्त बनाता है वह। बदनाम है यह होटल यहाँ। देखो कोई ग्राहक भी नहीं है। यह पण्डित मिला हुआ है इससे। आखिर इसका क्या जाएगा? पास में कोई दूसरा मुस्लिम होटल भी नहीं। चलो भाई, चाहे दूर भी जाना पड़े, पर इसकी चाल न चलने देंगे।" और वह सब सवारियों को हाँक ले गया, मुहीउद्दीन को भी।

मोहनलाल को यह असामान्य लगा क्योंकि पिछले चार महीनों से वह मुहीउद्दीन के साथ रहा है, साथ ही खाता-पीता सोता-जागता रहा है। जम्मू में जगह-जगह हिन्दू ढाबे और होटल देखे, पर जहाँ मुहीउद्दीन ले गया वहीं जाता रहा—सहर्ष...।

वह असमंजस में ठिठककर खड़ा हो गया। दूर जाते हुए मुहीउद्दीन ने उसे इशारे से बता दिया, 'मैं इनके साथ जा रहा हूँ, तुम वहीं खा लो, अग्रवाल होटल में।'

वह अनमना हो के खाने बैठा, तब उसे भान हुआ कि गाड़ी में उसके अलावा केवल एक हिन्दू सवारी है। जब सब खा के आए और गाड़ी चलने लगी तो पहले जवान के अलावा दूसरा जवान भी बोल रहा था जिससे साफ अन्दाज़ा हो सकता था कि अभी वही होटल-प्रकरण जारी रहेगा।

दूसरा जवान बोल उठा, "और आपने देखा, सुबह जम्मू से जल्दी चलने के लिए हमने इसकी कितनी मिन्नतें कीं! पर इसे क्या परवाह? घर देर रात को पहुँचेंगे तो हम...मुसीबत हमारी!"

पहला बोला, "इसने अपना मकान जम्मू में बनाया होगा। इसका घर जम्मू होगा।"

मुहीउद्दीन जब से सीट पर बैठा था, तब से चुप था जैसे वह भी किसी भूली कथा को याद करने लगा हो। मोहनलाल तो जैसे अपराध करते पकड़ा गया था। वह चार महीनों में पहली बार मुहीउद्दीन से अलग खाना खा आया था। फिर मुहीउद्दीन ने वाचाल जवानों को समझाया, "तुम लोग बेकार परेशान हो रहे हो। बद्रीनाथ को मैं जानता हूँ। दस बार मैं इसकी बस में सफर कर चुका हूँगा। बड़ा पुराना और तजुर्बेकार ड्राइवर है। ट्रांसपोर्ट मुलाजिमों का प्रेजीडेण्ट है।"

"पैसे कमाने का बोलो जी! खून हमारा चूसेंगे पर रंगरेली मनाएँगे बानिहाल के इस पार।"

"अरे देखने की चीज़ होती है। कैसे खिल आए होते हैं ये जम्मू में! चेहरे पर नूर होता है और आँखों में चमक।"

"उधर हमारे लिए बर्फ, शीत और हड़कम्प। इधर ये गुनगुनी धूप में सेहत बनाते घूमते फिरते हैं।"

ड्राइवर को कुछ सुनाई नहीं दे रहा था और वह निश्चिन्त, तीली से दाँत कुरेदते हुए गाड़ी चलाता जा रहा था। कंडक्टर पिछली सीट पर बैठा प्रतिवाद कर बैठा, "नहीं हज़![10] उस्ताद जी का घर अनंतनाग[11] ज़िले में है।"

जैसे उसके बोलने की देर थी, सब उस पर झपट पड़े। हाथों से पिटाई नहीं की, बाकी उसके 'जूँ-सिख' होने और 'बेपेंदी के पण्डित का दुमछल्ला' आदि कहकर उसकी खूब प्रताड़ना की। सींकिया पहलवान हुकूमत सिंह खीसें निपोरता रहा। बस अब रामबन पार कर चुकी थी और लगातार चढ़ाई चढ़ रही थी। खाना खाकर और सीटों में डोलते-ढुलकते लोग ऊँघने लगे थे। खामोशी छा गई थी। ड्राइवर ने एक पहाड़ी झरने के पास बस खड़ी की और कंडक्टर को पुकारा, "ओय हुकूमत सिंह! चल पानी डाल। इंजन गर्म हो गया।" और सवारियों से कहा, "चलो ख्वाजा साहिबान! जी भरकर पानी पियो। श्रीनगर में अब नलों में भी पानी नहीं आता। इस साल भी बर्फ का नामोनिशान नहीं। यही हाल रहा तो कश्मीर पंजाब हो जाएगा।"

लगा कि अधिकांश सवारियों के लिए यह दुःखद सूचना थी। उन्होंने बद्रीनाथ को घेर लिया और इस रोज़ाना आते-जाते ड्राइवर से कश्मीर के मौसम की नवीनतम जानकारी प्राप्त करने लगे।

मोहनलाल और मुहीउद्दीन ठण्डे स्वच्छ पानी के घूँट भरकर पी रहे थे। और एक-दूसरे की ओर देखकर मौन मुस्करा रहे थे, जैसे कह रहें हो कि कुछ भी कहें ये जवान हैं, हम अपना मज़ा क्यों बिगाड़ें? इतने में उसको भीतर से आवाज़ आई, "चलो भी अब ड्राइवर! यों भी आधी रात को पहुँचना है हमें। अब कल सुबह पहुँचाने पर तुले हो?"

सबने निगाहें फेरीं। दोनों जवान गाड़ी में बैठे थे। एक ने वहीं से आवाज़ लगाई थी।

गाड़ी चली तो दूसरा बोला, "सुना आप लोगों ने? कश्मीर को पंजाब बनाना चाहता है।"

पहला बनावटी स्वर में स्वाँग भरता हुआ कहने लगा, "बड़ा दुःखी हो रहा है बेचारा कि बर्फ नहीं गिरी। मैं पूछता हूँ इसे हमारी बर्फ से क्या लेना-देना? भुगतना है तो हमें।"

दूसरा जवान और गर्म हो उठा। सीट से बाहर आकर ड्राइवर के पास गया और चिल्लाया, "याद रखना पण्डित! हमको देर से पहुँचाओगे तो तुमको फिर कभी लौट के जम्मू देखना नसीब नहीं होगा। फिर दोबारा किसी को सुनना नहीं होगा कि कश्मीर पंजाब हो जाएगा।"

ड्राइवर अब पालतू बिल्ली बना हुआ था। सुनके अनसुना कर रहा था और सीधे सड़क देखते हुए स्टियरिंग घुमा रहा था।

दोनों विजयी की तरह लौट आए। अपनी सीट पर बैठकर धीमे स्वर में एक ने कहा, "इनकी गर्दन दबाए न रखो तो ये सिर पर ही चढ़ बैठेंगे। ये सब हमने जान-बूझकर कहा।"

मोहनलाल सीट में और धँस गया और मुहीउद्दीन उसकी ओर दीन आँखों से देखने लगा। बाकी सब सवारियाँ हाँ में हाँ मिला रही थीं। विजय का जश्न मन रहा था।

मोहनलाल बीच में आश्वस्त हो गया था, पर अब उसे फिर लगने लगा कि वह शायद सकुशल घर नहीं पहुँचेगा। वह अपनी लालची वृत्ति को कोसने लगा। भला बैठा था दस साल से श्रीनगर में, क्यों जम्मू घूम आने का विचार मन में आया? क्यों मुहीउद्दीन से कहा और क्यों मुहीउद्दीन ने साहब को नोट लिखा कि वह मोहनलाल को भी अपने साथ ले जाना चाहता है, जिससे डिपार्टमेन्ट के केस को हाईकोर्ट जम्मू में और अच्छी तरह लड़ा जा सकेगा? हेडक्लर्क के साथ 'रिकॉर्ड-क्लर्क' गया तो सेक्शन में सबको जलन हुई—महीने-भर रहेंगे और खूब टी.ए.-डी.ए बनाएँगे। मोहनलाल फूला नहीं समा रहा था कि नवम्बर का महीना काट आऊँगा! जम्मू शहर भी देख लूँगा और ऊपरी आमदनी भी होगी। पत्नी और बच्चों ने फमाईशें कीं और आँखों में आँसू भर के विदा किया—'पहाड़ी सफर पर जा रहे हो। अपना ख्याल रखना! जम्मू में सुना है गर्मी में

तप जाते हैं। धूप से बचकर चलना! और 'महदा साहब' का साथ नहीं छोड़ना!' और वह एक अपूर्व उमंग के साथ मुहीउद्दीन के साथ जम्मू रहा। तारीख पर तारीख बढ़ती रहीं और एक महीने की ड्यूटी चार महीने तक बढ़ी। मुहीउद्दीन चाहता था कि फरवरी और मार्च का महीना भी जम्मू में बीत जाए पर मोहनलाल वापस जाने को उतावला हो रहा था। वह अलग से साहब से जा मिला, जो इस दौरान चार-पाँच बार मीटिंग अटेन्ड करने जम्मू आकर डाकबंगले में ठहरे थे। पर मुहीउद्दीन ने उसे पहले ही बता रखा था कि यों केस को बीच में छोड़कर चले जाना ठीक नहीं होगा। मोहनलाल को चिन्ता लगी कि अकेली कैसे रही होगी उसकी पत्नी और कैसे सँभाल रही होगी पाँच साल की बच्ची को? एक महीना बीता, दूसरा भी; उसने झींकते-खीजते निकाल ही दिया। फिर वह घर जाने को तड़प उठा। मुहीउद्दीन से कहा, "पहली बार उनको अकेला छोड़ा है। परेशान होंगे वे। जाड़ा सिर पर है। बर्फ गिरेगी तो बेचारी पर मुसीबत टूट पड़ेगी। घर में काँगड़ी-कोयला है न बालन-लकड़ी।"

मुहीउद्दीन ने उसके कन्धे पर ज़ोर का हाथ मारा और कहकहा लगाया, "अरे भूल भी जा कोयला-लकड़ी। हर इन्सान दुनिया में अपनी किस्मत आप ले के आता है। चाहे वह कश्मीर में रहे, चाहे बर्फ गिरे, चाहे तपती चट्टानों पर झोंपड़ी बनाकर रहे, तू मौज उड़ा और रुपये बना। कोई ज़रूरत हो तो बता!"

मोहनलाल की कौन ज़रूरत थी जो उसके कृपालु मित्र ने पूरी नहीं की! वर्ना जम्मू में उसका कोई सम्बन्धी नहीं था और जाड़ों में दरबार-मूव[12] के साथ न जाने वाले स्टाफ का होने के कारण जम्मू से उसका पहले कोई परिचय भी नहीं था। हेड क्लर्क मुहीउद्दीन ने खुद उसे साफ बताया था कि वह इस साल 'मूव' के साथ जम्मू नहीं भेजा गया तो क्या हुआ! जाने के दस बहाने वह बना लेगा। साहब उसके नोट पर 'नो' लिखने की जुर्रत नहीं कर सकता। और ऐसा ही हुआ। मोहनलाल की भी आकांक्षा पूरी हुई, पर फिर बोरियत होने लगी और फिर परेशानी। पहले दिनों 'तरंग' बाँधे या 'कसाब' पहने कोई कश्मीरन[13] जम्मू के बाज़ार में घूमती नज़र आती तो उछलकर उसके सामने जा खड़ा होता और यों ही बात बना लेता। इससे उसकी चिन्ता तो कम न होती, टल-भर जाती। वह मुहीउद्दीन से गर्मी का बहाना करने लगा कि उस से जम्मू की गर्मी सहन नहीं होती। मुहीउद्दीन उसे बर्फीला पानी पिला देता और कन्धे पर झापड़ रसीद करते हुए पूछता, "पट्ठे! यह होती है बर्फ जिसने दिल-जिगर को तरी बख्शी, वरना वह बर्फ तो हमारी जान खाती है जो आसमान से बला की तरह उतरती है।" हँसता हुआ मुहीउद्दीन समझता था कि वह मोहनलाल के दिल में पहली बार कश्मीर से दूर रहने का दर्द बोल रहा है, वरना दिसम्बर में क्या गर्मी है यहाँ?

जाने मोहनलाल कब तक जागता रहा—बेचारी रानी! कहती थी 'रात-भर धकेले डुलाए जा रहे हो, ऐसा महसूस होगा। आग लगे दूरी को! और दूर के देस को! एक बार बचपन में माँ-बाप के साथ हम लोग डल झील के रास्ते निशातबाग गए

थे। दिनभर डुंगी में हिचकोले खाते रहे तो रात को भी दिमाग चकराता रहा।...जो भी हो, हम माँ-बेटी को अगले साल जाड़ों में जम्मू घुमा लाना! और क्या जाने वहाँ कभी 'मूव' के साथ जाना हो तो...नहीं, जम्मू आखिर परदेस है। कैसे रह पाते होंगे ज़िन्दगी-भर वहाँ? मैं तो दो-चार महीनों में ही तंग आ गया।...वह रातभर अपने तर्कहीन तर्क में उलझा ही रहा। ज़रा आँख लगी तो सपने में देखा—'टनल' के बीचों-बीच फँस गया है। इस मुहाने पर भी लोग मशालें लिये, उस सिरे पर भी लोग। वह अँधेरे में बेबस हाथ-पाँव मार रहा है कि किधर जाए? ड्राइवर बद्रीनाथ और कंडक्टर हुकूमत सिंह उससे मिलने दूर से दौड़ चले आ रहे हैं कि एक बस बीच में आके खड़ी हो जाती है, रास्ता रोके। इसे चला रहे हैं दो जवान...

और अब ज़ोर-ज़ोर से हिलाकर जगाया बबली ने, तो उसकी आँख खुली, "पापा उठो! पापा उठो!"

उसकी आँख खुली। बबली खिड़की खोलकर ज़ोर-ज़ोर से गा रही थी, "बर्फ भैया! गिरो गिरो!!! बर्फ भैया, आओ-आओ!!"[14] आँगन में भी मुहल्ले-भर के बच्चे इकट्ठे हुए होंगे। बड़ा हो-हल्ला हो रहा था।

रानी आई और बबली को डाँट सुनाई, "तुझसे कहा था पापा को जल्दी मत जगाना। कल देर रात तक बैठे जाग रहे थे। जाओ, आँगन में बच्चों के साथ बर्फ की लड़ाई लड़ो।"[15]

वह जाने लगी तो मोहनलाल ने उसका पल्लू खींचा, "क्यों? बर्फ गिरी है क्या?"

रानी का चेहरा खिल आया था। वह बहुत सुन्दर लग रही थी।

"गिरी भी है और गिर भी रही है। उठ खड़े हो और खिड़की से देखो तो सही! कैसी पवित्र सफेदी छा गई है हर कहीं!"

वह उठा। आँखें थोड़ा मसलकर आलस्य से मुक्त कर दीं। देखा कि बर्फ के मोटे-मोटे गोले गिर रहे थे। उसने सिगरेट जलाई। वह गम्भीर हो गया। पत्नी रसोई में चली गई थी।

तत्काल तहरी-भरी थाली लेकर रानी आई।[16] हाथ से समेटकर पति को देने लगी।

"तहरी?" देखकर उसने पूछा, "आज किसका जन्मदिन है? बबली तो मई में हुई थी और तुम...?"

"तीस साल बाद बर्फ गिरी है। यह मुबारकबाद की तहरी है।...तरस गई थीं आँखें और तड़प रहा था मन। आखिर सदियों का रिश्ता है इस मुए के साथ... यह लो बबली, थाली ले जाओ और बिट्टी, पिंकी, विक्कू के घर दे आओ...मैंने थाली ही में बाँट रखी है..."

मोहनलाल तहरी खा रहा था और रानी के चेहरे के भाव पढ़ने की कोशिश कर रहा था। उसे लगा कि रानी के साथ भी उसका सदियों का रिश्ता है और इसे उसको एक झटके में तोड़ना पड़ सकता है...

"मुझे यों क्यों देख रहे हो? चलो हाथ-मुँह धोकर तैयार हो जाओ। चार महीने बाद आए हो। दीन बाबा साहब'[17] की खिड़की से गाँठ खोलनी है..."

सन्दर्भ

1. पुराने कश्मीरी मकानों में लकड़ी की जाली या 'पिंजर' वाले पल्लों की खिड़की बनती थी। शीशा बहुत बाद में प्रयोग में आया। ऐसी खिड़की को 'ल्वकतुर' कहते थे। ठण्ड से बचने के लिए उस पर कागज़ मढ़ते थे।
2. श्रीनगर से जम्मू का बस का सफर-प्रायः 12-13 घण्टे का है। रास्ते आड़े-तिरछे और घुमावदार हैं।
3. लम्बा-चौड़ा कुर्ते का-सा पहनावा। मर्दों-औरतों दोनों का। यद्यपि दोनों की काट भिन्न होती है
4. कश्मीर और जम्मू के बीच की पहाड़ी का स्थानीय नाम।
5. शाकाहारी और दाल खानेवाले पण्डित (भट्ट) का उपहासपूर्ण नाम। बहुसंख्यक सम्प्रदाय माँसाहारी और स्वयं को बलवान समझता है, भट्ट को निर्बल।
6. बहुत सुगन्धित कम बोए जाने वाले, लगभग अप्राप्य कश्मीरी चावलों की एक किस्म।
7. सातवें-आठवें दशक में कश्मीर में चरस की खेती बहुत आम हो गई थी।
8. बटोत—जम्मू-श्रीनगर राजमार्ग पर एक कस्बा।
9. 'हज़रत' सम्बोधन का संक्षिप्त।
10. कश्मीर घाटी का एक प्रमुख ज़िला।
11. कश्मीर राज्य मुस्लिम-बहुल तथा जम्मू हिन्दू-बहुल भाग हैं। भाषा की दृष्टि से भी अलग हैं ये दो भाग।
12. 1947 से पूर्व महाराजा का दरबार (दफ्तर) जाड़ों के छह मास अपेक्षाकृत गर्म प्रदेश जम्मू आया करता और फिर अगले छह मास श्रीनगर 'मूव' करके चला जाता था। यह अभ्यास अब तक जारी है।
13. कश्मीरी पण्डितानियों का प्राचीन शिरस्तान 'तरंग' मुसलमानियों का 'कसाब' अब अदृश्य हो गए हैं।
14. 'बर्फ' कश्मीरी में पुल्लिंग है। यह लोकगीत शीतकाल में आने वाली एक चिड़िया गाती है।
15. एक-दूजे पर बर्फ के गोले फेंकने की लड़ाई का खेल।
16. तहरी—पीले, नमकीन, घी वाले चावल। शुभ दिन पर बनाकर पूजी, खाई, बाँटी जाती है।
17. किसी पीर की समाधि पर खिड़की के पल्लों, विशेषकर लकड़ी की जाली में मन्नत माँगने के लिए गाँठ बाँधी जाती है, पूरी होने पर खोलना ज़रूर होता है।

•

नीलामी बंद कर दो

विजय माम

अभिमन्यु चक्रव्यूह में घिर गया था। चक्रव्यूह में से निकल आने का उसमें साहस न था—ऐसा न था। यह चक्र इतना उलझा हुआ था कि इसमें घुसने और इसमें से निकल आने की विधि केवल वही बता सकता था। उसने यह विधि बताई भी थी, पर व्यूह से निकल आने की बात जब उसने बताई थी, तब अभिमन्यु की माँ की आँख लग गई थी। उसकी आँख न लगती तो अभिमन्यु चक्रव्यूह में न फँसता। ओह, गांधारी ने अपनी आँखों पर पट्टी क्यों बाँधी? कितनी ही माताएँ एक पुत्र के लिए तरसती हैं। गांधारी के सौ पुत्र थे, पर उसने तो उनके जन्म के पूर्व ही आँखों पर पट्टी बाँध रखी थी। उसकी आँखों पर पट्टी बँधने एवं पिता के नेत्रहीन होने के कारण कौरवों का नाश हो गया था। वे सौ के सौ पुत्र काम, क्रोध, लोभ, मोह, मद एवं अहंकार के जाल में फँस गए थे और तब तक इस जाल में फँसे रहे जब तक उनका विनाश न हुआ।

पर मैं यह सब क्यों सोच रहा हूँ? मुझे गांधारी की पट्टी ने अथवा अभिमन्यु के चक्र ने क्यों घेरा? अभिमन्यु चक्रव्यूह में घिरा तो घिरा, गांधारी ने अपनी आँखों पर पट्टी बाँधी तो बाँधी—मुझे क्या? सम्भवतः मैं अस्वस्थ हो गया था। सारे शरीर में सर्दी महसूस हो रही थी। शायद बुखार था। मुझे न जाने कितना? शायद 200 डिग्री। पर क्या 200 डिग्री बुखार होता भी है कभी? रहा होगा। कहते हैं न—यदि कोई काफी देर तक अग्नि के समक्ष रहे तो ताप बढ़ता है। फिर यह कौन-सी बड़ी बात है कि मुझे 200 डिग्री बुखार रहा हो! तब तो 1500 डिग्री ताप रहा होगा। उससे भी ज्यादा, क्योंकि मैं कितने ही दिनों से, नहीं, महीनों से, नहीं-नहीं, कितने ही वर्षों से अग्नि के समक्ष बैठा रहा था। अब मेरे शरीर को आँच नहीं लगती, बल्कि मेरा माँस पूरी तरह भुन गया था।

कहते हैं कि मानव का माँस बहुत ही मीठा होता है। नहीं होता तो इतना हंगामा न होता। कहते हैं कि 50 किलो की कीमत एक लाख रुपये है। और यदि किसी को आँच-मात्र लगी हो तो उसे उतनी कीमत नहीं मिलती। जितनी आँच लगी

हो, उसी हिसाब से अधिक से अधिक 25 हज़ार और कम से कम 5 हजार रुपये मिलते हैं। पर मैं पूरी तरह जल-भुन गया था। मेरी भी अच्छी कीमत होगी, ऐसा ही कुछ कह रहे थे।

मेरे कानों तक कुछ आवाज़ें आई।

शायद व्यापारी मेरी कीमत बढ़ा रहे थे।

मैंने कान लगाकर सुना—हाँ-हाँ...वही हो रहा था। कीमत बढ़ रही थी...नीलामी हो रही थी। पर हाय, इन नीलामी करनेवालों में एक-दो-तीन कहनेवाला कोई न था, ताकि नीलामी रुक भी जाती।

भुने हुए मानव-माँस का सचमुच मूल्य होता है क्या? मेरी तो कुछ समझ में नहीं आता था। यह मृत-माँस तो नहीं कहलाएगा।

मुझसे रहा न गया। मैं उठ बैठा और इन व्यापारियों से चिल्लाकर कहा, ‘‘नीलामी बन्द कर दो! जिसे मेरे भुने हुए माँस का जो हिस्सा पसन्द हो, वह उसे ले जाओ, पर पहले मेरे दो काम कर दो। अभिमन्यु को चक्रव्यूह में से निकाल दो और गांधारी की आँखों की पट्टी खोल दो।’’

अनुवाद : **सतीश विमल**

•

कोयला चोर

सूफी गुलाम मुहम्मद

ग़नी, अब्दुल्ला और महम्मदू—तीनों सुल्तान सूफी बेकरीवाले की दुकान पर काम करते थे। ग़नी का काम था आटा गूँधना, खमीर तैयार करना, भट्टी को हवा देना और पेड़े बनाकर उन पर तिल या खसखस लगाना। अब्दुल्ला तिल धोता, भट्टी जलाता, पानी लाता और ईधन के लिए लकड़ियाँ फाड़ता। महम्मदू का काम केवल कुल्चे और डबल रोटियाँ लगाना था।

ग़नी और अब्दुल्ला छोटी उम्र में ही सुल्तान सूफी के पास नौकर हो गए थे। गनी अब पच्चीस वर्ष का हो चुका था। अब्दुल्ला भी इतनी ही उम्र का होगा, पर दोनों में से यह किसी को याद नहीं कि वो किस दिन यहाँ नौकर हुए थे। उन्हें तो बस इतना पता था कि वो जिस दिन नौकर हुए थे, तब से यही काम करते आ रहे थे। महम्मदू, जिसे वो उस्तादजी कहकर बुलाते, नया-नया आया था। उससे पहले कादिर काम करता थ। कादिर के गुज़र जाने पर सुल्तान सूफी ने उसकी जगह महम्मदू को नौकर रख लिया।

सुल्तान सूफी की दुकान बाज़ार में मौके की थी। इसलिए उसकी बिक्री दूसरे नानबाइयों से ज़्यादा होती थी। सारे बाज़ार में वही एक नानबाई था, जिसकी दुकान हर वक्त दुल्हन की तरह सजी रहती थी। दुकान के अन्दर बेकरी से भरे डिब्बों पर कुरआन की आयतें शीशों में जड़वाकर रखी हुई थीं। दो शीशों में जड़े मोटे-मोटे अक्षरों से एक पर अल्लाह और दूसरे पर मुहम्मद लिखवाकर रखा हुआ था। दुकान के अन्दर पिछली तरफ एक कालकोठरी थी, जहाँ बेकरी तैयार होती थी। कोठरी के अन्दर प्रवेश करते ही दम घुटने लगता। इसकी छत और दीवारें धुएँ से धुआँस चुकी थीं। इसमें खिड़की तक न थी। अन्दर जाने के लिए एक गुफा-सी बनी हुई थी। इस गुफा के आगे एक फट्टा-सा रखा रहता। इस फट्टे को हटाकर अन्दर आ-जा सकते थे। फट्टा हटने पर हल्की-सी रोशनी और हवा का एकाध झोंका अन्दर आ जाता। कोठरी के बीचोबीच भट्टी थी, जो सुबह-शाम जलती रहती। भट्टी के पास

ही तीनों नौकरों के आराम की खातिर थोड़ी-सी जगह थी। जानवरों के लिए भी जगह इससे ज़्यादा होती है।

पौ फटने से पहले ही तीनों अपने-अपने काम में जुट जाते। शाम के सात बजे तक इसी कालकोठरी में काम करते। उसके बाद एक और कोठरी में जाकर आटा छानते। इस तरह रात के दस बज जाते। जो साग-भात खाने को मिलता, खाकर वहीं सोए रहते। जब से वो नौकर हुए थे, तब से केवल दो बार उनको आराम नसीब हुआ था। एक बार सुल्तान सूफी की बीवी के मरने पर। तब उसने तीन दिन दुकान नहीं खोली थी। दूसरा अवसर तब मिला जब सुल्तान सूफी ने नोविद कदल के नानबाई मुहम्मद की कुँवारी लड़की से दूसरी शादी कर ली। शादी की खुशी में खूब जश्न मनाया गया। दुकान सारे दिन बन्द रही। ज़ाहिर है ऐसे अवसर उनको हर रोज़ नहीं मिल सकते थे। इसलिए सुबह उठते ही वो भगवान से प्रार्थना करते, 'ए खुदा! दो-चार दिन आराम के भी अता कर।' ऐसा तो दो ही सूरतों में सम्भव था—या तो सुल्तान सूफी अल्लाह मियाँ को प्यारा हो जाता, या फिर उसकी नई-नवेली दुल्हन घुट-घुट के मर जाती।

रोटी-कपड़े के अलावा ग़नी और अब्दुल्ला को बारह-बारह रुपये महीना तनख्वाह मिलती थी। जो खाना उन्हें मिलता था, उससे उनका पेट नहीं भरता था। पेट की आग बुझाने के लिए वो चोरी-छुपे कुल्चे खा लेते थे। अगरचे सुल्तान सूफी उन पर कड़ी नज़र रखता था, फिर भी वे उसे पता नहीं लगने देते थे। दरअसल उन्होंने भट्टी के एक तरफ खड्ड-सी बना रखी थी, जिसमें अपनी खातिर कुल्चे डाल दिया करते थे। रात को यही कुल्चे आटा छाननेवाली कोठरी में ले-जाकर खाते। पहनने को सलवार-कमीज़ का एक-एक जोड़ा उन्हें मिलता था। जब तक ये कपड़े फट न जाते, नए कपड़े नहीं मिलते थे। इन्हीं कपड़ों से आटा-सने हाथ पोंछते, नाक साफ करते। कपड़ों में इतनी मैल जम चुकी थी कि उन पर खाल का गुमान होता था। ग़नी और अब्दुल्ला अपनी तनख्वाह सुल्तान सूफी के पास जमा करवा देते थे। साल-छः महीने बाद जब गाँव से कोई आता तो उसके हाथ पैसे घर भेज देते। इससे वो घाटे में रहते थे, क्योंकि सुल्तान सूफी किसी-न-किसी बहाने उनकी आधी तनख्वाह हज़म कर जाता। कभी एक को कहता, "भई सुनो, पिछले महीने तुम बीमार पड़ गए थे। इलाज पर पौने छः रुपए खर्च हुए थे। वो मैंने काट लिये हैं।" कभी दूसरे को कहता, "भई, इस बार तूने कुल्चे बहुत जलाए हैं। इसलिए दस रुपए मैं तुम्हारी तनख्वाह से काट रहा हूँ।"

कोठरी के अन्दर तीनों बड़ी मुस्तैदी से काम करते। ग़नी झटपट आटा गूँधता। अब्दुल्ला छाज लेकर भट्टी में पंखा करता। महम्मदू भट्टी पर नज़र रखता और सीखों की मदद से ईंधन ठीक करता रहता ताकि भट्टी चारों ओर एक-जैसी तप जाए।

इस तरह वो अपने-अपने काम में मग्न हो जाते। किसी समय मस्ती में आकर एकाध गीत मिलकर गाते। तब उन्हें अपनी भी खबर न रहती।

यह देखने के लिए कि नौकर काम भी कर रहे हैं या नहीं, सुल्तान सूफी धुएँ से भरी कोठरी के कई बार चक्कर लगाता और किसी-न-किसी नौकर को ज़रूर डाँटता—"साले, भट्ठी इतनी गरम क्यों कर रखी है? जल्दी कर, निकाल लकड़ियाँ बाहर!" उसके आगे किसी को बोलने की ज़रूरत न होती। तीनों चुपचाप अपना काम करते रहते। अगर कोई ग्राहक आकर कहता कि कुल्चे ठीक नहीं तो वह अपने नौकरों को लान-तान करता। एक दिन अब्दुल्ला से ख़मीर ठीक न बना और आटा कुछ ढीला रह गया, जिससे कुल्चे टेढ़े-मेढ़े बने। जो भी कुल्चे खरीदता, वह यही कहता—आज कुल्चे ठीक नहीं। सुल्तान सूफी को बड़ा गुस्सा आया। उसने भट्ठी में से गरम-गरम लाल-सुर्ख सीख निकालकर अब्दुल्ला के मुँह पर दाग दी।

सुल्तान सूफी का ख्याल था कि सारे बेकरीवालों के नौकर डरपोक और बेगैरत होते हैं। महम्मदू ने जल्दी ही उसकी यह गलतहहमी दूर कर दी। यह नया-नया आया था। मगर उसके आते ही कोठरी का माहौल ही बदल गया था। एक दिन सुल्तान सूफी, महम्मदू के पीछे पड़ गया—"साले, काम करना हो तो जी लगाकर कर, वरना घर की राह ले।" अपने मूजिब उसने महम्मदू को कोई गाली नहीं दी थी।

महम्मदू से रहा न गया। वह बोल पड़ा, "ऐ उस्ताद, ज़बान को लगाम दो। अगर मुझे फिर कभी साला कहा तो मुझ-सा बुरा कोई न होगा!"

महम्मदू का हौसला देखकर उसके दोनों साथी दंग रह गए। उनको ऐसे लगा जैसे भेड़-बकरियों के बाड़े में भेड़िया घुस आया हो। सुल्तान सूफी चालाक आदमी था। उसने सोचा, अगर इस वक्त महम्मदू को कुछ कहा तो मामला और बिगड़ जाएगा। वह अपना गुस्सा पी गया। महम्मदू फिर काम में लग गया, मगर दिल ही दिल में ग़नी और अब्दुल्ला को कोसता रहा कि वो चुप क्यों रहे? वह नहीं चाहता था कि उनका मालिक उनको गालियाँ दे या उनका अपमान करे। यही वजह थी कि वह अपने साथियों की खातिर भी मालिक से उलझ पड़ता था। वह उन्हें समझाता कि सुल्तान सूफी को उन्हें गालियाँ देने का कोई हक नहीं। मगर उन पर उसकी बातों का कोई असर न होता। वे हँसकर कहते, "उस्ताद, गाली कोई थूक तो नहीं जो हमारे साथ चिपकी रहेगी।"

एक दिन सुल्तान सूफी आटा लाने अपने गाँव गया हुआ था। महम्मदू ने मौके का फायदा उठाते हुए अपने दोनों साथियों से खुलकर बातें कीं—"यार, तुम तो 'कोयला चोर' बनकर रह गए हो।" उसने उन्हें ताना दिया।

"कोयला चोर!" उनकी समझ में कुछ न आया।

महम्मदू उन्हें समझाते हुए बोला, "जब गाँव में शेर आ जाता है तो उसे डराने

के लिए गाँववाले ज़ोर-ज़ोर से आवाज़ें लगाते हैं—कोयला चोर...कोयला चोर! मारो, पकड़ो! इससे शेर भाग निकलता है। अगर वो 'शेर आया, शेर आया' कहें तो शेर को अपनी ताकत का अहसास रहेगा। शेर और भी शेर हो जाएगा और गाँववालों को खा जाएगा। समझ आई मेरी बात? उस शेर की तरह तुम भी डरपोक बने हुए हो। यही कारण है कि सुल्तान सूफी बात-बात पर तुम्हें गालियाँ देता है। और सिर्फ बारह रुपये महीना तनख्वाह देकर दिन-रात खून चूसता है।"

महम्मदू की बातें सुनकर गनी और अब्दुल्ला के दिलों में जोश भर गया। पहली बार उन्हें यह अहसास हुआ कि महम्मदू जो कुछ कह रहा है, बिल्कुल सच है। उन दोनों ने कसम खाकर महम्मदू को यकीन दिलाया कि अगर सुल्तान सूफी उन्हें गालियाँ देने से बाज़ न आया तो तीनों मिलकर उसे सबक सिखाएँगे।

अगले दिन किसी बात पर सुल्तान सूफी ने अब्दुल्ला को गाली दे दी। वह बोल पड़ा, "ज़रा ज़बान सँभलकर बात करना, हजूर!"

महम्मदू बोला, "आप हमें ज़रा-ज़रा-सी बात पर गालियाँ देते हैं, हमारी बेइज़्ज़ती करते हैं। आखिर आपने हमें समझ क्या रखा है?"

ग़नी भी तैश में आकर बोला, "अब हम अपना अपमान सहन नहीं करेंगे। हमारी माँ-बहनों ने आपका क्या बिगाड़ा है? हमें कहिए जो कुछ कहना है।"

महम्मदू ने मालिक को ललकारते हुए कहा। "अब हमारा हाथ भी उठ सकता है।"

जब तीनों ने एक आवाज़ होकर कहा, तो सुल्तान सूफी के होश उड़ गए। वह समझ गया कि यह सब महम्मदू की शरारत है। मौके की नज़ाकत को देखते हुए वह चुप रहा। अगले दिन वह गनी और अब्दुल्ला को अपने घर ले गया। उन्हें भरपेट गोश्तवाला पुलाव खिलाया और समझाया, "महम्मदू तुम्हें बहका रहा है। वह साला शैतान है। तुम तो बड़े अच्छे हो और मुझे अपने बच्चों की तरह अज़ीज़ हो। मेरा कहा मानो और पहले की तरह काम करो। आज से मैं तुम्हारी तनख्वाह भी एक-एक रुपया महीना बढ़ा रहा हूँ।" वह बीच-बीच में उनको बड़े ध्यान से देखता रहा। वह अपने उद्देश्य में सफल हो गया था।

अगले दिन तीनों ने अभी काम आरम्भ ही किया था कि सुल्तान सूफी भी कोठरी में आ धमका। आते ही उसने महम्मदू को कहा, "जनाब, ज़रा चलते-फिरते नजर आओ।"

"वजह?"

"अपनी खैर मना साले! क्या जानता नहीं कि सुल्तान सूफी से बात कर रहा है? बड़ा आया है तुर्रम खाँ! दफा हो जा यहाँ से, वरना जूते मार-मारकर भुरकस निकाल दूँगा साले तेरा।"

महम्मदू ने गनी और अब्दुल्ला की ओर देखा। दोनों शर्म से सिर नीचा किए काम में ऐसे मस्त थे जैसे कुछ हुआ ही नहीं था। महम्मदू मुस्कराता हुआ दुकान से बाहर निकल गया। जाते-जाते उन दोनों से कहा, "कोयला चोर, खुश रहो!"

सुल्तान सूफी की समझ में कुछ न आया। गनी और अब्दुल्ला मन ही मन पश्चात्ताप कर रहे थे। उनका दिल करता था कि वो भी उसके पीछे दुकान से बाहर निकल जाएँ, मगर कदम नहीं उठ पा रहे थे, मानो उनकी टाँगें जवाब दे गई थीं।

अनुवाद : **के.डी. नागपाल**

•

जब उजाला हुआ

सोमनाथ ज़ुत्शी

दो दिन से लगातार ढेरों बर्फ गिर रही थी। कहीं से हिमपात के थमने का आभास तक नहीं मिलता था। आसमान की ओर देखो तो लगता था जैसे छोटे-छोटे काले-सियाह कीट बह रहे हैं। आसपास के मकानों को देखकर ये कीड़े फूले-फूले रुई के गाले प्रतीत होते थे, मानो कोई धुनकिया रुई धुन रहा हो, या जैसे वसंतागमन के दिनों में कश्मीर-भर के नाशपाती के पेड़ इकट्ठे किए गए हों और उनसे फूल झाड़े जा रहे हों। रात को बर्फ़ न तो एकसार थी और न घनी, मगर आज ऐसी हमवार और घनीभूत थी कि बीस गज़ दूर तक नज़र नहीं जाती थी। उससे परे धुआँ और कोहरा-सा छाया था। दिन डूबने लगा था।

साँझ ढले रसूल घर लौट रहा था। सिर से पैर तक बदन ढकने को एक फटा-पुराना कम्बल था और वह भी सारे का सारा गीला। वह लम्बे-लम्बे डग भरता जा रहा था, क्योंकि बर्फ की झड़ी लगी थी और लालाजी की दुकान पर ज़्यादा काम भी नहीं था। कपड़ों के गट्ठे उलटने-पलटने थे—डर था कि बर्फ से वे खराब न हो जाएँ। दूसरी बात यह कि लाला कल रात से ही स्वतन्त्रता-दिवस मनाने की तैयारी में जुटा था। आज सवेरे ही उसने रसूल को क्राल ख्वड (कुम्हारों की बस्ती) से दीये लाने को भेजा था। वहाँ उसे धुनकिये से दीयों की बाती के लिए रुई भी लानी थी और तेल भी खरीदकर लाना था। उसे लगे हाथों हलवाई को भी सूचित करना था कि वह मिठाई सुबह-सवेरे ही भेजे। उसे ग्वाले के पास जाना था कि सुबह वह दूध लेकर जल्दी आ जाए।

ये सभी काम निबटाकर जब रसूल दुकान पर आया तो लाला उसे देखकर बोला, "क्यों, निबट गया सारा काम?"

लाला बहुत दिनों से कश्मीर में व्यापार का काम करता था। था वह मूलतः अमृतसर का, मगर अब यहाँ रहते-रहते वह कश्मीरी भी सीख गया था। उसने रसूल से पूछा—"सब चीज़ें ले आए हो न?"

"हाँ महाराज! सब-कुछ ले आया।" लाला के करीब आकर रसूल ने जवाब दिया और साथ ही कहा, "ज़रा यह चिलम थमा देना लालाजी!" लाला इतने में ही रोकड़ के जोड़-तोड़ में व्यस्त हो गया था, इसलिए रसूल ने खुद ही हुक्के से चिलम उठाई और दो-चार कश लगाकर चिलम फिर पेचदार हुक्के पर धर दी और लाला से बोला, "महाराज! ठण्ड से हाथ ठिठुर गए...और घर में लड़का भी बीमार है—अब मुझे जाने दीजिए।"

लाला हिसाब-किताब में व्यस्त था। होंठ हिल रहे थे मानो मुर्गीचोरों को बद-दुआएँ दे रहा हो। रसूल की बात का जवाब कौन देता! वह लाला की ओर टकटकी लगाए देख रहा था; मगर आज रसूल की नज़रें पहले जैसी नहीं थीं। आज उनमें गहराई थी, घृणा थी। पहले वह लाला से आँखें चार होते ही डरता था—यह सोचने का सवाल ही नहीं था कि लाला ने क्या पहना है, उसके कन्धों पर कैसा शॉल है। पेचदार हुक्का...तकिया...पलँग की चादर...मगर आज वह सब-कुछ ताड़ने लगा था। वह उतार-चढ़ाव, सियाह-सफेद, सब समझने लगा था और लाला भी भाँपने लगा था कि कोई है जो उसको वर्गला रहा है।

बर्फ गिर रही थी। लाला जोड़-तोड़ में लगा था। रसूल की एक नज़र अपने पैरों पर अटकी, जिसमें दो टके की पुलहोर (धास की जूती) थी। उसके पाँव बर्फ से ठिठुरने के कारण लाल-सुर्ख हो गए थे। उनमें से भाप उठ रही थी। रसूल की दूसरी नज़र लाला पर पड़ी।

"लालाजी, जाऊँ मैं?" रसूल ने फिर पूछा।

गर्दन मोड़कर लाला बोला, "क्या कहता है रे...?"

"जाऊँ?"

"हाँ-हाँ जाओ इस वक्त, लेकिन कल जल्दी आना!"

"हाँ, लालाजी, पर लड़का ठीक हो तब!"

"अरे हाँ, उसका क्या हाल है? गर्म पानी देना था, बुखार उतर जाता! अच्छा, खुदा खैर करेगा।"

सलाम-दुआ के बाद रसूल घर की ओर चल पड़ा। फटे-पुराने भीगे कम्बल में वह लम्बे-लम्बे डग भरता जा रहा था।

रात को लाला ने उसे समझाया था कि कल का दिन कितना पावन और महान है। चलते-चलते वह सोचने लगा कि दूसरे दिन हिन्दुस्तान को आज़ादी मिलेगी यानी देश पूरी तरह स्वाधीन बनेगा—जम्हूरिया हिन्द। मगर साथ ही उसके दिमाग में यह विचार भी उभरा—यही अगर सच है तो समद काक, जमाल डार, कादिर शेख और प्रकाश राम ने कल उसे यह सब क्यों नहीं कहा? वे तो रोज़ रात को मिलते हैं और कारखाने के झगड़ों, कालवाफों की मुश्किलों, मज़दूरों की समस्याओं और राजनैतिक हालात पर चर्चा करते हैं। उन्होंने यह बात उससे छिपाकर क्यों रखी? लाला तो बहुत-कुछ कह गया।

चलते-चलते वह अमीरा कदल तक पहुँचा। यहाँ फौजी गाड़ियाँ एक-एक करके पुल के आर-पार जा रही थीं। ताँगेवाले घोड़ों की रास थामे उन्हें कदम-कदम चला रहे थे। सड़क के कुली पुल पर से बर्फ हटा रहे थे कि कहीं ताँगों के घोड़ों को फिसलन का सामना न करना पड़े। और फिर कल सेना का मार्च-पास्ट भी तो होना था।

आज अमीरा कदल के फुटपाथ पर न कोई भिखारी था और न कोई फकीर। सब भगा दिये गए थे। वैसे उस फुटपाथ पर रोज़ बहुत लोग बैठे रहते थे, लेकिन अब वे घटते-घटते बहुत थोड़े बच गए थे। बहुत सारे उनमें गुरेज और तिलेल के वासी थे, जो कबायली हमले के दौरान भागकर यहाँ आ गए थे। उनमें से अब एक छोटी-सी लड़की बाकी रह गई थी।

रसूल पुल पार कर चुका था। उसने बर्फ पर बैठी उस लड़की को देखा। वह एक दुकान के छज्जे तले आँचल फैलाए बैठी थी, साथ था एक छाबड़ीवाला। उसके साथ शायद कल के बारे में कुछ बतियाकर गया था। वह भी सुन चुकी थी कि कल जलूस निकलेगा...यह भी सुना था कि कल सब आज़ाद हो जाएँगे...पूरी तरह!

रसूल, छाबड़ीवाले के पास रुका, क्योंकि उसने सलाम की थी। लड़की रसूल से बोली, "नबी करीम तुमको भी और तुम्हारे आल-औलाद को भी आज़ाद करेगा... एक पैसा दे दे!"

रसूल उसकी ओर देख ही रहा था कि एक फौजी गाड़ी उस पार से बर्फ की छाती चीरती हुई आई और उस लड़की का आँचल बर्फ से भर गई।

रसूल ने ज्यों ही यह देखा, वह कसमसा गया। उसे कुछ याद आ गया और उसके कदम तेज़ हो उठे। फटा कम्बल उसने अपने बदन के साथ सटा लिया और पीछे झाँका तक नहीं। देर बहुत हो गई थी, हालाँकि आज वह लाला के यहाँ से जल्दी छूटा था। बीवी ने कहा था—लड़का बीमार है, लौटते पैर ही आना आज। चिन्ता आ घिरी कि जाने उसका क्या हाल होगा। लाला की चाकरी क्या होती है, मज़दूरी किसे कहते हैं, समझो नाकों चने चबाने पड़ते हैं। आज बर्फबारी हो रही थी, वरना छुट्टी कहाँ मिलती! और फिर रात को खाना कहाँ मिलता या बच्चे के लिए मुलहठी, गावज़बान और सेमिस्तान का जोशान्दा कहाँ से खरीदता? यह दवाई उसे अधेड़ उमर के वहाब साहब ने तजवीज़ की थी। आस-पास कोई वैद्य-हकीम था नहीं, बुखार से तपते लड़के को लिये कहाँ मारा-मारा फिरता? डॉक्टर के पास गया था, उसने शफाखाने बुलाया था, वह भी परसों, क्योंकि कल आज़ादी का दिन था। रसूल बहुत गिड़गिड़ाया था कि कल ही बीमार बच्चे का मुलाहिज़ा कर लें; मगर डॉक्टर बोला था—हर कोई आज़ादी मनायेगा, क्या उसे उस दिन भी मुसीबत से छुट्टी नसीब न होगी?

घर के पास पहुँचते की रसूल की चिन्ता बढ़ने लगी। क्योंकि जिसका ठौर-ठिकाना ठीक न हो, आपत्तियों ने जिसे लपेट में ले लिया हो, वह घर जाए तो किस चाह से? सौ तरह की माँगें होंगी वहाँ। औरत कहेगी—कुछ ले आए? भूख और ठण्ड से बिलखते-सिकुड़ते बच्चों को आगे करके पूछेगी—इनका क्या करूँ? न इनके तन पर कपड़ा है और न पेट भरने को खाना। बीमारों का हाल ही न पूछो।

लेकिन रसूल था बड़ा दिलवाला। वह परेशान तो था, मगर हिम्मत हारने वाला नहीं था। घर में घुसते ही उसे सब-कुछ याद आया। दिन ढल चुका था। पंछी-पखेरू सवेरे से ही नीड़ों में दुबके बैठे थे, क्योंकि बर्फबारी में वे कहीं जा नहीं सके थे। इसलिए उनका शोर भी गायब था।

घर में घुसते ही रसूल ने कम्बल झाड़ दिया। वह इतना भीग गया था कि उससे पानी निचोड़ा जा सकता था। मकान के भीतर जाकर गिरती बर्फ से छुटकारा तो मिला, मगर दो मंज़िल के कच्चे मकान में वह ज्योंही सीढ़ियों से ऊपर जाने लगा तो छत को टपकता देखकर घबरा गया। हर ओर सीलन गहरा गई थी। पानी रिस-रिसकर बह रहा था!

कमरे में एक कोने की ओर बीमार लड़का पड़ा था—एक फटी-पुरानी लोई ओढ़े। बीब उससे सटी-दुबकी हुई बुझी-बुझी सी लग रही थी, जैसे वहाँ रखा हुआ दीया तेल के अभाव के कारण बुझने वाला था। बीब पति को देखकर कुछ सँभली। साहस बटोरकर उठ बैठी। रसूल की निगाह कमरे के दूसरे कोने की ओर घूम गई। देखा, वहाँ उसका छोटा लड़का और लड़की लेटे पड़े थे।

''दिन में कैसा रहा?'' रसूल ने पूछा।

''कैसा रहता...जैसा था वैसा ही।'' बीब बोली।

''जोशान्दा पिया था?''

''बड़ी मुश्किल से, वह भी घूँटभर!''

वे बातें कर ही रहे थे कि बीमार खाँसने लगा। उसका गला रुँध रहा था। वह कराहा-''हाय अम्मा!''

''क्या बात है बेटे, क्या हाल है?'' बाप का हाथ उसके सीने पर था। उसका दिल धक-धक धड़क रहा था, मानो कोई रिस्टवाच बज रही हो। बदन तप रहा था। साँस उखड़ी-उखड़ी थी। बीब कभी शौहर की तरफ तो कभी बीमार बच्चे की ओर निहार रही थी।

''बच्चा है, ताप-ठण्ड लगती ही है। घबराने की क्या बात है!'' रसूल बीवी को ढाढस बँधाता रहा।

''हाँ, इतने दिन बीते ऐसे ही। जब तक सिर से पानी गुज़र जाएगा...'' बीब ने आह भरी।

कमरे के तीसरे कोने में भी पानी टपकने लगा था। दीया दम तोड़ने को था। रसूल धीरे से उठा। दीये की बाती तनिक ऊपर खींचकर बीब से पूछ बैठा, "समद काक तो नहीं आया था?"

"हाँ, बल्कि जमाल काक और कादिर शेख भी साथ थे।"

"क्या कहा उन्होंने?"

"कहा, रसूल ने सुला की बीमारी का ज़िक्र ही नहीं किया। फिर आपस में बतिया रहे थे। कहा, कल सुबह डॉक्टर को बुला लाएँगे। वे गए तो थे आज ही, मगर डॉक्टर आया नहीं। नौ बज गये थे ना...और बर्फ भी गिर रही थी!"

"अच्छा, अब उठ, इसे जोशान्दा पिला दे!"

बीब फिर आह भरकर अपने-आप से बोली, "उठ री उठ। या खुदा! दुनिया-जहान को आज़ादी मिली। मगर हम किस मुसीबत में उलझ गए?"

"अल्लाह-ताला भली करेगा!"

बीब ने मिन्नतें कर-कराके सुले को आधा प्याला जोशान्दा पिलाया। उसके बाद खुद भी मियाँ-बीवी ने दो-दो निवाले चावल खाए। बीब ने रसूल को एक मैली-कुचैली रजाई थमा दी और खुद सुला के बगल में उकड़ूँ सो गई।

रसूल लेटा। लिहाफ के नीचे एक टूटी सिगड़ी ले ली। ठण्ड से ठिठुराया जो था। जल्दी आँख न लग सकी। करवटें बदलता रहा। देखा, दीया टिमटिमा रहा था। देखकर डर-सा गया। चिन्ता में डूबकर उसे बहुत-सी पुरानी बातें याद आईं।

एक ओर कल की आज़ादी थी तो दूसरी ओर बढ़ती हुई दुश्चिन्ता। जिस दिन बेटा बीमार पड़ा था, उसी दिन वह बीब से झगड़ पड़ा था। बहुत लज्जित था अपने किये पर। उस बेचारी का क्या दोष था? कोई जान-बूझकर उसने बेटे को थोड़ी बीमार किया!—पैर फिसल गया मासूम बच्चे का आँगन में। कपड़े-लत्ते भीग गये। उसने सुखाने के लिए कपड़े उतरवा लिये। नया कुछ पहनने को था नहीं जो बदलवाती। घण्टा-भर नंगा ही खड़े रहना पड़ा, बस, बीमारी ने आ दबोचा।

यह सोचकर पहले तो रसूल ने ठण्डी आह भरी और फिर लाला पर गुस्सा हुआ—क्या उसके लाड़लों की भी यही दशा होती है? उसका घर भी क्या इसी तरह गीला रहता है? क्या उनके भी कीचड़ में पाँव फिसल जाते हैं? मोटरकार न होती तो शायद रपटकर गिर भी जाते। हम-जैसों के पैर तो अक्सर रपट जाते हैं। घाव लगते हैं तो चुपचाप सह लेते हैं और फिर उठ खड़े होते हैं। वे अगर एक बार भी गिर गए तो कभी संभल नहीं पाएँगे। परसों ही पहले तो बहुत लाल-पीले हो गए, फिर अपने-आप ढंग से क्यों बोले?

और कितनी देर तक यह चालबाज़ी काम आएगी? पेशगी पाँच रुपए माँगे थे, कहा भी—लड़का बीमार है। देने से झट मुकर गया—मानो जान निकल गई। इसके प्राण सदा लटकते ही रहते हैं। आधे पैसे का घपला हो जाय, रंग उड़ जाता

है उसके चेहरे का, हालाँकि कमी किसी चीज़ की नहीं। दो-एक कारखाने भी हैं जिनमें ख्वाजा सुलतान के साथ साझेदारी है। कमीशन-एजेन्ट तो है ही। पाँच छः गाड़ियाँ भी हैं, जिनमें अमृतसर से माल मँगवाता है। वह माल वहाँ से मैं ही तो लदवाता हूँ।

दीया बुझ गया। कमरे में पूरा सन्नाटा था। बीच-बीच में कुत्तों के भौंकने से वह चुप्पी थरथरा उठती थी। अचानक बीब जग गई।

"रसूल! जाग रहे हो?" बीब हल्के से चीखी।

"क्यों? खैर तो है?" रसूल घबराकर पूछ बैठा।

"मैं डरती हूँ। मैंने डरावना सपना देखा।"

"अरी! सो जा, आराम कर!...ज़रा देख, सुले का बुखार उतर गया क्या?" रसूल ने कहा।

सुले का ताप देखने के लिए बीब ने जब अपनी बाँह निकाली तो उसकी चूड़ियाँ खनक गईं। कहने लगी, "बुखार अभी है, लेकिन कुछ कम हुआ।...मैंने बहुत बुरा सपना देखा।"

रसूल कुछ मुस्कराया।

बीब ने तत्काल कसम खाकर कहा, "बाखुदा, मैं बहुत डर गई। आज कहते थे ना सभी, कल दिल्ली में जलूस निकलेगा। वही सपना मैंने देखा। लोगों का भारी जलूस जा रहा था। औरतें छाती पीट रही थीं। मैंने पूछा—क्यों रो रही हो? बोलीं—हमें अपने बच्चे मिल नहीं रहे हैं। इस जश्न में कहीं कुचले न जाएँ। देखती नहीं, बड़े भी पैरों तले दब रहे हैं।' मैं कह उठी, मेरा बच्चा भी नादान है। कश्मीर में जब महाराजा के जन्म-दिन पर दरियाई जलूस निकलता था, हमारा बच्चा माँझियों के बच्चों के साथ शिकारे में सवार होकर तमाशा देखने जाता था। अगनबोट की लहरों से सारी नौकाएँ डोल उठती थीं। ऐसे में कितने ही शिकारे उलट जाते थे। मैं भी तब छाती पीटती थी।" बीब सपना सुनाकर चुप हो गई।

रसूल मन में सोचने लगा—'नादान! तू क्या जाने! वहाँ तूने पैरों तले लोग दबते देखे—यहाँ भी अभी वह गिर्दाब (भँवर) समाप्त नहीं हुआ। अभी तक चढ़ती लहरों का असर शेष है। अन्तर इतना ही है कि हमें यह लहर अपने साथ बहा ले जाती है, किन्तु लाला-जैसे लोगों के लिए यही धन-दौलत समेट लाती है।'

रसूल का पारा फिर चढ़ गया, क्योंकि लाला की याद उसको फिर कचोटने लगी। उसने आज़ादी के बारे में रसूल से बहुत-कुछ कहा था। उसके मन में एक बात उभरी। स्वगत ही बोला—यदि लाला का कहा सच है तो मेरा यह सच भी सच होगा।

करवट बदलते-बदलते सुबह हो गई। बीब भी नींद से जागी। सुला की धड़कन को जाँचा। कल से कुछ कम तेज़ थी। साँस का फूलना भी कुछ कम था। ताप भी उतर गया था।

"कैसा है सुला?" रसूल ने चिन्तित भाव से पूछा।

"खुदा के फज़ल से कल से ताप में कुछ कमी है। शायद आराम आ जाएगा।" बीब ने जवाब दिया।

वह उठी और बाकी दो बच्चों को चादर से ढाँपा। खुद पति के लिए चाय बनाने रसोई में गई। रसूल ने किवाड़ खोले। बर्फ लगातार गिर रही थी—कल से भी ज़्यादा। पाँच-एक गिरह इकट्ठी हो गई थी। सुबह होने पर भी अँधेरा छाया था। आज उसे बर्फ के गाले छोटे-छोटे कीड़े प्रतीत नहीं हुए, उलटा उसे लगा—टिड्डीदल लोगों पर टूट पड़ा है। वह अपने-आपसे बोला—आज नाशपाती के फूल लाला के बंगले पर खिल उठे होंगे!

कल की तरह आज भी धुआँ और कोहरा सब ओर छाया था। दूर-दूर तक कुछ भी सुझाई न देता था—न दाएँ, न बाएँ, न आगे और न पीछे। उसे लगा, इन्सानियत जकड़ी जा रही है। बड़ी सड़क और कूचों की बिजली की तारें जो सफेद डोर जैसी थीं, उसे लोहे की बेड़ियाँ जैसी दिखीं जिनसे वह और उसके बाल-बच्चे कसकर बँधे पड़े थे। ज़िन्दगी मानो ठिठुर गई थी। रसूल से रहा नहीं गया। वह व्याकुल होकर उठ खड़ा हुआ—"बीब...बीब!!" वह चिल्लाया।

"क्यों, क्या हुआ?" बीब दौड़ी-दौड़ी आई, "तू कहाँ चल पड़ा?"

"मैं अमीरा कदल जाऊँगा। लौटकर कहवा पियूँगा।"

"अरे! समद काक और कादिर शेख तो आते ही होंगे! डॉक्टर तेरी राह थोड़ी देखेगा!" बीब सानुरोध बोली।

"मैं उन्हें भी साथ ले जाऊँगा। उनके बिना काम बनेगा नहीं। फिर डॉक्टर की बात सोचेंगे...।" रसूल ने उत्तर दिया।

"कौन-सा काम?" इतनी जल्दी काहे की है?" बीब हैरान होकर बोली।

रसूल उसकी ओर घूरकर देखता रहा, मानो बीब के चेहरे पर अपने विचारों को समेटने की कोशिश कर रहा था। न जाने कौन-से विचार थे, कौन-सी तमन्नाएँ थीं, कौन-सी हसरतें थीं जो उसके इरादे को आगे धकेल रही थीं। एक निश्चय...

गगन की ओर निहारकर रसूल अपने-आप से बोला—'जल्दी है। काम निबटना ही चाहिए—मैं भी आज़ाद हो जाऊँगा। दीया तेल के मारे बुझेगा नहीं—अंग्रेज़ भाग गया तो बर्फ क्यों नहीं पिघली? लाला बड़ा है तो हमें भला किसने छोटा बनाया? छोटे भी बड़े बन जाने चाहिए। आखिर पिंघोरे का बालक सदा ही बच्चा नहीं रहता। सुला भी स्वयं बड़ा हो जाएगा—जब ज़िन्दा रहेगा तो!! हा-हा! हा! उसको ज़िन्दा रहने का हक है! आज़ाद लोग जल्दी नहीं मरते। फिरंगियों के लाड़लों को जल्दी मौत क्यों नहीं आती? अरे ओ फिरंगी जादूगर, तू क्या जाने! लाखों मदारी हमें भी फरेब से लूटते हैं, हमारी मेहनत का सस्ता सौदा करते हैं। वे हमारी अस्मिता, हमारी इज़्ज़त पर डाका डालते हैं। नहीं-नहीं, अब यह सब नहीं होगा।' रसूल हड़बड़ाकर

गरजने लगा। उसके नथने फूल गए—"यहाँ जादू नहीं चलेगा। जादूगर को बाहर खदेड़ना है। सुला जियेगा, समद काक का अमा, कादिर शेख का जान और प्रकाश राम का नाथा ज़िन्दा रहेंगे।" रसूल यही कुछ बुड़बुड़ाता चल पड़ा। बीब उसे देखती ही रह गई।

बड़ी सड़कों पर लोगों ने बर्फ का सीना चीरकर चलने की राहें बनाई थीं। कूचों में से अलबत्ता अभी कोई गुज़रा नहीं था। रसूल पहला आदमी था जिसने अपनी गली में से राह बनाई, जो जाकर बड़ी सड़क के साथ जुड़ गई। उसे लगा, ये राहें आज़ाद लोगों की राहें थीं, जिन्होंने इन्सान को बेड़ियों से छुटकारा दिलाया, जिन्होंने ज़िन्दगी को ठिठुरने से बचाया। बिजली की तारों से बर्फ के टुकड़े गिरे। रसूल ने आँख उठाकर देखा। काले डोरे कट गये थे। उसका निश्चय दृढ़ हो गया—यही है आज़ादी का रास्ता! वह तेज़ कदमों से आगे बढ़ा।

अनुवाद : **शम्भुनाथ भट्ट 'हलीम'**

•

अगले दिन

हरिकृष्ण कौल

'प्रार्थना' के बाद जब बच्चे अपनी-अपनी कक्षाओं में जाने लगे, चौथी श्रेणी के सुले ने मखने से कहा—"साले, नीलकण्ठ का पहाड़ा याद किया है?"

"नहीं तो!...तूने याद किया है?"

"किया था, पर साला याद ही नहीं होता।"

"अब क्या होगा? वह तो यमदूत है।" मखने का चेहरा पीला पड़ गया।

सुला निश्चिन्तता की हँसी हँसा। फिर उसने चुपके से कोई चीज़ मखने के हाथ में दी—"ले साले, इसे हाथों पर मल ले।"

"क्या है यह?"

"भेड़ की चर्बी। हाथों पर मल लोगे तो फिर 'केनिंग' (बेंत की मार) से कुछ भी नहीं होगा।"

"बाप मरे जो झूठ बोले!"

"झूठे का बाप मर जाए। देख ले, मैं अपने हाथों पर भी मल रहा हूँ।"

दोनों मित्र पहले चार घण्टों और आधी छुट्टी के समय सबकी नज़र बचा कर भेड़ की चर्बी मलते रहे। आधी छुट्टी के बाद ही नीलकण्ठ का घण्टा था। क्लास में आते ही उसने अपनी पगड़ी उठाकर टूटी अलमारी में रखी। फिर कुर्सी पर बैठकर उसने कोट और कमीज़ के बटन खोल दिए। तब अपनी बालों से भरी छाती खुजलाकर उसने बच्चों को पहाड़ा सुनाने का आदेश दिया। छः लड़कों के बाद ही मखने की बारी आई। तीन के पहाड़े तक तो वह ठीक चला, परन्तु उसके आगे अटक गया। नीलकण्ठ कान पकड़कर उसे पंक्ति से बाहर खींच लाया। मखने ने एक गहरी साँस लेकर हाथों पर दृष्टि डाली जो चर्बी की मालिश के कारण नानबाई के रोटों की तरह चमक रहे थे। मगर नीलकण्ठ ने उसके हाथों पर 'केनिंग' नहीं की। उसने उड़ती नज़र से सारी कक्षा का जायज़ा लिया। सुला ही उसे सबसे हट्टा-कट्टा लड़का दिखाई दिया। उसने उससे कहा—"ओ मोटे, इस गठरी को पीठ पर लाद।"

सुला भी मास्टर जी की आँखों में धूल झोंकता हुआ क्लास में ही पहाड़े का पारायण कर रहा था। वह पहाड़ा तख्ती के नीचे छिपाकर उठा और मखने की ओर देखकर दबे होंठों से मुस्कराया। आदेश का पालन करते हुए उसने मखने को पीठ पर लादा। नीलकण्ठ ने उसकी निकर नीची की और उसके नर्म-नर्म अंगों पर बेंत लगाने लगा। मखना चिल्लाने लगा,–"बाप रे, मर गया! मास्टरजी! आप देख लीजिए कल ज़रूर याद होगा..."

"सच कह रहे हो?' नीलकण्ठ ने पूछा।

"भगवान की कसम। आप देख लीजिये। याद नहीं होगा तो मेरी चमड़ी उधेड़ दीजिएगा।"

"तो छोड़ दे इसे, मोटे!" नीलकण्ठ ने सुले से कहा और फिर सारी क्लास से पूछा–"कल सभी को सोलह तक पहाड़ा याद होगा?"

"होगा जनाब!" सभी ने ज़ोर से कहा और सुले ने शायद सबसे ज़्यादा ज़ोर से।

"जिन्होंने आज याद नहीं किया था वे कान पकड़ें।"

छः-सात लड़कों ने अपने कान पकड़े और मखने ने शायद सबसे पहले।

चार बजे दोनों मित्र साथ-साथ घर की ओर चले। चलते-चलते सुला कुछ कहने लगा कि मखने ने उसे डाँटा–"चुप रह साले, देख ली तेरी यारी।"

"अरे, हमने खुद थोड़े ही कुछ किया। जैसा मास्टर ने कहा, वैसा ही किया।"

"साला, भेड़ की चर्बी का क्या गुणगान करता था?"

"हमें क्या मालूम था तुम्हारे चूतड़ों पर बेंत पड़ेंगे? अगर वहाँ भी चर्बी मली होती तो उस जगह भी बेंतबाजी बेकार जाती।"

"चुप रह, नहीं तो दाँत तोड़ दूँगा।"

"बड़ा आया दाँत तोड़नेवाला, दालिया पण्डित!"

"चुप रह खोजे के बच्चे!"

वे बड़ी सड़क पर आ गए थे। इस समय वहाँ कान्वेंट की बस भी आकर खड़ी हो गई थी जिससे वहाँ पढ़नेवाले बच्चे उतर रहे थे। सड़क पर इनकी मम्मियाँ और दीदियाँ इन्हें लेने आ गई थीं। बच्चों ने सफेद शर्टें, लाल टाई, लाल जुराबें, काले बूट तथा सब्ज़ हॉफ पैंट या स्कर्ट पहन रखे थे। हाथों में छोटे-छोटे 'टिफिन बक्स' थे। जाने मखने को क्या हुआ, वह नीली आँखों वाली एक लड़की की ओर एकटक देखने लगा। सुला रेशम जैसे मुलायाम बालों तथा दूध जैसी उजली टाँगों वाले एक बच्चे की ओर देख रहा था। इस लड़के ने शायद स्कूल में अपना लंच नहीं खाया था क्योंकि उसकी माँ उससे कह रही थी–"अरे तुम्हें अगर कीमा पसन्द नहीं था तो कहा क्यों नहीं? मैंने अंडों की 'करी' बना के दी होती; या रात के दो-एक मछली के पीस बचे थे, वही साथ देती। भला ऐसे भी कोई दिनभर भूखा रहता है।"

सहसा सुले के मन में कोई बात आई और उसने मखने से पूछा—"तुम्हारे यहाँ भात के साथ क्या पका था?"

"सोचल का साग।"

"मतलब तू भी अपने जैसा ही जहन्नुमी है।"

मखने ने शायद कुछ नहीं सुना। वह जानना चाहता था कि यह नीली आँखों वाली कहाँ रहती होगी?

अगले दिन जब सारे लड़के प्रार्थना के लिए सहन में इकट्ठे हुए, सुले ने यों ही पीछे मुड़कर देखा। बस तभी उसके पाँव के नीचे से ज़मीन खिसक गई। स्कूल के दरवाज़े के बाहर उसका बाप हेडमास्टर से कुछ कह रहा था। सुले को चुपके से खिसक जाने में ही भला दिखाई दिया। परन्तु दरवाज़े पर चपरासी किसी थानेदार की तरह तनकर खड़ा था। कागज़ में लिपटी भेड़ की चर्बी जेब में ही पड़ी थी; अभी उसने हाथों पर नहीं मली थी। थोड़ी देर बाद हेडमास्टर अन्दर आया और चपरासी ने दरवाज़ा बन्द किया।

"चौथी का सुला अपनी लाइन से बाहर आए!" आते ही हेडमास्टर ने आदेश दिया।

सुला टूटे हुए कदमों से बाहर आया और फूँक मारकर अपनी हथेलियाँ सहलाने लगा।

"तुम्हें मालूम है इस सुले ने कल शाम घर पर क्या हंगामा किया है?" हेडमास्टर ने हवा में बेंत नचाते हुए लड़कों से पूछा।

"नहीं जनाब!" लड़कों ने ज़ोर से कहा।

"इसने बर्तन फोड़े हैं, प्याले तोड़े हैं और अपनी माँ का अँगूठा काट खाया है। मालूम है क्यों?"

"नहीं जनाब!"

"इसने घरवालों से खाने के लिए गर्म भात और मसालेदार सालन माँगा।"

"गरम भात और मसालेदार सालन! हा...हा...हा!" लड़कों के मुँह से बेसाख्ता हँसी फूटी।

"क्या इसे यह सब माँगना चाहिए था?"

"नहीं जनाब!"

"शाबाश! अगर घरवाले बासी भात दें तो वही खाना चाहिए। साथ में साग दें तो साग ही खाना चाहिए। कुछ भी न दें तो भी खुश रहना चाहिए। ठीक है न?"

"हाँ जनाब!"

हेडमास्टर ने सुले की 'केनिंग' की। उसके हाथों पर दर्जन-दर्जन बेंत मारे। फिर मौलवी साहब से कहा कि वह उसी प्रकार सुले का अँगूठा काट खाए जिस

प्रकार उसने अपनी माँ का काट खाया है। बेंत तो सुले ने जैसे-तैसे बरदाश्त किए, पर ज्योंही मौलवी साहब ने उसके बाएँ हाथ का अँगूठा दाँतों से दबाया, उसके मुँह से एक ज़ोरदार चीख निकली और वह धम से नीचे ज़मीन पर बैठ गया। हेडमास्टर ने लातें मारकर उसे उठाया और वापस अपनी लाइन में भेजा।

प्रार्थना शुरू हुई। पाँचवीं जमात के दो लड़के जावेद अहमद और अशोक कुमार सामने आकर दुआ गाने लगे :

लब पै आई है दुआ बनके तमन्ना मेरी।
ज़िन्दगी शमा की सूरत हो खुदाया मेरी।

इन दोनों के पीछे-पीछे बाकी लड़के भी ज़ोर-ज़ोर से दुआ गाने लगे। सुले को रोते-रोते हिचकियाँ आ गई थीं और वह भी बाकी लड़कों के साथ गा रहा था :

दूर दुनिया का मेरे दम से अँधेरा हो जाय।
हर जगह मेरे चमकने से उजाला हो जाय।

प्रार्थना के बाद लड़के अपनी-अपनी कक्षाओं में चले गए थे। सुले की अम्बरी सेब जैसी लाल आँखें देखकर मखने को उस पर दया आई और कल का मनमुटाव अपने-आप धुल गया। उसके मन में यह विचार आया कि अगर उसका भी बाप होता तो वह कभी-कभी उसे मार दिलाने के लिए स्कूल आता ही। ठीक ही है जो वह मर गया है। माँ मारती तो है, पर खुद ही मारती है। मार दिलाने के लिए वह स्कूल तो नहीं आ सकती। तभी उसे मास्टर नीलकण्ठ याद आया। यह भी याद आया कि पहाड़ा उसे आज भी याद नहीं है। सुले से भेड़ की चर्बी माँगना ठीक नहीं लगा। फिर उस पर से उसका विश्वास भी उठ गया था। काफी सोच-विचार के बाद उसे अपना ही इलाज बेहतर दिखाई दिया। उसने सात बार महाकाली का नाम लिया और कमीज के दामन में गाँठ डाली।

आधी छुट्टी के बाद पहला घण्टा नीलकण्ठ का था। उसने यथा-नियम क्लास में आते ही पगड़ी उतारकर अलमारी में रखी, पाँव गुरगाबी से बाहर निकाले और पालथी मारकर कुर्सी पर बैठ गया। कुछ देर के लिए अपना सिर खुजलाने के बाद उसने लड़कों को पहाड़ा सुनाने का आदेश दिया।

अभी पहला लड़का ही पहाड़ा सुना रहा था कि मखना सहसा उठ खड़ा हुआ।

"कौन सी गाज गिरी रे तुझ पर?"

"मास्टर जी, मुझे 'पास' आया।"

"पास का बच्चा! बैठ जा, नहीं तो मैं तुम्हारा माँस नोच लूँगा।"

मखना नीचे बैठ गया। मगर चार-पाँच मिनट के बाद फिर खड़ा हो गया—"मास्टर जी, मुझे सख्त 'पास' आ गया।"

नीलकण्ठ ने मखना की ओर तनिक गौर से देखा।

"मास्टर जी, भगवान कसम सच कह रहा हूँ। मुझे बड़ा 'पास' आया है।"

मखना की आँख में आँसू आ गए थे। नीलकण्ठ को उसके सच बोलने का विश्वास हो गया और उसने उसे क्लास से उठ जाने की इजाज़त दे दी।

शौचालय में बैठा मखना सोचने लगा कि सचमुच कमीज़ के दामन में गाँठ डालने में कोई रहस्य है, नहीं तो उसे अचानक 'बड़ा पास' क्यों आता? वह सुबह ही घर से पेट साफ करके चला था। वास्तव में महाकाली ही असहायों की सहायता करनेवाली है। जब तक वो वापस क्लास में जाएगा, नीलकण्ठ का घण्टा समाप्त हो चुका होगा।

चार बजे छुट्टी की घण्टी बजी और मखना और सुला घर की ओर चल पड़े। बड़ी सड़क पर पहुँचकर जब सुला नाक की सीध में चलने लगा तो मखना ने उसे रोका—"ठहर, कॉन्वेन्ट की बस का इन्तज़ार करेंगे।"

"बला मार यार, बाद में मार पड़ती है।"

मखना की समझ में इस बात का कोई अर्थ नहीं आया, वो चुप रहा। सुला ने उसकी बाँह थामकर उसे घसीटा, परन्तु उसके कदम ही न उठे। आखिर सुला अकेला चलने लगा। कुछ पग चलकर उसकी दृष्टि जुआ खेलते चन्द लोगों पर पड़ी और वो उनका तमाशा देखने लगा।

दो-तीन मिनट के बाद कॉन्वेन्ट की बस आ गई। निकर, स्कर्ट, जुराबें, बूट और टाई पहने बच्चे बस से उतरे। पाँच-छः बच्चों के बाद वो नीली आँखों वाली लड़की भी उतरी। बस से उतरकर उसने लंच-बॉक्स और किताबों की अटैची माँ के हवाले की और अपनी स्कर्ट का कमरबन्ध तनिक कसा। मखना को लगा जैसे हेडमास्टर ने उसे स्कूल के आँगन के चारों ओर दौड़ाया है। तभी शायद उसका दिल जोर से धड़कता है और साँस तेज़-तेज़ चल रही है। उसने ध्यान से देखा—वो हलवाई की गली से होकर अपनी माँ के साथ चली गई।

अगले दिन स्कूल आधी छुट्टी तक ठीक तरह चला। आधी छुट्टी के समय शोर मचा कि वितस्ता में नहाते-नहाते दो लड़के डूब गये। काफी देर तक घण्टी न बजी, और जब घण्टी बजी तो मास्टर ने लड़कों को सहन में ही जमा होने को कहा। फिर हेडमास्टर नीचे आया और वह लड़कों के आगे भाषण देने लगा—

"लड़कों को चाहिए कि वो दरिया पर न नहाया करें, क्योंकि आजकल वितस्ता में रहनेवाला मगरमच्छ पगला गया है। मगरमच्छ एक दरियाई जानवर होता है जिसकी शक्ल छिपकली से मिलती-जुलती है। किन्तु मगरमच्छ बहुत बड़ा होता है। ज्योंही कोई लड़का नहाने के लिए वितस्ता में उतरेगा, मगरमच्छ उसकी टाँग पकड़कर उसे पानी के भीतर बहुत नीचे खींचकर ले जाएगा। मगरमच्छ को अंग्रेज़ी में 'क्रोकोडायल'

कहते हैं। 'क्रोकोडायल टियर्स' एक मुहावरा है जिसका अर्थ पाँचवीं जमात के लड़कों को याद रखना चाहिए...।''

इसी बीच सैकेन्ड मास्टर मुहर तथा पैड लेकर नीचे आ गया था। वह एक-एक करके लड़कों की जाँघों पर स्कूल की मुहर लगा रहा था। हेडमास्टर साहब का भाषण जारी था–

''तुम में से प्रत्येक लड़के की रान पर स्कूल की मुहर लगाई जाएगी। हम हर दिन ये मुहर देखा करेंगे। जिसकी मुहर धुल-पुँछ गई होगी, उसे बिच्छू घास पर लिटाया जाएगा।''

जब सैकण्ड मास्टर सब लड़कों की जाँघों पर मुहर लगा चुके तो छुट्टी कर दी गई।

घर की ओर चलते-चलते मखने ने सुले से कहा–''हम कहेंगे कि हमें नल पर नहाना पड़ा। सचाई इनका बाप भी नहीं जान पाएगा।''

''साले, ये क्या गधे हैं? ये नहीं जानते कि नलों में पानी ही नहीं होता?''

मखने ने निकर तनिक ऊँची की और सुले से कहा–''देख, इस रान पर ये गुलाम दाग क्या सजता है?''

''कसाई की दुकान पर ऐसी ही बकरे की मुहर-लगी राने लटकती रहती हैं।'' सुले ने कहा।

बड़ी सड़क पर आकर मखना सहसा रुक गया और सुले से बोल उठा–''आज तो नीलकण्ठ नाम वाले मगरमच्छ के घण्टे से भगवान ने बचाया।''

''अरे हाँ, सच ही तो।''

''कल तुमसे पहाड़ा सुना था?''

''नहीं, मैं भी बच गया। अल्लाह का शुक्र।''

''बाप मरे जो झूठ बोले!''

''झूठे का बाप दोज़ख़ में जाये।''

''कैसे बचे?''

''मुझसे अपना सिर चांपने को कहा।''

कुछ क्षण दोनों चुप रहे और तब मखना बोल उठा–''आज अभी तक वह बस नहीं आई?''

''कैसे आती? आज तुम्हारा स्कूल जो जल्दी बन्द हुआ। चलो चलें।''

''नहीं, थोड़ी देर रुकेंगे।''

''नहीं यार, चलेंगे। कल वह मगरमच्छ का बच्चा ज़रूर पहाड़ा सुनेगा।''

मखने ने कमीज़ के दामन की ओर देखते हुए निश्चिन्तता से कहा–''छोड़ो यार, कल की कल देखी जाएगी।''

कल, और कल और फिर कल! काल-चक्र कुछ और घूमा। प्रार्थना से पहले सफाई देखने के समय फार्म-मास्टर लड़कों की जाँघों पर लगाई गई मुहर के निशान देखने लगा। अधिकतर लड़कों के ये निशान मिट गए थे। कुछ के धुँधले पड़ गए थे। सुले और मखने की जाँघों पर ही मुहर पूरी तरह बरकरार थी, यद्यपि शरीर के और हिस्सों की ही भाँति इन निशानों पर मैल की परत जमी थी। फार्म-मास्टर समझ गया कि केवल इन दो लड़कों ने ही हेडमास्टर के आदेश का पालन किया है और इस अन्तराल में एक बार भी नहाए नहीं हैं। वह उन पर बहुत प्रसन्न हुआ। उसने छुट्टी देकर उन्हें अपने घर भेज दिया जहाँ मकान की मरम्मत के लिए कारीगर लगे थे।

सुला और मखना बड़े उत्साह से फार्म-मास्टर के घर पर कारीगरों का हाथ बटाने लगे। ईंटें और लकड़ी के तख्ते ढोने के अलावा उनका काम कारीगरों के लिए हुक्के में पानी भरकर लाना तथा चिलम सुलगाना था। काम करते-करते मखना की कमीज़ फट गई। सुले ने तनिक चतुरता बरती थी। उसने कमीज़ पहले ही उतार रखी थी और केवल निकर पहने काम कर रहा था।

चार बजे किताबों के बस्ते उठाकर दोनों घर की ओर चल पड़े। बड़ी सड़क पर आकर मखने के कदम अपने-आप रुक गए। सुला मुस्कराया। कुछ देर बाद ही कॉन्वेन्ट के बच्चों की बस आई। बच्चों ने आज गरम वर्दी पहन रखी थी—काले जूते, लाल ऊनी जुराबें, वर्सटेड की ग्रे रंग का ही ऊनी स्वेटर, सफेद शर्ट, लाल टाई तथा ब्लेजर का हरे रंग का कोट। मखना ने काफी तलाश किया, किन्तु वह नीली आँखों वाली उसे कहीं नहीं दिखी।

"चलो चलें, देर हो गई। ठण्ड भी आज काफी है।"

सुले की बात सुनकर जैसे मखने का कोई स्वप्न टूट गया। उसे भी ठण्ड अनुभव हुई और दोनों घर की ओर चल पड़े।

महीने-भर बाद ही स्कूल सर्दियों के लिए बन्द हो गया। छुट्टियाँ बीतने पर जब स्कूल पुनः खुला तो सड़कों पर, छतों-दीवारों पर तथा गलियों और आँगनों में बर्फ मौजूद थी। घण्टी बजने तक लड़के स्कूल के सहन में 'बर्फ की जंग' खेलते रहे। सुले और मखने ने बर्फ की कब्र खोदकर अनेक लड़कों को उनमें दफना दिया। अनेक लड़कों के कपड़ों के अन्दर बर्फ डाली। बर्फ से हेडमास्टर, नीलकण्ठ और मौलवी साहब के पुतले बना डाले। यह सब देखकर बहुत-से लड़कों ने तालियाँ बजा दीं और सुले और मखने को पहली बार स्कूल में अपने महत्त्व का अनुभव हुआ। पाँचवीं जमात के जावेद अहमद और अशोक कुमार को बर्फ पर घसीटकर उन्हें एक अजीब किस्म की खुशी हुई। उनकी यह खुशी चौथे घण्टे तक कायम रही। पहले दो घण्टों में कोई भी मास्टर उन्हें पढ़ाने के लिए नहीं आया। तीसरा घण्टा मौलवी साहब का था। वह हिन्दू लड़कों से शिवरात्रि के अखरोट माँगकर इकट्ठा करने लगा

और छुट्टियों का काम देखना उसे याद ही नहीं रहा। लेकिन चौथे घण्टे में सैकेन्ड मास्टर ने कक्षा में दाखिल होते ही लड़कों से छुट्टियों का काम दिखाने को कहा। बहुत-से लड़कों के चेहरों पर मुर्दनी छा गई। मखने ने जल्दी से कमीज़ के दामन में गाँठ लगा दी। सुले की जेब में इस समय शायद भेड़ की चर्बी नहीं थी। वह दीन विनीत दृष्टि से सैकेन्ड मास्टर की ओर देखने लगा।

सैकेन्ड मास्टर ने सुले, मखने तथा उन सभी लड़कों को खड़े होने का आदेश दिया जिन्होंने छुट्टियों का काम नहीं किया था। फिर उसने बुखारी की नालियों को खड़का कर कालिख इकट्ठी की और उन लड़कों के चेहरों पर पोत दी। मानीटर को आदेश दिया कि इन्हें सभी क्लासों में ले-जाकर घुमा लाये। यह आदेश सुनकर मखने की जान में जान आई। शुक्र-भगवान का, मार नहीं पड़ी। कमीज़ की गाँठ पर उसकी आस्था दृढ़ हो गई। उसने सीढ़ियाँ उतरते समय मखने से कहा—"साले, शिवरात्रि के दिन मैंने अपने चचेरे भाई के साथ सिनेमा देखा। सच, फिल्म में तेरे जैसा ही एक काला देव था।"

"मेरे जैसा, या तेरे जैसा?"

दोनों हँसने लगे।

मानीटर उन्हें सबसे पहले पाँचवीं श्रेणी में ले गया। उन्हें देखते ही मास्टर साहब और लड़कों की बेसाख्ता हँसी फूट पड़ी। वे भी जवाब में बेवकूफों की तरह मुस्कराए। इसके बाद उन्हें तीसरी श्रेणी में ले-जाया गया। वहाँ इस समय मास्टर नीलकण्ठ पढ़ा रहा था। उसने उनके कान खींचे। एक-दो बच्चे हँसने लगे, मगर सुले ने उनकी ओर ऐसी खौफनाक दृष्टि से देखा कि उनकी हँसी उनके होंठों के बीच ही खो गई। तीसरी के बाद उन्हें दूसरी जमात में ले-जाया गया। वहाँ इस समय मौलवी साहब थे। उसने उन्हें थप्पड़ मारे और गालियाँ दीं। मखने की पीठ पर धौल जमाकर उसने उससे कहा—"रांड के पुत्र! अगर कल शिवरात्रि के अखरोट साथ नहीं होंगे तो चमड़ी उधेड़ दूँगा।"

पहली जमात में मखने ने चुपके से अपने आगे खड़े काले देव की चिकौटी काटी। उसके मुँह से चीख निकली और क्लास के मास्टर ने उसे ही दो-तीन थप्पड़ रसीद किए। सुले ने पहली पंक्ति में बैठे बच्चों की दवातें अपने पाँव से उलट दीं, पर वे बेचारे भय के कारण चुप रहे। अपनी श्रेणी में वापस आने पर सैकेन्ड मास्टर ने उन्हें मुर्गा बना दिया और ताकीद की कि कल वे छुट्टियों का काम ज़रूर करके लाएँ।

कल, और कल, और फिर कल। पाँच वर्ष ऐसे ही बीत गए। स्कूल का नाम गवर्नमेन्ट प्राइमरी स्कूल से बदलकर गवर्नमेन्ट लोअर मिडिल स्कूल हो गया, यद्यपि कक्षाएँ वही पाँच रहीं। सुला और मखना भी वैसे ही चौथी कक्षा के छात्र रहे।

कार्तिक की धूप में एक अजीब मस्ती थी। सुला अपने ही नाखूनों से मौलवी

साहब के कन्धे और पीठ खुजला रहा था। मखना अँगुलियों से दबा कर उस्ताद की टाँगों पर निकल आई फुंसियों से पीप निकाल रहा था। मौलवी साहब की अधमुँदी आँखों में नशा-सा छाया था। दरवाज़े पर मानीटर इस हुकुम से खड़ा था कि हेडमास्टर इस ओर निकल आए तो वह मौलवी साहब को तुरन्त सूचित करे। कक्षा के बाकी लड़के स्लेटों पर ज़ीरो-क्रॉस खेल रहे थे।

मौलवी साहब का यह घण्टा आखिरी घण्टा था और इसके बाद छुट्टी हुई। मखने ने स्कूल के निकटवाले दुकानदार से सिगरेट खरीदी। वह और सुला बारी-बारी से सिगरेट का कश लेने लगे।

"ज़रा तेज़ चल! घर पर बस्ते छोड़कर गोबर वाले मैदान में खेलने जाएँगे।"

"यह सिगरेट तो खत्म कर लेने दो। सड़क पर कोई देख लेगा।"

"यह तूने झूठ बका। साले, अगर तेरा बाप ज़िन्दा होता तो तू उससे भी हुक्का भरवाता। हरामी, तेरी वह अभी नहीं आई होगी, इसलिए कहता है।"

मखना मुस्कराया।

सिगरेट पीने और दुकानदार से बतियाने के बाद वे सड़क पर आए तो कॉन्वेन्ट की बस बच्चों को उतारकर जा चुकी थी। मखने ने सुले से दो पैसे की भुनी मोठ खरीदने को कहा। सुले ने मोठ खरीदी और दोनों खाने लगे।

"यह लो, आ गई।"

सुले की बात सुनकर मखने के मोठ चबाते दाँतों की गति सहसा रुक गई। हृदय की धड़कन तेज़ हो गई और वह टकटकी बाँधे उसकी ओर देखने लगा।

हलवाई की गली के पास पहुँचकर वह साइकल से उतर गई। पीछे कैरियर पर किताबों की अटैची थी। दाहिने हाथ में एक हॉकी थी। पाँव में कैनवास के सफेद जूते थे। जुराबें भी सफेद रंग की थीं। सफेद स्कर्ट घुटनों से कुछ ऊपर ही था। सफेद शर्ट के ऊपर उसने नायलन का एक लाल कार्डीगन डाला था। तराशे गए बाल कन्धों के ऊपर झूल रहे थे।

"अरे, यह कितनी बड़ी हो गई है और कितनी बदल गई है!" सुले को सचमुच आश्चर्य हो रहा था।

"बस सिर्फ आँखें ही वैसी हैं—नीली-नीली।" मखने ने आह भरी।

"तब वह कितनी छोटी थी?"

"कितनी छोटी? हमारे बराबर ही तो थी! मगर कहते हैं इस साल इसने मैट्रिक की परीक्षा देनी है।"

"माँ के मरने की कसम खाओ।" सुले को विश्वास ही नहीं हो रहा था।

"माँ मरे जो झूठ बोलूँ।"

"इसे कहते हैं तकदीर।"

"यह भी सुना है कि आजकल स्कूल में हॉकी-टीम की कैप्टन है।"

सहसा सुले को कोई बात याद आई। उसने मखने से पूछा—"याद है न, पिछले महीने फार्म-मास्टर ने हॉकी-बाल खरीदने के लिए सभी लड़कों से चार-चार आने लिये थे। उन पैसों का क्या हुआ?"

मखना चिढ़ गया। यह साला कहाँ से कहाँ पहुँच गया! बात कुछ है और यह कुछ और ही बकने लगा। आखिर बेवकूफ मुसलमान ही ठहरा!

बारह वर्ष के बाद स्कूल का नाम फिर बदला—नेहरू मेमोरियल गवर्नमेन्ट लोअर मिडिल स्कूल।

सुले ने मखने से पूछा—"यह नेहरू मेमोरियल क्या होता है?"

"नेहरू जी मर गए न? इसीलिए उनके नाम पर स्कूल का नाम रखा गया।"

"तेरा बाप भी मर गया है। उसके नाम पर स्कूल का नाम क्यों नहीं रखा गया?"

"जब तेरा बाप मर जाएगा, तब उसके नाम पर स्कूल का नाम रखेंगे।"

"बाप की गाली देता है, साले!" सुला उत्तेजित हो गया।

"बाप की गाली दूँगा, माँ की गाली दूँगा, बहिन की गाली दूँगा। बोल, तू क्या करेगा?"

वह क्या करेगा, सुला यह बताने वाला ही था कि घण्टी बजी और दोनों क्लास में बस्ते रखकर प्रार्थना के लिए नीचे सहन में आए।

प्रार्थना के बाद हेडमास्टर ने ऐलान किया कि मौलवी साहब आज रिटायर हो जाएँगे और कल से वह स्कूल नहीं आएँगे। फिर उसने मौलवी साहब की शराफत और काबलियत के बारे में बहुत-कुछ कहा और अन्त में उससे निवेदन किया कि वह अपने कीमती खयालात लड़कों के आगे रखकर उन्हें नसीहत करें। मौलवी साहब लड़कों के सामने आकर बोलने लगे। मगर दो-तीन वाक्य बोलने के बाद ही उनका गला रुँध गया। आँखों में आँसू आ गये। शेरवानी की जेब से रुमाल निकालकर उन्होंने आँखें पोंछीं। फिर ज़ोर से "शूँ" करके उसी रुमाल से अपनी नाक साफ की और तह बदलकर रुमाल वापस जेब में रखा। कुछ क्षण वैसे ही खड़े रहने के बाद वह वापस आकर अपनी कुर्सी पर बैठ गए।

क्लास में जाने के लिए कुछ जीना चढ़ते समय मखने ने सुले से पूछा—"यह मौलवी का बच्चा रोने क्यों लगा?"

"नहीं रोता? बेचारे की नौकरी नहीं रही। अब उसे अखरोट कौन देगा?"

"मेरे ख्याल से तौबा कर रहा था, पछता रहा था।"

"किस बात पर?"

"लड़कों को जो बुरी तरह मारता था।"

"यह भी हो सकता है...मैं क्या जानूँ!"

"चलो अच्छा ही हुआ। भगवान ने इसके जुल्म की नजात दी।"

''अरे, इसकी जगह जो आएगा वह क्या लिहाज़ करेगा? सभी ससुरे एक जैसे होते हैं।''

मौलवी साहब रिटायर हो गए और अगले दिन हेडमास्टर ने उनका घण्टा खुद लिया। क्लास में घुसते जैसे ही उनकी नज़र सुले पर पड़ी, उन्हें कोई बात याद आई—''अबे तेरा क्या नाम है?''

''सुला जनाब!''

''सुले, तू ज़रा हमारे घर जा। मालूम है हम कहाँ रहते हैं?''

''हाँ जनाब!''

''शाबाश! हमारा नौकर कल अपने गाँव चला गया। आज तू ही हमारी गाय को किसी मैदान में चरने के लिए ले जा।''

सुला बड़ी फुर्ती से उठ खड़ा हुआ—''जनाब, किताबें यहीं रखूँ या साथ ही ले जाऊँ1''

''साथ ले जा। शाम को वहीं से अपने घर ले जाना। मगर तेरे साथ एक और लड़का होना चाहिए था,...मखना कौन है?''

''जनाब, मैं हूँ।'' मखना खड़ा होकर मुस्कराने लगा।

''ठीक है। दोनों अभी चले जाओ।''

मखने और सुले ने बस्ते उठाए और स्कूल से बाहर आए। पहले वे हेडमास्टर के घर गए। वहाँ से गाय खोलकर दूर बस्ती से बाहर एक मैदान में ले गए। गाय चरने लगी और वे ज़मीन पर रेखाएँ खींचकर ठीकरे से 'स्टापू' खेलने लगे।

''यार, यह हेडमास्टरनी कितनी मोटी है?'' मखने ने सुले से पूछा।

''नहीं होगी मोटी? घर में जो गाय बँधी है उसका मटका-भर दूध रोज़ पीती होगी?''

''कहती थी कि नौकर चार दिन के बाद गाँव से लौटेगा। हमें और क्या चाहिए? ये चार दिन मज़े में गुज़रेंगे।''

और फिर अगर इम्तिहान में गाय पर 'कम्पोज़ीशन' पूछा गया तो समझ लो दस में से दस नम्बर मिलेंगे।''

''हाँ, यार देख—गाय के सचमुच दो कान, दो आँखें, चार टाँगें और एक दुम होती है।''

''कम्पोज़ीशन' में यही लिखना होता है—गाय एक जानवर है...''

''पालतू जानवर है।'' मखने ने उसकी गलती सुधारी।

''अच्छा, गाय एक पालतू जानवर है। गाय के दो कान, दो आँखें, चार टाँगें और एक दुम होती है। गाय जुगाली करती है...''

''यह जुगाली क्या होती है?'' मखने ने पूछा।

"गाय गोबर करती है न? गोबर को ही उर्दू में जुगाली कहते होंगे।" सुला ने अपने दिमाग पर ज़ोर देकर जवाब दिया।

"छोड़ो यार! अगर हेडमास्टर खुश रहा तो खुद ही पास करेगा, कम्पोज़ीशन लिखना आए या ना आए।" मखने ने कहा।

"कल मैं कंचे साथ लाऊँगा। इस ठीकरे के खेल में कोई मज़ा नहीं है।"

"वाह! फिर तो लुत्फ रहेगा।" मखना उछला–"कल मेरे कंचे का निशाना देख लेना।"

चौथे दिन कंचे खेलते हुए मखने ने आह भरी और सुले ने कहा–"हेडमास्टरनी कह रही थी कि आज शाम उनका नौकर गाँव से लौट आएगा।"

"मतलब यह कि कल हमें फिर स्कूल जाना होगा?" सुला भी उदास हो गया।

"और नहीं तो क्या!"

"चलो कल भी यहीं आकर खेलेंगे। घर में कहेंगे कि कल भी हेडमास्टर की गाय चराने के लिए ले जानी है।"

"बाप मरे तेरा, ज़िन्दगी में पहली बार तूने अक्ल की बात की है।"

मखने के चेहरे पर खुशी लौट आई–"ले संभाल मेरे कंचे की टक्कर–तीन पैर की दूरी से।"

कल, और कल, और फिर कल। काल-चक्र घूमा और पाँच वर्ष बीत गए।

आज नवम्बर की चौदह तारीख, अर्थात् जवाहरलाल नेहरू का जन्म-दिन अर्थात् बालदिवस था। नेहरू मेमोरियल गवर्नमेंट लोअर मिडिल स्कूल के बच्चों को मास्टर साहबान स्टेडियम ले गए। स्टेडियम का मुख्य द्वार बंदनवारों से सजा था। बाहर बहुत-सी कारें और जीपें खड़ी थीं। सड़क के दोनों ओर चूने की लकीरें डाली गई थीं। प्रेस की हुई वर्दी पहने तथा कलफ-लगी पगड़ियाँ बाँधे पुलिस के सिपाही और अफसर इधर-उधर फिर रहे थे।

नेहरू मेमोरियल गवर्नमेंट लोअर मिडिल स्कूल के लड़कों को मुख्य द्वार से भीतर नहीं जाने दिया गया। उनके लिए पिछवाड़े के एक दरवाज़े से अन्दर जाने की व्यवस्था थी। अन्दर का दृश्य देखकर सुले और मखने के होश ही उड़ गए। चारों ओर लाल, पीले, हरे और गुलाबी रंग के झण्डे लहरा रहे थे। पैवेलियन में कीमती सूट पहने पुरुष और रंग-बिरंगी साड़ियों और शलवारों में सजी स्त्रियाँ कुर्सियों पर बैठी थीं। सामने किस्म-किस्म की खूबसूरत वर्दियाँ पहने गोटा-किनारी वाली पोशाक पहने बैंडवाले खड़े थे जिनके ड्रम, साइड ड्रम और बिगुल धूप में चमक रहे थे।

सुले और मखने के स्कूल के लड़कों को दूर एक कोने में बिठाया गया। दो-एक बार चोरी-छिपे आगे निकलने की कोशिश करने पर सैकेन्ड मास्टर ने हाथ की छड़ी चलाकर उन्हें फिर से पीछे धकेल दिया। मखना बार-बार तमाशा देखने के लिए घुटनों पर खड़ा हो जाता था। सुला एक अन्य लड़के के साथ गिट्टे खेलने में मस्त था।

सहसा पैवेलियन में बैठे लोग खड़े हो गए। किसी ने लाउडस्पीडर पर कुछ कहा और वर्दी पहने पंक्तिबद्ध लड़के 'सावधान' की मुद्रा में आ गए। उजले कपड़े पहने कोई बड़ा आदमी तशरीफ ले आया था। प्रत्येक को हाथ जोड़ता और मुस्कराता वह आकर सबसे अगले सोफे पर बैठ गया।

सुले ने मखने की ओर एक छोटा गिट्टा फेंका।

"यह किस साले का बाप मर गया?" मखने ने क्रुद्ध होकर पूछा।

"किसी का नहीं। गिट्टी मैंने मारी है।" सुले ने कहा—"बता दे यह कौन आया?"

"होगा कोई। मैं क्या जानूँ।?"

"क्या यही नाशपातियाँ बाँटेगा?'

"तुमसे किसने कहा रे कि नाशपातियाँ बाँटी जाएँगी?"

"सुबह नीलकण्ठ कह रहा था कि स्टेडियम में हर एक को दो-दो नाशपातियाँ मिलेंगी।"

"बाप के मरने की कसम खाओ।"

"बाप मरे जो झूठ बोलूँ।"

उजले कपड़े पहने बड़े आदमी ने मंच पर आकर झंडा लहराया। सभी खड़े हो गए। बैंड ने सलामी दी। फिर सब लोग अपनी-अपनी जगह बैठ गए। वह आदमी भाषण देने लगा।

"क्या कह रहा है?" मखने ने सुले से पूछा।

"किस साले की समझ में आ रहा है!"

भाषण समाप्त करके वह आदमी फिर अपनी जगह आकर बैठ गया। लोगों ने तालियाँ बजाईं। उनकी देखा-देखी सुले और मखने ने भी ज़ोर-ज़ोर से तालियाँ बजाईं। फिर एक छोटी बच्ची मंच पर आकर गाना गाने लगी। लोगों और उनकी देखा-देखी सुले और मखने ने फिर तालियाँ बजाईं। उसके बाद पाँच-छः लड़के और मंच पर आए। उनके लिए भी तालियाँ बजीं।

"यार, तालियाँ बजाते-बजाते थक गये।" सुले ने मखने से कहा।

"साले, तू ज़्यादा ही थकता है।" मखने ने उसे डाँट दिया—"ये लोग भाषण-पे-भाषण करते नहीं थके और तू तालियाँ बजाते थक गया? वाह रे वाह!"

आठ-दस लड़कियों ने 'रोफ' नामक लोक-नृत्य पेश किया। फिर वर्दी पहने लड़कों की 'ड्रिल' हुई। अन्त में उजले कपड़े पहने वह आदमी एक बार फिर मंच पर आ गया और पुरस्कार बाँटने लगा। जिसको पुरस्कार मिलता उसके लिए तालियाँ बजतीं।

"रे मखना, नाशपातियाँ कब बाँटेंगे?" सुले ने पूछा।

"मैं क्या जानूँ? शायद न दें।" मखने ने कहा।

"कैसे नहीं देंगे? उन्हें इनाम देते नहीं मरे तो क्या हमें नाशपातियाँ देने में मरेंगे?"

"बस हर समय खाने की तरफ ही ध्यान रहता है। वह देखो, एक और लड़की को इनाम मिला है। ताली बजाओ!"

"यह लो। मेरी तरफ से कोई देर नहीं। मैं उसके कुर्बान जाऊँगा।" सुला ज़ोर-ज़ोर से ताली बजाने लगा।

ग्यारह बजे सारा तमाशा खत्म हुआ। सुला और मखना निकलकर स्टेडियम के बाहरवाले गेट के पास खड़े हो गए। नाशपाती खाते हुए दोनों स्टेडियम से बाहर निकलनेवाली मोटरकारों और जीपों को गिन रहे थे।

"..."

"..."

"सैंतालीस।"

"अड़तालीस।"

"उनचास।"

"पचास।"

"इक्यावन।"

"बावन।"

"यार, लानत भेजो। कहाँ तक गिनोगे? क्या होगा इससे?"

"क्या शहर में इतनी सारी कारें हैं?"

"इतनी ही नहीं, इनसे बीस गुना।"

"अच्छा...? बाप के मरने की कसम खाओ।"

"बाप मरे जो झूठ बोलूँ। खैर, बला मारो। तू कहता था दो-दो नाशपातियाँ मिलेंगी। इन्होंने तो एक-एक ही दी!"

"मैं क्या जानूँ? हो सकता है बाकी नाशपातियाँ मास्टर साहबान के घर पहुँच गई हों।"

"अरे, देखा उस कार में कौन थे?" मखने के मुँह से सहसा एक चीख-सी निकल गई।

"नहीं तो! कौन थे?"

"अरे वही नीली आँखों वाली। शायद कार में अपनी बच्ची को लेकर यहाँ आई थी।"

"खसम भी साथ था?" सुले ने पूछा।

"हाँ।"

"वही रेशम-जैसे मुलायम बालों और दूध जैसी उजली टाँगों वाला?"

"हाँ, वही।"

"यार, ये कितने बड़े हो गए हैं?"

"नहीं होते बड़े?"

"बच्चे भी हो गए हैं!"

"नहीं होते? तब से आज तक बीस-पच्चीस साल गुज़र गए हैं।"

"बीस-पच्चीस साल?"

"और नहीं तो क्या! एक ज़माना बीत गया है।"

"अच्छा!"

"हाँ, तब नेहरू जी राज करने लगे थे। आज उनकी बेटी राज कर रही है।"

"सच कह रहे हो?"

"झूठे का बाप मर जाए।"

"हम बड़े क्यों नहीं हुए?"

"मैं क्या जानूँ?"

"वैसे सुना है कि बेवकूफों की उम्र नहीं बढ़ती।"

"फिर तो 'दलिद्दरों' की भी नहीं बढ़ती होगी, क्यों?"

"मैं क्या जानूँ?"

"कल स्कूल जाना होगा?" मखने ने कुछ क्षण बाद सुले से फिर पूछा।

"क्यों नहीं जाना होगा? एक तो आज छुट्टी मिली, तुम अब कल के लिए भी चाहते हो।"

"मैंने सोचा शायद मिले।"

"फिर दो-दो नाशपातियाँ ही मिलतीं।"

"मतलब यह कि कल स्कूल जाना ही होगा।" मखने ने आह भरी।

कल यानी अगले दिन 'प्रार्थना' के बाद जब बच्चे अपनी-अपनी कक्षाओं में जाने लगे, चौथी श्रेणी के सुले ने मखने से कहा—"साले, नीलकण्ठ का पहाड़ा याद किया है?"

"नहीं तो! तूने याद किया है?"

"किया था, पर साला याद ही नहीं होता।"

"अब क्या होगा? वह तो यमदूत है!" मखने का चेहरा नीला पड़ गया।

सुला निश्चिन्तता की हँसी हँसा। फिर उसने चुपके से कोई चीज़ मखने के हाथ में भी दी—"ले साले, इसे हाथों पर मल ले।"

"क्या है यह?"

"भेड़ की चर्बी। हाथों पर मल लोगे तो फिर 'केनिंग' से कुछ भी नहीं होगा।"

"बाप मरे जो झूठ बोले!"

"झूठे का बाप मर जाए। देख ले, मैं अपने हाथों पर भी मल रहा हूँ।"

•

हमज़ाद

हृदय कौल भारती

कल की भाँति आज भी मैं बस की प्रतीक्षा कर रहा हूँ, और कल मैं परसों की भाँति बस की प्रतीक्षा कर रहा था। शायद मैं आज की तरह कल भी बस की प्रतीक्षा करूँगा। बस रोज़ आती है। पता नहीं कितने चक्कर लगाती है। मैं भी इसकी नियमित रूप से प्रतीक्षा करता हूँ। मगर कभी वह आती है मेरे आने से पूर्व ही, और कभी मैं पहुँचता हूँ उसके निकल जाने के बाद।

थोड़ी देर में प्रतिदिन की भाँति वह कबूतर उड़ते हुए आएगा और सड़क के उस पार बारह मंज़िल वाली बैंक की इमारत के उस छोटे बन्द रोशनदान पर बैठेगा। फिर उस रोशनदान के शीशे पर चोंच मारेगा। रोज़ शीशे से उसे धोखा लगता है और वह इसे खुला रोशनदान समझ बैठता है, जिसके द्वारा वह रास्ता पार करना चाहता है। मगर रोज़ उसकी चोंच शीशे के साथ आठ-दस बार टकरा जाती है। 'टुक...टुक...टुक' करने के पश्चात् जब उसकी चोंच में दर्द होता है तो वह हताश होकर उसी छोटे रोशनदान के कोने में सिमट जाता है। इस कबूतर के गले के चारों ओर काली लकीर का निशान है, जैसे कुदरत ने कबूतर को जन्म से ही गले में फन्दा डालकर भेजा हो। मुझे आशंका है, पता नहीं यह क्या कर डालेगा! मेरी बस अभी तक नहीं आई।

आज जैसे कबूतर भी गायब हो गया है। शायद उसको भी आज रोशनदान का स्मरण न आया हो। बारह मंज़िला बैंक की इमारत के बाहर जितनी अधिक रोशनी है, उतना ही अँधेरा रोशनदान के भीतर है। रोशनदान के छोटे शीशे से साफ दिखाई देता है कि भीतर संसार-भर का अँधेरा समाया हुआ है। शायद बैंकवालों ने लॉकर 'अँधेरे' को सुरक्षित रखने के लिए ही बनाया है। कितना बहुमूल्य है यह अँधेरा और इसके गुण भी कम नहीं हैं। अगर बैंकवाले ये लॉकर भी नहीं बनाएँगे तो लोग 'अँधेरे' को लूट लेंगे। लोगों में इसकी भी भूख कम नहीं है।

बस अभी भी कहीं से नज़र नहीं आती।

पता नहीं कबूतर को भी आज देरी क्यों हुई? अब तक वह आ जाता था।

कहीं कोई दुर्घटना न हो गई हो। वह जन्मा ही है गले में फन्दा डालकर।

बैंक की इमारत के बाहर काफी रोशनी है। समझ में नहीं आता कि क्या शीशे के उस पार का अँधेरा बाहर आने की कोशिश कर रहा है या रोशनी ही अँधेरे के लॉकर में घुसकर सुरक्षित होने की इच्छुक है। दोनों के बीच में व्याप्त इस युद्ध में क्यों कबूतर गले में फन्दा डालकर कूद पड़ा? आज तो वह कहीं भी नज़र नहीं आता!

बस भी अभी तक नहीं आई!

"ज़िन्दाबाद!"

"मुर्द्राबाद!"

"हाय हाय!"

अभी जुलूस काफी दूर है। शायद तब तक बस आ जाएगी। जुलूस के निकट पहुँचने से पहले ही मुझे बस मिलनी चाहिए। फिर जो हो, सो हो। चाहे लाठी-चार्ज हो, चाहे गोली चले या कर्फ्यू लगे। चाहे हिंसात्मक जुलूस हो या पुलिस को मजबूर होकर अपने बचाव में गोली चलाने पड़े!

"हम करेंगे! हम करेंगे!"

"वापस जाओ, वापस जाओ!"

"मुर्दाबाद!"

"हाय-हाय!"

कहीं गले में फन्दा डाले हुए कबूतर इसी जुलूस में फँस न गया हो! बस तब तक नहीं आनी चाहिए, जब तक जुलूस नज़दीक न पहुँचे। इस शोर-शराबे में किसको उसकी सुध रहेगी, चाहे उसे गले में फन्दा डालकर ही क्यों न भेजा गया हो! बारह मंज़िला बैंक की इमारत का रोशनदान उसके बिना अधूरा और उजड़ा हुआ-सा लगता है, हालाँकि अँधेरा लॉकर में पूरी तरह सुरक्षित है और रोशनी स्वतन्त्र है!

"हाय-हाय!"

"वापस करो, वापस करो!"

"हिन्दू, मुस्लिम, सिख इत्तिहाद!"

"पूरा करो!"

"ज़िन्दाबाद!"

लोगों का समुद्र! लोग ही लोग...हर आयु के और हर रूप के। झण्डों की बाढ़—काले, लाल और हरे। किस्म-किस्म के नारे। अक्षरों के जाल। शुक्र यह है कि वह इस लोक-समुद्र में फँस नहीं गया है! या क्या पता जुलूस के यहाँ तक पहुँचने से पहले ही वह कहीं पाँव-तले रौंदा न गया हो! मगर मुझे इतनी चिन्ता क्यों है? मुझे क्या? वह जन्मा ही है गले में फन्दा डाले हुए। मुझे केवल अपनी बस की

ही चिन्ता होनी चाहिए, जो अभी तक भी नहीं पहुँची और न इस भीड़-भाड़ में आ सकती है।

'तुम पहले भी इसी बस की प्रतीक्षा करते थे और आज भी?'

'तुम कौन हो?'

'आश्चर्य है कि तुम मुझे पहचानते नहीं हो! बस की प्रतीक्षा करते-करते शायद तुम्हारी आँखों की रोशनी भी कम हो गई है?'

'मैं तुम्हें क्यों नहीं पहचानता हूँ? तू ही है।'

'हाँ, तेरा सहजात।'

'तू भी इस जुलूस के साथ है?'

'साथ नहीं। समझो वह जुलूस मेरा ही है। बस की प्रतीक्षा करते-करते सचमुच तुम्हारी आँखों की रोशनी कमज़ोर पड़ गई है।'

'तू इन जुलूसों के साथ-साथ चलकर थकता नहीं है?'

'चारा ही क्या है?'

'तुम विवश-से लगते हो।'

'तुम्हारा सहजात जो हूँ।'

'मुझे लाचारी नहीं है, चिन्ता है।'

'किसलिए?'

मैंने उँगली से बड़ी इमारत के रोशनदान की ओर संकेत किया और वह बोल उठा।

'हाँ, मुझे पता है। यह बैंक का वह लॉकर है जहाँ संसार-भर का अँधेरा सुरक्षित है।'

मैंने कहा, 'रोशनदान के उस शीशे पर गले में फन्दा डाले हुए एक कबूतर रोज़ चोंच मारने के लिए आता था।'

'फिर?' उसने पूछा।

'आज वह नज़र नहीं आता।'

'तुम्हें व्याकुलता है। शुक्र है, केवल बस की ही प्रतीक्षा नहीं करते हो।' यह वाक्य कहकर वह एकदम चुप हो गया, जैसे उसके बोलने की तमाम शक्ति समाप्त हो गई हो। विस्मयात्मक अन्दाज़ में उसने होंठ हिलाए। आँखों की पुतलियाँ नीलम की तरह पथराकर सख्त हुईं और चमकने भी लगीं।

मैं स्तब्ध रहा। पहली बार उसकी गर्दन पर नज़र पड़ी—शायद उसके गले के चारों ओर भी फन्दा था। वह मुड़ा और लोगों के समुद्र में मिल गया। समुद्र में से एक बूँद को पहचानना असम्भव था। रोशनदान अभी भी खाली था।

बस अभी तक नहीं आई थी।

आगे जुलूस में कोई गड़बड़ी हुई। कोई नारा बीच में ही टूट गया। पहले एक

पत्थर फेंका गया और फिर पत्थरों की वर्षा हुई। हल्ला-गुल्ला मच गया। शायद गोली चली या कई गोलियाँ चलीं। शूँ की आवाज़ के साथ एक पत्थर या गोली आकर बारह मंज़िल के बैंक की इमारत के रोशनदान को लगी। 'छन' की आवाज़ हुई और शीशा त्रिकोण के आकार में टूट गया।

शुक्र यह कि गले में फन्दा डाला हुआ कबूतर अभी नहीं आया है।

अब सड़क वीरान है, कब्रिस्तान जैसी। शायद लाठी-चार्ज हुआ। शायद कर्फ्यू लगा होगा। एकाएक पता नहीं कहाँ से गले में फन्दा डाले हुए कबूतर आया और रोशनदान पर बैठ गया। आदत से मजबूर उसने शीशे पर चोंच मारी कि टूटे हुए शीशे की नोंक उसके गले में चुभ गई। उसको निकालने की कोशिश करता रहा, मगर उसे निकाल नहीं सका। धीरे-धीरे उसने अपने पंख पसारे और उसकी गर्दन वहीं लटक गई।

रोशनदान खुला होने के बावजूद भी अँधेरा बाहर नहीं निकला। शायद घबराया हुआ है। इमारत के बाहर रोशनी पीली पड़ गई है। रोशनी जहाँ थी, वहीं खड़ी जम-सी गई है।

मेरी बस अभी तक नहीं आई।

मैं अभी भी बस की प्रतीक्षा कर रहा हूँ।

अनुवाद : **डॉ. ओंकार कौल**

•